KB142030

조선연애실록 2

2

로즈빈 장편소설

조선연애실록

팩토리나인

【목차】

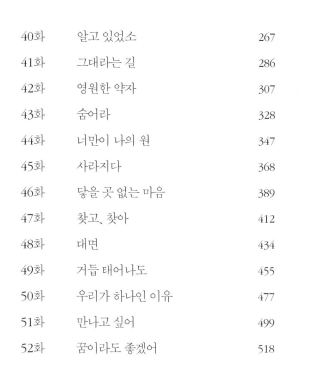

27화

우연과 인연 사이

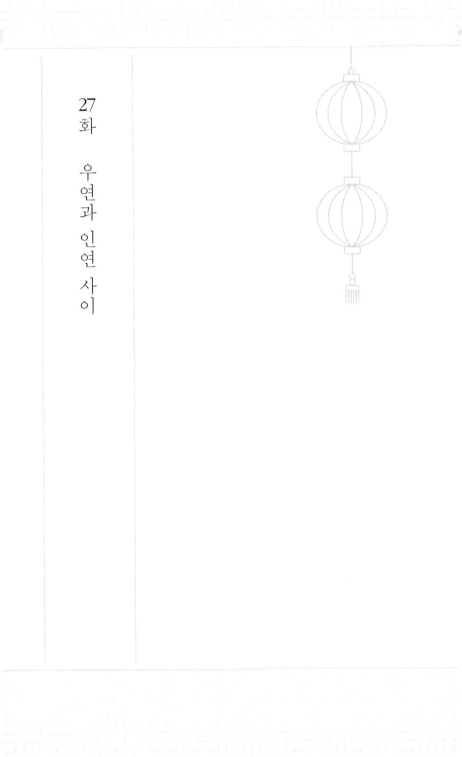

정부와 육조가 청하면서 말하기를.

"세자궁을 오래 비울 수 없으니 간절히 바라건대 전하께서는 작은 것을 살피시고 먼 일을 염려하시어, 세자인 즉 환궁할 수 있도록 하소서."

하자 상이 말하기를.

"그렇지 않아도 동궁의 병세가 차도를 보이고 있다니 종사의 다행일까 한다."

하였다.

"괜찮으냐?"

완은 용희의 얼굴 앞으로 손을 휘휘 저었다. 넋을 놓은 얼굴을 보고 있자니 충격을 받은 것이 분명했다.

중궁께서는 본가로 되돌아가셨다. 원하던 치성을 드리지는 못했으나 아들을 마주함으로 심신의 편안함을 얻었다고 말했다.

"여봐라, 홍시."

아무리 손을 내저어도 별 반응이 없자 완은 그녀의 얼굴을 살폈다. 멍하니 허공을 바라보고 있는 얼굴은 혼이 쏙 빠져 보이기도 했다.

"진짜 대단한 가문인가 보네."

"뭐라?"

용희는 중얼거리며 고개를 돌려 완을 바라보았다. 그런 어머니라니, 선생이 다르게 보이기 시작한 것이다.

"어찌 그런 집에서 이런 아들이?"

"무슨 뜻이냐?"

"아니오. 들어 기분 좋을 소리는 아니니 이쯤 하겠소."

용희는 고개를 두어 번 흔들며 정신을 차렸다. 살며 타인의 기운에 눌려 본 적 없었던 그녀가 아니었나. 압도당한 것은 비단 기운뿐만이 아니었다.

"자당께서 행차하신다고 미리 말해 주었으면 좋았잖소."

"나도 몰랐다. 우연이다."

자신감을 잃은 용희가 눈을 내리깔며 중얼거리자 완은 미안한 시선을 따라 내렸다. 이윽고 중전께서 가마에 올라타기 전 하셨던 말씀이 떠올랐다.

'통역은 참으로 재미있는 자로구나. 당돌하고, 총명하기까지 하다.'

'예. 그러하옵니다.'

'누구보다 네가 잘 알고 있을 테니 더는 긴말하지 않겠다.'

완은 눈을 감았다가 떴다. 어머니의 목소리는 귓가에 선연했다.

'맺힌 이슬로 꽃이 피는 법. 또한 조용히 내리는 가랑비가 옷깃

을 적시는 법이니라.'

'명심하겠습니다.'

가마는 그대로 멀어졌다. 역시 중전께서는 홍시가 여인임을 대번 알아차리신 것이다. 단지 여인이라는 이유로 그녀는 경계의 대상이 되었음을 모를 수가 없었다. 천에 하나, 만에 하나까지 세자의 곁에 있는 여인은 그 누구도 자유로울 수 없었다. 아들의 판단을 신뢰하시어 지금은 이렇게 돌아섰으나, 만남이 길어지고 시간이 흐를수록 그녀는 위험해질 게 자명했다. 감춰 두는 일 같은 건이제 할 수 없을 것이다.

"휴."

완은 쓸쓸함이 묻어나는 미소를 흘렸다. 어찌해야 하는가. 옷깃은 이미 젖어 버렸는데. 손쓸 틈도 없이 흠뻑, 젖어 버렸는데.

'내 너에게 질문 하나 하겠다.'

용희도 조금 전의 일을 떠올렸다. 선생의 자당께서는 알 수 없는 질문을 던졌다.

'시작엔 떠나지 않고, 중간엔 깨닫지 못하며, 종국엔 빠져 죽는 것이 있다. 이것이 무엇이냐?'

열린 술 단지에 벌이 날아들어 술을 빨아 먹기를 수차례. 그러다 결국은 빠져 죽었다는 것을 비유한 말이다. 모를 리 없는 용희는 조용히 답했다.

'초이불거 중이불각 종이익언(初而不去 中而不覺 終而溺焉). 그것은 욕심인 줄 압니다.'

'그래, 그렇지. 욕심이다. 한데 내 생각엔 하나가 더 있다.'

하나 더? 용희는 다음 답을 알지 못해 두 눈을 깜빡였고, 선생의 자당께서는 질문을 마친 뒤 일어섰다. 용희는 얼떨결에 따라 일어섰다.

'답을 들을 수 있는 기회가 또 있거든, 훗날 듣겠다.'

자당께서 다음을 기약하셨기에 용희는 질문을 곱씹다가 고개를 들었다. 알기로는 답이 하나뿐인 것을, 또 있다니?

"선생의 자당께서 내게 참으로 어려운 숙제를 주셨소. 언제까지 그 답을 찾아야 하는 건지 모르……."

"다음에 또 만날 일이 있겠는가. 고민하지 말라."

"아……. 그렇겠구나! 그렇지! 괜한 걱정을 했네!"

기습 공격을 당한 것처럼 용희는 음성을 높였다. 어쩐지 민망함이 솟구쳐 얼굴마저 붉어졌다.

"하하! 내가 괜한 것을 걱정했지 뭐요! 하하하!"

"……."

완은 침묵했다. 내전의 주인과 그녀가 두 번 다시 만나는 일은 없어야 한다. 결코 좋은 의미를 가질 수는 없을 테니까.

"정말로 꽃이 사라졌네."

용희가 중얼거렸다. 완이 시선을 따라가 보니 만개했던 복수초가 저마다 몸을 사린 채 웅크리고 있었다. 그 모습을 길게 바라보던 완은 무심한 손길로 툭, 꽃을 꺾었다. 그러곤 뒤를 돌아 그녀에게 내밀었다.

"곱게 말려 책갈피로 쓰라. 봄이 끝나면 이 꽃도 찾아볼 수 없을 테니."

"뭐요. 선물이라고 주는 것이오?"

"그래, 선물이다."

용희는 힘없이 웃으며 복수초를 받아 들었다. 천지에 깔린 복수초였으나 선생이 내민 꽃의 의미는 남달랐다.

"고맙소. 내가 잘 간직하리다."

너른 햇살에 말려 아끼는 책 속에 끼워 두고는 간간이 들여다봐야지. 기둥을 붙잡고 빙그르르 꽃을 돌리며 용희는 쓸쓸한 미소를 그렸다.

"가장 좋아하는 구절 사이에 꽃을 끼워 놓고, 때때로 마음이 부르는 날 찾아보겠소."

"기회가 되거든 복수초의 꽃말도 함께 찾아보아라."

"알겠소."

그녀에게 지금 이 꽃은, 언젠가 선생과의 이별이 다가오거들랑 꿈이 아니었다고 말해 줄 유일한 증거가 될지도 몰랐다. 이런 사람이 삶에 다녀갔노라고 기억할 수 있는 귀중한 선물이 될지도 몰랐다.

"나는 줄 것이 없어서 어쩐다. 나도 선생처럼 꽃이라도 꺾어 주면 되겠소?"

빈털터리 그녀가 소박하게 묻자, 완은 애타는 눈빛을 잠시 지워 냈다. 그녀가 주는 것이라면 불어 드는 바람을 묶어 준대도 한껏 품어 볼 수 있겠으나, 그것이 너의 마음이라면 얼마든지 담아 갈 수 있겠으나. 그러나……

"나는 되었다."

그것은 감히 해서는 안 될 일이므로.

욕심은 넣어 두겠다. 미련은 멀리하겠다. 너와 나, 인연이 아닌 것만은 자명하니 달 스치는 구름처럼 우연이라 여겨 보겠다.

완은 미약한 숨을 내쉬며 고개를 저었다. 대꾸가 야박했으니 미안함이 솟구친 것이다.

"하긴, 그러게 말이오. 선생은 아무것도 필요하지 않을 테니. 그럼 나만 가져가겠소."

그런 선생의 짧은 대꾸에 용희는 고개를 끄덕이며 중얼거렸다. 이런 추억거리, 무엇이 필요하겠어. 아마도 선생은 무엇을 받아도 의미를 부여하지 않을 것인데.

본디 사내들이란 그러하지 않은가. 사소한 것에 연연하지 않고,

각별한 일이거든 가슴이 아닌 머리로 기억하며, 쓸모없는 정에 치우치지 아니하는 것.

"그건 그렇고 아까는 잘도 뛰더군."

"……아."

용희는 무안하다는 듯 웃음을 터트렸다. 완은 기가 막힌다는 듯 따라 피식 실소를 터트렸다.

"굴러오는 줄 알았다."

"소싯적엔 내내 뛰어다녔는데 말이오. 잘 안 뛰다 보니 영 어색해."

그때, 그 공터에서, 그녀는 목이 터져라 선생을 불렀다. 두 눈은 하염없이 빛나 반짝거렸다. 모든 이를 제치고 오로지 자신만을 향해 달려오던 그녀의 모습은 그대로 안아 주고 싶을 만큼 사랑스러웠다. 사정이 따라 주었다면 아마도, 아마도 두 팔을 힘껏 벌린 채 그녀를 반겼을지 모른다.

"그렇게 우스웠소?"

"아니. 다음에도 그렇게 달려와 주면 좋겠다."

"사람 싱겁기는."

용희는 완의 어깨를 툭 쳤다.

"동이 트기 전에 출발할 거라며. 이만 처소로 들어가겠소?"

"그래, 들어가자."

그녀는 복수초를 잘 말아 쥔 채 걸음을 옮겼다. 완은 천천히 그녀의 뒷모습을 바라보며 따라 걸었다.

'시작엔 떠나지 않고, 중간엔 깨닫지 못하며, 종국엔 빠져 죽는 것이 있다. 이것이 무엇이냐?'

그녀의 뒤를 따라 걸으며 생각하다 보니, 완은 그 답을 저절로 알 것만 같았다.

"오늘도 서책이나 읽다 잘까? 선생?"

"피곤하다. 다음에."

너였다.

늦은 밤. 병관은 신기형의 사가를 찾아왔다.

"좌정하오, 병관."

신기형은 앉기를 청하며 바른 자세를 취했다. 반좌를 틀고 마주하니, 별다른 말이 오고 가지 않아도 살벌한 기운이 형형했다.

한참이 지나도 말이 없자 신기형은 서랍에 넣어 두었던 작은 장부를 꺼내 올렸다. 병관의 시선은 장부로 향했다.

"조만간 대전으로 가져갈 장부인데, 한번 보시겠소이까?"

신기형이 장부를 내밀자 병관은 천천히 받아 들었다. 첫 장을 넘기자 수를 다 헤아릴 수 없는 비리가 일목요연하게 정리되어 있었다. 증좌는 상당히 촘촘했고 또한 정확했다. 병판은 침착한 표정을 유지해 보았으나 별수 없이 손끝이 떨렸다.

"뉘의 치부인 것입니까?"

"뉘겠소. 영상의 것이지."

"어찌하여 죽은 자를 괴롭히는 것입니까. 어찌하여?"

"말하지 않았소이까. 죽은 자는 말이 없는 법. 산 자를 엮기 위한 수단일 뿐이라고."

대수롭지 않다는 목소리가 방 안을 메우자 병판은 더 들춰 볼 것도 없다는 듯 장부를 덮었다. 그러자 마저 읽어야 한다며 신기형은 손짓했다. 보여 주고자 했던 부분은 그 부분이 아니었으므로.

"더 읽어야 나올 것이오."

"무엇이 말입니까."

"병판의 이야기도 있을 테니 살펴봐야 하지 않겠소이까?"

차마 다음 장을 열지 못한 병판은 장부를 내렸다. 무엇이 적혀 있다 한들 치부로 연결되어 있을 것이고, 그것은 한 치의 진실도 없는 거짓일 것이다.

신기형은 수염을 쓸었다.

"얼마 전 병조에서 상감께 흑단의 뒤를 파헤쳐 수뇌부를 찾으라, 그리 주청을 드렸다고? 병판의 뜻인가?"

"……."

"그래서, 그 방도는 찾았소이까?"

병판의 굵은 손끝은 분노를 이기지 못했다. 세차게 주먹을 쥐자 팔 전체가 육안으로 확인될 만큼 떨렸다.

"병판께서는 참으로 쓸데없는 주청을 드렸소. 쉬이 드러날 존재였다면 벌써 드러났겠지. 금부로 잡혀 든 흑단이 어디 한둘이었을까."

"쉽게 붙잡힐 거라 생각은 하지 않았습니다."

"이 사람은 쉽다 어렵다의 말을 하고자 함이 아니라 불가하다는 말을 하고 있는 것이외다."

신기형은 다음 장부를 꺼내 책상 위에 올렸다.

"일전에도 말했듯 증좌는 강처럼 흐르고 산처럼 솟았으니, 빠져나갈 곳이 어디 있겠소."

"대체 이 사람에게 왜 이러는 것입니까. 정녕 대전에 들어가 사실대로 고해야 멈추리까?"

"병판, 조선에서 명분보다 중요한 것은 없소이다. 명분이 있는 것을 상감께서 어쩔 수 있단 말인가?"

신기형은 의미 없는 시선으로 장부를 뒤적거렸다. 바스락거리는 종이 소리는 한없이 날카롭게 들렸다.

"나는 이런 장부를 수백 개 가지고 있소이다. 그곳엔 죄명은 있으나 죄인은 없지. 죄명 아래 적절한 죄인을 정하는 일. 그게 이 사람의 몫이란 말이오."

"대감! 정녕 하늘이 두렵지도 않으시오! 어찌 이러고도 나라의 중신이라 스스로를 칭할 수 있단 말이오리까!"

병판은 벌떡 일어섰다. 분노를 이기지 못한 그 목소리는 담을 넘어갈 듯 소란스러웠다. 신기형은 듣기 싫다는 듯 미간을 일그러 트리며 매서운 눈빛을 쏘았다.

"병판은 참으로 하나는 알고 둘은 모르는 자일세. 하늘이 두려 웠다면 내 어찌 이런 일을 할 수 있었겠는가?"

민감하고 서늘한 눈빛이 부딪힌다. 신기형은 병판의 발아래로 쥐고 있던 장부를 던졌다.

"저 장부엔 병판의 이름이 없소이다. 둘 중 어느 것을 상감께 올 려야 할지 여전히 고민 중이고."

"……."

"참으로 쉽지 않은가? 이 사람이 병판에게 원하는 것은 단지 국 본의 사생활뿐인데."

크기도 제목도 같지만 내용이 전혀 다른 두 개의 장부가 병판의 시선을 어지럽힌다. 심장이 뛰었으나 마치 멎은 것만 같았다.

"선택은 병판이 하오. 장담하건대, 일이 터지면 절대로 병판 하 나로 끝나지는 않을 것이외다."

동궁의 곁에 있는 아들이 떠올라 병판은 피가 날 정도로 입술을 깨물었다. 신기형은 두 개의 장부를 모두 가져가도 좋다는 것처럼 손짓했다.

본디 덩치가 큰 짐승을 사냥하려거든, 단번에 목덜미를 물어 숨을 끊어 내야 했다.

"병판의 아들이 오래도록 동궁의 곁에 있을 수 있기를 이 사람 또한 바라겠소이다."

"천벌을 받을 것이오……. 좌상……."

"얼마든지."

신기형은 눈을 가볍게 감았다 뜨며 긍정했다.

"하늘이 내리는 벌은 얼마든지 받겠소. 다만 조선의 그 누구도 나를 벌할 수는 없을 것이니 새겨듣길 바라오. 부디 살펴가시오, 병판."

병판의 굳게 다문 입술을 바라보고 있자니 머리끝까지 뜨거운 기운이 솟구쳐 올랐다. 희열이었다.

◎

"헛둘. 헛둘."

처소에 들어온 완은 쉼 없이 움직이는 그녀를 말없이 바라보았다.

　방 한구석에서 수 분째, 그녀는 달밤의 체조를 이어 갔다. 벽을 짚고 팔을 굽혔다 펴기를 반복하는가 하면, 바닥에 누워 상체를 일으켰다 눕히기를 계속했다.

　"홍시 너."

　"헛둘. 헛둘……. 왜 부르오?"

　그녀의 이상한 추임새는 계속 이어졌다. 완은 눈썹을 꿈틀대며 천천히 감았던 눈을 떴다.

　"언제까지 그러고 있을 참이냐?"

　"나? 나는 뭐, 헛…… 둘. 신경 쓰지 말고 먼저 잠이나 자오."

　아이고. 용희에게서 앓는 소리가 절로 터진다. 다시 상체를 올려 보려 하지만 배에 힘이 들어가지 않아, 그녀는 입술을 꾹 깨물었다. 완은 답답하다는 듯 이마를 짚었다.

　"너, 이 밤에 그렇게도 할 일이 없냐?"

　"할 일이…… 끙…… 왜 없소……. 끙차. 이렇게 운동을 하고 있는데 말이오."

　용희는 선생과 눈을 마주치지 않으며 운동에 매진했다. 오늘은 좀 나을까 했는데, 여지없이 선생과 둘이 있다는 사실만으로 심장이 터질 듯 뛰어오르기 시작한 것이다. 미친 듯이 널을 뛰는 심장소리가 선생의 귓가에 들릴 것만 같았다.

"어후…… 숨차……. 어후……."

이렇게라도 몸을 움직여야 세찬 고동 소리를 이해해 주지 않을까 싶은 마음에 용희는 울며 겨자 먹기로 벌떡 일어섰다. 이번엔 또 무얼 하나. 제자리 뛰기라도 해 볼까.

"이 먼지 좀 보아라. 그만두지 못하겠느냐?"

폴짝폴짝 뛰며 머리 위로 손뼉을 치는 그녀를 보다 못한 완이 벌떡 일어섰다. 선생이 일어서자 용희는 그제야 우뚝 멈춰 섰다. 펼쳐 놓은 이부자리를 사이에 두고, 두 사람은 오밤중에 대치했다.

"쓸데없이 체력 소모하지 말고 누워라. 일찍 길을 나설 것이라 했다."

"알겠소."

용희는 중얼거리며 이불로 걸어갔다. 아직은 도톰한 이불 사이로 쑥 몸을 누이며 그녀는 꿍얼거렸다. 사람 속도 모르고 이렇게 들들 볶아대니 미칠 노릇이었다.

그때였다.

"으아!"

완이 촛대의 불을 불어 끄자 용희는 다시금 벌떡 상체를 일으켰다. 칠흑 같은 어둠이 펼쳐 들자 오장육부가 입 밖으로 튀어나올 것만 같았다.

"노, 놀랐잖소. 불을 끄려거든 말을 해야지."

"언제부터 내가 네게 허락받고 불을 껐던가? 잔말 말고 다시 누워라."

오고 가는 것은 음성뿐, 아무것도 보이지 않았다. 기척으로는 선생이 눕는 것 같았다. 그가 등을 돌리고 누웠음을 깨달은 용희는 천천히 선생을 따라 누웠다. 그녀도 선생을 등지고 반대로 누웠다.

"잘 자오, 선생."

"……."

얼마 지나지 않았으나 선생은 대꾸가 없었다. 요사이 고단했는지 곯아떨어진 것 같았다.

용희는 잠이 오질 않아 눈만 깜빡거렸다. 눈을 떠도 감아도 온통 어둠뿐이었으나 눈을 감으면 심장 박동 소리가 귓가에 되울려 신경이 쓰였다.

"정말 자는 거요?"

"……."

말이 없자 용희는 뒤를 돌아 선생을 향해 누웠다. 하염없이 기다리다 보니 세상을 집어삼킨 것 같았던 어둠도 조금씩 익숙해지고, 선생의 너른 등판도 조금씩 형체를 찾아갔다. 그녀는 팔을 반쯤 뻗은 채 그림을 그리듯 허공에 등판을 그려 보았다. 눈에 새겨 넣을 듯이 반듯하게 그려, 머릿속에 담았다.

그러고 있던 때 선생이 뒤척이며 바로 누웠다. 용희는 깜짝 놀라 눈을 꼭 감았다. 전신으로 맥박이 느껴지고, 입이 말라 마른침을 삼키며 시간을 보냈다.

그렇게 잠든 척하다가, 잠시 후 용기 내어 눈을 떴다.

"헙."

용희는 낮게 탄식을 터트리며 제 입을 가렸다. 어느덧 자신을 향해 돌아누운 선생의 얼굴이 코앞에 놓여 있는 것이다.

놀라 눈을 동그랗게 떴던 용희는 깊은 심호흡을 하며 선생에게 시선을 못 박았다. 그러다가 저도 모르게 또다시 손을 올렸다. 선생의 얼굴 가까이 손을 가져가, 또다시 허공에 그림을 그리듯 내려갔다. 어둠에 반항이라도 하겠다는 듯 선생의 얼굴은 희게 빛났다.

손끝은 이마로부터 내려왔다. 굳게 감긴 두 눈은 균형 있게 자리했다. 눈시울에 촘촘한 속눈썹은 유달리 짙고 굵었다.

이번엔 콧날을 따라갔다. 잘 갈린 먹을 묻힌 붓으로 한 번에 그어 내린 것처럼 무척이나 매끄러운 선이다. 뼈대가 좁고 높아 날렵하기까지 했다. 숨을 불어 내쉴 때마다 뜨거운 온기가 느껴져, 그녀는 잠시 선생의 숨을 가득 담은 채 손을 말아 쥐어 보았다.

이내 그의 입술 가까이에서 손이 멈췄다. 언제부터였지. 선생의 두툼한 입술이 열릴 때면 저도 모르게 귀를 쫑긋 세우게 되었다. 그 음성은 낮고, 조용했고, 듣기 좋았다.

두근. 두근.

용희는 귓가에 되울리는 자신의 박동 소리를 들으며 입술을 깨물었다. 정체도 알지 못하는 사내에게 조금씩 흘러가는 마음을 힘껏 막아 보지만, 새어 나가는 마음을 모두 막기엔 불가항력이었다.

내가 여인이란 걸 알게 되면 선생은 무슨 표정을 지을까. 속았다며 분노할까? 어쩐지 수상했다며 빠르게 진정할까? 내게 배신감을 느끼지는 않을까?

오랜 생각 끝에 그녀는 망연자실했다. 이런 상상들이 무슨 소용이겠나. 집을 잃고 헤매는 주제에 감정놀음도 사치인 것을.

"……후."

잠에 취한 듯 조금 벌어진 선생의 입술을 바라보고 있자니 마음 한구석이 통증을 호소했다. 더는 아무것도 할 수 없을 걸 알기에 그녀는 짧은 한숨을 내쉬며 손을 내렸다.

"잘 자오, 선생."

번뇌로 가득한 밤이나마 눈을 붙여야겠지. 용희는 선생을 등지고 누웠다.

"서, 선생."

그때, 선생의 팔이 그녀 허리를 휘감았다. 스르륵 제게로 끌어가며 완벽하게 품으로 이끌었다. 소스라치게 놀란 용희의 입술이 반쯤 벌어졌고, 심장은 발끝부터 머리끝까지 요동쳤다. 그러나 선생은 아무것도 모르겠다는 듯 고른 숨을 내쉬었다.

용희는 너무 놀라 굳어 버린 표정으로 두 눈만 깜빡거렸다. 사내의 손길을 피해야 한다는 본능 같은 배움도 잊은 채, 그녀는 허리를 끌어안은 선생의 손길에 숨쉬기를 멈추었다.

'별건 아니다만 자다가 뭘 자꾸 끌어안는 버릇이 있어서 말이다.'

불현듯 선생의 잠버릇이 떠올라 용희는 밀렸던 숨을 내쉬며 눈을 감았다가 떴다. 목덜미에 선생의 숨결이 묻어난다. 몸을 잔뜩 웅크렸지만, 그녀의 등과 선생의 가슴팍이 마주 닿았다.

"아⋯⋯. 선생, 선생. 이보오, 선생."

애당초 깨울 생각이 없는 것처럼 아주 작은 음성으로 용희는 그를 불렀다. 입술을 깨물며 터질 듯한 심장이 진정하기를 바라고 또 바랐다. 사내의 손길을 거부하지 않다니. 용희는 그런 자신이 기가 막힌지 실소를 머금었다.

붙잡혔으나 멀어지고 싶지 않았다. 이끌렸으나 내치고 싶지도 않았다. 숨결이 목덜미에 안개처럼 퍼질 때마다 생사고락을 함께하는 부부의 침소 같다는 착각마저 일었다. 절대 놓아주지 않겠다는 것처럼, 선생의 팔은 단단히 감겨 있었다.

"하아⋯⋯."

마음은 조금씩 편안해졌다. 숨을 길게 내쉬고 나니 그녀의 마음을 괴롭히던 사심이 흩어지는 것 같기도 했다. 할 수 있다면, 할 수 있다면 가급적 오랜 시간 동안 이곳에 갇혀 있고 싶었다.

"……."

그녀는 천천히 눈을 감으며 고른 숨을 내쉬었다. 그대로 잠에 빠져들 듯 미동도 하지 않았다.

잠시 후, 완은 천천히 눈을 떴다. 그녀의 뒷모습을 말없이 바라보다 그러안은 팔에 더욱 힘을 주었다. 가늘어 부러질 것만 같은 허리를 더욱 제게로 끌어당기며, 완은 오래도록 그녀의 뒷모습을 바라보았다.

우연이라 하기엔 너무나도 인연 같은, 그대였다.

28화

모르고 살았던 것들

　형조에서 계하기를.

　"도성 안 인삼을 북쪽으로 실어 가는 밀수 행위가 있사온대 무리에 속한 아녀자들이 남장을 한 뒤 교란을 하고 있습니다. 명패와 신분을 숨긴 채 알려 주지 아니하는 그 죄는 장 일백에 해당됩니다. 청컨대 폐단의 싹을 자르고자 남장한 아녀자를 고발하는 자에게 합당한 포상을 내려 주소서."

　하자 임금이 윤허하였다.

"으아으아으……."

이튿날, 용희는 태진사 한쪽 구석에 숨어 머리를 쥐어뜯었다.
앓듯 신음하며 간밤의 일을 후회하고 또 후회했다. 쭈그리고 앉아
땅이 꺼져라 한숨을 내쉬며 스스로를 끝없이 다그쳤다.

김용희……. 정신 좀 차려라, 제발……. 아무리 이런 꼴로 목
숨을 부지한다지만 김씨 가문에 먹칠할 셈이야……. 여인이 부끄
러움도 모르고 무슨 일이야. 대체……. 밀어냈어야지. 나중에 아
버지 어머니 얼굴을 어찌 보려고 이래…….

"아…… 으으……."

용희는 괴로움에 신음했다. 낯선 사내에게 이끌린 채 심장을 움

켜친 꼴이라니.

밤 기운에 취해 별짓을 다했다. 선생의 얼굴을 훔쳐보질 않나, 무엇이 편하다고 품에서 잠이 들질 않나. 그것도 반가의 규수가 사내를 경계하지 않다니.

"살아서 뭐 할래…… 살아서 뭐 해……"

괴로움은 끝을 모르고 이어졌다. 어느 것도 잊히지 않으니 그럴 만도 했다. 선생의 단단했던 팔과 가슴, 시원한 향, 목덜미에 열꽃처럼 피어나던 숨결…….

"차라리 목을 매자. 이렇게 살 바엔 그냥 그렇게 가자."

용희는 벌떡 일어났다.

"이 멍청아…… 그게 최선이냐. 이 한심한……"

다시 나무 기둥에 머리를 쿵쿵 찧으며 고통스러워하던 용희는 기둥에 등을 기대며 바로 섰다.

"으아아!"

그러고는 고래고래 소리를 지르며 풀썩 주저앉았다. 길을 지나던 월호가 한심하게 쳐다보고 있었기 때문이다.

"여, 여기는 어쩐 일이오!"

"보다시피 지나가는 길이다."

"놀랐잖소! 기척을 해야지!"

헝클어진 머리를 바로 빗으며 용희가 우물쭈물 일어섰다. 월호의 표정에 아무런 감정이 없음을 확인한 용희는 삐뚤어진 옷을 바로 하며 머리를 정돈했다.

"다 봤소?"

"그래, 다 봤다."

"머리 찧는 것도 봤소?"

"봤다."

"목을 매겠다는 소리도 들었고?"

"들었다."

민망함과 부끄러움이 솟구쳐 용희는 입술을 삐죽였다. 차라리 무어라 반응을 해 주면 좋으련만 아무 말이 없어 더 창피했다.

"내 머리는 좀 정돈됐소?"

"아니, 아직."

얼마나 쥐어뜯었는지 여전히 산발이다. 용희는 대충 뒤로 넘기며 월호를 노려보았다.

"차라리 웃으시오! 그렇게 쳐다보지 말고!"

"웃을 가치도 없다."

"이자가 정말! 어후!"

용희는 월호를 밀치며 다시 처소 방향으로 걸음을 옮겼다.

"여어! 홍시! 어딜 다녀오느냐? 이제 출……."

완의 처소 앞에 서 있던 지담은 그녀를 발견하고는 두 눈을 크게 치떴다.

"야! 너 머리가 왜 그래! 누가 쥐어뜯었어!"

용희는 입술을 꾹 깨문 채 지담을 지나쳤다. 그냥 둘 리 없는 지
담은 그녀의 옷자락을 붙잡았다.

"누가 그랬어! 대체 누가!"

"아, 좀 놓고 말하오!"

"당장 말해라! 누가 이랬냐니까?"

"누가 이랬으면, 가서 때려 줄 거요?"

"아니? 감사하다고 말해야겠다. 뉘냐? 함께 가자."

"이자들이 정말!"

용희는 지담의 손길을 홱 뿌리친 채 처소로 들어섰다. 거칠게
문을 닫으며 사라지니 지담은 그 모습이 귀엽다는 듯 웃음을 터트
렸다.

"역시 홍시는 놀리는 맛이 쏠쏠하다. 아니 그러냐?"

곁으로 다가온 월호의 어깨를 툭툭 치며 지담은 껄껄 웃었다. 그
때 용희의 처소 문이 다시 열리더니 빈 바구니가 날아왔다.

"처소 앞에서 썩 꺼지시오!"

"아악!"

바구니는 지담의 이마를 시원하게 때리고 데굴데굴 굴러 떨어
졌다. 용희는 거칠게 문을 닫았고, 지담은 눈을 크게 치떴다.

"아오! 야, 너! 내가 진짜 터트려 버린다!"

씩씩거리던 지담은 흘깃 곁을 돌아보았다. 월호는 팔짱을 낀 채 한심하다는 듯 지담을 바라보았다.

"뭘 그렇게 보냐? 사람 박대당하는 꼴 처음 보냐?"

"……"

"차라리 욕을 해라! 그렇게 쳐다보지 말고!"

월호는 고개를 가로저으며 혀를 끌끌 찼다.

"욕할 가치도 없다."

하늘은 맑고, 날씨는 청명했다.

"소승입니다. 잠시 들어가도 되겠습니까?"

용희는 들려오는 목소리에 일어섰다. 문을 열자 인자한 표정의 주지승이 두 손을 모은 채 서 있었다.

"차비는 다 하셨습니까?"

"지금 막 정리하고 있었소. 덕분에 불편함 없이 있다 가오."

용희는 주지승을 향해 합장했다. 들어선 주지승은 단출한 용희의 짐을 바라보다 자리에 앉았다.

"시간 참 빠르오. 처음 이곳에 당도했을 때만 해도 앞길이 막막

했는데."

"지금은 어떠하십니까?"

"막막함은 많이 진정되었소. 해야 할 일에 대한 계획도 조금씩 생기는 것 같고."

"다행입니다."

두 사람은 흐르는 세월이 무상하다는 것처럼 바라보았다.

"이제 어디로 가시는 것입니까?"

"글쎄, 나야 무얼 알겠소. 그저 선생이 가자는 대로 움직이는 것뿐."

"그러시군요. 그렇다면 거래가 끝난 이후엔 어찌하실 생각이십니까?"

용희는 주지승의 질문에 조용히 침묵했다. 무엇부터 해결해야 할지 완벽하게 정리되지는 않았던 것이다.

"입궐부터 서둘러야 할 것 같소."

선생이 청을 들어줄지는 모르겠지만. 용희는 중얼거리며 무안하다는 듯 손가락을 꼼지락거렸다. 궐을 한 번도 가 본 적 없는 용희에게 그곳은 너무나도 높고 먼 곳이었다. 아버지께서 매일같이 착건속대를 하신 뒤 입궐하실 땐 몰랐다. 원할 때마다 아무렇지도 않게 입궐하는 일이 얼마나 대단한 일인지.

"선생과의 거래는 끝이 보이는 것 같소."

"그렇습니까."

"말을 섞자면 한도 끝도 없겠으나, 그럭저럭 순탄하게 갈무리하는 것 같기도 하고."

통증은 참으로 예고도 없이 번져 든다. 용희는 깊은 숨을 내리쉬며 지르르 퍼지는 가슴속 통증을 모른 척하기로 한다. 이렇듯 선생의 이야기는 무엇을 꺼내도, 어떻게 꺼내도 가슴이 울렸고 저렸으며, 시렸다.

"내게 선생의 일행을 소개해 주어 고맙소. 덕분에 안전할 수 있으니."

"모든 것은 석가의 뜻입니다. 인생의 갈림길이 어지러운 듯해도, 마음의 번뇌를 모두 지우고 나면 결국 한 갈래의 길만이 남는 것이지요."

노승의 따뜻한 눈빛이 그녀에게 내려앉는다. 쇠약한 음성이나마 확고함이 있어, 항시 주지승과의 대화는 뜻이 깊었다. 용희는 말을 아끼며 주지승의 이야기를 경청했다.

"어느 갈래의 길을 선택해도 후회할 것입니다. 미련도 남을 것입니다. 다른 어떤 길을 선택한들 완벽하게 만족스러운 길은 없을 것입니다. 한데 많은 이들이 그러한 사실을 모르고 있지요. 그렇기에 사람은 흐르는 시간을 앞에 두고 사투를 벌이기도 합니다."

때때로 인간은 승복하지 못한 채 시간 앞에 치열한 싸움을 걸기도 한다. 가지 않으려고. 지지 않으려고. 잊지, 않으려고.

"하오나 천지를 합쳐 놓으면 한낱 미물에 불과한 인간이 흐르는 시간을 이길 수 있겠습니까."

용희는 천천히 눈을 감았다가 떴다. 주지승은 또다시 얼마간의 노잣돈을 내어놓으며 조용히 말했다.

"가난한 마음과 풍요로운 마음은 자신의 선택입니다. 후회나 미련이 적을수록 마음의 양식이 쌓이는 법."

용희는 노잣돈을 내려다보다가 고개를 들었다. 고단하고 쇠잔한 마음을 어루만지는 주지승의 음성은 울컥하게 만들었다.

"흘러간, 또한 흐르는, 흘러올 시간과의 사투는 잠시 밀어 두소서."

"고맙소."

할 말이란 게 이런 것뿐이다. 작은 인연을 모른 척하지 않고 마음을 쏟아 주는 주지승에게 감사함이 사무쳤지만 딱히 내어놓을 것이 없었다. 하지만 받지 않아도 되겠다는 듯, 주지승은 빙그레 미소 지었다.

"부디 무탈하시길 바라옵니다."

"다시 만날 수 있기를 바라오. 다시 만날 때엔 반드시⋯⋯."

반드시 예전 그 모습 그대로 올 것이오⋯⋯. 용희는 차마 말을 모두 다 뱉지 못하고 마른 주먹을 움켜쥐었다. 그리고는 단정히 무릎을 꿇으며 용희는 합장했다.

주지승도 따라 그녀에게 합장했다. 처음보다 더욱 단단해진 그녀를 바라보며 안도했고, 그녀를 돌봐 주는 이가 다름 아닌 세자이기에 더욱 안도했다.

그리고 또 하나.

"무사히 입궐하시길 바라겠습니다. 뜻을 이루실 수 있을 겁니다."

그분은 그녀의 뜻을 이뤄 줄 수 있을 것이라 더욱 안도했다.

길을 떠난 완과 용희는 한양으로 들어섰다. 오늘도 지담과 월호는 모습을 감춘 채 그들을 따라오고 있었다. 여인의 복장이 아닌 관계로 오늘은 가마 없이 길을 걸었기에, 혹 누구라도 자신을 알아볼까 용희는 편히 고개를 들지 못했다.

"어디 불편한가?"

완은 용희를 향해 물었고, 용희는 힐끗 고개를 들며 답했다.

"아니오. 신경 쓰지 말고 가면 되겠소."

완이라고 한양이 반가울 리 없었다. 두 사람은 고개를 주억거리며 오가는 사람들을 지나쳤다. 한양은 조선의 수도답게 활달했고, 많은 수의 사람이 오고 갔다. 게다 오늘은 장이 들어섰는지 유난히 붐볐다.

"우와, 신기한 것들 천지네."

번잡한 시장통이 반가운지 용희는 금세 주변을 두리번거렸다. 완은 빠르게 앞을 살피며 곁을 경계했다. 이내 호기심 어린 눈빛으로 좌판을 내려다보고 있는 그녀를 바라보다 피식 헛웃음을 흘렸다. 복장만 사내다우면 뭘 하느냐. 여인네 장신구에 저절로 네 시선이 머무는 것을.

"이것 좀 보오, 선생. 요즘은 이런 게 유행인가 봐."

"내가 그것을 어찌 아느냐. 여인의 물건인데."

"아, 그렇지."

무심코 집어든 장신구를 내리며 용희는 다급히 손을 숨겼다. 그 모습을 이상하게 바라보던 장사치는 완과 용희를 번갈아 바라보았다.

"찾는 물건이 있습니까요?"

"아, 아닐세."

용희는 서둘러 걸음을 옮겼고, 완은 또다시 곁을 둘러보며 뒤를 따랐다. 노상 인적이 드문 길만을 이용한 까닭에 그녀는 이런 곳이 반가웠던 모양이다. 하지만 일각도 경계를 늦추기 힘들었다.

"여보게 춘식이, 저기 저 사람 여인 아니여?"

"어디? 저기 저 사람?"

"그려, 생긴 게 꼭 계집인데?"

두런두런한 사람들의 목소리가 들리자 완은 귀를 쫑긋 세웠다. 좁은 보폭으로 앙증맞게 걷고 있는 그녀를 향한 말일 것이다. 그 말을 들었는지 용희가 우뚝 멈춰 섰다.

"우와, 이보게. 이건 뭔가?"

아니다. 새로운 물건을 발견하고 멈춘 것이다.

완은 소리가 났던 방향을 향해 고개를 돌렸다. 한데 어인 일인지 대화를 나누는 이들은 보이지 않고, 좌판에 엎드려 자고 있는 두 사람만 시선에 들어왔다. 고개를 갸웃거리던 완은 다시 용희에게 시선을 주었다.

"옥수수엿입니다요. 이놈이 밤새 엿을 고았습죠."

"아아, 자네가 손수 만든 것인가?"

"예? 아, 예."

장사치는 미심쩍다는 눈빛을 하며 고개를 끄덕였다. 꼭 계집애처럼 생긴 자그마한 녀석이 툭 튀어나와서는, 차림과는 전혀 어울리지 않는 말투를 쓰고 있다.

"맛있겠다."

용희는 저도 모르게 입맛을 다셨다. 지담에게 엿을 얻어먹은 뒤로 그 달달함에 폭 빠져 버리고 말았다. 먹는 모습이 천것처럼 보인다 하여 집안에서는 일절 찾아볼 수 없는 간식거리가 아니었던

가. 게다 이렇게 크고 묵직하게 생긴 엿은 처음이다.

"밤새 녹여 먹어도 다 못 먹겠네."

"하나 드릴깝쇼?"

그녀는 잠시 고민했다. 주지승에게 얼마간의 돈을 건네받았으나 이런 곳에 쓸 수는 없었으니까. 침을 꼴깍 삼키며 용희는 고개를 가로저었다. 이내 민망하다는 듯 웃었다.

"아닐세. 많이 팔게."

"예? 예, 예예."

장사치는 걸음을 옮기는 그녀를 위아래로 훑었다. 이내 곁에서 부채를 파는 장사치의 어깨를 툭툭 쳤다.

"자네, 봤어? 저기 가는 저 사람, 여인 같지 않아?"

"뭐? 누구? 저기?"

"그려, 허리도 잘록하니 웃는 것도 그렇고. 여인인데?"

"그러게? 내가 보기에도 그렇구먼. 수상한 사람 아니여?"

말없이 뒤를 따르던 완의 귀가 또다시 쫑긋 선다. 이렇듯 그녀는 가는 길마다 곡식을 뿌리듯 화려한 족적을 남기는 중이었다.

"안 되겠다. 하나 사 먹어야지."

도저히 엿의 유혹을 뿌리치기 힘들었는지 용희는 뒤를 돌았다. 달거리가 다가온 까닭에 본능적으로 단 것들이 강렬하게 끌렸던 것이다.

완은 갑자기 돌아선 그녀를 바라보다 걸음을 멈추었고, 그녀가 가는 길을 따라 다시 뒤로 돌아섰다.

"어? 엿 안 파는 거요? 자는 거요?"

엿 가게 앞에 도착한 그녀는 엎드려 자고 있는 사내를 바라보았다. 분명 방금 전까지 대화를 나눈 사내가 흔들어 깨워도 일어나지 않을 것처럼 자고 있는 것이 아닌가? 사내는 물론 곁에서 부채를 팔고 있는 사내도 함께 잠이 들었다.

"밤새 엿을 고았다더니 곤한가 보네."

아쉽다는 듯 용희는 중얼거리며 다시 발길을 돌렸다. 완은 줄줄이 잠든 사내들을 바라보다 웃음을 터트렸다.

"이 녀석들, 시장통 사람들을 전부 재울 셈인가."

이미 시야에서 사라진 지담과 월호를 향해 완은 중얼거렸다. 어디선가 바람처럼 나타나 사내들의 목을 흔들어 강제 취침을 시켰다는 걸 그녀는 알 리 없었으니까.

완은 긴장의 끈을 놓았다. 녀석들이 곁에 있음에 달리 걱정할 일이 없었다. 차곡차곡 그녀와의 기억을 쌓기만도 바쁘고 벅찼으니까.

"하나 사 주랴?"

"어! 어어! 나 이거! 이거 사 줘, 선생!"

이미 다른 옥수수엿 가게 앞에서 넋을 놓고 있던 그녀는 기다렸

다는 듯 반색했다. 완은 두 손을 모은 채 대기 중인 장사치를 향해
엿을 달라 말했다.

"하나 주게."

"예! 여기 받으십시오!"

"우와아아……."

제 얼굴만 한 옥수수엿을 받아 들고는 그녀가 활짝 웃는다. 가
격을 치른 완이 장사치의 얼굴을 힐끔 바라보았다. 역시 장사치도
그녀가 수상한지 위아래로 죽 훑어보고 있었다.

완은 자신의 눈썰미가 좋아 홍시가 여인임을 알아보았다 믿고
싶었으나, 사실 그녀는 누가 보아도 한눈에 여인으로 보일 상이었
다. 저만 모르고 세상 모든 이가 다 알고 있는 것을 홍시는 곧 죽
어도 모르겠지만.

언제까지 녀석의 허술한 남장에 속아 주어야 하는지 알 수 없었
으나 가급적 오래도록, 할 수 있다면 아주 길고 오랜 시간 동안 속
아 주고 싶었다. 세상 모든 이의 눈과 귀를 가려야 한대도, 할 수
만 있다면 그리하고 싶었다.

"참 곱상하게 생겼네. 계집이래도 믿겠어."

장사치가 엿에 눈이 팔린 그녀를 바라보며 중얼거리자 완이 눈
썹을 꿈틀거렸다. 완은 천천히 용희와 걸음을 옮겼고, 얼마 후 이
가게 엿장수도 낮잠에 동참했다.

"우와아아······."

"한 입 먹으란 소리도 안 하는 것이냐?"

둥글둥글한 엿을 손에 꼭 쥐고 탄성을 내지르던 그녀는 휙, 완을 바라보았다. 야금야금 아껴 먹으려고 했는데 치사하게 한 입만 달란다.

"알겠소. 엿이 크니까 좀 나눠 주겠소."

"내가 샀다."

"거참 치사하게. 나눠 준다니까?"

하지만 아무리 힘을 줘도 부러질 생각을 안 한다. 용희는 힘껏 엿을 가르다가 포기했다.

"깨물어 보오. 나는 이쪽을 먹었으니 다른 쪽으로."

결국 천하장사 선생에게 엿을 넘겨주었다. 단것이라고는 입도 데고 싶지 않은 세자께서 부채만 한 엿을 한참 바라보았다. 그러다가 그녀가 물었던 곳을 물었다.

"어어! 거긴 내가 먹은 곳이라니까!"

으그작. 완은 힘 있게 엿을 베어 물었다. 상당한 건치다.

"성격 진짜 이상하네! 이 많은 곳 중에 하필 내가 먹던 곳을!"

네가 먹던 곳이니까.

완은 으그작 으그작 엿을 씹었다. 소름 끼치도록 단내가 입안 가득 작렬한다. 빨리 없애 버리고 싶은 마음뿐, 녹여 먹는 건 끔찍했다.

용희는 중얼거리다가 다시 엿을 우물우물 먹었다.

"앗, 저것은 한과……."

"내가 혹시 너를 굶기더냐?"

"떠돌아다니다 보니 먹을 수 있을 때 먹어 둬야 한다는 걸 깨달 았지 뭐요? 헤……. 선생 나 저거……."

용희는 엿을 다른 손으로 옮기며 완의 옷자락을 붙잡았다. 선생 의 마음이 엿가락처럼 줄줄 녹아내린다. 이깟 한과 따위, 그리 좋 다면 생과방 나인들을 시켜 한 짝 정도 만들어 가져다주고 싶다.

"종류별로 주게."

"아이고! 예!"

또다시 완은 값을 지불했고, 장사치의 미심쩍은 눈초리가 용희 에게 꽂히자 눈썹을 꿈틀거렸다. 그녀를 수상하게 여기고 있음이 분명했다.

"우와, 맛있겠다. 잘 먹겠소, 선생."

"그러든지. 번잡한데 옷자락이라도 붙잡고 따라와라."

"알겠소."

용희는 완의 옷자락을 붙든 채 주전부리를 먹었다. 완은 그녀의 좁은 보폭을 맞추며, 혹 그녀가 다른 이에게 부딪칠까 팔을 휘저 으며 걸었다.

"오늘따라 자는 사람들이 많은 것 같소."

"춘곤증이다. 봄이면 으레 나른한 법이지."

"그런가?"

"그래. 곧 일어날 것이니 걱정 마라."

완은 뒤를 돌아보았다. 저 멀리 잠을 자던 엿 가게 장사치가 목을 돌리며 일어서는 것이 보였다. 장사치는 갑자기 정신을 놓았던 이유를 모르겠다는 듯, 목을 이리저리 돌리며 개운하지 않은 표정을 지었다. 다시 고개를 앞으로 돌린 완은 모르는 척 눈썹을 꿈틀거렸다.

"선생도 한과 줄까?"

"됐다. 난 아직도 엿이 남았다."

"에? 아직도?"

"입천장에 붙어 녹지도 않고 넘어가지도 않는다."

완은 껄끄럽다는 듯 인상을 구겼고, 용희는 그 모습이 웃긴다는 듯 웃음을 터트렸다. 웃는 모습이 어찌나 해사하고 티끌 없는지 빠져 허우적거릴 것만 같았다.

"선생도 은근 허당이오."

그 웃음, 담아 봐야 좋을 일이 아닌데. 가져가 봐야 꺼내어 쓸 나날이 없을 것인데.

"아니다. 은근히가 아니라 대놓고 허당인 것 같아."

그런데도 자꾸만 담겼다. 차곡차곡, 켜켜이 쌓여 갔다.

"허당이라니. 뱉으면 다 말인 줄 알고. 누차 말하지만 나는 전……."

"그래그래, 선생은 전무후무 · 유일무이."

완은 자포자기하듯 작게 웃음을 지었다. 고작 옥수수엿에 기뻐하는 그녀를 보고 있자니 스스로의 마음이 탁하게 느껴진 것이다. 지난밤, 그녀를 끌어안았던 감촉은 피부 안쪽으로 스며들어 각인된 듯 선명했다.

"엿은 전부 녹았소?"

"아니, 아직도 있다."

두 사람은 북적이는 시장통을 도란도란 걸었다. 지나가는 동안 몇 명이나 낮잠에 빠졌는지 모를 일이다.

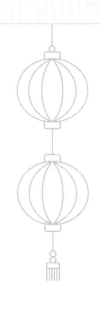

29화

여인이 되고 싶은 밤

【해종실록 11권. 해종(偕宗) 17년 6월 4일】

   동궁이 편찮았으므로 원기 회복을 돕는 탕약을 청하자, 상이 마땅히 탕약을 내리다.

"아으……."

완의 일행은 주막으로 돌아왔고, 용희는 처소 안에서 배를 움켜쥔 채 신음했다. 달거리가 시작된 것이다.

"배…… 배 아파……."

그녀는 둥글게 몸을 말며 누웠다. 마치 날카로운 것으로 배를 죽죽 그어 내리는 것 같은 고통이 수반되었다. 아랫배는 얼음장처럼 차가웠고, 통증은 어찌나 격심한지 헛구역질이 올라올 것 같았다.

"아…… 아으……."

첫 달거리를 시작했던 시절로부터 잘 먹고 잘 자라 건강하기 이를 데 없는 그녀의 몸은 달마다 규칙적인 달거리를 이어 갔다. 여인이라면 응당 받아들여야 하는 일이었고 겸허히 치러야 하는 일이기도 했으나, 도대체가 이 통증은 겪어도 나아질 차도를 보이지 않았다.

어머니가 몸에 좋다는 약을 지어 끊임없이 가져다 바쳐도 달거리가 다가오면 여지없이 통증이 찾아왔다. 하는 수 없이 의녀를 불러 물어도 보았으나 달리 피할 방법은 없다고 했다. 고통을 줄이는 방법이라곤 하루빨리 아이를 낳아 체질을 바꾸는 수밖에 없다고도 했다. 밖으로 고통을 꺼내 놓기도 부끄러운 일로 각인되어 있던 달거리 통증은 안팎으로 쉬쉬할 수밖에 없었다.

"아…… 배가 찢어질 것 같아……."

용희는 엉금엉금 기어 이불을 꺼내 덮고 잔뜩 몸을 웅크린 채 식은땀을 흘렸다. 의연하게 참아 보고 싶었지만 고통은 해도 해도 너무했다.

그렇게 단것이 먹고 싶더라니. 희한하게 몸이 무겁고 나른하더라니. 용희는 이를 사리문 채 신음을 삼켰다. 앉을 수도 없고 허리를 펼 수도 없는 고통은 정신을 혼미하게 만들었다. 그녀는 숨을 짧게 끊어 내쉬며 눈을 감았다.

그때였다.

"벌써 자는 것인가?"

선생이 처소에 들어섰다. 홍시가 한마디도 못 떼고 인상을 찌푸리고 있자, 수상함을 느꼈는지 선생은 다급히 다가와 앉았다.

"배가 아프냐? 이 식은땀은 또 뭐고. 여봐라, 홍시. 홍시!"

용희는 만사가 다 귀찮다는 표정으로 고개를 더욱 수그렸다. 해줄 말도 없었거니와 있다 한들 대꾸할 정신도 없었다. 아랫배는 갈기갈기 찢긴 것 같은 고통을 만들어 냈고, 그녀는 차디찬 배를 움켜쥔 채 작게 신음했다.

"아……."

완은 서둘러 그녀의 이마를 짚었다. 열은 없었다.

"체한 모양이다. 주전부리를 그리 하더니. 손을 따야겠다. 그러게 천천히 먹으라 하질 않았더냐."

"나……."

"뭐라?"

용희는 반대로 누웠다. 격렬한 짜증과 고통이 그녀를 휘감았다.

"나가……."

"나가? 나가라고?"

완은 눈을 동그랗게 떴다. 배를 움켜쥔 채 끙끙대고 있는 그녀는 체한 것이 분명했다. 한데 나가라니. 병자를 두고 어찌 나갈 수가 있겠는가? 시도 때도 없이 골골대는 홍시는 정말이지 여간 손을 타는 녀석이 아닐 수 없었다.

완은 그녀의 한쪽 팔을 올린 뒤 힘 있게 쓸었다. 체한 것이라 확신한 모양이다.

"조금만 참아 보아라. 내 곧 손을 따 줄 것이니."

"나가……. 나가라고……."

머리가 어질어질하다. 하루는 꼬박 이렇게 있어야 할 텐데 선생은 부지런히 팔을 쓸어내리며 꾹꾹 눌렀다.

"이곳을 누르면 아프냐? 이곳은 오장 육부로 따지면 위에 해당하는 곳이다."

용희는 대꾸할 기력조차 잃은 채 눈을 꾹 감았다. 그녀가 말이 없자 더욱 확신한 완은 정성스럽게 손바닥을 지압했다. 쓸데없는 민간요법이 홍시를 더욱 괴롭히고, 참다못한 그녀는 벌떡 상체를 일으켰다.

"나가! 나가라고!"

본디 달거리 기간엔 열이 많고 화가 많아지는 법.

"당장 나가! 썩 꺼져!"

"뭐라? 꺼, 꺼져?"

완은 털썩 주저앉았다. 이 콩만 한 녀석이 뱉어 내는 말 좀 들어 보라. 꺼지라니?

할 말을 잃은 완이 그녀를 당혹스럽게 쳐다보았다. 식은땀을 뻘뻘 흘리는 그녀의 안색이 지나치게 파리했다. 붉었던 입술마저 하얗게 변해 버렸으니, 이런 그녀와 입씨름을 시작하기엔 무리가 따랐다.

"나 지금 제정신 아니니까 더 이상 험한 꼴 당하지 말고…… 빨리…… 빨리 나가오……."

"알겠다."

마지막 이성의 끈을 부여잡은 용희가 미안하다는 듯한 표정을 짓자, 하는 수 없이 완이 일어섰다. 체한 것이 분명한데 미련하게 홀로 견뎌 보겠다니.

"얹힌 것에 좋은 약이라도 구해 보겠다. 쉬어라."

"쓸데없는 짓 하지 말고…… 그냥…… 제발 그냥 좀……."

"허어, 알겠다."

용희는 다시 누웠다. 꾸물꾸물 몸을 웅크리며 아랫배를 부여잡았다. 완은 그런 그녀를 내려다보다가 천천히 방문을 열고 나섰다.

"어찌 다시 나오셨습니까?"

평상에 앉아 있던 지담과 월호가 일어서자 완은 텁텁한 표정을 지으며 마루에 앉았다.

"쫓겨났다."

"예에?"

굳게 닫힌 방문을 바라보며 완은 중얼거렸다. 체한 것 같은데 도통 나가라고만 하니 별수 없었다고. 보아하니 많이 아픈 것 같은데 어찌해야 하는지 모르겠다고.

"대장, 제가 한번 들어가 보겠습니다."

완은 고개를 들어 지담을 바라보았다. 자신에 찬 저 눈빛, 무엇을 뜻하는가.

"솔직히 말씀드리면 홍시와 제가 이 중 제일 친하지 않겠습니까? 필시 대장이 못마땅하여 그런 것 같습니다."

완은 미간을 좁혔다. 은연중 홍시와의 친분을 과시하는 지담이 영 마음에 들지 않았다. 하지만 지담은 어깨를 으쓱 올려 보이며 자신밖에 없다는 투로 말을 이었다.

"휴, 보십시오. 제가 들어가면 분명 홍시가 기대 올 것입니다. 그럼 다녀오겠습니다."

지담이 마루 위로 올라 방 안으로 들어서자 완은 팔짱을 끼며 불편한 기색을 드러냈다. 월호는 조용히 고개를 수그린 채 그 곁을 지켰다.

"월호."

"예."

"네가 보기에도 홍시와 지담이 가장 친하더냐?"

"……."

실은 관심이 없던 월호가 말을 아끼자 완은 더욱 미간을 일그러트렸다. 침묵으로 일관하는 월호의 모습은 긍정의 신호인 것 같아 더욱 불쾌함이 솟구쳤다. 괜한 화살이 월호에게 꽂혀 들고, 완은 팔짱을 낀 채 마루에 앉아 하늘을 올려보았다.

"아악! 놔! 놓으라고!"

"썩 꺼져! 꼴도 보기 싫으니까 내 눈앞에서 당장 꺼져!"

"알겠어! 알겠다고!"

그때 벌컥 문이 열리며 지담이 쏟아지듯 튕겨 나왔다. 동시에 완의 얼굴로 감출 수 없는 미소가 떠올랐다. 문전박대가 이토록 반갑기는 처음이다.

"저 고얀 녀석이 뭘 잘못 먹어도 한참 잘못 먹은 것 같습니다, 대장."

홍시에게 물렸다. 지담은 팔뚝을 문지르며 터덜터덜 밖을 나섰다. 말이 없기에 다정하게 몇 마디 붙이며 대장이 했던 것처럼 팔을 쓸었는데, 벌떡 일어나 다짜고짜 물어뜯는 것이 아닌가. 하마터면 살점이 뜯길 뻔했다. 지담은 마치 다른 사람이 된 것 같은 용희의 모습에 기절초풍하듯 놀라 가슴을 쓸어내렸다.

"맞았더냐?"

"아니요. 물렸습니다."

지담이 연신 팔을 문지르자 완은 딴청을 피웠다. 입꼬리가 자꾸만 올라가 견디기 힘이 들었다.

"월호, 이번엔 네가 들어가 보겠느냐?"

한껏 여유를 되찾은 완이 월호를 향해 물었다. 잠시 고민하는 눈빛이 완연했던 월호는 조용히 입술을 열었다.

"다녀오겠습니다."

"허! 네놈이 들어가 봐야 나처럼 물려 올 것이 뻔하다!"

월호는 지담을 스치며 방 안으로 들어섰고, 완은 평온함을 되찾은 얼굴로 처소 앞을 지켰다.

지담이 곁에 따라 앉으며 둘은 서로 말을 아꼈다. 신경은 온통 방 안으로 쏠렸다. 아무 소리가 들리지 않는 와중에 처소 문이 열렸다. 완과 지담은 놀라 뒤를 돌아보았고 월호는 침착하게 마루 아래로 내려왔다.

"어찌 별일 없이 나오느냐? 홍시가 아무 말도 안 해? 꺼지라고 안 해?"

지담이 못 믿겠다는 듯 묻자 월호는 고개를 가로저었다. 완 또한 믿을 수 없다는 듯 눈꼬리를 늘어트렸다.

"칼을 꺼내려는 것 같기에 그냥 나왔습니다."

별일 없었다는 듯 대꾸를 마친 월호 또한 평상에 앉았다. 세 남자는 무릎을 나란히 한 채 서로의 눈치를 보았다.

"대장, 아무래도 오늘은 처소를 달리 쓰셔야겠습니다."

"그래, 그래야겠다."

쫓겨나고 물려 나온 마당에 재입성은 꿈도 꾸기 힘들었다. 방구석에서 쫓겨나는 신세라니. 중궁전에서 이 사실을 알게 되면 어떤 표정을 지을지 생각만도 끔찍스러웠다.

"홍시가 다른 사람이 된 것 같습니다. 혹 우리가 못 본 사이 미친개한테 물렸을지도 모릅니다, 대장."

"의원을 불러야 하는가. 그 늙은 의원을 다시 한번 불러야 하지 않겠는지?"

"물고 뜯고 악다구니를 지르는 게 꼭 제 둘째 여동생을 보는 것 같……."

지담은 말꼬리를 흐렸다. 지담은 가문의 장자였고, 그 아래로 여동생만 여섯이었다. 때문에 집안은 하루도 조용할 날이 없었다. 그중엔 말괄량이도, 여장부도 있었기 때문이다.

"아……."

완은 지담의 탄식을 귀담아듣지 않고 혼자만의 사색에 빠져 버렸다. 아픈 것 같아 마음이 놓이질 않았고, 예민한 모습이 그런대로 걱정되어 견딜 수가 없었다. 대체 저 녀석이 왜 저러는 걸까? 극도로 날카로워진 그녀를 이해하는 일은 어려웠다.

세자께서 어찌 알겠나, 신비로운 여인의 세상을.

"혹시."

지담은 방으로 고개를 돌렸다. 완은 또 헛소리를 하겠거니, 들으려고도 하지 않고 하늘만 올려보았다.

"대장, 대단히 송구스럽고 입에 올리기 민망하오며 듣는 이 또한 수치스러울 수 있겠으냐……."

"그럼 안 듣겠다. 구태여 수치스럽고 싶지 않다."

"아니, 들으셔야 하는데."

꽤 하기 힘든 말을 하려는 듯 지담은 머리를 긁적였다. 집안에 여식이 있는 가문이라고는 지담뿐. 천성에 정이 많은 녀석이었으니, 그 왈가닥 아씨들을 업어 키우다시피 하질 않았겠나. 여인의 신비로운 세계를 조금이나마 깨우치고 있는 것은 지담이 유일했다.

"대장, 귀 좀……."

"안 듣겠다."

"아니, 아니요. 들으셔야 하는데……."

지담은 머뭇거리며 완에게 다가섰다. 사내의 입김이 끔찍한지 완은 오만상을 찌푸렸다. 이내 속닥속닥 지담이 완에게 이야기를 건네자 완의 얼굴이 붉어지기 시작했다. 귓불까지 붉어진 것을 보아하니 여간 당황한 게 아닌 성싶다.

"뭐, 뭐라?"

"예, 그렇습니다."

귓속말을 들었는지 월호는 헛기침을 하며 목까지 빨개진 얼굴로 고개를 돌렸다.

"아이고, 죽겠다아……."

그때, 마치 산고의 고통 같은 신음이 방문을 뚫고 들려왔다. 완은 벌떡 일어서며 방문을 가리켰다.

"한데! 한데 왜 저렇게 다 죽어 간단 말이냐!"

"아…… 그렇기도 하답니다……. 사람마다 증상이 조금씩 다르기는 한데……."

"그런데!"

"경험상 제 둘째 여동생이 꼭 그날만 되면 다 죽어 가는 것은 물론이요, 성질머리가 개로 변하여……."

지담은 민망하다는 듯 연신 머리를 긁적였다. 둘째 여동생은 참하기로는 소문이 났고, 왈가닥 여동생들 중 유일하게 정적인 성격을 가진 아이였다. 한데 그런 아이도 유별나게 그 기간이 되면 난폭해지고, 방 안을 온종일 뒹굴며 고통을 호소했다.

완은 당혹스러움을 감추지 못했다. 언뜻 듣기에 가장 신빙성 있는 추측이었지만, 그 말은 즉 사내의 몸으로 덜어 줄 것이 없다는 말이기도 했다.

"약은 없더냐? 무얼 어찌해야 하는가?"

"약도 없고 그냥…… 개로 내버려 두면 알아서 다시 사람이 되옵니다."

허어. 완은 다시 털썩 앉았다. 사내끼리 섞기에 너무나도 민망스러운 말이 아닐 수 없었다. 하지만 사람이 저렇게 아파하는데 어찌 두고만 볼 일이겠는가. 완은 다시 일어섰고, 앉지도 서지도 못하며 초조하게 서성였다.

용희의 신음이 터져 흐르자 완은 더욱 초조해진 목소리로 물었다.

"저러다 죽는 건 아닌가?"

"죽지는 않습니다. 다만 좀 따뜻하게 해 주고, 따뜻한 것을 먹이고, 잠을 충분히 재우면 될 것입니다."

"뭐 하고 서 있는가? 주인에게 알려 불을 때라."

"예? 이 날씨에요?"

지담은 떠름한 표정으로 완의 명을 받잡았다. 이 날씨에 불을 때우라니, 그것은 모든 처소가 달궈질 것이라는 뜻이었다.

"월호, 너는 어서 가서 물을 데워 오라."

"예. 명을 받자옵니다."

월호는 본분을 다하고자 사라졌고, 완은 연신 초조하게 움직이며 방문만 힐끔힐끔 바라보았다. 단 한 번도 소상히 들어 본 적 없고 겪어 본 적 또한 없는 생경한 일이었으나, 저토록 아파하는 일이라니 새삼 그녀가 성스럽게 보이기도 했다.

"아이고오……."

그것은 여인으로 거듭나기 위한 일이요, 건강함의 일환이기도 했고, 나아가 자식을 잉태할 준비가 되었다는 숭고함의 상징이기도 했다. 하지만 배를 부여잡고 몸서리치는 신음을 듣고 있기는 누구도 편치 않았다.

"좀 참아 보아라. 해 줄 일이 없어 미안하다."

완은 한동안 초조하게 서성거렸다. 여인으로 산다는 건 참으로 피곤한 일이었다.

모두가 고되었던 밤이 지나고 날이 밝았다. 밤새 끙끙 앓다 새벽녘 지쳐 잠이 들었던 그녀는 신기하리만치 멀쩡하게 돌아왔다.

세 남자는 평상에 앉아 날을 꼬박 지새웠다. 기력을 회복한 그녀가 처소 문을 열고 나선 순간부터, 그들은 슬금슬금 눈치만 보며 전에 없는 다정함으로 홍시를 대했다.

참으로 기이한 일이었다. 그녀는 틈이 날 때마다 잠을 청했고, 어디든 머리만 닿으면 금세 까무룩 잠이 들었고.

"또 잠이 들었는가?"

"예. 기간 동안은 잠이 많아진다고 알고 있습니다."

평소보다 많은 양의 음식을 섭취했으며.

"이게 뭐요, 선생?"

"먹어라. 약과니라. 오다 팔기에 사 왔다."

"우와아아!"

단것이라면 기둥도 뽑아 먹을 만큼 전투력을 불사 질렀다.

"홍시야, 꿀떡인데 좀 먹어 볼 것이냐? 하긴 조금 전에 밥을 먹었으니 별로 먹……."

"지담! 그거 이리 주오! 이리 주시오!"

식탐을 부리는 일이 좀처럼 없던 그녀는 끼니와 끼니 사이를 주전부리로 채웠고, 그러다 또 금세 까무룩 잠이 들곤 했다. 통증은 사라진 듯했으나 여전히 예민했고 까칠했다.

"뭐요, 월호. 지금 내 그림자 밟은 거요?"

"……내가 실수했다."

세 남자는 그녀의 횡포에 쩔쩔맸다. 악독한 독재도 이보단 나을 테지만, 자연의 섭리라니 마땅히 대우를 해 주지 않을 도리도 없었다.

한바탕의 폭풍이 휘몰아치고, 그녀는 조금씩 본연의 모습으로 되돌아갔다. 면으로 된 월경대는 처치가 곤란해, 용희는 날이 저물면 들고양이처럼 밖으로 나와 손수 세탁을 했다. 평소라면 이 밤에 어딜 나가는 것이냐고 으름장을 놓을 선생이었으나, 깊게 잠이 든 것처럼 미동도 하질 않았다. 그녀를 난처하게 만드는 일은 더욱 난처했으니까.

"그게 뭐요?"

잠에서 깬 용희는 고소한 기름 냄새를 따라 처소 밖을 나섰다.

한쪽에서 주모가 고소한 전을 쉴 새 없이 부쳐 내고 있었다.

"아, 내일 찬거리를 미리 만들고 있었습니다. 한 입 해 보실라우?"

"정말? 먹어도 되겠소?"

딱히 허기진 것도 아닌데 자꾸만 먹을 것이 당겼다. 단것과 기름진 것들이 어찌나 반가운지, 용희는 주모 곁에 쭈그리고 앉아 침을 꼴깍 삼켰다. 호박전과 육전이다.

"요 며칠 찬이 부실했기에 내일은 조금 챙겨 드리려고 만들고 있습니다요."

"부지런하오, 이 많은 것을 다."

주모는 갓 완성한 전을 들어 그녀에게 내주었다. 손이 큰 주모의 성격답게 한입에 먹긴 어려운 크기였다.

"아, 해 보십시오. 뜨거우니 조심하고."

"아……"

용희는 덥석 전을 물었다. 기름옷을 듬뿍 입은 전은 씹기도 전에 환상의 풍미를 자랑했다. 주모는 잠시 기다려 보라며 전을 소담하게 담아 두 접시를 건넸다.

"안에 계신 분들과 나눠 드셔요. 뜨거울 때 먹어야 맛있으니까요."

"그릅스."

고맙소. 용희는 입에 전이 물려 있는지라 웅얼거리며 답했다. 씹어 넘기고 싶었지만 전이 조금 뜨거웠다.

용희는 양손에 전이 담긴 접시를 들고 일어섰다. 어서 나눠 먹고 싶은 마음에 급히 처소를 찾았다.

"슨승! 슨승!"

선생! 선생! 용희가 문을 열지 못하고 밖에서 부르자 완이 문을 열었다. 마치 먹을 것을 물어 온 길고양이처럼, 그녀는 입에 전을 물고 눈가를 둥글게 휘었다.

"이게 다 무엇이냐?"

"즌. 즌으으."

전. 전이오. 용희는 어서 접시를 받으라며 두 손을 뻗었다. 어서 물고 있는 전을 씹어 삼키고 싶었다.

완은 맥없이 웃음을 터트렸다. 그 모습은 혼자 보기 아까울 정도로 사랑스러웠으나, 또한 누구도 보여 주지 않고 싶을 만큼 소유하고 싶었다.

어서 받아 들라며 용희는 팔을 저었다. 완은 접시를 받아 들지 않고 그 모습을 귀엽다는 듯 바라보았다.

"으스, 으스, 뜨급드그."

어서, 어서. 뜨겁다고!

다급함은 용희의 몫일 뿐, 완은 너를 어쩔 바 모르겠다는 부드러운 표정으로 그녀를 내려다보았다. 물고 있는 전을 떨어트릴까, 그 녀는 입술을 꼭 모은 채 말캉한 두 볼을 둥글게 부풀리고 있었다.

완은 그녀를 끌었다. 이윽고 그녀가 입에 물고 있는 전을 물었다.

"으으!"

놀란 용희가 두 눈을 동그랗게 떠 보지만 전을 한 움큼 베어 문 완은 그대로 그녀를 바라보았다. 닿을 것 같은 입술의 간극을 간 신히 지켜내다가 천천히 얼굴을 떼었다. 전의 고소함은 몰랐다. 다만 그녀의 보드라운 향기만이 코끝을 점령해 버렸다. 놀란 그녀 의 얼굴을 바라보는 일은 온종일 해도 지루하지 않을 것 같았다.

"뭐, 뭐요! 뭐 하는 거야!"

남은 전을 입안으로 넣으며 용희는 눈을 치켜떴다. 심장은 바 닥을 뚫고 내려갈 것처럼 떨어졌다가, 하늘을 뚫을 기세로 치솟아 올랐다. 그녀에게도 전의 맛은 느껴지지 않았다.

"베어 물라고 한 게 아닌가?"

"내가 언제! 내가 언제!"

"나는 또 그런 줄 알았지."

완은 기름이 묻은 입가를 닦으며 무슨 대수냐는 듯 빙그레 웃었 다. 이내 그녀의 입가에 묻은 기름기를 손수 닦아 내며, 그녀의 손 에 들린 접시를 받아 들었다.

"따라 내려와라."

평상에서 먹자는 듯 완이 밖을 나서며 중얼거리자 용희는 뒤를 돌며 선생을 바라보았다. 청청하게 맑은 눈으로 선생을 바라보고 있자니, 그녀는 처음으로 그 어떤 생각이 강하게 밀려들었다.

두 볼을 붉히는 것만으로는 대책이 서질 않았다. 심장을 움켜쥐는 것으로도 해결이 될 것 같지 않았다. 자꾸만 저 너른 등에 얼굴을 기대고 싶었고, 그 어깨에 쇠잔한 마음을 내려놓고 싶었다.

"어서 내려와라. 지담과 월호는 내가 찾아오겠다."

용희는 두 눈을 질끈 감았다.

아버지, 소녀는 어찌하면 좋습니까.

"그리고 여러모로, 맛이 좋았다."

자꾸만 저자의 앞에서 여인이 되고 싶습니다······.

30
화

내
가
왜

좌의정 신기형이 와서 아뢰기를.

"민가에 흉년이 들어 굶어 죽는 이가 하루가 다르게 늘어나고 있습니다. 백성이 흉년을 만나면 인정을 베푸심이 지극하신 줄 아옵니다."

하자 상이 이르기를.

"내탕고를 열어 저장되어 있는 쌀 육십 석을 내리니 호조에 뜻을 전하라. 또한 나는 두 끼니면 충분하니 때맞춰 모두 다 올릴 필요가 없다."

하였다.

"여어, 주모!"

울려 퍼지는 걸쭉한 목소리에 그릇을 씻던 주인장의 얼굴은 사색이 되어 버렸다. 빌어먹을 흑단 새끼들이 또 찾아온 것이다.

"아이고, 오셨습니까!"

하지만 싫은 내색을 할 수 있겠는가. 버선발로 뛰어 맞이하는 것처럼 주인장은 달려 나갔다. 오늘도 역시 한 무더기의 사내들이 방문했다.

"주모, 오랜만일세. 별일은 없었고?"

"아이고, 예예! 참으로 오랜만입니다! 잘 지내셨지요?"

"아니, 나는 잘 지내지 못했다. 영 벌이가 시원찮아서 말이야."

툭툭, 주막의 이것저것을 건드리며 흑단 녀석들은 건들거렸다. 처마에 덩이덩이 매달아 놓은 메주가 사내들의 손끝에 흔들렸다. 주인장은 울상을 지으며 한 걸음 나아갔다.

"사정 좀 봐주십시오. 먹고살아 보겠다고 아등바등하며 간신히 풀칠하는데 돈이 어디 있겠습니까?"

"우리도 아등바등해. 먹고살아 보려고."

"하이고……. 정말 돈이 없습니다……. 정말로요……."

두 손을 모은 채 꼼지락거리며 주인장은 울먹거렸다. 묵어가는 완의 일행이 결재를 하면 귀신같이 돈 냄새를 맡고 찾아오는 것이다. 게다 이번엔 뜨끈히 방에 불을 넣어 준 대가로 두둑이 한몫 받지 않았던가.

"수상한 계집은 없었고?"

정말이지 더럽고 치사해서 주막을 때려치우든가 해야지 못 살겠……. 주인장은 사내의 질문에 두 눈을 깜빡거렸다. 뇌리를 스치고 지나간 것은 다름 아닌 용희의 얼굴이었다.

"왜 말이 없어. 못 봤냐니까?"

"아…… 그게…… 여인은 아니긴 한데……."

어떻게든 이 상황을 모면해 보고자 주인장은 난처한 입술을 열었다. 객을 팔아먹을 생각은 추호도 없었지만 먹고살자니 별수 없었다.

"생각해 보니 객 중에 곱상한 선비님이 한 분 계시긴 한데 말이지요……."

"무어라? 곱상해?"

좁은 어깨, 갸름한 얼굴, 커다란 눈망울. 붉은 입술하며 매끈한 피부하며 전체적으로 연약해 보이는 체구. 마치 여인 같은 사내였다.

"예, 그렇긴 한데 확실하진 않고……."

"지금 어디 있느냐? 방이 어디냐고!"

사내가 다그치자 주인장은 손을 휘저었다. 다행인지 불행인지 그들은 아침 일찍 길을 나섰다.

"지금은 출타하셨습니다. 안 계세요."

"언제! 언제 오는데!"

"글쎄요. 경험상 하루 이틀 후에 돌아오셨습니다요."

주인장은 두려움에 휩싸였다. 하지 말아야 할 말을 한 것처럼 가슴속으로 묵직한 응어리가 떨어져 내렸다. 하지만 이렇게라도 흑단을 돕지 않으면 사내들은 수시로 이곳을 찾아와 자신을 괴롭힐 것이 뻔했다. 얼마나 대단한 뒷배를 얻었기에 관아에 고발해도 소용이 없고, 풀려나온 뒤 극심한 보복까지 해 댔으니까. 약자는 무슨 수를 써도 약자가 되었다.

"정말이지? 거짓이면 어찌 되는 줄 알지!"

"아, 알죠. 제가 왜 거짓을 고한답니까. 어느 안전이라고……."

주인장은 텁텁한 눈매를 하며 말꼬리를 흐렸다. 사내들은 저들끼리 바라보며 고개를 끄덕였다.

"그럼 우리가 다시 올 것이니 주모는 그 계집이 오거든 평소처럼 행동하고 있어. 알겠어? 어디 가지 못하게 잘하라고."

"예, 알겠습니다."

"그건 그거고, 낼 건 내야지?"

주인장은 손을 내밀며 돈을 내어놓으라는 흑단의 사내를 바라보다 한숨을 푹 내쉬었다. 오늘 하루는 그냥 넘어갈 줄 알았는데 역시나 피도 눈물도 없는 놈들이다.

"여기…… 얼마 안 되지만……."

이윽고 자포자기하는 심정으로 주머니에서 얼마간의 돈을 꺼내었다. 내민 돈의 액수가 마음에 들지 않는다는 표정으로 사내는 인상을 험악하게 구겼다.

"정보를 주었으니 오늘은 이것만 받고 돌아갈 것이지만, 만약 거짓이라면 호되게 당할 줄 알아!"

사내는 다시 방문하겠다는 말만 남긴 채 돈을 챙겨 주막을 나섰다. 주모는 어깨를 축 늘어트린 채 터벅터벅 걸었다.

"차라리 그 선비님들이 이제 안 오셨으면 좋겠네. 괜히 말했다. 아휴."

손님을 팔아먹었다는 죄책감에 연신 한숨 섞인 혼잣말을 내뱉으며, 주인장은 다시 그릇을 씻기 시작했다. 이른 아침 완의 일행이 먹고 간 그릇이었다.

○

"몸은 좀 괜찮으냐?"

"거 괜찮다니까. 지금 몇 번째 묻는 줄 아오, 선생?"

내내 신경이 쓰인 완은 몇 번이나 물었다. 달거리를 무사히 끝낸 그녀는 평소의 모습을 되찾았다. 지극히 안정적이었고 또한 차분했다. 물고 뜯고 쉴 새 없이 먹으며, 틈만 나면 잠을 청하던 그녀는 사라졌다.

"몸이 날아갈 것 같네. 기분도 좋고."

용희는 완의 근심을 덜고 싶은 마음에 더욱 활달하게 기지개를 켰다.

"선생, 혹 나 때문에 거래 일정을 바꾼 거요?"

"아니다. 은화를 교환할 자금을 마련하느라 늦은 것일 뿐."

거짓말. 조용히 미소 지은 용희는 더 묻지 않기로 한다. 자꾸만 완에게 피해를 주는 것 같아 마음이 한없이 불편하다가도, 그의 따뜻한 배려와 관심이 달가워 응석을 부리고 싶어지기도 했다.

여느 때처럼 두 사람은 월호와 지담이 사라진 길을 걸었다. 그들은 어딘가에서 조용히 따라오고 있으리라.

"어? 선생."

용희의 음성에 완은 그녀를 바라보았다. 어디엔가 시선을 고정한 홍시를 훑은 완은, 그 시선을 따라 고개를 돌렸다. 이내 눈썹이 일그러졌다.

"저자는 명국의 상인이 아니오? 우와, 우리 마중 나왔나 봐."

저 멀리 잡상인이 서 있었다. 완은 불타오르는 시선으로 잡상인을 바라보다 입술을 꾹 깨물었다. 일각도 먼저 보고픈 얼굴은 아니었으므로.

"오늘은 부채로 안 가렸네. 세상에, 저토록 말끔한 얼굴이라니."

"생긴 것도 딱 신분에 맞게 생겼다. 저런 비위 상하는 얼굴이라니."

완이 궁얼거리자 용희는 못 들은 것처럼 륜명에게 시선을 고정했다. 명국의 상인이 처음으로 얼굴을 내어놓은 것이다. 햇살을 받은 얼굴은 상당히 준수했고, 또한 기품 있었다.

잡상인이 홍시를 발견한 듯 머리 위로 두 팔을 흔든다. 오늘도 곱상한 여인의 복장을 한 용희가 따라 손을 흔들었다. 완은 못 본 척 반응하지 않았다.

"저자가 인사하는데? 안 받아 줄 거요?"

"내게 한 것은 아닐 테니 부질없겠다."

"야박하긴."

"내가 야박한 것이 아니라 저 잡상인의 오지랖이 넓은 거지."

"미덕을 갖춘 것은 아니고? 어찌 그리 사람 흉을 보는 것이오?"

참으로 희한하지. 내내 다정다감한 모습으로 있다가도 명국의 상인만 나타나면 두 사람은 날을 세웠다. 질투에 온몸을 불사른 선생은 말투가 퉁명스럽게 변했고, 그 퉁명스러움에 홍시의 언동은 더더욱 고약해졌다.

"저리 부르는데 달려가 보지 그러느냐? 응? 달려갈 표정이네?"

"안 그래도 갈 거요, 지금."

용희가 치맛자락을 들고는 조신하게 앞으로 걸었다. 완은 그 모습을 바라보다 자리에 우뚝 멈춰 섰다. 단 한 번도 저 잡상인 앞에서 자신의 편을 들어 주지 않는 홍시가 너무나도 고약해, 심장을 쥐어짜는 듯 불쾌함이 일었다. 완은 미간을 사정없이 일그러트린채 뒤를 따라 걸었다.

[몸이 좋지 않다는 이야기를 들었다. 괜찮은 것인가?]

용희에게 달려온 륜명이 그녀를 살피기 시작했다. 용희는 말갛게 웃으며 고개를 끄덕였다.

[심려를 끼쳐 송구하다. 지금은 괜찮다.]

[내가 통역에게 줄 약재를 가져왔다. 제법 쓸 만한 귀한 것들이

니 가져가 처방해 쓰도록 해라.]

뒤늦게 완이 도착했다.

"저 잡상인 놈이 또 무어라 씨부렁대는 것이냐?"

"씨부렁이라니. 말 좀 곱게 하오."

류명의 눈썹이 꿈틀거린다. 완은 류명의 얼굴을 바라보았다.

[자네도 왔는가?]

완을 바라보며 류명이 인사를 건네자, 용희는 완의 팔을 툭 쳤다.

"왔냐고 인사하는데 인사 좀 하오."

"왔다. 어쩔 텐가?"

용희는 해사하게 웃으며 류명을 바라보았다. 류명의 입꼬리는
올라가 있었다.

[반갑다고 하오. 무척 반갑다고.]

[나도 반갑다고 전하라.]

"선생, 선생이 반갑대."

"나는 전혀. 일없으니 반가움은 돌려주겠다 이르라."

아하하. 용희는 괜한 치맛자락을 붙잡으며 다정히 통역했다. 류
명은 여전히 입꼬리를 올린 채 완을 향해 고개를 끄덕였다. 못 알
아들었을 리 있겠는가. 완의 말은 전부 알아들은 후였다.

[자, 이만 가자. 통역은 나의 사인교를 타고 가라.]

자꾸 홍시를 향해 씨부렁대는 잡상인 놈의 태도가 너무나도 마

음에 들지 않는다. 주인을 기다리는 저 사인교는 필시 홍시의 것이렷다.

[내가 저런 것을 어찌 타겠는가? 마음만 받겠다.]

[괜찮다. 내 마음이 불편해서 그러는 것이니 타고 가 준다면 좋겠다.]

용희는 륜명의 제안에 부끄럽다는 듯 고개를 끄덕였다. 륜명은 그제야 마음이 놓인다는 듯 더욱 부드럽게 웃었다.

허. 완은 코웃음을 쳤다. 이것들이 씨부렁거리며 분노를 치솟게 하고 있지 않은가. 기다려라……. 내가 명국의 말을 배우고 말 것이니…….

"선생, 명국의 상인이 나 저거 타고 가라는데?"

틈바구니를 날렵하게 끼어든 륜명이 다시금 용희를 향해 입술을 열었다.

[가마를 준비할까 했는데, 날이 좋아 볕이라도 쐬면 좋을 것 같아서.]

"선생, 들었소? 내가 답답할까 봐 사인교를 준비했다는데?"

"그것이 어찌 널 위해 준비한 것이라더냐? 지가 타고 왔겠지."

또다시 륜명이 끼어든다. 절묘한 시기를 잘도 찾아 파고드는 재주가 있었다.

[사실 나는 말을 타고 왔다. 저것은 통역을 위해 준비한 것이다.]

"봐 봐, 저 사람은 말을 타고 왔대. 저건 오로지 날 위한 거라는데?"

"……."

완은 말을 아꼈다. 자꾸만 눈웃음을 치며 홍시를 미혹하는 잡상인 따위, 온갖 더러운 죄명을 붙여 저잣거리에 목을 달아 놓고 싶었다. 대롱대롱.

"휴……. 아주 좋은 모양이로다? 그렇게 웃음이 헤펐더냐?"

"뭐, 뭐요? 웃음이 헤퍼? 헤프다고?"

륜명을 향해 미소 그리던 용희는 홱, 완을 노려보았다.

또 시작이구나. 륜명은 두 사람의 대치를 바라보며 피식 헛웃음을 흘렸다. 질투에 눈이 먼 사내를 구경하는 일은 언제나 쏠쏠한 재미가 있었다.

"사람이 인지상정이 없어. 홍시 네가 사인교를 타면 저 인부들은 무거운 너를 들고 얼마나 고통스러울 것이냐?"

"뭐라고? 하, 참."

화제를 돌리며 그녀의 양심을 공격했고, 기습 공격을 당한 것처럼 용희는 입술을 삐죽였다. 맞는 말이니 반박은 힘들었다. 완은 손가락으로 용희의 몸을 삿대질했다.

"설마 본인 스스로 몸이 가볍다거나 솜털 같다거나 그렇게 생각하는 것은 아니겠지."

"누가 그렇다고 했소?"

"내가 너를 업어 봐서 아는데 무겁기가 말도 못 한다. 저 인부들이 가엽지도 않더냐? 사람 그렇게 안 봤는데. 쯧쯧."

완은 혀를 차며 용희를 위아래로 훑었다.

"그렇게 허세에 물들어 있는 줄 몰랐다. 사인교가 그렇게 좋더냐? 왜? 궐에서 임금이 타는 어교라도 내려 주랴? 한번 타 볼래?"

"됐소! 안 타면 되잖아!"

용희는 륜명에게 말을 건네며 멀지 않으면 걸어가겠노라 답했다. 승리를 예감한 듯 완의 표정이 평온해진다.

[그리하라. 그렇다면 나와 함께 걸어 보겠는가? 멀지 않다.]

[좋다. 걸음 하겠다.]

륜명은 가까이 오라는 듯 손짓했고, 용희는 완을 향해 매섭게 고개를 돌렸다.

"난 걸어갈 테니 말을 타고 오든 굴러 오든 알아서 하오!"

용희는 치맛자락을 붙들고는 륜명의 곁으로 다가갔다. 륜명은 팔을 슬쩍 들어 보이며 완을 향해 웃었다. 주인을 잃은 사인교가 허둥지둥 그 뒤를 따랐고, 말머리를 끄는 륜명의 아랫것도 움직이기 시작했다.

완은 멀어지는 두 사람을 보다 걸음을 옮기기 시작했다. 저 잡상인 놈을 생각하면 하루빨리 거래를 끝내야 하는데, 그녀를 생각하면 거래를 이어 가야겠고. 정말이지 미치고 팔짝 뛸 일이었다.

윤월각의 깊은 곳. 전각으로 마련된 공간에 세 사람이 나란히 앉았다. 대궐 못지않은 정원이 가꾸어진 윤월각의 전각은 대여섯 사람이 앉으면 꽉 찰 정도의 크기였다. 주변 환경을 이용한 분위기는 별다른 것 없이도 고상했고 품격이 있었다.

[장소는 마음에 드는가?]

[기방 안에 이런 곳이 있을 줄은 몰랐다. 상당한 운치가 있다.]

[통역을 위해 특별히 빌렸다. 일전에도 이런 풍경을 좋아하는 것 같아 보여서.]

자상함은 밑도 끝도 없이 폭발했다. 용희는 받아도 받아도 넘쳐흐르는 륜명의 따스한 말과 관찰력에 감탄했다.

[한낱 통역을 이토록 배려해 주다니. 훗날에도 잊지 않겠다.]

[내 얼굴을 처음 보지 않았는가?]

[그렇다. 생각보다 준수하여 놀라웠다.]

완은 팔짱을 낀 채 침묵했다. 저것들이 뭐라고 씨부렁대는지도 모르겠고, 저 잡상인 놈은 쉴 틈 없이 말을 이었다. 게다 홍시는 명국의 여인이라 믿어도 좋을 만큼 명국의 말을 유려하게 구사했다.

대견하다.

"……."

대견하기는 무엇이! 마치 두 사람만 있는 것처럼 저토록 정겹고 긴 대화라니, 당장에라도 박차고 일어서고 싶은 충동을 억제하느라 참을 인(忍)을 사정없이 씹어 삼켰다.

그래, 참자. 참을 인이 한 번이면 거래도 성사하고, 두 번이면 군자로 거듭날 수 있으며, 세 번이면 살인도 면한다고 했…….

"보자 보자 하니 무엇 하는가?"

결국 참지 못한 완이 입술을 열었다. 용희도 오랫동안 완을 내버려 두었다는 사실을 깨달으며 조용한 목소리로 답했다.

"안 그래도 지금 하려고 하오. 미안하오. 자꾸 말이 길어져서."

"잡담이나 하라고 내가 너를 고용한 줄 아는가?"

"미안하다니까? 그럼 말을 시키는데 대꾸도 하지 않아야 속이 시원하겠소?"

하……. 완은 또다시 참을 인을 씹어 삼켰다. 벌써 백 개 정도 씹어 삼킨 것 같다.

"바꿀 은화가 어느 정도인지 알기 전에 은화의 상태 먼저 보아야겠다."

거래가 시작되자 용희는 그대로 통역을 했고, 륜명은 고개를 끄덕였다. 실물 확인은 기본적인 사안이었다.

[그럴 줄 알고 미리 가져왔다. 상태는 보고 판단하기 바란다.]

륜명은 고운 천으로 둘러싼 주머니에서 은화를 꺼냈고, 완에게 내밀었다. 완은 은화를 집어 들며 집중한 시선을 내렸다. 용희는 저도 모르게 완의 손에 들린 은화로 시선을 고정했다.

부채를 살랑거리며 륜명은 완의 판단을 기다렸다. 그의 식견을 무시하는 바는 아니었으나, 은화를 판별하는 능력을 습득하기란 여간 까다로운 것이 아니었다. 게다 지금 내민 은화는 조선 민가에서는 일절 볼 수 없는 것이었다.

"네 보기엔 어떠하냐?"

완이 용희를 향해 은화를 내밀자 륜명은 별 뜻 없이 두 사람을 바라보았다. 그녀가 그것을 알고 있을 거라 생각하지 않았다. 여인의 몸으로 그런 것을 어찌 알겠는가.

"이것은 마제은(馬蹄銀)이 아니오?"

"맞는다. 일명 화은(靴銀)이라고도 한다."

부채질을 멈추며 륜명은 눈을 동그랗게 떴다. 완은 은화를 들고 눈을 감으며 잠시 생각에 잠겼다.

"무게가 사십칠 냥 정도 나가는 것 같다."

"괜찮네."

허어. 륜명은 작은 탄성을 터트렸다. 두 사람은 은화에 정신이 팔려 그의 탄식을 듣지 못했다.

완은 용희에게 은화를 쥐어 주었다. 그녀가 이런 것들을 알고 있다는 것이 이제 더는 놀랍지 않았고, 다만 의지가 되었다. 다시 보아도 대단한 식견의 여인이다.

"음, 맞네. 사십칠 냥 정도."

"그래, 상태는 어떠한가?"

"최상급이오. 질이 가장 좋고 값어치가 상당하지만 조선에서는 사용하지 않지."

"최상급이라는 것에 집중하면 된다. 쓰임은 중요치 않으니 말이다."

두 사람은 심도 있는 대화를 나누었다. 통렬한 충격에 륜명은 입술을 멍하니 벌렸다.

"만든 지 채 삼 년이 되지 않았소. 여기 부분을 뭉툭하게 깎아 만드는 것이 삼 년 전 기술이니 말이오."

"정확하게 말하자면 일 년 정도 된 은화다. 이것이 보이느냐?"

"아, 그러네. 일 년 정도 되었네. 발행 후 유통된 적은 없는 것 같소."

끼어들 틈도 없고, 질문도 없다. 저들은 소름 끼칠 만큼 정확하게 은화의 가치를 판단했고, 심지어 만든 해와 유통 기록까지 상세히 꿰어 찼다. 잠시 멀리했던 두 사람의 정체에 대한 궁금증이 치솟아 오르기 시작했다.

"홍시 너라면 이것을 얼마에 거래하겠는가?"

"나? 나라면…… 일단 선생은?"

"동시에 답해 보는 것으로 하자."

"좋소."

이미 두 사람은 자신들의 세상으로 빠져 버렸다. 하나, 둘, 셋. 용희가 숫자를 세었고, 륜명 또한 속으로 숫자를 세었다.

"사십 냥."

"사십 냥."

동시에 같은 답이 튀어나오자 서로 웃는다. 륜명은 부채를 또다시 살랑거렸다.

"사십 냥이면 충분하겠소."

"차고 넘치지."

"무릇 한 푼 장사에 두 푼 밑지더라도 팔아야 하는 것이 상인의 일. 저자는 사십 냥도 수긍할 것이오."

"삼십팔 냥은 어떻겠느냐?"

"어려울걸. 딱 떨어지지 않으면 환전에도 애를 먹을 것이오."

"그럼 삼십오 냥부터 시작해서 차근차근 올라가 사십 냥에서 멈추는 걸로."

"좋은 생각이오, 선생."

완은 기특해 죽겠다는 듯 용희를 바라보았다. 이토록 천부적인 소질이라니, 오래도록 곁에 두고 무엇이든 논하고 싶은 바람이 물밀듯 올라섰다.

거래는 또다시 이어졌고, 삼십오 냥부터 거래를 시작한 류명과 완은 사십 냥에 낙찰을 보았다. 류명은 딱히 불만이 없었다. 자신이 팔았어도 사십 냥에 팔았을 테니까.

"바꿀 은화만큼의 금액을 산정하여 가지고 올 것이니, 은화를 준비하여 만나는 것으로 해야겠다."

오늘의 거래도 끝이다. 어서 빨리 홍시를 데리고 이곳을 벗어나야겠다. 완은 주저 없이 일어섰고, 용희 또한 일어섰다.

그때였다.

[통역은 나와 조금 더 있겠는가?]

완이 돌아서자 질문이 용희에게 날아든다. 용희는 통역을 하지 못한 채 류명을 바라보았다.

[나? 나 말인가?]

[그래. 그대는 나와 이야기라도 조금 더 나누다 가는 것이 어떠하겠는가?]

[미안하지만 함께 가 봐야겠다. 다음에 다시 만날 일이 있기를 바란다.]

인사를 나누는 모양이니 완은 별 신경을 쓰지 않은 채 전각 끝으로 걸음을 옮겼다. 용희 또한 류명에게 짧은 인사를 건네며 뒤를 돌았다.

　[그대가 이곳에 남아 주면 저자와의 거래를 잘해 볼 생각인데.]

　용희는 우뚝 멈춰 섰다. 천천히 륜명에게 시선을 돌렸다.

　"뭐 하느냐? 어서 나오질 않고?"

　"잠시만 기다려 보오, 선생."

　완은 그녀의 장옷을 든 채 두 사람을 바라보았고.

　[이대로 그대가 돌아가면 난 사십 냥에 은화를 내어놓지 않을 생각이다.]

　[거래를 뒤집겠다는 말인가? 어째서?]

　[사실 나는 은화를 바꾸지 않아도 된다는 말이지. 그대에게 따로 물어볼 말도 있고.]

　용희는 마른침을 삼켰다. 부드럽기가 이루 말할 수 없는 바람이 불어 들었고, 륜명은 홀짝 술을 마시며 웃었다.

　[그러니 내 곁에 잠시만 더 머물러 주겠는가?]

31화

사내의 대단한 투기

【해종실록 11권. 해종(偕宗) 17년 6월 4일】

　은밀한 밤. 상이 전서구 편에 세자는 언제쯤 환궁할 수 있는지 기약을 묻자, 열흘을 넘기지 않을 것이라는 답이 돌아오다.

안팎으로 호화로운 기운이 역력한 윤월각의 밤은 부산스러웠다. 취객의 높은 음성이 오갔고, 기녀에게 마음을 빼앗긴 가난한 선비의 눈물이 담을 넘었으며, 간드러진 웃음으로 객의 마음을 사로잡는 기녀들이 줄곧 이 밤을 빛냈다.

"지난해 흉작이었다는 말은 전부 거짓이었던 모양이다."

지담은 몸을 숨긴 채 그 모습을 바라보다 넌지시 중얼거렸다. 다른 사내에게 기녀의 시선을 빼앗기고 싶지 않은 윤월각의 객들은 하나같이 값비싼 것들로 전신을 휘감았다. 마치 그것만이 신분의 존재를 말해 줄 것이라 믿는 것처럼.

"조선에 이토록 팔자 좋은 사람들이 많은 줄 몰랐다. 아니 그러냐?"

"네놈도 기방 문지방이 닳도록 드나들지 않았던가?"

"닳도록 이라니. 늘 느끼는 거지만 넌 항상 말이 좀 심해."

지담이 꿍얼거려도 월호는 더 이상 대꾸하지 않았다. 기방의 것들은 당최 맞는 것이 하나도 없었고 머물고 싶은 마음도 없었기 때문이다. 코끝을 찌르는 분 냄새와 꽃 냄새는 거북했고, 기녀들의 웃음은 여름밤 매미의 울음처럼 시끄럽기만 했다. 돈 많은 호구라는 사실을 깨닫지 못한 채 기녀들의 웃음을 진정으로 믿고 있는 객들은 천치로 보였다.

월호는 조용히 숨을 불어 내쉬며 세자께서 모습을 보이길 기다렸다.

"오늘은 이야기가 좀 길어지시는 모양이다."

지담은 경계를 늦추지 않으며 중얼거렸다. 이 번잡한 가운데 완과 용희가 있는 전각 주변은 고요했다. 같은 공간이라고 믿기 어려울 정도였다.

"일하는 사내들이 몇인데 저런 걸 여인에게 들게 한단 말이냐?"

쯧. 또다시 지담의 목소리가 귓가에 내려앉자 월호는 무심결에 시선을 돌렸다. 빨래를 산처럼 쌓아 들고 힘겹게 걸음을 옮기던 여인은 무게를 이기지 못하겠다는 듯 휘청거렸다. 물먹은 옷감을 얼마나 높게 쌓아 올렸는지, 앞이 제대로 보일까 싶을 정도였다.

순간 월호의 눈이 조금 커졌다. 그녀는 이영과 닮은 얼굴이었다.

"왜 그러느냐?"

여인에게 고정한 월호의 눈빛이 범상치 않았다. 지담이 물어도 대꾸하지 않으며 월호는 여인의 태를 유심히 살폈다. 낯선 기녀의 복식과 제법 무거워 보이는 가체. 그 어느 것도 단정했던 이영과 일치하는 것이 없었으나 느낌이 남달랐다. 흔들거리는 옷감을 간신히 추스르며 여인이 힘겨운 걸음을 잇자 월호는 마른침을 삼켰다.

"왜 그렇게 뚫어져라 보는 것이냐? 혹 네가 아는 기녀더냐?"

아니다. 아닐 것이다. 이곳에 있을 이유가 없질 않은가. 몰락한 집안의 여식이 어찌하여 이곳에 있을 수 있단 말이냐. 아닐 것이다. 그저 닮은 여인일 것이다.

"이보게, 월호."

"아니다. 잠시 다른 생각을 좀 하느라."

그때였다. 반대편에서 나타난 행수 명실이 수다스러운 음성을 하며 여인에게 다가섰다. 목소리라도 듣고자 월호는 귀를 기울였다. 이영이 아닌 줄 알면서도. 아니어야 한다는 걸 알면서도.

"얘, 내가 이런 거 하지 말라고 했잖아. 세상에 이 많은 걸 어찌 다 옮기고 있어!"

명실이 옷감을 덜어 주려 하자 여인이 반항하며 몸을 비틀었다. 목소리를 듣고 싶었는데 말을 하지 않는다.

"너는 그냥 가만히 있으라고 내가 몇 번을 말해? 대감 귀에 들어가면 어쩌려고. 얘가 진짜, 너 지금 나한테 시위하는 거니?"

잔소리 따위 듣지 않겠다는 듯 여인은 악착같이 걸음을 옮겼다. 그 모습을 바라보다 명실이 오만상을 찌푸렸다.

"그래! 얘! 니 마음대로 해! 벙어리한테 말을 시키는 내가 미친년이지! 내가 미친년이야!"

끝끝내 여인은 건물 사이로 모습을 감췄고, 혼자 분을 삭이던 명실도 사라졌다. 모습을 주시하던 월호는 기가 막힌다는 듯 헛웃음을 흘렸다. 말을 할 줄 모르는 여인이라니, 역시나 이영이 아니었던 것이다.

"월호, 우리 저쪽으로 옮겨 경계해 보자."

별일이다. 내가 어찌 너를 다른 여인과 착각했단 말이냐. 네 그림자만 보아도 널 알아볼 것 같았던 내가, 한낱 기녀의 몸짓에 너를 떠올렸다는 말이냐······.

"움직이자. 어서."

지담이 월호의 어깨를 툭 치자 그는 평소의 모습으로 되돌아갔다. 걸음을 옮기다 말고 문득 월호는 여인이 있었던 자리를 되돌아보았다. 하지만 이내 망설임 없이 걸음을 옮기며 익위사의 신분만을 머리에 새겼다. 오늘의 착각은, 깊었던 그리움이 만들어 낸 잔향이었을 것이라 믿어 의심치 않기로 한다.

[내게 긴히 할 말이 있다 하였는가?]

용희는 륜명의 얼굴을 바라보며 입술을 열었다. 분명 그는 이곳에 남아 달라 말하였고, 그렇지 않으면 거래를 다시 생각해 보겠다 했으며, 자신에게 할 말이 있다고도 했다.

전각 끝에선 완이 자신을 기다리고 있었다. 용희는 힐끔 완의 얼굴을 돌려보고는 다시 륜명을 응시했다.

[할 말이 있다면 지금 해라. 어차피 동행인은 우리의 대화를 들을 수 없으니.]

[이렇게 번잡하게 할 말은 아니다. 뜻에 따라 주겠는가?]

륜명은 자꾸만 남아 달라 채근했다. 인사가 길어진다 느꼈는지 완 또한 그녀를 조용히 타박했다.

"그만 나와라. 갈 길이 멀다."

"잠깐만. 잠깐만, 선생."

용희는 고운 미간에 주름을 만들며 속으로 욕을 만들었다. 거래를 하지 않겠다니? 이게 무슨 덜 익은 감 터지는 소리인가? 고작 이런 일로 사내가 했던 말을 뒤집어?

[이런 사소한 일에 거래를 중지할 마음이 있다면 통역하여 알리겠다.]

[어차피 아쉬운 쪽은 내가 아니다. 알지 않는가?]

류명이 부드럽게 웃으며 부채를 팔랑거리자 용희는 입술을 꾹 다물었다. 선생에게 사실을 곧이곧대로 말했다간 분노가 극에 달할 것임은 자명했다.

"여봐라, 홍시."

"잠시만. 잠시만 더."

있는 그대로 말해야 하나? 거래가 어찌 되든 내 소관은 아닌 것인가?

[이 거래가 저자에게 얼마나 중한 것인지 통역도 잘 알 것이라 생각한다.]

류명이 한마디를 보태자 더욱 갈등이 생겼다.

잠시 후 용희는 결심한 듯 완에게 돌아섰다.

"저, 선생."

그녀의 음성에 난처함이 묻어난다. 낌새가 수상함을 느낀 완의 미간이 일그러졌다.

"저자가 나더러 여기 남으라는데?"

"뭐, 뭐라?"

완의 표정이 더욱 험악해졌다. 류명은 못 알아듣는 척 부채질을 했지만 등줄기로 식은땀이 흘러내렸다. 그녀가 설마하니 곧이곧

대로 말할 줄은 몰랐다.

"너를 왜?"

"글쎄? 그건 잘 모르겠고."

하지만 다 말할 수 없는 용희가 선택적으로 말을 전달했다. 거래를 하네 마네 그런 소리를 했다가는 정말로 어떤 일이 벌어질지 몰랐으니까.

"나한테 할 말이 있다는데."

"지금 하라 해라, 지금. 얼마든지 기다려 줄 것이니."

"안 그래도 지금 하라고 했는데, 지금은 못 하겠다는데?"

완은 분노에 찬 시선으로 륜명을 바라보았다. 노골적으로 그 시선을 피하며 륜명은 호기로운 부채질을 이어 갔다.

"그래서, 여기 있겠다?"

선생의 질문에 용희는 두 눈을 동그랗게 떴다. 안 된다고 난리를 칠 줄 알았는데 이 질문은 또 뭐란 말인가.

"나 여기 있으라고?"

용희는 되물었다. 선생이 잡아 주기를 은근 기대했는데. 손목을 잡아끌며 어서 내려오라 버럭버럭할 줄 알았는데.

"대답을 왜 미루는가? 지금 여기 있겠다는 것이냐?"

완은 눈매를 화르르 불태웠다. 예가 어디라고 남겠다는 것이야! 냉큼 따라 나오지 못하겠느냐?

"그러는 선생은 왜 답을 미루는 것이오? 지금 내가 여기 있어도 된다는 거요?"

용희는 기도 안 찬다는 듯 매섭게 완을 노려보았다. 어서 붙잡지 못하겠소? 아니면 저자의 멱살이라도 잡아야 하는 것 아니오?

"그러니까 네 말은, 저 잡상인과 함께 이곳에 있겠다는 게 아니더냐?"

"아하, 그러니까 선생의 말뜻은 내가 저자와 여기 있어도 된다는 말이네? 그렇지?"

날카로워진 눈매로 두 사람은 서로를 노려보았다. 멍청한 질문만 할 뿐, 계속해서 답을 미루며 상대에게 답을 종용하고 있는 것이다.

륜명은 가는 세월을 부채질로 낚으며 이제나저제나 저 둘의 싸움이 끝나기만을 기다렸다. 현명한 통역은 영특하게 해야 할 말과 하지 말아야 할 말을 구분했다.

"됐소! 난 남을 것이니 선생은 먼저 가오!"

용희는 입술을 뽀로통하게 내밀며 기어이 남겠다고 말했다. 세상에, 이런 못된 선생 같으니라고. 그래도 함께한 세월이 얼만데 낯선 사내에게 냉큼 나를 남겨 둔단 말인가?

아, 나는 사내였지……. 하지만 아무리 그래도 그렇지!

"뭐, 뭐, 뭐라? 먼저 가?"

입에 거품이라도 문 것처럼 완은 입술을 쩍 벌렸다. 이렇게 오만방자한 홍시를 보았나. 어디 있을 곳이 없어 잡상인 곁에 남겠다는 말이냐! 당장 그 말 취소하지 못하겠는가? 당장 취소하라!

완은 질투심에 두 눈을 더욱 뾰족하게 만들었다. 하지만 정작 입 밖으로 나오는 말이라고는 진심과 다른 것들이었다.

"네 녀석이 언제 내 허락을 받고 움직였던가? 좋다! 어디 한번 네 마음대로 해 보거라!"

"뭐요? 내 마음대로? 좋소! 내 마음대로 해 볼 테니 가! 가 버려, 당장!"

"그렇지 않아도 가려고 했다! 지금 갈 것이다!"

"가라고! 어서!"

완은 마지막으로 륜명을 찢어 죽일 듯 노려보다 성큼성큼 계단을 내려갔다. 이윽고 뒤도 돌아보지 않은 채 멀어졌다.

"와……. 저 소인배……. 진짜 가는 것 좀 보소……."

믿을 수가 없어 용희는 재차 두 눈을 깜빡이며 선생의 뒷모습을 바라보았다. 이윽고 서운함과 배신감에 사무쳐 치맛자락을 꾹 잡았다. 그러다가 마음을 다잡고는 다시 륜명에게 다가갔다.

[자, 되었는가? 이제 말해 보라. 용건이 무엇인가?]

선생과 한바탕한 마당에 륜명이라고 예쁘게 보일 리가 있겠는

가. 용희는 종전과는 전혀 달라진 차가운 말투로 자리에 앉았다. 거래를 이렇게 우습게 아는 상인이라니, 잡상인이 확실했다.

[그자는 갔는가?]

[갔다, 그대의 소원대로.]

륜명이 친절히 묻자 용희는 냉랭하게 답했다. 자신의 술잔에 술을 채우며, 륜명은 용희를 달래듯 너그러운 목소리로 입술을 열었다.

[실은 내가 고민이 있어서 말이다. 어디도 털어놓을 곳이 없는데, 그대라면 쉬이 들어 줄 것도 같아서.]

[고민?]

용희의 서늘한 표정을 바라보고 있자니, 우선 기분을 맞춰 주어야 할 것 같은 생각에 륜명은 적절한 소재를 찾았다. 여인들이라면 응당 옷고름에 눈물을 훔쳐낼 만한 이야기로 분위기를 전환해 볼 생각이었던 것이다. 지을 수 있는 표정 중 가장 쓸쓸하고 헛헛한 표정을 찾아 기술적으로 만들며, 륜명은 술을 홀짝 털었다.

[사실 난 부친의 얼굴도 모른 채 커 왔다. 악착같이 돈을 벌며 세상에 반항하듯 살아왔지. 그런데 얼마 전, 부친께서 살아 계신다는 이야기를 들었다.]

자, 통역.

[그대가 나의 이야기를 들어 주었으면 하는데.]

이제 나와 즐거운 시간을 보낼 준비가 되었는가?

◎

"저하! 세자 저하!"

서임 대군은 버선발로 뛰어나와 완을 맞이했다. 홍시 없이 처소로 돌아가기가 어려웠던 완은 잠시 동생의 집을 찾았다.

"형님께서 기별도 없이 어쩐 일이십니까?"

"일을 보고 돌아가는 길에 오늘은 잠시 이곳에 머물까 하여."

"아아! 그러셨습니까! 잘 오셨습니다!"

그런 형님의 말이 반가웠던 서임 대군은 크게 웃음을 터트렸다. 평소처럼 따라 웃는 법 없는 형님이 이상했지만 이렇듯 건강하시니 달리 걱정할 것이 없었다.

"안 그래도 형님 걱정이 이만저만 아니었습니다. 자, 안으로 드시지요."

"조용히 머물다 갈 것이니 소란 떨 것 없다."

완은 처소로 걸음을 옮겼다. 서임 대군은 곁에 바투 붙어 섰고, 지담과 월호는 조용히 곁을 따랐다. 윤월각을 나선 때부터 지금까지 불타고 있는 완의 기운을 모를 리 없었다.

"형님의 문병을 오겠다는 사람들로 밖은 여전히 소란스럽습니다.”

“보았다. 참으로 쓸데없는 일을 하고 있다.”

세자의 얼굴이라도 한번 보겠다며 대문 밖은 인산인해였다. 그들의 눈을 피해 또다시 담을 넘어 안으로 들어선 완은 꽤 불쾌하다는 듯 음성을 낮췄다. 여간한 일엔 감정을 드러내지 않던 형님께서 상당히 언짢은 기운을 풍기니, 동생 서임 대군은 두 눈을 동그랗게 떴다.

‘무슨 일이 있었는가?’ 서임 대군은 눈빛으로 지담에게 물었고, ‘별일 아닙니다.’ 지담은 눈빛으로 서임 대군에게 답했다.

“이만 들어가겠다. 지담과 월호는 사가에 다녀오라.”

“젓수실 만한 것들을 올리겠습니다, 형님.”

“되었다. 신경 쓸 것 없다.”

일렬종대로 늘어서 있는 아랫것들의 예를 받으며 완은 성큼성큼 처소로 올라섰다.

“그럼 편히 쉬십시오, 저하!”

평소라면 아랫것들에게 다정한 말이라도 붙이며 걸으셨을 저하께서, 어인 일로 처소 문을 홱 열고는 쿵 닫는다. 굳게 닫힌 처소를 바라보던 서임 대군은 뒤돌아 지담과 월호를 바라보았다.

“무슨 일이 있었기에 저하의 성심이 저토록 어지러우시단 말인가?”

"별일은 아니옵니다. 다만 두고 오신 것이 있어 그러신 것이니 심려 마십시오."

"두고 온 것? 그게 무언데?"

지담은 고개를 수그렸다. 대군께선 모르는 게 약이었다.

"홍시이옵니다."

"홍시? 감? 먹는 감 말인가?"

"예."

감이라니. 감을 두고 오셔서 성심이 어지러우시다고? 지담이 알 수 없는 말만 늘어놓으니 대군은 월호에게 시선을 옮겼다.

"월호, 자네가 말해 보게. 그것이 정녕 사실이냐? 음식을 탐하지 않으시는 형님께서 감 때문에 저러신다고?"

"예, 그렇습니다."

허어. 대군은 다시금 완의 처소로 시선을 옮겼다. 이어 여전히 고개를 수그리고 있는 아랫것에게 조용히 말했다.

"문식이, 너는 가서 감을 좀 구해 오너라."

"송구하오나 대군마마, 지금은 시기가 아닌지라……."

"어허, 뭐라도 구해 오란 말이다. 저하께서 그동안 얼마나 부실하게 젓수셨으면 이러시겠느냐."

"예예, 알겠사옵니다."

대군마마, 실은…… 그 감이 아닙니다……. 지담은 차마 입 밖으로 내지 못하고 말을 삼켰다.

　두고 온 홍시는 여러 사람의 애를 태웠다. 물론 처소로 들어가
신 대장의 심기가 누구보다 불편했다.

　　　　　　　　　　　　❁

　[어찌 그리도 우는 것인가. 그만 그쳐 보라.]

　[아……. 너무 슬퍼서…… 나도 모르게…….]

　용희는 뚝뚝 흐르는 눈물을 쉴 새 없이 닦았다. 참아 보려 해도
륜명이 들려준 이야기에 감정 이입이 되고 말았던 것이다. 이야기
속 륜명은 불우한 시절 속 꿈을 키워 온 아이였으며, 부모의 사랑
을 받지 못한 너무나도 가엾은 아이였다.

　[그럼 대부인께서는 지금은 어찌…….]

　[오 년 전에 돌아가셨다.]

　[으아아아…….]

　명국의 여인이었던 어머니께서는 그 옛날, 조선의 지체 높은 사
내를 사랑하게 되었다. 그의 마음도 자신과 같다 여기었으나, 국
경보다 더욱 넘기 어려운 것이 바로 신분의 벽이었더란다.

　[어머니께서는 나의 존재가 그분께 해가 될까 하여 만삭의 몸을
이끌고 명국으로 돌아갔다더군.]

수월한 것은 아무것도 없었다. 홀로 아이를 낳았고, 젖을 먹이기 위해 밥을 먹었으며, 살아 있음이 덧없었으나 아이의 얼굴을 보며 울고 웃고, 어머니께서는 그렇게 모진 세월을 보내셨다.

륜명은 잠시 눈을 감았다.

[난 그렇게 태어났다. 반은 조선인이요, 반은 명국인이지.]

어머니, 어찌하여 그런 사내를 사랑하셨습니까. 사랑하는 동안은 행복하셨는지요. 무엇을 붙잡고 추억하셨답니까. 떠올릴 무엇이, 그려 볼 무엇이 있기는 하셨습니까…….

[이래서 피는 못 속인다고 하는가. 내게 이곳 조선은 생각보다 편했다.]

륜명은 다시 눈을 뜨며 시선을 멀리 주었다. 어머니께서는 항상 조선의 말을 사용하셨다. 그가 능숙한 조선말을 구사하는 까닭도 그곳에 있었다.

용희는 펑펑 눈물을 쏟았다. 부모의 이야기는 언제 어떻게 들어도 자식의 가슴을 울리기 충분했다.

[부친이 살아 계시는 것을 확인한 마당에 찾아야 하는 건지 잘 모르겠다. 만나서 무얼 해야 하는지도 모르겠고.]

[어찌 연락이 닿았는가?]

[그냥, 우연히.]

용희는 이미 다 젖어 버린 옷고름을 들어 다시 눈물을 찍어 냈다. 류명은 천천히 고개를 내리며 용희에게 시선을 주었다.

[내가 어찌해야 하겠는가? 통역, 그대라면 어찌하고 싶은가?]

[그럼 부친께서는 현재 어디 계시는 것인가?]

[바로 여기, 조선에.]

조용히 미소를 그리며 류명은 홀짝 술을 마셨다. 평소보다 많이 마신 듯했으나 그다지 취기가 느껴지진 않았다. 끅끅거리며 정신없이 눈물을 쏟고 있는 그녀를 바라보고 있자니 피식 헛웃음이 흘렀다. 말을 꺼냈던 의도와는 달리, 자신이 그녀에게 위로받고 있다는 것이 느껴졌던 것이다.

[이렇게 분위기를 무겁게 만들고자 시작한 것은 아니었는데 말이다. 내가 괜한 말을 꺼냈다.]

[아니다. 말해 주어 고맙다. 그런 사연이 있는 줄은 몰랐다.]

왜 이렇게 눈물이 쏟아지는지 알 수 없어, 용희는 가슴을 툭툭 치며 마른침을 삼켰다. 눈두덩이 따가울 만큼 퉁퉁 부어 버렸다. 부모의 부재는 늘 고달팠다. 그리움이 산처럼 쌓인 그녀였기에 더욱 그러했다.

[이제 와 찾아본들 무엇할까? 아니 그러한가?]

[하지만 조선에 남은 아버지는 세상 단 하나뿐인 핏줄이 아니겠는가?]

류명은 피식 헛웃음을 흘렸다.

세상 단 하나뿐인 핏줄. 그것이 무슨 의미를 가질 수 있겠단 말이냐. 세상 단 하나뿐이라 함은 내게만 해당될 것인데. 이제 와 그분이 나를 자식이라 여기겠는가. 혈육이라며 두 손을 맞잡아 주겠는가…… 옳지 않다.

[내 긴 이야기를 들어 주어 고맙다. 그것만으로도 마음의 짐을 덜어 낸 기분이다.]

류명은 낮게 중얼거렸다. 가까스로 눈물을 참아 낸 용희는 고개를 들어 류명을 바라보았다. 어쩐지 그 얼굴은 쓸쓸해 보였고, 외로워 보였으며, 안타까워 보이기도 했다.

[그만 이야기를 정리해야겠다. 너무 무거운 이야기를 늘어놓았다.]

이제 분위기를 바꿔 볼 요량인지 류명은 활짝 웃었다.

용희는 천천히 긴 심호흡을 하며 떨리는 입술을 꾹 깨물었다.

[도와줄 일이 없어 미안하다.]

[아니다. 진심으로 고맙다. 들어 주었으니 말이다.]

류명은 생경한 기운에 말을 아꼈다. 대체 이게 무슨 조화란 말인가, 여인에게 위로를 받고 있다니. 그저 이야기만 꺼내 놓았을 뿐인데 그녀의 앞에서 너무나도 후련해진 가슴을 느끼는 것이다. 마주 앉은 그녀는 굳이 무얼 하지 않아도 위로가 되었고 힘이 되었다. 이렇게까지 깊은 속내를 꺼내려고 했던 것은 아니었는데,

정신없이 모든 것을 쏟아 내고 말았다.

[통역도 고민이 있다면 언제든지 내게 말하라. 나 또한 들어 줄 것이다.]

조금 더 그녀를 알고 싶어졌고, 그녀와 가까워지고 싶어졌다.

용희는 빈 찻잔에 술을 쪼르륵 따른 뒤 조신하게 들었다. 륜명은 의아한 시선으로 그녀를 바라보았다.

[술을 못 한다고 하지 않았는가?]

[한 잔은 기꺼이 그대를 위해 들겠다. 힘내길 바란다.]

부모를 잃은 슬픔을 누구보다 잘 알고 있는 그녀가 혼신의 힘을 다해 그를 마음으로 위로했다. 독한 술이나마 미간을 좁히는 일 없이 삼킨 그녀가 입가를 닦았다. 륜명 또한 홀짝 술잔을 비운 뒤 내려놓았다. 전각 주변으로 뉘를 향한 그리움인지 모를 달빛이 쏟아져 내렸고, 그 만공정한 기운에 그녀는 유난히도 밝게 빛났다.

시선을 빼앗긴 륜명이 한참이나 그녀를 응시하다가 입술을 열었다. 지금의 마음 같아선 할 수 있는 한 그녀를 길게, 하염없이 바라보고 싶었다.

[내가, 통역에게 청이 있다.]

[청? 무슨 청인가?]

비록 가슴에 바람 한 점 머물다 가지 못할 인생이라 해도. 사랑 같은 건 사치요, 취미도 능력도 없을 것 같은 인생이라 해도.

[머무는 동안 나의 벗이 되어 주겠는가?]

가볍게 살다가 가벼이 가고 싶은, 그런 무념하고도 무용한 삶일지라도.

32화

가슴에 품은 생각

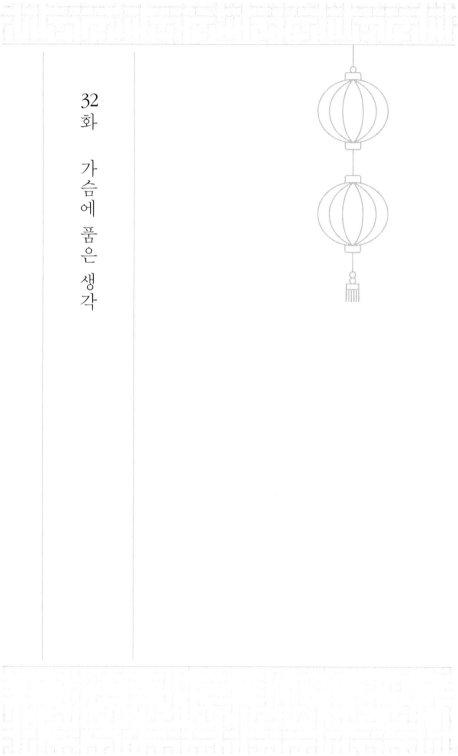

【해종실록 11권. 해종(偕宗) 17년 6월 5일】

세자의 차도를 보고자 상이 어의(御醫)를 보내서 확인한바, 세자의 병세가 차도를 보여 환궁이 가능할 것이라 하자 궁중(宮中) 사람 모두 울었다.

"인이무신(人而無信), 부지기가야(不知其可也). 사람으로서 신뢰, 신의가 없다면 무엇을 할 수……."

후. 완은 중얼거림을 멈추며 감았던 눈을 떴다. 느낀 바로는 시간이 꽤 흐른 것 같은데 아무리 기다려도 날이 밝을 생각을 하지 않는 것이다. 잡상인에게 두고 온 홍시 생각에 안절부절못하는 완이 불타는 눈매를 서책에 고정해 보지만 소용없는 일이었다.

"거참, 날이 밝긴 밝는 건가."

또다시 시간은 얼마나 흘렀나. 여전히 밖은 희붐한 새벽이고, 온전히 밝아지기까지는 시간이 제법 남은 것 같았다. 완은 초조한 듯 자꾸만 손가락을 움직였다. 몹쓸 상상은 한없이 자유로웠다.

'통역은 그런 고리타분한 사내 곁에서 지금까지 얼마나 힘들었는가?'

'말도 마라. 견디기 힘들었다.'

두 사람의 음성이 들리는 것만 같아 완은 눈썹을 꿈틀거렸다.

'지금이라도 늦지 않았다. 그런 통역 일 따위 집어던지고 나와 함께하자. 내가 그대의 소원을 들어줄 것이다.'

'당장 그리하겠다. 이렇게 멋을 아는 사내를 두고 내가 어찌 그런 고리타분한 사내에게 돌아갈 수 있겠단 말인가?'

완은 거칠게 고개를 흔들었다. 고리타분이라니. 말도 안 돼. 나야말로 깨어 있는 이 시대 최고의 지성인, 성별과 신분에 차별을 두지 않는 진정한 왕가 성향의 소유자.

'정말 고리타분한 사내였다. 상대하기 끔찍했다.'

물론 조금 고리타분하긴 하지만 끔찍할 정도는 아니지 않…….

"나 참, 허어……."

완은 벌떡 일어섰다. 불쾌하기로는 비유할 짝이 없을 정도다. 하하 호호 울려 퍼지는 홍시의 웃음소리가 귓가에 선연하고, 륜명과 보란 듯 다정한 시선을 주고받는 그녀의 얼굴은 상상이라 하기엔 너무나도 자세했다. 홱, 곁을 노려본 완은 여전히 밝지 않은 시간에 분노했다. 설마 이것들이 이 야심한 시각까지 함께하는 건 아니겠지.

"아니지. 아무리 홍시가 개념이 없다 해도 지금껏 내게 보여 준 행동들을 종합해 보자면 그럴 위인은 아니다."

완은 그럴 리가 없다며 피식 실소했다. 홍시가 낯선 사내와 이 시간까지 함께 있지 않을 거라는, 그 정도의 믿음도 없는 것은 아니었다. 그럴 리가 없다. 홍시는 그런 경박한 여인이 절대 아니다.

"하……. 나와도 합방을 하고 있는데 다른 사내라고 못 할 일은 무어란 말인지."

허어. 한없이 초조해진다. 급기야 방 안을 이리저리 휩쓸고 다니며 분노에 가득 찬 눈매만 더욱 불태웠다.

"……."

도저히 안 되겠다.

"세자 저하, 혹 필요한 것이 계시옵니까?"

완이 벌컥 문을 열자 보초 중이던 서너 명의 하인들이 고개를 조아렸다. 우뚝 멈춰 선 완은 잊고 있었던 자신의 신분을 떠올리며 작게 미간을 구겼다. 이런 극진한 대접은 오랜만인지라 상당히 어색했고, 또한 불편했다.

"아니다. 신경 쓰지 말라."

고개를 저으며 완은 다시 문을 닫았다. 이대로 자신이 밖을 나선다면 문간을 지키고 서 있는 저자들이 난처해질 게 자명했다.

벽에 기대고 선 채 완은 낮은 한숨을 불어 내쉬었다. 자신의 사람도 아닌 자들의 난처함을 모르는 척하면서까지 움직일 수는 없는 일.

"하……. 대체 이 꼴이 무어란 말인지."

이를 어찌한다. 한시도 가만히 있지를 못하겠는데. 날이 밝을 때까지 그녀를 차분히 기다릴 수 없을 것만 같은데. 제아무리 노력해도 침착해지지 않고, 제아무리 마음을 다잡아 보아도 정처 없이 흔들렸다. 완은 천천히 손바닥을 내려다보았다. 그러다 가만히 손을 그러쥐며 중얼거렸다.

"노자께서 말씀하시기를, 만족할 줄 알면 헛되지 않고, 그칠 줄 알면 위태롭지 않다고 했지 않은가."

한없이 그리고 바라도 부족하였고, 끝없이 달리고 향해도 벗어나고 싶지 않았으나, 여기서 만족해야 하고 이제부터 그쳐야 한다. 머리를 들어 벽에 기대섰다. 어느 날부터인가 그대만 떠올리면 긴 한숨부터 흘러나왔지만 너와 나, 인연이 아닌 것만은 자명하니. 그러니…….

"뭘 어쩌란 말인가. 그렇게는 못 하겠는데."

그러니고 나발이고 못 한다! 못 하는 게 아니라 안 할 것이다! 될 대로 되라지!

완은 언젠가 신기형을 피할 때 이용했던 뒷문으로 성큼성큼 걸어갔다. 이미 머릿속은 용희를 찾아야겠다는 생각으로 가득 찼고,

그 이상은 알고 싶지도 거듭 곱씹고 싶지도 않았다.

심혈을 기울인 손끝으로 문고리를 잡아당겨 소리가 나지 않게 문을 열었다. 그런 뒤 조심히 문지방을 넘어서던 완은, 소스라치게 놀란 얼굴로 시커먼 그림자를 끼고 서 있는 녀석을 바라보았다.

"뭐, 뭐 하고 있는가? 사가에 들르라고 하지 않았던가?"

문 앞에 정승처럼 우뚝 박혀 있는 녀석은 다름 아닌 월호였다. 마치 완이 나올 것을 알고 있었다는 것처럼, 녀석은 소리 없이 그곳에 있었다.

"시각이 야심하여 모두 주무실 것 같기에 가지 않았습니다."

"한데 이곳엔 무슨 일로 서 있는가?"

월호는 고개를 수그렸다. 심란한 동궁의 마음을 아마도 녀석은 헤아렸던 모양이다.

"따르소서. 윤월각까지 은밀하게 뫼시겠나이다."

달빛이 야박하게 들어오는 방 안. 병판은 허리를 바로 한 채 꼿꼿한 자세를 유지하며 생각에 잠겨 있었다. 언뜻 평정심을 유지하고 있는 것처럼 보였으나 마른 주먹을 쥐고 있는 모습은 긴장하고 있음이 역력했다. 동궁의 부재는 계속됐고, 숙청은 끝없이 이어졌으며, 언제 자신의 차례가 돌아올지 알 수 없었다. 아들의 안녕 또한 장담할 수 없었다.

"저, 대감마님."

아랫것의 음성에 병판은 고개를 들었다.

"도련님께서 당도하시었습니다."

"안으로 들여라."

신의를 지키는 일은 중요했다. 옳고 그름을 가르는 일은 그 무엇보다 중요했다. 하지만 이 한 몸 충정을 다하기엔 난세가 영웅을 원하지 않았다. 자식을 장성하게 만들고, 가문을 굳건히 지켜온 마당에 더 이상 무슨 미련이 더 있겠느냐마는, 아들의 나이는 너무나도 한창때에 머물러 있었다.

"어서 오라."

별수 없었다. 지금은 이 판단이 옳다 믿는 수밖에. 가문의 안위를 먼저 따를 수밖에.

"소자를 찾으셨습니까, 아버지."

병판은 늠름히 들어선 아들의 얼굴을 맥맥히 바라보았다. 허리를 굽히며 인사를 마친 아들은 천천히 고개를 들었다.

정이품(正二品). 병조판서 윤송엽의 장자. 윤지담이 늦은 밤 집을 찾았다.

"휴, 어지럽다."

어둠이 꺼져 가는 공간에서 용희는 이마를 짚은 채 긴 한숨을 내쉬었다. 온종일 번잡할 것만 같던 윤월각도 시간이 흐르자 고요해져 갔다.

조금 전 그 전각 안에서, 나누던 이야기에 취하고 불어 든 바람에 취해 이것이 술인지 무언지 구분할 능력조차 잃어 마시기를 서너 잔. 완벽하게 취한 것은 아니었으나 전신이 나른함에 싸여 젖은 솜처럼 무거웠다.

"들어갈까……. 좀 자야 깨려나……."

꽃잎이 팔랑거리는 소리까지 들릴 것 같은 고요 가운데 용희는 쪼그려 앉아 중얼거렸다. 륜명은 자신의 처소를 내준 뒤 사라졌다. 붙잡아 함께할 수 없으니 가는 뒷모습 바라만 보았으나, 그의 반듯한 어깨부터 손끝까지 흘러내리는 외로움이 못내 가슴 저리게 했다.

"휴……. 사연 없는 사람이 없는 세상이네."

커다란 나무 밑에 앉아 중얼거리며 용희는 무거운 눈꺼풀을 내렸다가 올렸다. 아침이 오려거든 조금 더 기다려야 했고 몸은 하염없이 피곤했지만 어인 일인지 쉽게 잠이 올 것 같지 않았다. 술김은 술김대로 륜명의 외로움은 외로움대로. 그리고 선생이 보고 픈 마음은 그 마음대로. 무엇도 제 뜻대로 지워지거나 사라지거나 움직이지 않았다.

"선생은 먼저 갔을까……. 갔겠지……."

마치 선생은 공기가 된 것 같소. 숨을 들이마시고 내뱉는 모든 순간 곁에서 떠나지를 않으니. 어쩌면 이리도 내 곁에서 부유하는 것이오. 어찌 내게 혼자라는 사실을 알게 하는 것이오. 그대 없이 홀로 서야 할 내가, 또다시 외로움을 받들어야 할 내가, 이런 마음 을 알아 간들 어찌할 수 있겠소.

"하……. 멍청이. 이런 천치 같으니라고. 멀리멀리 다 멀리……. 훠이, 훠이……."

용희는 허공에 손짓을 했다. 그리운 마음 따위 어서 가라는, 제발 날아가라는 바람이었다.

스스로 처한 꼴이 우스워 헛웃음을 흘리다가도 몸을 가누기가 힘든 까닭에 좌우로 기우뚱거리며, 그렇게 시간을 흘려보내기를 얼마나 했을까.

"안 자고 예서 뭐 하는가?"

"잠이 안 와서 이러고 있……."

날아가라 불었던 바람에, 결국 그대가 실려 되돌아왔다.

용희는 무거웠던 눈꺼풀에 힘을 주었다. 천천히 고개를 들며 시선에 보이는 것들을 가슴에 담았다. 한 톨의 먼지도 묻지 않은 신을 따라 올라가 보니, 붙잡고 싶어지는 선생의 손끝이 두 눈에 담겼다.

"겁도 없이, 취객이 얼마나 많은데 이러고 혼자 밖에 있어."

온몸에 휘감기는 음성을 새기며 조금 더 고개를 들어 올리니, 평행을 이루는 어깨가 믿음성 있게 듬직했다. 세차게 뛰어오르는 심장을 부여잡은 채 눈동자를 간신히 올려다보니, 결국 선생의 얼굴이 두 눈을 에워쌌다.

"그 잡상인이 처소도 마련해 주지 않더냐? 빈 방이 하나도 없어 이러고 밖에 온종일 있……."

"왔소?"

내쳐진 인생과는 달리 마음은 안도했다. 오지 말아야 할 기쁨이 그녀를 두드렸다. 그의 입 밖으로 흘러나오는 퉁명스러운 잔소리는 또 얼마나 듣기 좋은지, 수시로 속을 썩이며 듣고 싶어졌다.

"간다더니 어쩐 일로 찾아왔소?"

그녀는 서둘러 얼굴을 내렸다. 마치 속살 같은 눈동자가 자신의 모든 것을 고할 것만 같아 그의 얼굴을 바로 마주하기가 힘이 들었다. 검지로 바닥에 그림을 그리며 이렇게라도 풀떡이는 가슴을 진정시켜 보기로 한다.

"반갑지 않은 모양이로다?"

"반가울 건 또 뭐요."

이렇게 늦게 왔으면서.

용희는 중얼거리며 계속해서 바닥을 쓸었다. 완은 그런 그녀를 내려다보다, 따라 무릎을 굽혀 앉았다. 기울어 가는 달빛 아래, 여인의 모습이 된 그녀는 이 세상 사람이 아닌 것도 같았다.

"내가 그냥 가려다가 백번 양보해서 온 것인데 박대가 이리 심할 수 있는가?"

"어디까지 갔다 왔는데?"

"어디긴. 우리 숙소 문 앞까지 다녀왔지."

"칫, 거짓말."

용희는 밉지 않게 입술을 삐죽였다. 말투와는 달리 얌전해진 그녀의 모습은 응석을 부리는 어린 여자아이 같았다. 저도 모르게 둥근 미소를 그리며, 완은 고개를 조금 더 내려 그녀의 얼굴을 살폈다. 붉게 물든 그녀의 얼굴은 분명 자신을 반가워하고 있음이 틀림없었다. 그러다가 완은 정색하며 숨을 짧게 들이마셨다. 심상치 않은 냄새가 풍겼다.

"수, 술을 마셨느냐?"

"술? 조금? 조금 마셨는데 말이오."

"이 잡상인 지금 어디 있는가? 오늘 죽여야겠다."

완이 일어서려 하자 용희는 옷자락을 붙잡으며 고개를 저었다.

괜찮다고. 마시고 싶어서 마셨다고. 그자가 말려도 자꾸 들어가더라고.

"됐소. 몇 잔 안 마셨소."

헤. 용희는 결국 웃음을 터트렸다. 선생의 얼굴을 마주하고 나니 가지고 있던 모든 근심 걱정이 사라지는 것만 같다. 더없이 행복했고, 덧없이 안락했다.

"사실 나, 선생 기다렸소. 오려나, 안 오려나. 올까, 안 올까 하면서."

"안 오면 어쩌려고."

"내가 갔겠지, 선생에게."

말을 뱉고 난 그녀는 심장 부근에 통증을 느꼈다. 완은 쓸데없는 인내심으로 무장하며 간신히 마른침을 삼켰다. 이미 그녀를 가지고파 안달이 난 마음은 한시도 온전치 못할 지경이었으나, 신중해야 했고, 내일을 생각해야 했고, 무엇보다 그녀의 안위를 염려해야 했다.

"움직일 수 있겠는가?"

하지만 내가 떠난 뒤 너를 어찌할까. 구중궁궐, 그 삼엄한 곳으로 너를 데려갈 수 없을 텐데. 대전의 문이 열리기도 전에 너는 이미 사라지고 없을 텐데. 그렇다면 네가 없는 나는, 또 어찌해야 하는가.

"응, 움직일 수 있지."

쏟아지는 반대의 주청 속에서 명분이 되지 못할 이 마음 하나를 들고, 너 하나를 내 편으로 둔 채 모든 이들과 싸우고 싸워 이길 시간은 과연 언제인가. 시도라도 해 볼 날이 오긴 오려는가. 그런 날이…… 있기는 한 것인가.

"그럼 지금 나와 함께 돌아가겠는가?"

"가겠소, 지금 선생과 함께."

그녀의 말끝에 완의 손끝이 움찔한다. 손을 내밀어 볼까 했으나 이내 마른 주먹을 쥐고 말았다. 얼마나 마음을 곱씹어 삼켰는지 쓴 물이 올라왔다. 완은 천천히 몸을 일으키는 용희를 바라만 보았다. 청염한 자태를 무심히 바라보고자 아무리 애를 써도 눈빛에선 감출 수 없는 애정이 빛을 냈다.

"곁에서 따라 걷겠소. 천천히 가오."

"그리하겠다."

먼저 걸음을 옮기며 완은 천천히 눈을 감았다가 떴다. 이내 우뚝 걸음을 멈춘 채 그녀를 뒤돌아보았다. 밤이슬이 축축한 공기는 제법 쌀쌀했고, 쓰개치마 하나 없이 그녀가 밤을 나서기엔 완의 마음이 편치 않았다. 완은 팔을 뻗어 그녀의 어깨를 감싸 안으며 끌었다.

"밤이슬이 축축하니 젖으면 고뿔이 올지 모른다."

용희가 무슨 말을 꺼내기도 전에 완은 다급히 말을 이으며 그녀를 힘주어 붙잡았다.

"누, 누가 보면 어쩌려고 이러오?"

"이 시간에 뉘가 밖을 돌아다닌단 말이냐. 가자."

그가 걷자 자동적으로 그녀의 발이 움직였다. 술김일까. 그녀도 딱히 반항하지 않은 채 묵묵히 앞으로 나아갔다. 안개가 발밑으로 솜처럼 깔리는 거리를 걸으며 완은 그녀의 어깨를 더욱 품 쪽으로 끌어당겼다. 말을 타야 했지만, 이대로 영생을 다하여 걷고 싶었다.

"조금 걸어야겠다."

"알겠소."

"춥지 않은가?"

"덕분에 따뜻하오."

두 사람은 서로에게 의지한 채 앞으로 나아갔다. 완은 멀리 돌아 말이 묶여 있는 곳을 향해 최대한 천천히, 천천히 걸었다.

상감의 어명 없이는 개미 새끼 한 마리도 무사하지 못할 자신의 공간으로 그녀를 데려갈 수 있는 방법. 그것이 있다면 지금 당장 혼백을 모두 팔아 없앨 수도 있을 것 같다는 생각이 스쳤다. 이제는 도리 없다. 잡은 너를 놓을 수 없겠으니, 나는 지금부터 너와 한 생을 누릴 수 있는 방법을 강구해 볼 것이다.

"그 잡상인과는 뭘 했는가?"

"그냥, 그냥 이런저런 이야기를 나눴소."

네가 원하고 있는지는 잘 모르겠지만.

"무슨 이야기?"

"그건 비밀이오."

혹시 너는 아니 원할지도 모르는 일이지만.

"대체 그것이 무슨 말씀이십니까. 어찌하여 저하의 일과에 아버지께서 관심을 두신다는 것입니까?"

"아비가 알겠다는데 네가 말 못 할 일은 또 무엇이더냐?"

"소자, 비록 윤씨 가문의 장자이오나 그전에 저하의 익위사입니다. 발설은 곧 천기누설과 같다는 것을 모르시옵니까?"

지담은 처음으로 아비를 향해 언성을 높였다. 아들이 알아 좋을 것 없을 대량의 것들을 생략한 아비의 말은 이해하기 힘들었다.

"소자가 이러한 신념을 지니게 된 것 또한 아버지의 뜻이옵니다. 소자는 따를 수 없습니다."

"정녕 가문이 멸하고, 네 어미와 네 동생들이 뿔뿔이 흩어져 관아의 노비가 되어야 정신을 차리겠느냐?"

"누구입니까. 아버지를 사주하는 자, 대체 누구입니까?"

병판은 잠시 말을 아꼈다. 아들의 눈빛에서 단 한 번도 보지 못했던 살기가 뿜어 나왔다.

"네가 알아 좋을 것이 없다. 네놈의 치기 어린 성정에 일을 더 키울 것이 자명하니."

"말씀해 주소서. 저하께 당장 사실을 알리고 일을 바로 잡……."

"할 수 있다면 내가 주상 전하를 찾아 말했을 것이다!"

지담은 입술을 꾹 깨물었다. 병판은 답답하다는 듯 아들을 향해 손가락을 뻗었다.

"이런 답답한 놈. 아무 증좌 없이 대전을 찾아가 무엇을 고발할 것이냐. 증좌 없이 무엇을!"

"저하께서 소자를 믿고 계시니 분명 들어주실 것입니다."

"그래서, 아무것도 증명할 길이 없는 것을 알려 저하께 짐을 지어 드리겠다는 것이냐!"

"하면 소자가 간신이 되어 말을 옮겨야 저하께서 평안하시다는 것입니까!"

하나는 알고 둘은 모르는 아들의 짧은 식견에 병판은 혀를 찼다. 혈기왕성한 아들이 저하를 위하는 마음을 어찌 모르겠는가.

"증좌 없이는 무엇도 증명할 수 없다. 그것이 정치니라. 알겠느냐?"

아니, 어쩌면 아들의 이런 성정이 더없이 기특하고 감사하기까지 했으나 말로는 무엇도 가려 낼 수 없는 치열한 궁궐. 그곳에서 살아남기란 여간 힘든 일이 아니었다.

"신의, 그것만으로는 아무것도 해결할 수 없다. 조정엔 수백의 신들이 모여 주상 전하를 받들고, 모두는 스스로가 충신이라 떠들어대고 있다. 그렇기에 명분과 증좌가 필요한 것이다. 그것을 어찌 모르느냐."

"하나 소자는 뜻을 받들 수 없겠습니다. 그렇게는 하지 않습니다."

"아비를 믿지 않는다는 뜻이더냐?"

병판은 대답하기 힘든 말을 꺼냈고, 지담은 망설이다 자리에서 일어섰다. 굳이 말을 하지 않아도 답은 이미 쏟아진 것 같았다.

"이런 일이라면 다시 아버지를 뵙지 않을 것입니다. 늦었으니 이만 돌아가겠습⋯⋯."

"저하께서 위험하다."

걸음을 옮기려던 지담은 멈춰 섰다. 병판은 돌아선 아들의 너른 어깨를 바라보며 낮게 중얼거렸다.

"그리고 너와 네 동생들, 네 어미가 위험하다."

승패가 달린 문제가 아니다. 생사가 걸린 문제였다.

"하루 한 번 소식을 보내라. 다른 것은 생각하지 말아라. 윤씨 집안의 장자로, 네가 해야만 하는 일이다."

"소자는 오늘 일을 모릅니다. 이곳에 들어섰던 적도, 없습니다."

"아비를 믿어라. 너는 너의 일만 하면 된다."

"가 보겠습니다. 당분간은 오지 않을 것입니다."

지담은 이를 아득 문 채 밖을 나섰다. 급히 신을 신고 걸음을 옮겨 보지만 다리가 휘청거려 제대로 걷기가 어려웠다. 어두워 앞이 보이지 않는 건지 시야가 흐려져 보이지 않는 건지조차 구분하기 힘든, 그런 밤이었다.

33화

그래도, 너여야만

대사헌이 상소하기를.

"세자의 병이 깃든 까닭 또한 두고만 볼 수 없는 나라의 불운이오니, 엎드려 바라건대 부처에게 기도하게 하여 주시옵소서."

상이 이르기를.

"세자가 젊은 날 아무 즐거움을 모르고 밤낮으로 나라를 걱정한 것에 요양을 하는 것뿐이다. 게다 하루가 다르게 차도를 보이며 환궁할 날이 머지않았으니, 후세에 본을 보이는 도리가 아닌 것을 따르지 않겠다."

하였다.

"주상 전하, 좌의정 입시이옵니다."

"들라 하라."

왕이 고개를 들자, 소리 없이 열린 문틈으로 신기형이 바른 걸음을 하며 들어섰다. 그의 손엔 두툼한 장부가 들려 있었다.

"신 좌의정, 주상 전하를 뵈옵니다."

"좌상은 어서 오라. 이 시각에 좌상이 과인을 다 찾아오다니, 무슨 일인가?"

신기형은 반좌로 자리에 앉으며 공손히 장부를 내밀었다. 대기 중이던 내관이 재빨리 받아 들었다. 광경을 지켜보던 왕은 입술을 열었고, 굵직한 음성에 단호함을 실으며 신기형이 답했다.

"그것이 무엇인가?"

"아뢰옵기 황공하오나, 죽은 영의정 김판두의 지난 비리가 담긴 장부이옵니다."

내관이 가져다준 장부를 받아 든 왕은 말없이 장을 넘겼다. 빼곡하게 적힌 장부 속 이름들과 죄명은 눈으로 보아도 믿을 수 없을 만큼의 세세함을 지니고 있었다. 잠시 시간을 죽인 신기형은 종이가 넘어가는 소리만 새겨들으며 고개를 조아렸다.

"전하의 상심이 크실 줄 아옵지마는 그냥 두고 볼 수 없어 격심한 장고 끝에 아뢰옵니다. 영의정 김판두의 실상을 이제라도 파헤쳐 그 주변 일당의 가산을 몰수하고, 참형에 처해야 함이 옳으신 줄 아뢰옵니다."

"좌상은 이 장부를 어디서 구했는가?"

"신 좌의정, 일찍이 이러한 사실을 알고 있었으나 증좌를 수집하기 위하여 고하지 않았습니다."

왕의 미간이 깊게 팬다. 그 모습, 보지 않아도 알 것 같은 신기형은 천천히 노쇠한 눈꺼풀을 내렸다 올리며 다음 말을 기다렸다. 한 치의 빈틈도, 그렇다고 빠져나갈 명분도 없을 터.

"이 장부에 적힌 것들이 사실이라면 실로 대역죄가 아니겠는가?"

"그러하옵니다. 신하의 불충은 하루라도 구차히 살려 둘 수 없는 법입니다. 나라엔 죄를 다스리고자 정한 율과 법이 있으니, 반드시 따르셔야 함이 마땅한 줄 아뢰옵니다."

왕은 장부를 덮었다. 지금 당장은 좌의정의 말에 반박을 할 수 있는 여지가 없었다. 증좌가 생겼으니 더는 차일피일 미룰 수도 없는 일이 되었고, 은밀히 사연을 처리하기엔 나라의 법도가 그리 따라 주질 못했다. 불의를 모른 척하지 못할 수많은 대신들과 유생들이 떼로 일어날 것이고, 민심이 등을 돌릴 것이며, 나아가 바른 처결을 이끌어 내지 못한 기록이 후대로 전해질 것이다. 그럼 이제 무엇이 남았겠는가. 죽은 자를 한 번 더 죽이는 일밖엔 남지 않았다.

"하나 조금 더 진상을 규명해 볼 일이다. 연루된 모든 자를 추포하여 낱낱이 파헤쳐야 할 것이다."

"나라의 근간을 흔드는 만고역적을 처결하시어 화(禍)의 근본을 끊으소서, 전하."

왕은 굳게 닫았던 입술을 열었다. 떠올랐던 영의정 김판두의 얼굴은 지워 내기로 한다.

"근자에 이러한 상소를 수시로 받아 처결을 내리고자 하였던 참이다. 본보기로 죽은 영의정 김판두의 관직을 삭탈하고 그 비석을 없애며, 나아가 그 가산을 몰수하도록 할 것이니 기다리라."

"성은이 망극하옵니다, 전하."

신기형은 넙죽 절하며 작게 실소했다. 결국 김판두는 죽어 그

관직을 잃었다. 만에 하나 그 여식이 살아 있대도 더는 위협이 되지 못할 것. 그를 따르던 남은 자들 또한 한 번에 쓸어 버릴 수 있을 것이다.

"곧 공석인 영상의 자리를 채울 것이니 좌의정은 뜻을 받들라. 세자가 돌아오는 대로 간택 또한 시작할 것이다."

"뜻을 받자옵니다, 전하."

또 한 번의 피바람이 예상되었으나 신기형의 마음은 평온했다.

"이런 어지러운 정국에 좌상이 과인의 곁에 있어 매우 흡족하다."

"신 좌의정, 목숨을 다하여 주상 전하를 받들 것이옵니다."

죽은 자는, 말이 없다.

"월호와 지담은 오고 있는 게요?"

"글쎄, 아마도."

용희는 주변을 살폈다. 인기척도 느껴지지 않는 고요한 산속, 대체 이자들은 어디에 몸을 숨긴 채 따라오고 있다는 것일까.

"정말 귀신같은 자들이오. 이렇게 아무 소리 없이 곁에 있다니."

"귀신보다 더한 자들이다."

맞네. 용희는 작게 웃으며 고개를 끄덕였다.

사내 복식으로 환복한 그녀는 부지런히 완을 따라 움직였다. 이제 마을 어귀로 들어섰고, 조금만 더 들어가면 지내고 있는 주막이 나올 터였다.

"다 왔다."

용희는 익숙한 주막이 보이자 아늑한 미소를 그렸다. 돌아올 곳이 있다는 것은, 함께할 사람이 있다는 것은, 막막함을 잠시나마 덜어 주었고 잊게 만들었다.

"주모! 주모! 안에 있소?"

이제는 제법 낯이 익은 주인장을 찾으며 용희는 안으로 들어섰다. 인심 푸근한 주인장은 간간이 그녀의 말동무가 되어 주기도 했고, 아껴 두었던 찬을 꺼내 그녀에게 특별히 내주기도 했다.

"주모!"

그녀가 반갑게 손을 흔들었다. 부리나케 안에서 뛰어나온 주모의 표정은 하얗게 질려 있었다.

"오, 오셨습니까?"

"잘 있었소? 우리 돌아왔소."

특유의 사랑스러움으로 반가움을 표현해 보지만 어인 일인지 주인장은 따라 웃지 않으며 눈을 흘깃거렸다. 완이 낌새의 수상함을 느끼며 주인장의 시선을 따라 고개를 돌리자, 한 무리의 사내들이 평상에 앉은 채 그녀를 유심히 바라보고 있었다.

"주모, 간단히 식사를 때우고 왔으니 끼니는 따로 챙기지 않아도 되겠소. 선생, 우리도 이만 처소로 들어……."

팔을 뻗으며 완은 용희를 끌었다. 짐승과도 같은 본능에, 사내들의 기운이 좋지 않았다.

"무슨 일이오? 왜 그……."

"여봐라, 저자들은 뉜가."

용희의 말을 끊으며 완은 주인장을 향해 낮게 물었다. 안절부절못하는 주인장의 손끝은 부산스럽게 움직였다.

"그것이 저…… 그것이……."

"바른대로 말하라. 누구인가?"

살며 이런 험한 일에 말려 본 적 없는 주인장이 발을 동동 굴렀다. 평상에 앉아 있던 사내들은 독한 술을 한입 삼겨 내며 자리에서 일어섰다.

"죄송합니다! 그저 죄송합니다, 나리!"

"주모! 주모!"

주인장은 쏜살같이 안으로 사라졌다. 영문 모르는 용희가 주인장을 불러 보지만 이미 사라지고 난 뒤였다. 완은 용희를 제 등 뒤로 가렸다. 사내들은 조용히 저들끼리 대화를 주고받기 시작했다.

"……너."

완이 낮게 부르자 용희는 등 뒤에서 고개를 들었다. 그의 너른 등에 가려 앞이 보이지 않았다.

"혹, 너를 기다리는 자들이나 쫓고 있는 자들이 있더냐?"

"아……. 나…… 말이오?"

"빨리 답해라."

사내들이 용희를 바라보자 완은 칼자루에 손을 가져갔다. 용희는 커다란 두 눈을 깜빡이다가 아랫입술을 꾹 깨물었다. 아버지를 찾는 자들이, 혹 흑단이, 아니면 다른 누구라도 자신을 찾아올 수 있었으므로.

"되었다. 그저 등 뒤에 있어라."

그녀가 망설이고 있으니 답은 필요하지 않게 되었다. 완은 더 이상 용희를 난처하게 만들고 싶지 않아 대화를 종료했다. 애당초 여인이 사내 복식으로 홀로 길을 헤맬 땐 그만한 이유가 있으리라 짐작했던 터. 사연이 무엇이든 간에 그런 것들은 중요하지 않았다.

"고개를 빼지도, 그렇다고 내 등 뒤에서 달아나지도 말고. 무슨 상황이 와도 절대 먼저 나서는 일은 없어야 할 것이다. 알겠는가?"

사내들은 천천히 완을 향해 걸음을 옮겼다. 여럿이 움직이는 소리가 들려오고, 그 기운이 좋지 않음을 깨달은 용희가 마른 주먹을 쥐었다.

"답하라, 어서."

"알겠소."

등 뒤에 있겠다고, 무슨 일이 있어도 절대 나서지 않겠다고, 기어이 대답을 들은 완은 간격을 좁혀 오는 사내들을 향해 눈빛을 쏘았다.

"거, 말 좀 물어봅시다."

굵직하고 걸걸한, 듣기에 영 거북스러운 음성이 주막 안을 메웠다. 용희는 심장이 덜컥 내려앉는 긴장감에 어깨를 움츠렸다.

"그 등 뒤에 계신 분을 내가 보고 싶은데, 좀 볼 수 있을까?"

적어도 일고여덟은 될 법한 사내들의 움직임 소리가 날카로운 가시처럼 들려왔다. 완이 뒷걸음을 걷자 따라 용희도 뒷걸음을 걸었다.

"웬 놈들이냐."

"우리? 우리야 뭐, 보다시피 한량들이지."

사내는 말끝에 목을 길게 뺐다. 완의 등 뒤에 가려져 보이지 않는 용희를 살핀 사내는 목덜미를 긁다가 손을 뻗었다. 이내 덩이덩이 매달린 메주가 떨어질 것 같은 커다란 소리가 주막을 가득 메웠다.

"거기! 등 뒤! 나 좀 봅시다!"

흠칫 놀란 용희가 저도 모르게 완의 옷자락을 붙잡았다. 완은 칼자루를 잡은 손에 힘을 주었다. 그 모습을 바라본 사내들은 기도 안 찬다는 듯 각자 헛웃음을 흘렸다.

"거기 선비 나리, 여기 주막에 사내 행색을 하고 다니는 계집이 있다는 소문이 있어서 말이야. 내 그 계집을 잡아다가 포상금이라도 좀 받아 볼까 하는데."

관아로 그녀를 데려가겠다는 사내의 말은 거짓이었다.

"지금 나라에서 계집이 남장을 하고 다니면 벌이 얼마나 흉악한지 모를 리는 없을 테고. 안 그러신가? 공범도 처벌인데?"

두려움에 그녀의 손끝이 떨렸다. 지금 이 순간 용희에게 밀려든 생각은 단 하나, 선생에게 여인이라는 사실이 발각되는 것. 그것이 제일 두려웠다.

"이자는 여인이 아니다. 그러니 돌아가라."

완은 조금씩 둥글게 퍼지는 사내들을 더욱 경계했다. 그런 선생의 움직임을 따라 용희도 계속 움직였다. 마치 한 몸이 된 듯 서로는 서로를 인식했고, 의지했다.

"그러니 잠시 얼굴 좀 보자는 것 아니오? 계집인지 아닌지 그것만 확인하고 가겠다니까."

그냥 돌아설 리 만무한 사내가 계속해서 용희를 내어놓으라며 손짓했다. 그들의 손엔 완이 언젠가 본 적 있던 명국의 칼이 들려 있었다. 흑단이었다.

"어라? 선비 나리, 칼을 빼겠다? 이거 점점 더 수상해지는데?"

완이 장검을 빼 들려 하자 사내들은 껄껄 웃음을 터트렸다. 아마도 미루어 짐작하기를, 홀로 자신들을 상대하기는 힘들 것이라 판단한 모양이다.

"선비 나리, 그러다 다쳐. 다친다고. 떽!"

사내는 저급한 말투로 완을 다그쳤다. 인내심이 바닥을 드러낸 듯, 완은 천천히 칼자루를 쥐었던 손을 풀었다. 이내 고개를 돌리며 그녀를 반쯤 바라보았다.

"여봐라, 홍시. 혹 달릴 준비되었는가?"

"미쳤소? 어디로 달린단 말이오!"

그녀가 작게 역정을 내자 완은 도리질을 쳤다.

"봐라. 저놈들의 수가 언뜻 봐도 너무 많은데. 뒤로 달릴 준비되면 말해라."

"지, 지금 도망을 가자는 거요?"

말이 되는 소리를 하오! 붙잡힐 게 뻔하지! 용희가 앞을 보라며 살짝 완을 꼬집었다. 그제야 다시 앞으로 고개를 돌린 완은 입술을 열었다.

"이 자를 내주면, 나는 그냥 보내 줄 텐가?"

"당연하지! 선비 나리는 우리가 그냥 고이 보내 드리지!"

"그럼 데려가라."

완은 획, 곁으로 비켜섰다. 그러자 용희가 사내들 앞에 맥없이 드러났고 사내들은 호오, 작게 탄식했다. 무방비로 노출된 용희가 그림처럼 멈춰 섰다.

"아…… 어……."

"미안하다, 홍시. 둘이 당하느니 하나가 당하는 게 낫겠지. 내가 다치면 일이 너무 커져서."

"그 입 닥치시오."

"허어, 입이 그리 거칠어서야 되겠는가? 언동 고약한 버릇은 언제쯤 고칠 생각인가?"

"혼자 잘 먹고 잘 살아 보시오, 어디 한번."

용희는 더욱 가까이 다가서는 사내들을 바라보다 완에게 되알진 말을 뱉어 냈다. 의미심장한 눈빛을 하며 사내가 용희를 향해 이리 오라 손끝을 까딱거렸다.

"그러니 도망가자니까."

"어이! 거기! 이리 와 봐!"

곁에서 선생은 말도 안 되는 헛소리를 지껄이고, 앞에서 턱수염이 복슬복슬한 개를 닮은 사내는 자꾸 자신을 찾으니, 용희는 우뚝 멈춰 선 채 떨리는 자신의 팔을 붙잡았다.

그때였다.

"어우, 깜짝이야!"

하늘에서 뚝 떨어지듯 월호와 지담이 나타났다. 완은 용희의 팔목을 붙잡았다.

"도망가자."

"무슨 소리를 하는 거요! 저들을 두고 어디를!"

칼을 빼 든 월호와 지담이 뒷걸음을 걸어 완과 용희에게 다가왔다. 번쩍하고 나타난 월호와 지담의 등장에 잠시 놀랐던 사내들은 다시 질서를 유지하며 본격적으로 검을 붙잡았다.

"우리가 있어 봐야 월호와 지담에게 도움이 안 된다. 따르라."

"아무리 그래도 그렇지 어찌 동료를 두고 떠날 수 있겠소!"

"아까 네 녀석이 뭐라고 했던가? 귀신같은 자들이라고 하지 않았더냐?"

이 상황에 어떻게 둘만 도망을 친단 말인가. 용희가 움찔거리며 망설이자 월호가 간신히 고개를 돌렸다.

"어서 가소서. 위험합니다."

"들었느냐? 가야 한다. 도움이 안 된다니까."

지담 또한 뒤를 힐끗 돌아보았다. 용희를 향해 고개를 한 번 끄덕거리며 어서 가라 눈짓했다. 자신의 탈출을 모두가 바라고 있다는 것을 피부로 느낄 수밖에 없었다.

"가자. 따르라."

어서 가자며 완은 용희를 담 뒤로 올렸다. 날쌔게 담을 넘은 용희가 바닥을 구르자 완이 훌쩍 담을 넘어섰다. 막다른 공간에서 담 위로 두 사람이 사라지자 사내들은 허둥지둥댔다. 동궁께서 무사히 탈출하시고, 그제야 행동이 수월해진 월호와 지담은 담벼락을 막아섰다.

"비켜! 이 모자란 놈들아!"

"자, 여기."

길이 막힌 사내가 윽박을 지르자 지담은 사람을 소개하는 표정으로 월호를 가리켰다.

"얘부터 해치워야 따라갈 수 있을 것이다."

끙. 월호는 검 끝을 살짝 흔들었다. 잘 갈린 검은 볕 아래 반짝 빛났다. 지담은 다시 목을 가볍게 풀며 입술을 열었다.

"그 뒤로는 나를 해치워야 갈 수 있을 것이다."

"저, 저놈들을 죽여라!"

우두머리의 명이 떨어지자 사내들은 서로 얼굴을 바라보다 칼을 높게 들었다. 떼로 덤벼 오는 모습에 월호는 심호흡을 했고, 지담은 월호의 등을 밀었다.

"이런 놈들에게 당할 일은 없을 테니 네 칼이 이유 없이 부러져서 죽어 주길 바란다, 월호."

"닥쳐라. 부러진 칼끝에 찔리고 싶지 않으면."

사내들은 달려왔다. 도와줄 것 같지 않은 모습으로 서 있던 지담은 월호와 등을 날쎄게 맞대며 검을 길게 휘둘렀다. 익위사의 본분이 제대로 빛을 발하는 순간이 도래했다.

"흐아, 흐아······."

얼마나 달렸을까. 다시 산속으로 들어온 용희가 완에게 붙잡혔
던 자신의 팔목을 빼내며 주저앉았다. 죽을 것처럼 숨이 차올라
한 발자국 더 내딛기도 힘이 들었다.

"두고 와서, 두고 와서 어쩌, 어쩌오······. 하이고, 숨차······."

용희가 숨을 거칠게 내쉬자 완도 따라 숨을 고르며 길게 호흡
했다.

"조선 최고의 무사들이다. 하나가 백을 우습게 아는 녀석들이란
말이다."

"죽었으면 어쩌오? 다치기라도 한다면?"

"그만 떠들고 숨이나 돌려라. 내 보기엔 네가 먼저 죽을 것 같다."

아무래도 걱정이 되는지 용희는 자꾸만 뒤를 돌아보았다. 울창
한 나무밖에 보이는 것은 없었으나 불안감은 커져 갔다.

"비겁하오, 우리. 도망쳤소."

이런 일에 익숙하지 않은 용희가 자책하듯 고개를 떨구자, 이런
일에 능숙한 완이 대꾸했다.

"옳은 일이다. 자책 말라."

그들을 위해서라도 도망쳐야 했다. 동궁을 보필하지 못한 죄,

감당하기 힘든 중벌이 내려질 것이므로.

"죽으면 어떡해……."

"양지바른 곳에 묻어 줄 것이니 걱정하지 말……."

"그게 지금 말이오? 말이냐고!"

용희는 머리를 부여잡았다. 자신을 찾아온 사내들이 있다는 것도 정신없어 죽겠는데 두고 온 지담과 월호는 계속 마음에 밟히고.

"선생은 왜 아무것도 묻지 않는 것이오?"

게다가 선생은 왜 자신을 숨겨 주었으며, 어찌하여 그들의 낌새를 눈치챘는지.

"무엇을 물어야 답을 해 줄 것인데."

용희는 천천히 고개를 들었다. 완은 잠시 그녀를 바라보다 높다란 나무 위 하늘을 올려다보았다. 비둘기가 공중을 빙글빙글 돌고 있는 것을 바라본 완은 빙그레 미소 지었다.

"그나저나 지담과 월호는 벌써 해치운 모양이다. 걱정 말라."

"정말? 두 사람 다 무사한 것이오?"

"그렇다니까."

"하아……. 다행이다……."

용희는 가슴을 쓸어내렸다. 완은 주저앉은 그녀를 내려다보다가 망설이던 입을 떼었다.

"나는 아무것도 묻지 않을 것이니, 너 역시 무엇도 말할 것 없다."

사실을 고한 뒤 네가 떠날까 봐. 나는 그것이 가장 두렵다.

"지금보다 더 조심히 다니면 될 일. 조금 더 각별히 신경 쓰도록 하겠다."

"차라리 물어보오. 차라리……."

"아니, 묻지 않겠다. 아무것도."

들어 용서할 수 없는 일이 네게 있다면, 눈감아 줄 수 있는 일이 아닌 것이라면, 조선의 동궁인 내가 어찌 너를 볼 수 있겠느냐.

"내게는 너의 어떠한 말도 필요하지 않다."

그저 듣지 않겠다. 나는 아무것도 모를 것이다. 네게 무슨 허물이 있다 한들 나는 한 점의 궁금증도 담아 두지 않을 것이다. 이대로의 넌, 그대로의 네가 되어라.

"우리 거래에 필요한 것들이 아닌 이상 내가 무엇을 알아야 하겠는가. 아니 그러하더냐?"

"그건 그렇지……."

용희는 놀란 가슴을 쓸어내리며 천천히 고개를 끄덕였다. 이제야 현실이 성큼 다가선 것 같고, 여전히 자신은 위험한 처지라는 사실이 크게 느껴졌다. 조금은 꿈처럼 아득하던 아비의 관직이, 가문의 명성이, 살갗에 달라붙는 것만 같았다.

"선생이 없었으면 정말이지 난 어쩔 뻔했소."

중얼거리며 용희는 붉어지는 눈시울을 깜빡거렸다. 울면 안 돼.

겁을 먹어서도, 사정을 슬퍼해서도 안 돼.

"혹 그거 아오?"

"무엇을 말이냐?"

지을 수 있는 표정이 슬픈 표정뿐 무엇도 만들기 힘들었으나, 지금 당장 선생에게 필요한 건 슬픈 표정을 제외한 모든 표정일 테니까.

"선생 덕에 내가 이렇게 살 수 있소."

용희는 고개를 높이 들며 눈꼬리를 둥글게 휘었다. 천치 같이 해맑게 웃는 그녀의 얼굴을 보고 있자니 완의 가슴이 와르르 무너져 내린다. 지금 이 여인, 무슨 수를 써서라도 지켜 내고 싶고, 무슨 짓을 해서라도 곁에 두고만 싶다.

"아……. 달리다 보니 상투가 영……."

잠시만 기다리오. 용희는 여전히 눈꼬리를 둥글게 휘며 머리 위로 손을 올려 엉망이 된 상투를 풀었다. 정갈하게 다시 묶을 요량으로 간신히 달려 있는 끈도 마저 풀었다.

그녀의 긴 머리칼이 바람이 부는 방향을 알려 주었다. 흑발의 건강한 머릿결은 쓸어 넘겨 보지 않고는 못 배길 것처럼 부드럽게 흩날렸다. 완은 그녀를 향해 천천히 손을 내밀었다.

"일어서겠는가."

그대여, 언제나처럼 내 손을 잡지 마라.

마음을 못 이겨 손을 뻗었으나 완은 그녀가 아니 붙잡아 주기를 희망했다.

용희는 머리를 쓸어 넘기며 완의 손끝을 내려다보았다. 그 손길을 바라만 보았을 뿐인데, 심장은 터질 듯 뛰어올랐다. 그녀가 천천히 손을 뻗자 완은 표정을 잃은 시선으로 그녀의 행동을 바라보았다.

잡지 마라. 잡지 말아야 한다.

하지만 바람과는 달리 그녀는 처음으로 그가 내민 손을 붙잡았다. 용희의 손이 완의 손바닥에 내려앉았다. 더는 무엇도 참기 힘든 완이 그대로 그녀를 끌어당겼다. 그리고 다급했다는 듯 조급했다는 듯, 입술이 그녀의 새붉은 입술을 찾아갔다. 두 손은 그녀의 얼굴을 감싸 쥐었다. 달리 무엇을 어떻게 더 참을 수 있을 것인가.

크게 놀라 두 눈이 휘둥그레진 그녀는 저도 모르게 완의 숨결을 받아들였다. 눈을 굳게 감은 선생의 얼굴이 시선을 가로막고, 그의 뜨거운 기운이 고스란히 느껴졌다. 끌려 일어설 때부터 선생의 의도를 알아차렸지만 달리 외면은 되지 않았다.

내가 원했고, 네가 바랐다. 눈이, 감겼다.

34화

너만 있으면 될까 한다

상의 꿈에 신인(神人)이 하늘에서 내려와 잘 익은 감을 주면서 말하기를.

"가지고 있는 근심이 곧 사라질 것이다."

하였다. 상이 놀라 깨어 보니 달고 미쁜 바람이 불어 들고 고요하기가 광활할 지경이었다.

꿈의 뜻이 좋아 여러 대신들을 불러 전하며 경사를 흐르게 하라 하였다.

"중전마마, 김 상궁이옵니다."

"들라."

중전의 처소로 다급히 들어선 김 상궁은 잰걸음을 하며 중전을
향해 예를 다했다. 반듯하게 앉아 고개를 수그리니, 중전은 오래
기다렸다는 듯 궁금증을 담아 물었다.

"그래, 알아보란 것은 어찌 되었느냐?"

"아뢰옵기 황공하오나 그자의 정체를 아는 이가 아무도 없었사
옵니다."

"아무도 없어? 참으로?"

중전은 눈을 동그랗게 떴다. 여러 방면으로 홍시의 정체에 대해

수소문을 했으나 알려진 사실은 아무것도 없었다.

"그렇다면 우리 세자도 그자의 정체를 모르고 있다는 말이냐?"

"추측하기로는 그러하옵니다, 마마."

"남장을 하게 된 계기가 세자는 아니라는 말이지."

"예. 듣기로는 그러하다 하옵니다, 마마."

예사로운 아이가 아니었다. 무엇을 물어도 총기 어린 답변이 돌아왔고, 이것은 또 어찌 알고 있을까 싶을 만큼의 방대한 지식을 자랑하기도 했다. 민가의 여식에게서는 좀처럼 찾아볼 수 없는 반가의 규수의 몸짓 또한 언뜻언뜻 보였다.

"보통 아이가 아니다. 세자 또한 그 사실을 모르고 있지는 않을 터."

중전은 팔을 괴어 올렸다. 하나 반가의 규수라면 그러고 다닐 이유가 없지 않은가. 사라진 여식이 있다면 팔도에 방이 붙었을 것이고, 딸아이를 잃은 부모가 가만히 있을 리도 없었다.

"근자에 여식을 잃은 가문이 있더냐?"

"그런 일은 없고, 다만 금혼령이 떨어지기 전에 혼례를 하고 있으니 다들 짝을 찾기 바쁜 시국이라 들었사옵니다."

"그래, 그랬겠지. 하면 그 아이는 뉘란 말인가."

정녕 상인의 여식이란 말인가. 그렇다면 자신의 신분과 이름을 구태여 숨길 필요는 또 무엇인가. 성별마저 감춰야 하는 그 사연은 또 무엇이고.

"세자에게 해가 될 아이는 아닌지 모르겠다."

"심려를 거두어 주소서, 마마. 총명하시어 앞길을 내다보시는 세자가 아니십니까."

"그 아이를 보는 세자의 눈빛이 심상치 않았다."

아들의 눈빛엔 단 한 번도 본 적 없는 조심스러움이 담겨 있었다. 그 아이가 질문에 대한 답을 끝마칠 때면, 대견함을 빙자한 엷은 미소가 아들의 입가에 걸리기도 했었다.

"만에 하나 세자와 연이 된다면 이 일을 어찌해야 하겠느냐?"

"그런 일이 어찌 일어날 수 있겠사옵니까. 법과 율이 가로막고 내명부의 수장이신 중전마마께서 원하지 않으시오며, 나아가 주상 전하와 대신들의 반대가 뒤따를 것이옵니다."

"그렇다 한들 뺏긴 마음을 어찌 인력으로 갈라놓을 수 있단 말이냐. 내 일찍이 그런 세자의 눈빛은 본 적이 없거늘."

"괜한 기우이시옵니다. 다만 거래에 필요한 인재일 뿐이라 여기고 계시오니 통촉하여 주시옵소서, 중전마마."

아무리 마음을 다스려도 안심이 되지 않았다. 그런 작은 아이쯤이야 마음만 먹는다면 세자의 곁에서 떼어 놓을 수 있겠으나, 이미 마음을 주었다면 세자의 상심이 얼마나 클지 상상이 되지 않았다.

"세자는 대체 일을 왜 이렇게 더디게 처리하고 있어. 어서 빨리 환궁하지 않고."

중전은 초조한 듯 완의 환궁을 기다렸다. 자신의 선에서 처리가 되지 않는다면, 언젠가는 대전을 향해 고해야 할지도 모른다는 생각이 들었다. 간택을 앞둔 세자에게 여인을 알게 할 수는 없는 노릇. 그것은 내전의 주인에게는 당연한 일이자 지엄한 권한이었다.

"김 상궁, 자네는 더 알아볼 것이 있는지 항시 살펴라. 예감이 좋지 않다."

"예. 명을 받자옵니다, 중전마마."

아들이 없는 궁은 텅 빈 곳간과도 같은 느낌이었다. 부디 아무 탈 없이 아들이 돌아올 수 있기를. 끝까지 그 아이는 사내로 남아 세자의 곁에 머물러 주기를.

"참으로 아까운 아이다. 하늘이 신분을 주지 않았으나, 주었다면 삼간택에서 만났을지도 모를 아이라는 생각이 들었다."

헛된 망상이라는 생각에 중전은 고개를 세차게 저었다. 아들의 짝은 반드시 명문가의 집안으로부터, 그 누구의 반대도 따르지 않을 오점 하나 없는 그런 가문으로부터 시작되어야 한다.

"한데 그 아이가 보고 싶어지는 건 무슨 조화인지……."

중전은 중얼거리며 긴 한숨을 내쉬었다. 그날 그 아이에게 쉴 새 없이 물었던 것들은 다름 아닌 간택에서 쓰고자 준비해 두었던 질문이었다. 흡족한 답을 내어놓는 그 아이가 쉬이 잊히지 않았다. 한 번 본 자신도 이럴진대 아들의 마음 또한 별반 다르지 않으리라.

"제발 무사히…… 무사히……."

하늘이 두 쪽 나도 되지 못할 인연이니, 부디 현명히 지내다가 현명히 돌아서 와 주기를. 아무도 다치지 않길 바랄 뿐이다. 이 순간만큼은 내전의 주인이 아닌, 그저 한 아들을 둔 지극히 어미의 마음이었다.

◎

일각이 여삼추와 같은 시간이 흐른다. 맞닿은 입술은 떨어질 줄 모르고 서로를 탐했다. 다정함이 묻어나는 선생의 손길은 그녀의 목덜미를 부드럽게 끌어안았고, 모든 것을 내줄 것 같은 그녀의 두 손은 선생의 어깨를 애타게 붙잡았다. 일견에 보아도 다른 일을 생각할 겨를 같은 건 없어 보이는 두 사람이었으나, 그 타는 속내와 뒤엉킨 머릿속과, 그럼에도 불구하고 떨어질 수 없는 간절함이 한데 섞여 간절함을 자아냈다.

뜨거움이 뒤섞인 그의 입술이 보드라운 그녀의 입술을 느낀 일. 그렇게 시간은 얼마나 흘렀을까. 순서를 모르듯 두서없이 그녀의 입술을 느끼던 완의 움직임이 서서히 느려졌다. 기운을 감지한 그녀도 조금씩 행동을 멈추었다. 이대로 시간을 붙잡을 수 있다면 이승 아닌 저승이라도 함께할 의지가 다분했으나, 꿈은 깨어지기에 일순이요, 소중함은 손에 잡히지 않기에 각별한 것이었음을.

죽어도 잊지 못할 것만 같은 순간이 지나가고, 이윽고 두 사람은 내몰리듯 숨을 내쉬었다. 바라볼 수 없어 고개를 수그린 그녀의 둥근 이마를 하염없이 응시하며, 완은 규칙적이지 못한 숨을 뱉었다.

한심했다. 동궁 아닌 사내 이완은 이토록 참을성이 부족하며 인내심이 부족한, 지극히 평범하며 내세울 것 없는 사내였던 것이다.

"선생……."

어찌할 바를 몰라 완을 엉성하게 붙잡은 용희가 탄식하듯 그를 불렀다. 많은 말을 뱉어 내지는 못했으나, 그 한마디에 모든 뜻이 담겨 심경을 헤아리기엔 충분했다.

간신히 그를 붙잡은 채 고개를 수그린 용희는 재차 눈을 깜빡였다. 무엇부터 끄집어내어 생각을 해야 하는지, 또한 어디서부터 어디까지 털어놓아야 하는지 흐름이 이어지지 않았다. 굵은 떨림이 손끝을 저리게 만들어 꼼짝도 할 수가 없었다. 전신을 두드리는 맥박은 금방이라도 온몸을 터트릴 것만 같았다.

"아…… 그러니까 선생……."

"나를 보아라."

마음이 두 다리를 대신하여 주저앉는다. 켜켜이 쌓여만 가던 가슴속 응어리가 한꺼번에 복발되어 터질 것만 같았다. 선생의 준열한 음성이 살갗을 파고들며 스며들자, 팔다리가 사라진 것처럼 실재감이 사라졌다.

"나를 보아라."

"아니, 못 보겠어."

숨을 재차 쉬어 보아도 진정이 되지 않는다. 받아들였던 그의 입술은 또 어찌나 뜨거웠는지 육신을 모두 태워 한 줌의 재가 될 것만 같았다. 충격은 시간이 지나도 제자리에 머물렀고, 그녀는 고개를 들기가 쉽지 않았다.

완은 여전히 자신을 붙잡은 채 고개를 수그리고 있는 용희를 향해 입술을 열었다.

"그럼 이대로 들어라."

그녀의 어깨를 두 팔 벌려 품으로 감싸 안았다. 용희의 이마가 가슴팍에 와 닿고, 접촉은 곧 온기가 되었다.

"내가 너를, 마음에 품었다."

바라지 않았으나 이렇게 되었다. 두고 갈 수 있는 가벼운 인연이 되기를 수없이 희망했으나, 결국 이렇게 되었다.

"달리 변명하지 않고 인정하겠다."

남다른 핏줄은 다름 아닌 왕가의 것이기에 이 한 목숨 개인의 것이 아닌 조선의 것이라 알고 믿으며 지내 왔으나, 오직 너만은 나의 것이길 소망하게 되었다. 이렇게, 되어 버렸다.

"너를 향한 마음이 연심이라는 것을 말이다."

"선생……."

말을 멈춘 완의 음성이 더는 들리지 않자 용희는 나직하게 그를 불렀다. 도저히 말이 이어지지 않아 재차 그를 불러 보기만 할 뿐, 어떤 마음을 먼저 꺼내어 들려주어야 하는지 먹먹하기만 했다.

실은 내가 영의정 김판두의 자식이라고. 나는 아버지의 한을 풀어야 했기에 그대와 거래를 시작했다고. 해야 하는 일이, 가야만 하는 길이 아직 남아 있다고. 시작도 못 했기에 멈출 수도 없겠다고.

"내가 사실은 선생에게 할 말이 있소."

"듣지 않겠다."

이렇게도 위험한 나를, 지금껏 알리지 못해 미안했다고.

"어째서?"

"그래야 할 것 같으니까."

완의 가슴에 얼굴을 묻은 용희는 입술을 꾹 깨물었다. 더없이 따스한 손길로 그녀를 안은 채 완은 천천히 눈을 감았다.

분명 그녀는 자신이 여인이라는 사실을 말하려 들 것이다. 하지만 아직은 그녀가 여인이 되어서는 안 된다. 고백을 듣고 나면 더는 늦출 수 없이 자신의 신분을 말해야 했으니까. 네가 말하지 않아야, 나도 하지 않을 수 있을 테니까.

"때가 되면 청하겠다. 그때 말해 주겠는가?"

"지금 듣지 않았음을 후회할지도 모르는데?"

"후회도 내 몫이니 내가 감당하겠다. 지금은 그저 이대로, 이대로……."

일국의 세자를 네가 감당하겠는가. 이름 석 자 떳떳하게 밝히지 못하는 네가, 이런 나를 무슨 수로 감당하겠느냐. 알고도 곁에 있으려 하겠는가. 그것이 무에 대수냐며 웃어넘기려 하겠는가. 지금처럼 네가 스스럼없이 나를 선생으로 대하려 하겠는가. 그러니 조금만, 조금만 더…….

"사내끼리 마음을 주고받는 일이 쉬운 일이겠느냐마는, 내 취향이 그런 것을 어찌하겠느냐."

"그러게 말이오. 참으로 별난 취향…… 뭐라고?"

용희는 번쩍 고개를 들었다. 스스로 견디기 힘들 만큼 수치스러운 말을 내뱉었으나, 완은 평정심을 유지해 보기로 한다. 네가 여인일 수 없으니 지금부터는 나의 기호를 바꿔 보도록 하겠다.

"선생, 지금 뭐라고 했소? 취향?"

"뭘 그리 놀라는가? 여태 내가 한 말을 무엇으로 듣고?"

완은 입을 멍하니 벌린 그녀의 얼굴을 무심히 바라보았다. 묶지 못한 머리칼은 여전히 바람에 흩날렸고, 보드라운 향이 완의 코끝을 감돌았다. 그런 홍시의 모습은 완벽한 여인의 것이었다. 앞을 보지 못하는 맹인이라도 알 수 있을 만큼.

"사내, 사내가 취향이오? 선생?"

덤덤한 완과는 달리 용희는 두 눈을 커다랗게 떴다. 당연히 여인이 되어 안겨 있다 생각했다. 자신이 사내의 위치였다는 사실을 까맣게 잊고 있었던 것이다.

용희는 뒷걸음을 쳤다. 순식간에 소름이 돋아났다. 현실을 격렬하게 잊고 있었던 까닭에 현기증마저 일었다.

"사내가 취향이라고? 진심으로 그쪽이 취향이라고?"

"새삼스럽긴. 그럼 어찌하여 내가 네 녀석에게 마음을 주었다는 것이냐?"

"그건! 그건⋯⋯."

"내가 여인을 모른다던 지담의 말, 생각 안 나느냐? 모르는 게 아니라 여인을 알고 싶지 않은 것이다. 내 취향은 이쪽이니까."

"그럼 미안하지만 나는⋯⋯ 선생 취향이 아닐⋯⋯ 것 같은데?"

"무슨 뜻이냐?"

"아⋯⋯ 뭐⋯⋯ 어⋯⋯."

뒷걸음을 걷던 용희는 나무 기둥에 부딪혔다. 나무에 등을 맞대고 선 용희는 답답해 죽겠다는 표정을 지으며 오만상을 찌푸렸다.

"여, 여인에게는 관심이 눈곱만큼도 없소? 참으로?"

"그래. 취향을 바꿔 보고자 노력도 해 보았으나 잘되지 않았다."

"어찌? 어찌하여 그렇게 되었을까? 어찌하여?"

"타고난 성정이 그런 것을 나더러 어찌하란 말이냐?"

"그, 그래서 나와 방을 같이 쓴 것이오? 내가 선생 취향이라?"

"뭐, 그렇다고 볼 수 있지."

"하……."

용희는 나무 기둥에 뒤통수를 쿵쿵 찧었다. 이를 어찌한단 말인
가? 나의 남장이 아무리 완벽해도 그렇지, 내가 어딜 봐서 사내처
럼 생겼냐고 이 미련한 선생 놈아!

"네가 몸집이 작고 그 나름 곱상하게 생겼으니, 내가 꿈꾸던 이
상형이 아니었겠는가?"

"그만! 그만 그만!"

"네가 좋다. 한 치의 모자람도 없을 만큼."

용희는 좌절했다. 조금 전까지는 사내의 충만한 마음을 받은 평
범한 여인이 되었다가, 지금은 이도 저도 할 수 없는 가혹한 처지
에 이르렀다. 여인이라고 고백할 기회조차 뺏긴 것이다.

"망했어……."

"뭐라 했느냐?"

"망했다고……."

용희는 중얼거리며 고개를 들어 먼전을 바라보았다. 그제야 지금껏 선생이 제게 보여 주었던 행동들이 조금씩 맞아떨어지는 것 같았다. 이러한 사실을 기뻐해야 하는지 슬퍼해야 하는지, 듣도 보도 못해 알 수도 없었다.

"이 난리 통에 정신 줄 놓지 마라."

"진짜 사람 미치게 하는 데 재주 있소. 알고 있소?"

"내가 어디 너만큼 사람을 미치게 할까."

말 좀 멋지게 하지 마……. 진짜 돌아 버릴 것 같으니까…….

기가 막힌다는 듯 용희가 헛웃음을 뱉으며 나무 기둥에 머리를 쿵쿵 찧었다.

"와……. 선생이 그쪽이구나……. 사내를 좋아하는구나…….

그쪽이었네……."

'그쪽'이라는 말에 완은 짧은 한숨을 내쉬었다. 스스로 그쪽 취향이 되어 기가 막힌 건 자신도 마찬가지였지만, 할 수 없다. 지금은 이 길만이 서로 함께할 수 있는 방법이니까. 그녀가 신분을 감당할 수 있을 시간이 올 때까지. 너와 나, 헤어지지 않을 방법을 찾을 때까지만.

"우리의 거래가 끝나도 함께했으면 좋겠다."

그래도 너를 곁에 두기란 여간 힘든 일이 아닐 수 없겠지. 무수히 슬프고 아픈 일들 또한 따를 것이다.

"너는 오로지 나를 믿고 따라 주겠는가?"

하지만 네가 없다면 죽을지도 모르겠다. 살아지지 않을 것 같단 말이다.

"좋소, 선생. 뭐, 이판사판이니까. 이제 와 나 또한 무엇을 부정하겠소. 내 마음에도 선생이 있다는 것을 말이오."

함께할 수 있는 방법을 강구해 오겠다. 없다면 만들어 올 것이다. 만들 수 없다면 이 세상을 바꿔서라도 네게 돌아오겠다.

"그리고 선생 덕분에 나도 내 취향이 이쪽인 줄 오늘 처음 알았지 뭐요."

"그래, 처음으로 취향을 알게 된 소감이 어떠한가?"

"소감은 무슨 어안이 벙벙할 뿐이지."

"후회는 없겠더냐?"

"혹여 있대도 그것은 내 몫이라 말해 두겠소. 선생을 탓하지는 않을 것이오."

"그 후회, 없게 해 줄 것이다. 나를 믿으라."

용희는 헛웃음을 터트렸다. 저 막무가내의 자신감. 그래, 이래야 선생답지. 이런 선생이라 그렇게도 마음이 갔겠지. 뱉은 말은 지켜 주는 사내라서. 근거 없는 자신감이나마 한 치도 틀려 본 적 없는 사내라서. 그렇게도 마음이 갔겠지. 그리하여 마음이 쏟아졌겠지.

"맞아, 나는 후회 안 해. 선생의 손을 붙잡은 것을 말이오."

대체 나는 그대가 얼마나 간절하였기에 앞뒤 잴 것 없이 따르겠노라 고개를 끄덕였나. 도대체 그대를 얼마나 원했기에, 내 정녕 사내처럼 살아도 후회 없을 것 같은 마음이 뒤따르나.

"여봐라, 홍시."

이런 와중에도 나는 어찌하여 그대만 바라보고 싶은 것인지.

"믿었고, 믿는다. 네 말이라면 무엇이든지."

"나 역시 믿고, 믿겠소. 선생의 뜻이라면 그것이 무엇이든지."

그녀의 대답을 들은 완은 한시름 놓았다는 표정으로 짧은 숨을 토했다. 터질 것 같던 심장도 조금은 진정되었고, 내내 자신을 괴롭히며 들끓던 감정도 다소 누그러진 것 같았다. 그녀의 마음을 얻음으로 만사의 평온을 느끼는 것이다. 하지만 그런 선생과는 달리 용희의 마음은 온통 번뇌로 가득했다. 선생의 취향은 불행인지 다행인지, 자신의 고백 또한 어디에 해당하는지 잘 몰랐다.

"그랬구나……. 내가 이런 취향이었네……. 나도 사내를 좋아하는구나……. 아닌가. 원래 사내를 좋아한 게 맞나……."

용희는 중얼거리며 몸을 바로 세웠다. 선생이 어째서 이토록 자신의 이야기를 막아서는지는 잘 모르겠지만, 먼 미래를 위해 차라리 나은 일인지도 모른다는 사실이 떠올랐다. 어차피 이루어지지 않을 만남이 외려 마음을 주기 수월할지 모르니까.

중요한 것은 단 하나, 서로의 마음이 맞닿았다는 것. 그것이 어떠한 형태와 색으로 변할지 아무도 모를 일이었으나, 지금은 눈앞의 그대에게 집중하는 것으로 답을 내리고자 한다.

"처소를 옮겨야겠다. 마을로 내려가지 않을 것이니 조금 불편해도……."

"내 걱정은 마오, 선생. 나는 어디든 괜찮으니까."

용희는 천천히 완에게 다가섰다. 그대를 따라서 가는 길이라면 저 멀리 해가 없는, 하늘이 없는, 달과 별이 없고 물과 땅이 없는, 그러한 곳이라도 아늑한 처소가 되어 줄 테니까.

"잡고 가겠는가?"

"물론이오."

완은 스스럼없이 그녀에게 손을 내밀었고, 그녀는 주저 없이 그 손을 붙잡았다. 엉켜 든 손가락이 서로의 손등을 꽉 붙들었다. 팔을 타고 내려가는 마음이 서로의 팔을 타고 올라가 심장까지 전해진 것 같았다.

"이 손, 선생은 놓지 않을 수 있겠소?"

용희는 완을 바라보며 활짝 웃었다. 비록 사내여야 한다는 사실은 텁텁했지만.

"물론이다."

완은 그녀를 바라보며 둥근 미소를 그렸다. 멀쩡한 사내가 그쪽 취향이 된 억울함은 비통할 따름이었지만.

"그런데 선생은 왜 내가 좋았소?"

"엉뚱한 구석이 있으니 자꾸 눈길이 가지 않았겠느냐. 또한 의외로 사내다워 마음에 들었다."

"아⋯⋯. 나의 사내다움이 좋았구나. 선생은 그랬구나⋯⋯."

"말꼬리는 왜 흐리느냐?"

"아니오. 그저 나의 사내다움에 경탄하는 중이었소."

"싱겁긴. 당분간 지담과 월호에게는 비밀로 해 두겠다."

"나도 그렇게 생각해. 의견에 응당 따르겠소."

각자는 다른 생각을 품고 천천히 앞을 걸어가기 시작했다. 맞잡은 두 손, 나란한 걸음, 간간이 서로를 바라보는 시선 말고는 아무것도 느끼고 싶지 않은 이 숲 속의 좁은 길을.

35
화

귀한 여인이었구나

【해종실록 11권. 해종(偕宗) 17년 6월 7일】

세자가 은밀히 흑단의 일당을 붙잡고 그 익위사가 소탕한 무뢰배들을 의정부에 넘기니 상이 좌우 대신들에게 말하기를,

"지금부터 의정부가 잡아 오건 육조가 잡아 오건 흑단의 무리를 잡는 자 흔치 않은 상을 내릴 것이다."

하였다.

"내가 그리도 사내처럼 보인단 말이야?"

용희는 웅크리고 앉아 중얼거렸다.

무사히 합류한 지담과 월호는 선생과 나눌 이야기가 있다며 사라졌고, 임시 숙소로 찾은 이곳은 다름 아닌 서임 대군의 별저, 일전에 륜명과 완이 처음으로 만나게 되었던 장소였다. 한양까지의 거리가 꽤 되었으나 완의 생각에 이보다 더 안전한 장소를 찾기는 힘들었다.

"아무리 내가 완벽하게 남장을 했다 해도 말이지. 어쩜 그렇게도 몰라……."

단정하게 튼 상투를 만지작거리던 용희는 슬그머니 고개를 쭉 내밀었다. 그러곤 처소 앞 작은 못에 제 얼굴을 비추어 보며 이리저리 살폈다. 평생 보아 온 제 얼굴은 여인이나 사내로 가르기보다는 그저 '김용희'로만 보였으니, 다른 이들의 눈에 어찌 보이는지 알 길이 없었다.

"그래도 너무 선이 얇지 않나? 아닌가?"

자신이 보아도 갸름한 턱 선, 매끈한 콧날, 커다란 눈망울. 사내라 하기엔 터무니없이 곱고 순해 보였지만 어쩐 일인지 단 한 번도 여인임을 알아본 자가 없었다. 의식에 사내처럼 보이기 위하여 말도 거칠게 하고 행동도 크게 하며 갖은 노력을 다 하기는 했지만, 모든 이를 감쪽같이 속일 만큼 너무나도 완벽한 위장술을 해내고 있던 것이다.

"하······. 누굴 탓해. 너무 완벽했어, 나의 남장이."

처음에는 들통이 날까 봐 애를 먹었지만 나중엔 더욱 대범해지기 시작했다. 음성을 낮추는 일도 귀찮아 본래의 음성을 하고 다니기도 했다. 그럼에도 불구하고 아무도 알아보는 자가 없었다.

"야옹아, 네가 봐도 내가 그리 사내 같으냐?"

용희는 곁에서 하품을 하는 새끼 고양이를 향해 넌지시 물었다. 요 손바닥만 한 녀석은 낯을 가리는 일 없이 발에 등을 맞대고 누워 한시도 떨어지려 하지 않았다. 우렁차게 울어도 '야옹' 하는 미약한 소리가 날 뿐이다. 저도 모르게 따스한 미소를 그리며 용희는 새끼 고양이를 쓸어내렸다.

"선생은 내가 사내라 좋대. 넌 어찌 생각하니?"

야옹아, 너라면 울겠니 웃겠니. 말 좀 해 보련?

"나도 선생이 사내라 좋은데, 이건 또 어찌 생각해?"

새끼 고양이는 기분이 좋은지 솜뭉치 같은 소리를 내며 바닥에 엎드렸다. 이 와중에도 발끝에 달라붙은 채 떨어지려 하지 않는다.

"다들 나의 변장에 완벽하게 속고 있어. 사실을 알면 어찌 될까?"

용희는 고양이를 다정히 쓰다듬으며 탄식이 흐르는 숨을 내뱉었다. 이윽고 새끼 고양이가 발라당 뒤집어졌다. 용희는 쓰다듬던 손길을 멈추었다.

"너도 사내구나. 너도 내가 사내라 좋으냐?"

새끼 고양이는 어서 더 쓰다듬으라는 것처럼 야옹댔다. 휴, 용희는 한숨을 내쉬며 또다시 고양이를 쓰다듬었다. 하지만 별수 있을까. 선생은 사내인 자신이 좋다는데. 앞으로 더더욱 사내다운 모습으로 선생의 마음을 얻어야겠다. 그 마음 흔들리는 일 같은 건 보고 싶지 않으니까.

"더 매진해야겠어. 나의 완벽한 남장에 말이야."

알아들은 것처럼 새끼 고양이는 헤실헤실 웃기 시작했다.

"넌 좋겠다. 편히 웃으니……."

용희는 중얼거리며 정성껏 고양이를 어루만졌다. 아무리 생각해 봐도 지금 이 상황, 웃어야 하는지 울어야 하는지 감이 오지 않았다.

　

"이놈입니다, 대장."

지담은 고개를 수그리며 사내를 가리켰다.

빛이 들지 않는 어두운 공간. 열린 문틈으로 들어선 완은 표정을 잃은 시선으로 묶여 있는 사내를 바라보았다. 재갈이 물린 사내의 눈빛은 두려움에 가득 차 있었지만 완은 일말의 동정심도 느낄 수 없었다.

"재갈을 끌러라."

"예."

지담은 거친 손길로 재갈을 끌렀다. 사내는 그제야 덜덜 떨리는 입술 사이로 정렬되지 않은 말들을 꺼냈다.

"사, 살려 주십시오. 죽을죄를 지었습니다. 죽을죄를 지었습니다! 다만 아무것도 모르니 살려 주십시오!"

"참으로 이상한 놈이로다. 죽을죄를 지었다며 어찌하여 살려 달라는 것인가?"

"살려 주십시오! 이 미천한 놈이 무얼 모르고 돈에 눈이 멀어 그리하였습니다! 살려 주십시오! 제발!"

"여인을 찾는 이유를 말하라."

완은 더 듣기 싫다는 것처럼 짧게 손을 올려 보였다. 녀석의 울음 섞인 음성이 좀처럼 그치질 않자, 월호는 조용히 검집에서 검을 꺼내 들었다. 그 모습에 기함하듯 놀란 사내는 입술을 꾹 다물며 온몸을 떨었다.

"차, 찾으라! 찾으라기에 찾았습니다! 찾아야 한다기에 찾았을 뿐입니다!"

지담은 힘껏 녀석의 머리를 붙잡고 고개를 악력으로 젖혔다. 그 억센 손길에 사내의 머리가 뒤로 꺾였다. 용희는 단 한 번도 본 적 없는 삼엄함이 깃들었다.

"너, 지금 이대로 죽기 싫으면 상세히, 누구의 명을 받아 찾고 있는지 말해야 할 것이다."

"모, 모릅니다! 이 미천한 것이 무엇을 알겠습니까! 다만 위에서 시키니 그대로……."

"흑단이렷다."

완이 뒷짐을 진 채 물었다. 사내는 눈을 크게 뜨며 입술을 굳게 닫았다.

"저분께서 두 번 묻게 하지 마라. 바른대로 말해."

지담이 머리채를 잡은 손에 힘을 주자 사내는 비명 같은 소리를 내질렀다.

"예! 예예! 흑단입니다! 흑단입니다!"

"여인을 찾으라는 자는 누구인가?"

완의 질문이 이어지자 사내는 굵은 눈물을 흘렸다. 먹이사슬의 가장 아래에 위치한 사내가 최상단에 위치한 인물을 알고 있을 리 만무했다.

"이놈이 무엇을 알겠습니까요……. 그저 계집을 찾아오라니 찾았을 뿐입니다……."

"저 목을 베어 버릴 수 있도록 명하여 주시옵소서."

월호가 낮게 청하자 완은 말없이 사내를 바라보았다. 눈물 콧물을 쏟아 내는 그 얼굴은 조금 전 주막에서 보았던 객기를 모두 지운 모습이었다. 다가온 죽음 앞에 평온할 수 있는 자, 많지 않았다.

"네놈 말고도 여인을 찾고 있는 자가 있으렷다."

"예…… 예예……. 팔도를 이 잡듯 뒤지고 있습니다……. 그렇습니다……."

"어떤 여인을 찾고 있었던 것인가?"

"잘은 모르오나…… 신분이 귀해 홀로 다니기 힘들 것이라는 것과…… 생긴 것이 곱상하여 변장을 해도 한눈에 알아볼 수 있을 것이라 하였습니다……."

신분이 귀하다.

조금 달라진 음성을 하며 완은 조금 더 캐물었다. 그녀가 감추고 있는 사실에 한 발 다가선 것 같은 기분이 밀려들었다.

"신분이 귀하다. 신분이 귀한 여인이라면 어떤?"

"잘은…… 잘은 모르옵니다……. 잘은……."

"답은 되었으니 이만 죽어라."

나라의 법을 어긴 죄, 죽어 마땅하리라. 완은 가차 없이 뒤로 돌아섰다. 그러자 죽음이 임박한 사내가 말을 빨리 하며 걸음을 붙잡았다.

"세, 세상에 죽은 것으로 되어 있으나 살아 있을 수도 있다고 하였습니다! 살아 있다면 크게 곤란할 인물이니 마땅히 죽어야 한다고 했습니다! 뉘, 뉘가 곤란해지는지는 정말 모릅니다! 모릅니다!"

죽은 것으로 되어 있으나 살아 있는 여인.

크게 심호흡을 하며 완이 돌아섰다. 다시금 사내에게 걸어가 두려움에 가득 찬 얼굴을 상세히 바라보았다. 머릿속은 온통 복잡한 것들로 가득 뒤덮였고, 그녀가 죽은 자로 되어 있을지도 모른다는 사연은 신빙성 있게 다가왔다.

귀한 신분의 여인. 죽은 자로 되어 있다.

"더는 아는 것이 없습니다. 정말입니다……. 정말입니다……."

"나도 네놈에게 더 알고자 하는 것이 없다."

완은 천천히 사내의 턱을 들어 올렸다. 지담은 뒤로 물러서며 고개를 수그렸다.

"오늘 네가 해하려 한 자에게 작은 상처라도 났다면 넌 이곳까지 오지도 못했을 것이다. 아는가?"

"다신, 다신 안 그러겠습니다……. 다시는……."

고개를 들며 완은 월호를 바라보았다. 월호는 신호만 떨어지면 당장에라도 베어 버리겠다는 눈빛을 하고 있었다.

"이놈을 관아에 넘겨 주고 처리 과정을 내게 직접, 상세히 알려라 이르라."

"명받자옵니다."

완은 녀석의 호패를 흔들었다. 사내는 입술을 꾹 깨물었다.

"기억해 두지. 네놈의 이름을 말이다. 흑단의 소행이 생길 때마다 나는 너를 찾을 것이다."

"용서하여 주십시오……. 제발 용서를……."

"흑단, 네놈들이 여인을 찾아 전국 팔도를 누빈다고 했는가?"

호패를 힘주어 잡으며 완은 한심하다는 듯 미소를 그렸다.

"네놈이 살아남아 다시 땅을 디딜 수 있다면, 어디 한번 잘 찾아 보아라."

절대로 찾을 수 없을 것이다. 그 여인은 내 품에 있을 것이니 말이다.

"건투를 빌겠다."

◎

"오래 기다렸는가?"

"아, 왔소? 이야기는 끝났소?"

용희는 다가서는 완을 바라보며 일어섰다.

"다 못 했다. 네가 기다리고 있을까 봐."

"누가 듣겠소. 사람 민망하게 무슨 그런 말을."

금세 얼굴을 붉히며 용희는 눈을 내리깔았고 완은 의식하지 못한 미소를 지었다. 조금 전 한 사내의 목숨 줄을 쥐고 흔들었다 말하기엔 너무나도 따스하고 다정한 표정이었다.

"출출할 것인데?"

"괜찮소. 요 녀석과 놀다 보니 시간 가는 줄도 몰랐소."

용희는 시선을 아래로 내리며 답했다. 완이 시선을 따라가 보니 발라당 드러누워 야옹거리는 경쟁자가 보였다. 사랑스러움으로 온몸을 무장한 채 그녀의 손길을 기다리고 있었다.

"어미가 없나 봐, 선생. 계속 기다렸는데 어미가 오질 않네."

"네가 있으니 오지 못한 것은 아니겠는가? 어디선가 보고 있을

지도 모르는 일."

"그런가? 그럼 두고 가면 어미가 오려나. 아직은 보살핌이 필요
해 보이는데."

부모를 잃은 것은 한낱 미물이든 사람이든 마음이 아팠다. 본능
처럼 새끼 고양이를 걱정하는 용희를 바라보며 완은 마른침을 삼
켰다.

너는 귀한 신분이었구나. 그것은 다행인 것이냐, 혹은 더한 불
행인 것이냐.

"홍시 너는 가족이 보고 싶지 않은가?"

"나 말이오? 나는…… 뭐……."

용희가 말꼬리를 흐리자 완은 더욱 안타깝다는 시선으로 그녀
를 내려다보았다. 비로소 그녀의 재주와 고상함이 이해가 되었
고, 말하지 못하는 사연이 조금 더 애타게 느껴졌다. 이 여인이
홀로 헤쳐 왔을 시간은 감당하지 못할 만큼 서글프게 느껴지기도
했다.

"보고 싶지. 가족을 그리워하지 않는 사람이 어디 있겠소."

그녀의 헛헛한 답이 돌아오자 완의 마음이 더욱 복잡해진다. 죽
은 자의 이름에 올랐으나 신분을 숨긴 채 살아야만 하는 일. 그것
이 가능한 일인지 알 수는 없었으나, 대단히 커다란 일이 숨어 있
다는 것은 느낄 수 있었다.

내가 직접 찾아보겠다. 네가 어떠한 여인인지. 어떠한 사연을 가지고 있는지.

"사람 원, 이런 이야기를 꺼내고 그러오. 사람 기분 처지게."

"이제 전부 괜찮을 것이다. 내가 있으니 말이다."

굳이 네 힘겨운 사연을 전해 듣지 않아도 직접 알아보겠다. 먼저 알아 힘껏 도와 보겠다.

"선생이 이렇게 자상한 사내였소? 몰랐네."

"나도 몰랐다. 나도 내가 이런 사내였는지 지금 알아가는 중이다."

가자. 완은 고개를 까딱 움직이며 따라오라 말했다. 보는 눈이 많으니 손을 잡을 수도 없고, 그 어깨 감싸 안아 볼 수도 없었다. 하지만 우리에게는 처소가 있지.

"곤하니 들어가 쉬어야겠다."

"벌써? 벌써 쉬겠다는 말이오?"

"그래. 지금 당장 쉬어야겠으니 따르라."

허락 없이는 그 누구도 들어설 수 없는 우리 둘만의 처소 말이다.

✲

"월호, 산 자가 죽은 자의 명부에 오를 수 있는 일이 가능할까?"

"글쎄다."

지담과 월호는 완의 처소를 바라보며 중얼거렸다. 해가 온전히 떨어지지 않은 시각이지만 동궁께서는 일찍 처소로 들어가셨고, 따라서 홍시도 처소로 사라졌다. 마치 둘레를 만들 듯 공간 밖을 지키는 일은 두 사람의 몫이었다.

"뭐, 아주 없다고는 못 하겠지. 겪은 사람이 있다는데 말이다."

"그럴 수도."

월호의 무심한 답에 지담은 미간을 좁혔다. 녀석의 말은 언제나 짧고, 무엇과도 엮이는 법이 없다.

"됐다. 내가 민월호와 말을 섞느니 벽 보고 말을 하는 게 낫겠지."

솔직히 말해 두 사람은 그녀가 귀한 신분이라는 사실이 놀랍지 않았다. 생각을 붙잡아 보려 하지 않았을 뿐, 시간이 흐를수록 그녀의 존귀함을 몸소 알아가는 중이었으니까. 그 말투, 그 행동, 어느 것 하나 부자연스러운 것이 없었다. 홍시가 어느 반가의 주인을 흉내 내고 있다는 것은 믿을 수 없는 일이었다.

"이거, 그 말이 사실이라면 홍시가 더 위험한 일 아닌가?"

지담은 중얼거리며 처소를 응시했다. 귀한 신분이라는 사내의 말은 더욱 불안함이 되었고, 조바심을 일게 했다. 차라리 상인의 여식인 그녀가 세상을 살기엔 더 나을지도 몰랐다.

"가문이 무슨 죄를 지었기에 일이 이 지경이 되었어. 만약 발각

된다면 어찌해야 하는 건지."

"직접 듣기 전까지는 온전히 추측일 뿐이다."

"저 녀석 지금 살아도 사는 게 아니라는 뜻 아니겠더냐? 그래서 신분을 감췄다는 거잖아."

차마 대꾸하지 못한 채 월호는 굳게 입을 다물었다. 다만 조금 전 동궁께서 내리신 명만이 떠올랐다.

지난 얼마간의 사건을 조사하여 죽은 여인이 있는지 살펴라.

"대장께서도 위험한 것은 아닌지 모르겠다, 월호. 생각보다 저 녀석이 위험한 인물이라면 대장께서도……."

사대부 가문의 열여덟 살 여인이 있는지, 있다면 어찌하여 죽음을 맞이했는지. 가문은 어찌하여 멸문을 당하였는지 직접 확인하라.

"아무리 보아도 대장께서 저 녀석에게 마음을 품으신 게 틀림없다. 이 일은 또 어찌할 것이며."

"추측을 고할 생각이라면 접어라. 우리는 아는 바가 없는 것이다."

"민월호는 아무리 봐도 속이 참 편하다. 환궁하면 대전에서 우리를 아니 부를 성싶더냐?"

지담은 중얼거리며 미래를 보았다는 듯 오만상을 찌푸렸다. 하다못해 교태전이라도 우릴 찾겠지. 그동안 동궁께서 어찌 지내셨는지 밤낮을 지새우며 보고해야 할 것이다.

"우리는 동궁전의 사람이다. 다른 어떤 곳의 압력도 받지 않는다."

월호의 대쪽 같은 대꾸를 들은 지담은 피식 헛웃음을 흘렸다. 상감의 어명이라도 받들지 않겠다는 고집이 스며들어 있었다.

"미련한 놈. 너와 나만 입을 다물면 다 되는 줄 알다니 너도 참……."

그 마음이야 지담 또한 다를 바 없었으나, 그것만이 능사는 아니었다. 지담은 긴 한숨을 내쉬며 집에 계신 부친을 떠올렸다. 마음은 그것대로 불편했고, 며칠 동안 제대로 잠을 이루지도 못했다.

그때였다. 동궁의 처소 안에서 흔들리던 촛대의 불이 꺼졌고, 지담과 월호는 잠시 숨을 죽였다.

"부디 홍시가 역적의 자식만은 아니어야 할 텐데 말이다. 안 그러냐, 월호?"

"……아닐 것이다."

이럴 수도, 저럴 수도 없었다.

◎

각자 다른 침구를 펼친 채 두 사람은 팔을 괴고 누워 서로를 바라보았다. 하염없이 바라만 보아도 시간은 바쁘게 흘렀고, 별다른 말을 하지 않아도 가슴은 충만하기 이를 데 없었다.

해가 몸을 사리고 어둠이 두 팔을 펼치는가 싶더니, 얼마 가지 않아 금세 주변은 두 사람만을 남겨 둔 채 자취를 감추기 시작했다. 어둠보다 더 고요한 선생의 음성이 틈을 파고들었고, 한 줌 남은 빛보다 더욱 밝은 그녀의 음성이 주변을 넓혔다.

"무슨 생각을 하는가?"

"그냥, 아무 생각도 들지 않소."

오래 누워 있던 탓인지 그녀의 음성도 다소 가라앉았다. 스스로 사내라 끊임없이 주입을 시켜 보아도 눈빛은 마음을 빼앗긴 여인의 것이 되고 말았다. 팔을 뻗으면 그 얼굴 만져 볼 수 있겠으나 다음이 감당될 것 같지 않아 서로는 마음을 억눌렀다.

그녀의 대답을 이해하겠다는 듯 완은 천천히 눈을 감았다가 떴다. 스스로도 무슨 생각을 하고 있는지 잘 몰랐다. 서로의 얼굴이 어둠 속에 조금씩 가려졌지만, 그리기엔 충분했다.

두 사람은 또다시 침묵을 이어 갔다. 이제 곧 환궁을 해야 하는 동궁의 성심은 어지러웠고, 어렴풋이 그와의 거래가 끝나 가고 있음을 느낀 그녀의 마음 또한 무거움이 가득했다.

"여봐라, 홍시."

"말하오. 듣고 있소."

거래가 끝나도 함께하자던 선생의 말에 동조하였으나 사실상 가능한 일인지는 알 수 없었다. 사내의 몸이든 여인의 몸이든 무엇으로도 떳떳할 수 없었으니까. 선생 또한 자신에게 신분과 이름을 말해 주지 않았으나 의미가 다르다는 것쯤은 알고 있었다. 자신처럼 말을 못 한 게 아니라 안 한 것이라는 사실을.

"온종일 이렇게 누워만 있어도 날이 갈 것만 같으니, 이를 어찌하면 좋단 말인가?"

"할 일이 많은 선생이지 않소? 잠시 쉬어 가는 때라 생각하고 편히 쉬어 간다면 좋을 일이지."

용희는 벅찬 시선으로 선생을 응시했다. 그는 참으로 단정하게 생긴 용모를 하고 있었다. 고집스러울 정도로 자신만을 향하고 있는 그 눈빛은 모두 다 받아 내기에 힘겨울 정도였다. 간격이 너무 가까운 탓이었는지, 그래서 더 먼 것 같기도 했다.

"혹 그거 아오?"

"무엇을 말이냐?"

완이 되묻자 용희는 자세를 고치며 다시 팔을 괴었다. 그녀의 보드라운 음성은 마치 살결을 어루만지는 것처럼 하염없이 듣기 좋았다.

"다섯 척, 혹은 여섯 척의 몸에 깃든 정신은 한 척의 얼굴로 드러나고."

지금 그대의 얼굴처럼.

"한 척 얼굴에 깃든 정신은 다름 아닌 한 치의 눈 속에 자리하고 있다는 말."

나른한 용희의 음성에 잠시 눈을 감았던 완은 다시 눈을 떴다. 그녀가 내뱉는 말이면 그것이 무엇이든 가슴으로 아로새기고, 귓가에 새겨 넣고 싶었다. 그리고 지금 이 여인이 하고자 하는 말을 가슴으로 온전히 느낄 수 있었다.

"지금 내 눈 속엔 무엇이 자리하고 있는지 말해 보아라."

그리하여 낮게 되물어 보았다. 용희는 그 애타는 시선에 잠시 자신의 눈빛을 엮었다. 한없이 깊은 선생의 마음이 두 눈가에 일렁이는 것만 같았다.

"내가, 가득하오."

다른 무엇도 보이지 않았다. 오로지 자신의 모습밖엔 달리 다른 것을 찾을 수 없었다. 용희는 진실된 답을 내어놓았고, 틀림이 없다는 듯 완은 작게 미소 그렸다. 전신의 모든 기운이 눈빛에 담겨 그대를 원하고 있음이 선명히 드러난 것이다.

완은 팔을 뻗었다.

"안겨 보겠는가?"

심장이 뛰어오르다 못해 터져 나올 것만 같다. 용희는 간신히 마른침을 삼키며 천천히 움직였다. 그의 가슴팍으로 작은 어깨를 붙이며, 더욱 깊어진 어둠에 감사했다. 숨을 들이마시니 선생의 온기는 곧 향(香)이 되었다.

제아무리 사내가 되고자 해도 손을 쓸 겨를 없이, 별 도리 없이 여인이 되어 갔다. 생경한 이 기운은 의지로 바꿀 수 있는 것이 아니었으니까. 한없이 굳센 사내의 모습을 보여야 한다는 강박은 머리에나 들어 있을 뿐, 손끝 하나 숨결 하나까지 사랑스럽고 싶은 마음으로 전신을 지배했다.

"따뜻해. 어쩜 이리도 따뜻하오."

용희는 간신히 중얼거렸다. 완은 팔을 닫으며 그녀를 품 안으로 감추었다. 더 그러안으면 부러질 것처럼 가느다란 그녀의 어깨가 무엇도 할 수 없게 만들었다.

"내가 어느 날 사라진대도 두려워 말아라."

용희의 목덜미를 부드럽게 감싸 안으며 완은 중얼거렸다. 그녀의 마음속으로 알 수 없는 쓸쓸함이 다녀간다.

"꼭 다시 올 것이다. 잠시일 뿐이니, 다른 생각 말고 이 자리 그대로 있어."

"걱정 마오. 약해 빠진 생각 같은 건 하지 않을 것이니."

완은 그녀의 단단한 답을 들으며 천천히 숨을 내쉬었다.

더 이상 시간이 없다.

"그래, 생각보다 오래 걸리지는 않을 것이다."

모든 것을 제자리로, 너를 내 곁으로 데려와야 한다.

"이 약조에 내 모든 것을 걸겠다."

싸울 준비는, 모두 되었다.

36화

피할 수 없는 만남

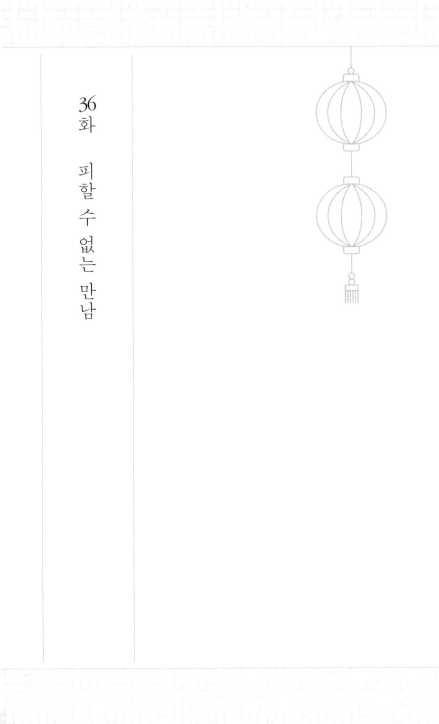

【해종실록 11권. 해종(偕宗) 17년 6월 8일】

좌의정 신기형이 아뢰기를.

"동궁전 익위사들의 출중한 무예는 널리 알려졌으나 한가하고 일이 많지 않아 그대로 두고 보기 아까움이 있사옵니다. 엎드려 바라건대 무관의 벼슬을 내리시어 나라의 도움이 되게 하소서."

상이 이르기를.

"동궁의 익위사를 바꾼다는 것은 여러모로 번거로운 일이다. 또한 동궁을 살피는 것에 그만한 무예는 필요로 하므로 결함이 없겠다."

하였다.

굳게 닫힌 처소 문을 넘지 못한 햇살이 반짝이며 부서졌다. 고운 가루처럼 부서진 빛줄기는 서서히 문틈을 넘어섰고, 가까운 자리부터 제 몸을 채우기 시작했다.

용희보다 먼저 일어난 완은 정갈한 자세로 앉아 먹을 갈고 붓을 들었다. 환궁일이 정해진 것이다. 마음이야 언제까지고 이렇듯 그녀 곁에 머무르고 싶음이 굴뚝같았으나, 그럴 수 없음은 한스럽기도 했다. 하지만 돌아가야겠지. 제아무리 한 여인의 사내가 되고 싶다 한들 신분과 의무마저 잊어버린 것은 아니었으니까.

"으응……."

완은 이불을 끌어 올리며 뒤척거리는 용희를 넌지시 바라보았다. 이젠 꿈에서 가족을 만나는 일 같은 건 하지 않는 모양이다.
규칙적인 숨을 내뱉는 그녀의 얼굴은 평안했고, 한없이 아늑해 보
였다.

"⋯⋯휴."

궐로 보낼 서찰을 완성한 완은 붓을 내렸다. 도저히 이 여인을
두고는 발길도 마음도 떨어질 것 같지 않아 긴 한숨부터 새어 나
왔다. 차라리 네가 진정 사내였다면 좋았을까. 그랬다면 이렇듯
어지러운 마음 같은 건 몰라도 되었을 텐데. 네 걱정에 잠을 청할
수 있겠는가. 마음 편히 국사를 돌아볼 수 있겠는가.

"깼는가? 아직 이른 시간인데 더 자도 될 것을."

나는 벌써부터 이리도 두렵기만 하다.

"아⋯⋯ 선생. 선생은 언제 일어났소?"

점점 날이 밝아 오자 용희는 무거운 눈꺼풀을 올렸다. 태생이
게으른 그녀는 아니었고, 해가 뜨긴 했으나 온전한 아침 또한 아
니었다. 하지만 벌써부터 의관을 정제한 뒤 자리에 앉아 있는 선
생이라니, 부지런하기가 이루 다 말할 수 없었다.

"잘 잤는가?"

완은 그녀에게 안부를 물으며 자연스레 미소를 그렸다. 밤새 품
안에 자리했던 그녀는 더 이상 타인이라 일축하기에 문제가 있었
다. 백년해로를 약속한, 마주 앉아 동뢰연을 부딪힌 사이는 아니라

해도, 마음만은 어느 부부의 것보다 모자라거나 부족하지 않았다.

"선생보다 먼저 일어나려고 했는데 오늘도 틀렸지 뭐요. 대체 왜 이렇게 부지런한 거요?"

"본디가 아침잠이 없는 나다. 신경 쓰지 말라."

굵은 밤을 한 이불 속에서 지새운다는 것은 그 의미가 충분히 남달랐음을.

용희는 자리에서 일어나 반듯하게 이불을 정리했다. 태어나 이부자리 한번 제 손으로 손본 적 없는 두 사람이었으나, 모든 것을 손수 해결하는 것에 익숙해지고 있었다.

"두어라. 내가 정리하겠다."

"됐소. 무에 힘든 일이라고."

완이 도와주겠다 말하지만 용희는 되었다 손사래를 치며 이부자리 정돈을 마쳤다.

오늘은 륜명을 만나 은화를 환전해야 하는 날이다.

"차비를 서둘러야 하지 않소? 한양까지의 거리가 꽤 될 것인데?"

조금 흐트러진 상투를 정돈하며 용희가 묻자 완이 답했다.

"천천히 해라. 늦는 것이 대수인가? 그 잡상인, 일찍 도착해 보고픈 얼굴은 아니다."

"선생, 너무 미워하지 마오."

용희는 작게 답하며 륜명을 떠올렸다. 그토록 작아진 모습은 처음이었으니까.

"그자도 알고 보면 나름 사연이 깊은 자요."

"알고 보면 모두가 나름 사연을 가진 사람들이다. 들여다보느냐 아니냐의 차이일 뿐."

그리고 너 때문에 미운 것이다……. 완은 꿍얼거리며 서찰을 반듯하게 접었다. 그 모습을 물끄러미 바라보던 용희는 고개를 절레절레 흔들었다. 이렇듯 선생은 한없이 따뜻한, 맹렬한 온기를 나누어 주는 사내가 틀림없음에도, 또 어느 날은 다가서기 어려울 정도로 냉정하고 만사에 관심을 두지 않는 사내이기도 했다. 살다 보면 그 냉정한 시선을 자신이 받게 될까 봐, 제게 두었던 관심을 홀연히 거두어 갈까 봐 그녀는 은연중 두렵기도 했다.

"대체 어떤 사내인지 가늠이 되질 않아, 선생은."

"무슨 뜻이냐?"

"그 성격, 종잡을 수 없단 말이지."

완은 곱게 접은 서찰을 소맷자락에 넣으며 용희를 바라보았다. 한 날 한시가 급한 지금, 고작 잡상인의 이야기 따위로 시간을 허비하고 싶지는 않았다. 어떻게든 서로에게 집중해야 했고, 어떻게든 서로에게 마음을 쏟아야 했다. 그러기만도 모자란 시간이었으므로.

"은화를 환전하고 나면 잠시 다녀올 곳이 있다."

"어디를 다녀온단 말이오? 우리 둘이?"

"아니, 나 혼자 말이다."

"아…… 그렇구나. 알겠소."

용희는 잠시 떠나야 한다는 완의 말에 천천히 고개를 끄덕였다. 선생의 부재는 예견된 일이었으니 크게 놀라거나 서운함을 비치기엔 무리가 따랐다. 다만 막연히 상상했던 날짜가 다가온 것만 같아 가슴이 쿵, 하고 떨어져 내렸다.

"그럼 나는……."

"여기 있어라."

완은 동생의 별저에 그녀를 두기로 결심했다. 이곳이 아닌 다른 곳엔 도무지 그녀를 홀로 둘 수 없었다.

"여기 있어. 곧 돌아올 것이니."

"주인도 없는 곳에 신세를 져도 되겠소?"

그녀의 질문에 답을 아낀 완은 작은 책상을 밀며 용희에게 다가가 앉았다. 아직 잠의 기운이 묻어 있는 그녀의 얼굴은 세상의 근심일랑 아무것도 몰랐으면 바라게 하는, 거친 기운 같은 건 모두 피해 멀리멀리 달아났으면 바라게 하는.

"나는 이곳에 네가 있다는 생각으로 버틸 것이다."

네가 오로지 나만 알았으면, 그리 바라게 하는.

"오래 걸리지 않고 돌아오겠다고 약조한 거, 기억하는가?"

"물론이오. 물론 기억하고 있소."

"그래, 그거면 되었다."

완은 천천히 고개를 끄덕이며 확고한 눈매를 빛냈다. 이른 햇살이 그녀의 온몸을 나른하게 감싸자 날개 옷을 빼앗긴 선녀의 얼굴 같아 보이기도 했다. 상투를 튼 사내의 복식으로 자리했지만, 이미 완의 시선에 그녀는 완벽한 여인이었다.

"다녀오는 대로 너의 소원 또한 들어줄 것이니 기대해라."

"혼자 그렇게 멋을 아는 사내 노릇을 하면 나는 뭘 해야 하는 거요?"

"다른 것 없이 크게 감동을 해 주면 되겠다."

첫. 용희는 밉지 않은 시선으로 완을 흘겼다. 가슴은 복잡한 감정에 소용돌이가 일었다. 선생의 부재를 견뎌야 했고, 어쩌면 진정 상감을 찾아 입궐할 수 있을지도 몰랐다. 때가 다가오고 있음을 느낀 그녀는 마른침을 꿀꺽 삼켰다. 완은 그런 그녀가 사랑스러워 어찌 해야 할지 모르겠다는 듯 머리를 쓰다듬었다.

"아직 내게 약조하지 않았다. 이곳에 있겠다고."

"여기 있겠소. 어차피 갈 곳이나 있겠소? 사실은 무척 감사하고 있던 중이었소."

"그래, 믿고 가겠다."

채 말하지 못한 감사함을 두 눈에 가득 담고 서로는 서로를 응시했다. 잠시 말이 끊긴다. 고요했으나 한 점의 불편함도 시선에 담기지 않았다. 마치, 눈앞의 그대라면 그것이 사내이건 여인이건 그런 것은 우습게 넘겨 줄 수 있겠다는 것처럼.

"떨어질 생각만 해도 벌써부터 보고 싶을 것 같네, 우리 선생."

"본디가 조금 멀리 떨어져야 소중함을 아는 것이다. 나의 소중함을 잘 깨달아 주기 바란다."

그대가 나의 두 팔이요, 두 다리요, 하나의 머리, 오직 심장이라.

"쳇, 그럼 선생도 잘 깨닫고 돌아오면 되겠네."

"난 더 깨우칠 것이 없으니, 지금도 충분할까 한다."

떨어지는 이슬이 바위를 뚫고 출렁이는 바닷물이 메마를 때까지, 이 마음 이곳에 있겠다고.

"어느 방향으로 오는지 알았으면 미리 마중이라도 갔을 텐데."

륜명은 조용히 중얼거리며 이리저리 방황하듯 걸음을 옮겼다. 한시도 가만히 있지 못하고 동서로 움직이는 것을 보아하니 매우 초조한 상황인 듯했다.

인사 없이 사라진 용희는 지금껏 몹시 그리웠다. 시선을 마주하지 못하니 애가 타기 시작했고, 대화를 나누지 못하니 심기는 불안할 지경에 이르렀다. 노력으로 차분히 마음을 가라앉혀 보아도 얼마 가지 못했다.

"오긴 오는 것인가. 왜 이리 안 오는 것인지."

비단 여인이라 함은 가벼운 웃음, 속내를 담지 않은 말, 그것들이면 충분하다 여겨 온 자신이 아니었던가. 익숙한 감정은 아니었다. 이렇듯 그대의 그림자라도 비추기를 기다리는 마음, 바람결에 향이라도 실려 오길 바라는 마음. 내일 그대를 본다면 해가 지는 오늘부터 골목 어귀를 지키고 싶은 이 마음이라는 것은.

"왔구나."

저 멀리 용희가 나타난 것을 확인한 류명은 빙그레 미소를 그리며 중얼거렸다. 물론 완과 함께였으나 그런 것들이 눈에 들어올 리 없었다. 그녀가 다가오자 일순간 그러한 느낌이 들었다. 누군가를 기다리는 일은 생각만큼 지루하거나 서글픈 일만은 아닐지도 모른다고.

[통역, 왔는가? 오는 길이 불편하지는 않았고?]

[불편함 없이 왔다. 그대는 잘 지냈는가? 얼굴이 좋아 보여 다행이다.]

[마음의 짐을 덜었으니 자연적으로 기분도 좋아지는 것 같다.]

가급적 빠른 걸음으로 류명 앞에 선 용희는 마음을 다해 부드러운 미소를 그렸다. 륜명의 비밀을 들은 이후 한 뼘만큼 더 마음이 열린 그녀였다. 그것은 비단 남녀의 마음이라기보다 사람이라면 응당 가질 법한 인지상정이요, 처지가 비슷한 자에게 느끼는 동병상련과 같은 이치였다.

두 사람이 더없이 맑간 웃음을 주고받는 사이, 그 뒤로 엄청난 열기를 뿜어내는 선생이 저벅저벅 간격을 좁혀 왔다.

"뭐, 뭐요."

완은 용희를 끌며 곁에 세웠다. 매서운 눈매는 이만저만 끓어오르는 것이 아니었다.

"이 잡상인하고 사적인 말, 섞지 마라."

"인사를 하고 있는 거요. 사적인 말이라니."

"인사도 하지 마. 글쎄, 하지 말라면 하지 마라."

완은 한 몸이 되고 싶은 것처럼 가까이 그녀를 끌었고, 륜명은 그런 완의 경계에 실금 같은 미소를 지었다. 언제 어느 때에 마주해도 완의 투기심은 여염집 아낙네의 것과 다를 바가 없었다.

"하긴, 인사 정도는 해도 괜찮겠지. 오늘이 이 잡상인과 너의 마지막 만남이 될 테니 말이다."

완이 그녀를 바라보며 툴툴거리자 감출 수 없는 당혹감이 륜명의 두 눈에 일렁였다. 마지막이라니?

힐끔, 완은 륜명을 바라보았다. 못 알아듣는 주제에 잡상인의 표정이 좋지 않다.

"그러게 말이오. 오늘 거래를 끝마치거든 제대로 인사를 나누어야 할 것 같소."

용희는 만남의 끝을 알고 있었다는 듯 고개를 끄덕이며 중얼거렸다. 이 와중에도 완과 용희는 하염없이 다정한 기운을 풍겼다. 끝까지 못 알아듣는 척 표정 관리를 해 보려 하지만 륜명의 표정은 관리가 잘되지 않았고, 완은 륜명에게 시선을 고정했다. 무슨 생각인지 완의 미간이 조금 좁혀졌다.

"뭐 하오?"

"아니다. 안으로 들어가자고 이 잡상인에게 전하라."

[이만 안으로 들어가겠다.]

용희가 완의 말을 통역하기도 전에, 륜명이 먼저 안으로 들어서자며 뒤로 돌아섰다. 완은 잠시 멈춰 륜명의 뒷모습을 바라보았다.

"안 가오?"

"……."

"선생?"

"그래, 가자."

한참이나 그대로 서 있던 완은 용희의 부름에 걸음을 옮기기 시작했다.

"내 곁으로 더 가까이 와라."

"더? 안 돼. 더 가까이 붙다간 선생 발에 걸려 넘어지겠소."

"넘어지거든 내가 받아 주지. 더 가까이 붙으라."

서로는 깨가 쏟아지는 말을 주고받으며 윤월각 안으로 들어섰다. 류명의 가슴속으로 화르르 불이 지펴졌다.

[바꿔야 할 은화는 모두 이 윤월각 창고에 보관해 두었다. 전부를 옮길 만한 수단이 있는가?]

최종적인 거래는 은밀함을 기본으로 시작되었다.

"우선 은화의 상태를 확인한 뒤 알아서 처리하겠다. 신경 쓰지 말라."

방 안에 들어선 류명이 완에게 묻자, 용희를 통해 말을 전해들은 완이 걱정할 것 없다며 답했다. 사실 환전해야 할 은화의 양은 상당했고, 그 많은 양의 은화를 옮기기란 쉬운 일이 아니었다. 세간의 이목을 피하며 은화를 안전히 운반해야 하는 최종적인 움직임이 남은 것이다.

"그대가 내게 소개해 주고 싶은 사람이 있다고 하질 않았던가? 언제쯤 볼 수 있겠는가?"

평정심을 유지하는 표정으로 완은 최대한 사심을 숨긴 채 입술을 열었다. 은화가 얼마든 환전 따위에 관심이 있을 리 없었다. 완의 최종 목적은 류명의 뒷배를 만나는 일.

곁에 앉아 있던 용희가 고운 입술을 열며 선생의 말을 그대로 통역했다. 오늘 그녀는 완의 뒤가 아닌, 완의 곁에 앉았다.

[그자는 곧 당도할 것이다.]

류명은 용희에게 시선을 고정한 채 말을 이었다. 답을 들은 완이 뚫어져라 류명을 바라보지만, 오늘따라 그 시선이 용희에게 깊이 박혀 있다. 떨어질 줄 모르고 하염없기만 했다.

[은화를 옮길 수단이 부족하다면 도와줄 것이다. 도움이 필요하다면 말하라.]

자신이 무슨 말을 하는지도 모르겠다는 표정으로 류명은 작게 입술을 열어 말을 이었다. 목소리에선 신중함도, 일말의 여유도 찾아볼 수 없었다.

"선생, 은화를 옮기는 데 도움이 필요하면 말하라 하오."

"필요 없다 전하라."

"알겠소. 그런데 선생, 이것은 사담인데 말이오."

용희가 낮은 음성으로 완을 향해 물었다.

"우리는 그 많은 은화를 어디로 옮겨야 하는 것이오?"

"태진사에 보관할 생각이다."

완은 류명에게 시선을 고정한 채 그녀에게 답했다. 오가는 음성은 서로만 간신히 알아들을 수 있을 정도로 조용했다.

"아, 일단 태진사까지? 좋은 생각이오. 공간도 넉넉하겠고."

류명은 홀짝 술을 삼켰다. 완 또한 류명을 따라 홀짝 술을 삼켰다. 생각이 많은 선생의 눈빛이 술잔에 일렁이다 다시금 사라진다. 이제 볼일은 모두 끝이 났다. 완은 그동안 통역에 임해 준 그녀를 향해 인사를 건넸다.

"너의 임무는 여기서 끝이니, 그동안 수고 많았다."

"내가 뭘. 선생도 수고 많았소."

완이 그녀를 향해 말하자 술잔을 잡은 류명의 손끝이 미세하게 떨렸다. 그 모습을 주시하던 완은 자리에서 일어섰다. 류명은 은화가 저장되어 있는 창고의 열쇠 두 개 중 하나를 완에게 건네주었다.

[두 개의 열쇠 중 하나는 이제 곧 도착할 것이다. 잠시만 기다려라.]

두 개의 열쇠가 있어야만 창고 문을 열 수 있었다. 그리고 그 열쇠는 잠시 후 도착할 신기형에게 있었다.

"난 먼저 나가 있을 것이니 저 잡상인과 인사가 끝나는 대로 나와라. 기다리고 있겠다."

완은 류명에게 인사를 건네지 않은 채, 용희를 보며 밖에 있겠다 말한 뒤 방을 나섰다. 출처를 알 수 없는 분 냄새가 흩날리고,

이제는 익숙해질 지경인 그 향기에 완은 미간을 좁혔다.

가만히 열쇠를 내려다보던 완은 무언가 미심쩍다는 듯 고개를 갸웃거렸다. 류명의 처세는 무언가 의심스러웠고 기분을 텁텁하게 했다.

"아무래도 수상하다."

완은 생각을 정리하며 천천히 걸음을 옮겼다. 마지막 인사를 할 수 있도록 내버려 둔 것은 잡상인을 위해서가 아닌 그녀를 위한 일이었다.

사색에 잠긴 채 걸음을 옮긴 일, 얼마나 되었을까.

"저하가 아니시옵니까."

다섯 걸음 앞, 밀려들던 향기를 모두 없앨 것만 같은 목소리가 들려왔다. 완은 입술을 꾹 깨물며 서서히 고개를 들었다.

"저하, 저하께서 어찌 이곳에……."

그자는 나머지 열쇠를 들고 있는 신기형이었다.

◎

[그동안 고마웠다. 나의 통역 임무는 여기까지인 것 같다.]

용희는 마주 앉은 류명을 바라보며 인사를 건넸다. 앓다 죽을 기억이 오고 간 사이는 아니었으나 제법 정이 들었고, 그의 미소로 하여금 마음의 안식을 찾기도 했었다. 특유의 자상함과 다정함은 타의 추종을 불허할 만큼 륜명과 잘 어울리기도 했다.

[이제 못 보는 것인가?]

[아마도.]

한참이나 말을 잇지 못하던 륜명은 천천히 입술을 열었고, 그에 반해 용희는 빠른 답을 내어놓았다.

아마도 이 사내를 다시 볼 수 있는 날은 없으리라. 남녀가 유별한 이 조선의 땅에서 정인이 아닌 사내를 벗으로 둘 순 없었으니까. 게다 지금은 여인의 복장을 하고 있으니 그러한 생각, 그러한 이유를 가지는 것은 당연한 결과이기도 했다.

[비록 통역의 임무는 끝났지만 그대의 앞날을 기원하겠다.]

용희는 또다시 부드럽게 말을 꺼냈다. 인생이 기구하여 잠시 맺은 인연, 다시 볼 수 없어도 좋은 기억으로 가져가겠다고.

[부친도 꼭 찾을 수 있기를 바란다.]

고개를 내린 용희가 조용히 되뇌자 륜명은 그제야 표정을 되찾았다. 아쉬움은 쉴 새 없이 밀려왔고, 조바심은 어쩔 바를 모르게 일었다. 잠시 기다리자니 륜명의 질문이 이어졌다.

[꼭 그자의 곁에 있어야 하겠는가? 여인의 몸으로 그런 사내의 곁에 있는 일은 위험할 것이다.]

[어찌하여?]

질문의 뜻을 제대로 알기 어려웠던 용희는 궁금증을 담아 되물었다. 륜명은 펼치지 못한 부채를 손에 쥔 채 입술을 열었다.

[쉬운 길을 가려고 하는 사내는 아니다. 하니 위험한 인생은 자연적으로 따라오는 것 아니겠는가?]

[맞는다. 그 점은 나도 동의한다.]

그제야 말의 뜻을 이해했다는 듯 용희는 웃음을 터트렸다. 아마도 이 말을 선생이 들었다면 코웃음을 쳤겠지. 나는 전무후무 유일무이한 사람이라고 거들먹거리며. 그 얼굴, 떠올려만 봐도 한없이 좋다.

잠시 그렸던 미소를 수습한 용희는 조용히 입술을 열었다.

[하지만 나도 사실은 만만치 않게 위험한 여인이다.]

위험한 여인이라. 륜명이 중얼거리자 용희는 고개를 끄덕였다. 사실 따지고 보면 세상 가장 위험한 처지에 이른 사람은 다름 아닌 자신이었으므로.

[어찌하여 위험하다는 것을 알고도 그자와 동행하는가?]

[본디가 험한 태풍에도 고요한 눈이 있기 마련이고, 폭풍우가 쏟아져도 낡은 처마 끝은 안전한 법이니까.]

그런 것이 두려웠다면 여기까지 오지도 못했다. 사내의 행색을 선택하지도, 통역의 일을 시작하지도, 선생의 손을 잡지도 못했을 것이다.

[그대의 걱정이 무엇인 줄 알겠으나, 위험할수록 안전한 길을 찾는 법이니 잘 있어 보겠다.]

용희는 근심이 가득한 류명과 시선을 마주하며 고개를 끄덕였다. 그녀의 답을 듣고도 마음이 놓이질 않는지 류명은 어리석은 질문을 던졌다.

[선생이라는 자에게 그대의 마음이 있는가?]

[……]

용희는 잠시 말을 아꼈고, 류명은 두 눈을 꾹 감은 채 그녀의 답을 기다렸다. 말이 끊긴 공간은 억겁의 시간 속에 놓인 것처럼 더디게 흘렀고, 거센 심장 박동은 스스로가 긴장하고 있음을 느끼게 했다.

[그렇다.]

지르르, 심장 부근에 통증이 일었다. 류명은 피식 헛웃음을 흘리며 저도 모르게 고개를 끄덕였다. 위험할 텐데. 그대는 아마, 위험할지도 모르는데. 모두 다 말할 수 없음은 비통할 일이나, 그대는 위험할지도 모르는 일인데.

[그래, 그랬는가. 그러했군. 잘 알겠다.]

무엇으로 그대를 붙잡을 수 있으려나, 그 마음 이곳에 없다는데. 무슨 말을 해야 그대가 나를 믿고 남아 줄 수 있겠는가. 그런 일은 아마도 없을 텐데.

[그럼 이만 일어나겠다.]

공간의 어색함을 느낀 용희는 짧게 말을 자르며 몸을 일으켰다. 바스락거리는 치맛자락을 정돈하며 용희는 륜명을 내려다보았다. 급격히 어두워진 륜명의 표정을 바라보자니 어딘가 모르게 측은하기도 했다.

[잘 있길 바란다. 진심을 다하여.]

마지막 인사를 건넸으나 답이 돌아오질 않고, 용희는 희미한 미소를 그리며 뒤돌아섰다. 그녀는 그렇게 문 앞까지 다가섰다.

[언제고 내가 필요하거든 찾아와라. 내게 남은 목숨이 있어 숨을 쉬고 있다면 언제든지 그대를 반길 것이다.]

사내의 진심이었다. 용희는 희미한 미소를 지은 채 장옷을 팔에 두르며 문고리를 붙잡았다.

[내 이름은 륜명이다.]

륜명은 술잔을 기울이며 낮게 말했다. 잠시 멈춰 섰던 용희는 륜명을 바라보며 입술을 열었다.

[평생을 기억해 두겠다. 그대의 이름.]

이윽고 그녀는 열린 문틈으로 사라지고, 남기고 간 음성만이 공간을 가득 메웠다.

[륜명.]

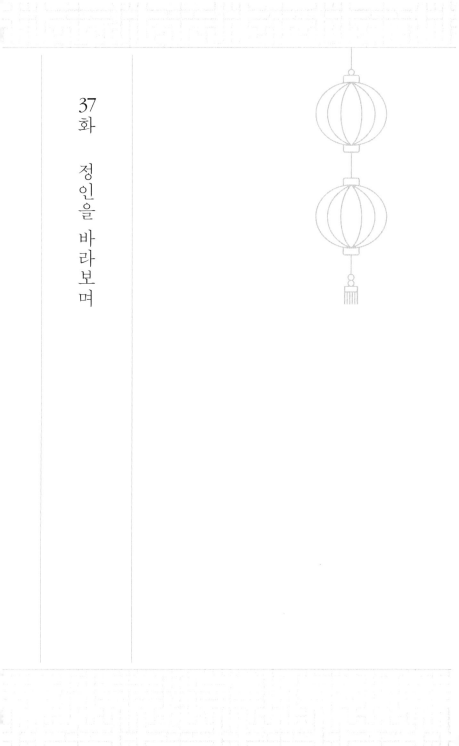

37화

정인을 바라보며

사헌부에서 상언(上言)하였고, 형조판서가 대궐에 나와 상소하여 김판두 등의 죄를 뒤늦게 청하니 상이 이르기를,

"이미 다 파직시켰다. 김판두의 악행과 짐의 뜻을 중앙과 지방에 공문을 보내어 알리고, 백성들에게 자세히 알리라."

하였다.

"저하, 저하께서 어찌 이곳에……."

당황함을 수습하지 못한 신기형의 목소리가 가늘게 떨렸다. 간격은 좁았으나 둘 사이를 가르며 땅이 주저앉는 것만 같았다.

"오랜만이다, 좌상."

신하는 예상하지 못한 동궁의 출현에 낡고 노쇠한 몸을 비틀거렸고, 동궁은 뜻밖의 상대에 젊고 혈기왕성한 몸을 꼿꼿하게 세웠다. 사실상 놀란 마음은 크고 작음이 없어 두 사람은 열꽃처럼 퍼지는 더운 열기를 느꼈다. 완은 신기형의 손에 들린 열쇠를 두 눈에 새겼고, 신기형은 동궁께서 들고 계신 열쇠를 못 본 척했다.

"망극하옵니다, 저하. 저하께서 어찌 이런 천박한 공간에 걸음을 하셨습니까?"

평정심을 되찾으며 신기형은 고개를 조아렸다. 완은 자연스럽게 열쇠를 소맷자락 사이로 감추며 입술을 열었다.

"눈만 뜨며 지내기엔 하루가 몹시 길어 호기심에 찾아보았다. 세상 사는 이야기도 좀 듣고."

"세상 사는 이야기를 듣기엔 적절하지 못한 공간이 아니겠습니까. 요양을 떠난 나라의 국본이 기방을 드나들며 주색을 알아가고 있음은 천인공노할 일입니다, 저하."

"이곳 아무도 나의 신분을 알지 못하니 좌상만 입을 다물어 주면 될 일. 아니 그러한가?"

완은 실금 같이 떨리는 주먹을 말아 쥐었다. 흑단, 그 최상단에 머무는 자가 신기형이었다니.

"그것이 어디 신이 모른 척하면 될 일이겠습니까."

분노와 배신감은 크기를 형언하기 힘들 만큼 치솟았다. 수많은 사람들을 용의 선상에 올려 두고 가늠해 보기를 수백, 수천 번. 그때마다 신기형은 아닐 것이라 믿으며 고개를 저었던 동궁이 아니었던가.

"저하의 쾌차만을 바라며 곡기를 제대로 잇지 아니하고 계신 주상 전하께서, 이 사실을 알게 된다면 어떠하시겠습니까."

완의 답이 없자 신기형은 눈매를 부드럽게 하며 작게 타이르듯 입술을 열었다. 분명 동궁께서는 자신이 쥐고 있는 열쇠를 보았을 것이다. 흑단의 뒷배가 자신이라는 사실도 알게 되었을 것이다. 륜명을 만나 은화를 환전해 주겠다 유혹한 자는 다름 아닌 동궁이었다.

"왕성한 혈기에 여인을 찾는 일은 당연한 일이라 할 수 있겠으나, 그것이 어찌 저하께 허락된 일이라 말할 수 있겠습니까. 아니 그렇습니까."

신기형은 당치 않다는 듯 말을 이었다. 늙은 육신과는 달리 머릿속은 빠르게 돌아갔다. 흠집을 잡았으니 그것을 어찌 쥐고 흔들어야 할지 생각하기 바빴다. 이것이 출궁의 이유였다. 모두의 눈과 귀를 속인 동궁의 출궁이 이토록 길어진 연유도 바로 이것에 있었다. 동궁은 흑단의 뒷배, 바로 자신을 찾고 있음이 분명했다.

"이 일이 외간에 알려지면 민심이 흔들릴 것입니다. 종사가 지탄을 받고 멀리 나아가 조정 근간이 흔들릴 수도 있습니다."

완은 그런 신기형의 말을 모두 듣고 난 후 입술을 열었다. 머릿속이 바쁜 것은 완 또한 다를 바가 없었다.

"그래서, 자네는 나를 대전에 고해바치기라도 하겠다는 것인가? 일국의 세자가 천한 기방에나 드나들며 국고를 낭비하고, 여인의 치마폭에 싸여 종사를 멀리하고 있다고?"

"하오나 그것을 또 어찌 신의 입으로 고해바칠 수 있겠습니까."

밀고 당기며 두 사람은 팽팽히 대치했다. 신기형은 너그럽다는 듯 또는 이해한다는 듯 목소리를 부드럽게 깔았다. 상대는 차기 임금. 결코 등을 질 수 있는 사람이 아니었으므로.

"저하께서 어지러운 성심을 잠시나마 위로받으셨다면 그것만으로도 큰 수확이겠지요. 대외적으로 두고 볼 일은 아니겠으나, 개인적으로는 저하의 고충을 이해합니다."

"듣던 중 다행이로다. 그렇다면 좌상은 이곳에 어인 일인가?"

"신 좌의정. 이곳에 흑단의 무뢰배와 암거래를 하는 자가 있다는 정보를 입수하고 은밀히 찾아왔습니다."

신기형은 자연스럽게 무릎까지 차올랐던 덫으로부터 벗어났다. 명분이 공정했고, 충심을 빛낼 수 있으며, 의심을 벗을 수 있는 최적의 변명이었다.

"암거래라. 무슨 암거래?"

완이 묻자 신기형은 내내 쥐고 있던 열쇠를 내보였다. 궁지에 몰렸을 땐 전부를 거는 일이 때로는 전부를 지키는 일이 되고는 한다.

"군사 밀거래에 동참하여 대량의 은화를 환전하겠다는 자가 있다는 정보입니다. 이 열쇠의 다른 주인이 그 인물이라 합니다."

신기형은 거침없이 말을 이었다. 완은 속으로 실소했다.

"명에서 건너온 상인이 있사온데, 그자가 흑단의 무기를 제공해 주고 있다 합니다. 하여 은밀히 붙잡고자 찾아왔습니다."

"붙잡고자 찾아왔다. 그대가 혼자?"

"혼자 왔을 리 있겠습니까."

신기형은 자신의 심복 두어 명을 가리켰다. 완은 고개를 수그리고 있는 사내 둘을 바라보았다.

"범죄자를 추포하는 일에 관졸 없이, 부리는 하인들을 대동하겠다는 것인가?"

"은밀한 사안입니다. 흑단의 뒷배가 조정 깊숙하게 들어와 있을 것. 자칫 잘못하면 정보가 새어 나가 일을 그르칠 수 있습니다."

단 한 번도 막히는 일 없이 유려하게 위기를 넘어간다. 완은 천천히 신기형이 내민 열쇠를 받아 들었다.

"좋다. 내 그대의 말을 믿지. 하나 좌상은 더 이상 그들을 찾아볼 것 없다."

가볍게 말아 쥐며 완은 표정을 가다듬었다. 신기형이 유려한 말들로 빠져나가 본들, 한 번 느낀 의혹은 쉽사리 가시지 않았다. 그렇다고 단정을 지을 수는 없었지만 의혹은 확신으로 변하고 있었다.

"흑단의 일은 좌상 개인이 처리할 일이 아닌 수순을 밟아 정부가 처리해야 하는 일이다. 그대는 심복들을 데리고 물러가라."

"참으로 공명정대하신 분부입니다. 신의 생각이 짧았으니 명을 받자옵니다, 세자 저하."

"대동한 익위사들에게 사실을 알려 관졸을 불러올 것이다. 그대
는 이 길로 돌아가 다른 국무에 신경 써 주기 바란다."

"예, 세자 저하."

신기형은 순순히 수긍하며 고개를 조아렸다. 예견된 종결이었다.

"아뢰옵기 황공하오나, 저 여인은 혹 저하를 기다리는 것이옵
니까?"

완은 잠시 숨을 멈췄다. 신기형의 눈 속에 자리한 여인은 분명
그녀일 것이다. 잠시 뒤를 돌아보니 저 멀리 용희가 서 있었고, 빠
른 걸음으로 다가선 월호가 곧장 그녀를 끌며 사라졌다. 신기형은
유심히 그녀의 얼굴을 바라보았다. 이곳에 몸담은 여인의 행색은
아니었다.

"신경 쓸 것 없다. 일전에도 말했듯 좌상은 나의 신상을 멀리하
는 것이 그 분부이니."

"신의 질문이 주제를 넘었습니다. 송구합니다."

완은 어서 가 보라, 신기형을 향해 손짓했다. 급박하게 돌아가
는 일은 어디서부터 처리해야 하는지 수순이 잡히지 않았으나 환
궁을 예상보다 서둘러야 할 것 같았다.

"다음번엔 궐에서 마주하겠다."

"예, 세자 저하. 그럼 때를 기다리겠습니다."

신기형은 좁은 걸음으로 뒷걸음을 걷다 우뚝 멈춰 섰다. 뜻을 모르겠다는 듯 완이 신기형을 바라보자, 신기형은 공손히 손을 모으며 입을 열었다.

"오늘의 윤월각엔 동궁도 신하도 있지 않았습니다. 신은 기억에서 오늘을 지울 것입니다. 동궁께서는 오늘날 신분을 잊고 기방을 찾은 일이 없었거니와, 민가의 여인을 곁에 두신 적도 없는 것입니다."

얼핏 듣기엔 동궁을 위하는 말 같았으나, 입조심을 해야 할 것이라는 동궁을 향한 일말의 협박이었다.

"그럼 신은 그리 알고 물러가겠습니다."

"알겠소, 알겠소. 나도 눈치는 있는 사람이오."

월호에게 끌려 멀리 걸음 한 용희는 손을 들며 멈추라 작게 흔들었다. 선생은 분명 누군가와 대화 중이었고, 분위기가 심상치 않았음에 멀찍이 떨어져 바라보고 있던 찰나였다.

"알겠소. 알겠다니까? 내가 지금 나가면 안 되는 상황이라는 거잖소."

"그래, 네 말이 맞는다."

월호의 급한 걸음을 쉽게 이해한 까닭에 용희는 순순히 걸음을 옮겼다. 자신이 선생의 일행인 것을 알리면 안 된다는 느낌이 들었던 것이다.

"난 가 봐야 하니 부를 때까지 잠시만 기……."

"어서 가 보오. 나는 여기 꼼짝 않고 있을 테니."

용희는 월호에게 어서 가 보라 말했다. 월호는 서둘러 선생에게 가 봐야 하는 입장이었고, 선생은 원치 않는 사람을 만난 것이 분명했다. 함께하기를 수어 달. 이제 그 정도의 기운은 자연스럽게 느낄 수 있었다.

"한양이라 그런가. 아는 사람도 제법 만나네."

용희는 중얼거리며 주변을 살폈다. 달리 할 일은 없었으므로 시선은 자연스럽게 움직이는 것에 고정되었다. 서둘러 길을 떠난 월호는 얼마 가지 못해 우뚝 멈춰 섰고, 아름다움이 이 세상 사람의 것이 아닌 듯한 여인이 그를 당면했다.

"이영…… 아……."

그 모습을 바라보던 용희는 서둘러 고개를 돌린 채 더 구석진 곳으로 걸음을 옮겼다. 사연은 알 수 없었으나 그들만의 시간이 필요할 것 같았다. 월호는 토해 내듯 재차 그녀의 이름을 불렀다.

"이영아!"

삽상한 바람이 손끝을 어루만진다. 바람은 손끝을 붙잡듯 머물더니 형체 없어 서글프다는 듯 조용히 사라졌다. 지금은 그 무엇도 낄 수 없겠다 말하는 것처럼, 어둠과 고요와 침묵만이 다가왔다.

"이영, 이영……아……."

월호는 믿을 수 없다는 듯 세차게 고개를 저었다. 다시 눈을 떠 보아도, 다시금 세차게 두 눈을 감았다 떠 보아도, 저 모습과 자태는 이영의 것이었다.

"너, 너 정말 이영인 것이냐? 그런 것이냐?"

어지럽다는 듯 월호가 이마를 짚으며 물었다. 충격은 이루 말할 것이 없어 마치 꿈을 꾸고 있는 것 같기도 했다.

"이영아……."

"……."

하지만 아무리 묻고 물어도 돌아오는 답은 없고, 두 눈을 가득 채울 만큼 올라선 눈물만 후드득 떨궈 낸 이영은 말없이 고개를 수그렸다. 어깨는 누가 쥐고 흔들 듯 떨렸다. 가슴이 터질 듯 저려 와, 이영은 작게 말아 쥔 주먹으로 가슴을 쿵쿵 두드렸다. 애타게 그 이름 불러 보고 싶었으나 말을 잃은 주제에 목소리는 생각처럼 나오지 않았다. 그녀는 가족을 잃었고, 신분을 잃었고, 목소리를 잃었다.

월호는 천천히 그녀에게 다가섰다. 언제나 반듯한, 부러진대도 휘어질 것 같지 않던 월호의 시선이 정처 없이 흔들렸다. 누구 것을 빌린 듯 어울리지 않는 그녀의 화려한 가체는 당장이라도 떼어 주고 싶을 만큼 위태로웠다. 화려한 색상의 저고리와 치마는 뭇 사내의 시선을 끌기 충분하여 바라보는 것만으로 들끓어 오르게 했다.

월호는 가까스로 억누른 두 손으로 흔들리는 이영의 어깨를 붙잡았다. 일전에 이곳에서 빨래를 옮기던 여인은 이영이 맞았던 것이다.

"말을…… 못 하는 것이냐."

이영은 바보처럼 고개를 끄덕였다. 내뱉어도 듣기 싫은 신음만 흘러나오니 그마저 시도해 보고 싶지도 않았다. 그 모습에 월호는 이를 아득 물었다.

"그럼 이곳에…… 있는 것이고?"

또다시 고개만 끄덕였다. 아비의 당색이 서로 달라 드러내 놓을 수 있는 관계는 아니었으나, 달이 지면 아침이 오듯 해가 지면 밤이 오듯 서로는 함께했었다. 그런 사이였다.

월호는 긴 숨을 내쉬었다. 그녀를 찾았으나 기쁨을 느낄 새도 없었다. 마음은 당장이라도 그녀의 손을 붙잡고 이 더럽고 추악한 공간을 벗어나고 싶었지만……

"다시 올 것이니 조금만 기다려. 너도 알겠지만 내가 이곳에 온 것은……."

당장 죽고 싶은 비참한 마음이 솟구쳐도, 뫼셔야 하는 분이 계신 운명.

월호는 한 가닥 남은 이성의 끈을 붙들며 그녀의 어깨를 놓았다. 끅끅거리며 울음을 먹는 이영의 모습에 혼이 나갈 것 같았으나, 지금은 돌아서야 했다.

"금방 올 테니까 꼭, 꼭……."

이영은 고개를 끄덕였다. 가로저을 만한 말은 아무것도 없었다.

도저히 떨어질 것 같지 않았으나 월호는 천천히 그녀에게서 멀어졌다. 동궁이 계신 곳 가까이 도착하니 아직 신기형과 동궁의 대화는 한창이었고, 지담은 곁을 돌아보다 월호에게 낮게 물었다.

"홍시는 숨겼느냐? 어디에?"

"……."

"여보게, 월호."

"……."

하지만 답이 올 리 없었다. 시선은 이영에게 놓아 둔 채 아무 쓸모없는 육신만 돌아온 것이다. 혼백 또한 그녀에게, 버려둔 채.

"환궁할 것이다."

완은 환궁 준비를 서둘렀다. 예상에 이틀 뒤 돌아갈 것이라 했으나 사안은 시급했다. 한시도 지체할 수 없었다.

"지금 말씀이십니까?"

"그래, 지금."

지담과 월호는 고개를 수그렸다. 대강의 것을 전해 들은 지담은 아비를 사주한 자가 신기형이었음을 깨달았고, 월호는 이영을 이곳으로 보낸 사내가 신기형임을 깨달았다.

"누군가는 남아야 한다. 그 아이를 혼자 둘 수 없다."

그리고 완은 영의정의 사가에 불을 지른 자가 신기형임을 알았다.

세 명의 사내는 각자의 사연으로 분노를 곱씹었다. 지담은 아비의 흔들린 충정을, 월호는 벙어리가 된 정인을, 동궁께서는 참된 스승을 잃은 참지 못할 분노에 정신을 차리기 힘들었다.

"누가 남겠는가?"

완은 침착하게 물었다. 잠시 말이 없던 지담이 고개를 들었다. 이대로 돌아가 아버지를 뵙고 싶은 마음이 조금도 남아 있지 않았다.

"제가 남겠습니다."

지담의 말끝에 완은 고개를 끄덕였다. 한없이 가볍고 엉성해 보이는 녀석이지만 그렇다 하여 녀석을 신뢰하지 않는 것은 아니었다. 어쩌면 녀석이 가진 특유의 다정함이 그녀의 허한 마음을 위로해 주기 적당할지도 몰랐다. 뻣뻣한 월호보다는 아마도 훨씬.

"그래, 그럼 너는 이 길로 그 아이를 데리고 서임군의 별저로 돌아가라. 나는 입궐하겠다."

"은화는 언제 옮기면 적당하겠습니까?"

"따로 기별하겠다."

완은 한 손으로 지담의 어깨를 붙잡았다. 동궁의 손길이 제 어깨에 와 닿자 황급히 고개를 수그린 지담은 그 어느 때보다 진중했다.

"그 아이를 잘 부탁한다."

"성심을 다하여 지키겠습니다."

완은 되었다는 듯 고개를 끄덕였고, 잠시 그녀를 만나고 돌아오겠노라 걸음 했다.

차마 따라가지 못한 지담과 월호는 먼발치에서 동궁과 그녀를 기다렸으나, 둘 사이엔 단 한마디도 오가지 않았다. 분노는 그렇게 쉽게 사라지는 성질의 것이 아니었다.

"볼일은 다 끝났소?"

한적한 정자 주변을 배회하던 용희는 가까워 오는 인기척에 뒤를 돌아섰다. 제게 다가온 선생을 발견한 용희는 말갛게 웃으며 지루하지 않았던 척 마음 편히 미소를 그렸다.

"오래 기다리지 않았소. 그러니 그렇게 볼 것 없소."

그가 미안할까 봐 그녀는 먼저 지루하지 않았노라 말을 꺼냈다. 미안해할 것이 뻔한 선생의 말이 싫었고, 충분히 괜찮았다.

"나는 오늘 떠난다."

한데 돌아오는 말이라고는 이렇게 빨리 헤어져야 한다는 것.

"오, 오늘? 지금 말이오?"

용희는 입술을 멍하니 벌렸다. 조금도 예상하지 못한 선생의 말은 다시 못 볼 이별의 말이라도 새겨들은 것처럼 두려움을 동반했다.

완은 말없이 고개를 끄덕였다. 지금 누구의 가슴이 더 애타는지 구분한다는 것은 의미가 없었다.

"아……. 그렇구나……."

한참 후 용희는 가까스로 중얼거렸다. 다시 돌아온다는 그 말을 몇 번이나 들었으면서. 기다리면 돌아오겠다고, 그 약조에 전부를 걸겠다는 말까지 들었으면서. 심장은 어찌하여 이렇게 날뛰는지, 두 다리는 어찌하여 이렇게 떨리는지. 어찌하여 선생의 시선을 마주하지 못해. 무엇이 두려워 숨을 쉬지 못해.

"가는구나⋯⋯. 오늘 가는구나⋯⋯."

안 돼. 눈을 떠. 일각이라도 허락된 시간이 있을 때 시선에 선생을 담아. 마음에 열고가 난 듯이 그 목소리를 가슴에 새겨. 기억해. 오늘이 마지막일지도 몰라.

"돌아올 날짜를 정확하게 기약하기는 어렵겠다."

용희는 이해한다는 듯 고개를 끄덕였다. 매번 선생을 보낼 모든 준비를 마쳤다 생각했는데, 막상 다가온 시간 앞에 각오는 부질없었음을 깨닫게 되었다.

"뭐, 바쁘지 않겠소. 일이 어느 정도 마무리가 되었으니 선생도 본분으로 돌아가야겠지."

그래, 아마도 선생은 그럴 것이다. 곤하고 바쁜 하루가 선생을 기다리고 있겠지. 정처 없이 떠도는 이 몸과는 무엇이 달라도 다를 테니까. 그 하루 끝자락에 날 기억해 주긴 어렵지 않을까. 그리움도 익숙해지면 참아지지 않을까⋯⋯.

"일 마무리 잘하오. 마음 다해 바라겠소."

용희는 간신히 평범한 말로 제 마음을 감췄다. 생각보다 이별의 장면은 서글프지도, 세상이 뒤바뀌지도 않았다. 허무할 정도로 아무엇도 없는 지금 이 순간이 기가 막히기도 했다.

"어, 어서 가 보오. 바쁠 텐데. 나도 잘 돌아가겠소."

그렇다 해도 울대가 뜨거워 오는 감정까지는 막을 도리가 없어 용희는 서둘러 완의 옷자락을 놓았다. 조금만 더 선생을 붙들고 있다간 눈물 바람으로 끝을 어지럽힐 것만 같았다.

"지담이 곁에 있을 것이다. 무슨 일이 생기면 녀석이 잘 처리할 것이니 걱정은 말고……."

이 순간이 몹쓸게 느껴지는 완은 차마 말을 모두 다 뱉지 못하고 말꼬리를 흐렸다. 신기형이 다른 수를 만들기 전 한시바삐 입궐해야 했으니 더는 지체할 시간도 되질 못했다. 무슨 말이라도 더 보태 주고 싶었으나 지금 이 심정, 어떠한 말을 꺼내도 어울리지 않았다.

"다녀오겠다."

"응, 알겠소. 잘 다녀오길 바라오."

용희는 마지막 힘을 다해 환히 웃었다. 손끝이 바르르 떨렸으나 모른 척하기로 한다.

뱉을 말이 더 남은 것 같았으나 완은 천천히 입술을 닫았다. 느껴질 정도로 온몸을 떨고 있는 그녀가 애처로워 더는 바라보기가 힘이 들었다.

완은 돌아섰다. 차라리 눈을 감고 다시 떴을 때 눈앞에 궐문이 있으면 좋겠다는 생각이 들 정도로 발이 떨어지지 않았다. 마음을 억누르고 입술을 피가 나도록 사리문 채 완은 앞으로 나아갔다. 다시 볼 날을 기약할 수 없다는 애격함이 걸음걸음 피를 쏟아 내는 것처럼 흘러내렸다.

"잠깐만!"

그때였다. 그녀가 다급하게 그를 불러 세웠고, 완은 우뚝 멈춰 섰다. 굳이 돌아보지 않아도 그녀가 가까이 다가오고 있음을 알 수 있었다. 그 반듯했던 걸음걸이가 정돈을 잃고 제게 다가오는 일, 절대로 평범하게 기억할 수는 없을 것이다.

"이거 가져가오."

용희는 나직하게 중얼거리며 가지고 있던 손수건을 내밀었다. 완은 차마 받아 들지 못한 채 입술을 작게 벌렸다.

"중한 것이라 하지 않았던가?"

"맞아. 내게는 더없이 중한 것이니까 선생이 가지고 있는 게 좋겠소."

그녀가 억지로 선생의 손에 손수건을 쥐여 주니, 수놓인 꽃과 별이 선생이 손안에 감싸였다.

"내가 선생에게 줄 것이 이것밖에 없어. 그러니 잘 가지고 있다가 돌려주오."

본디의 운명이 이 사람인 줄도 모르고. 이미 약속되었던 정인인 줄은 꿈에도 몰라보고. 용희는 그동안 귀히 간직하던 손수건을 완에게 넘겨주고는 부드럽게 미소 그렸다.

"돌아가서 내 생각 많이 하오."

그대를 기다리는 모든 시간. 앉은 자리로는 풀도 나지 않을 것이요, 머리 위로 열매도 열리지 않을 것이니.

그의 어깨를 붙잡으며 용희는 발돋움을 했다. 그녀의 입술은 완의 입술로 찾아들었고, 더는 아무것도 보이지 않는다는 것처럼 그는 그녀의 허리를 감싸 안았다. 입술이 맞닿아 서로의 온기가 스며들자, 무엇으로도 담기지 않던 나머지 말이 서로의 가슴속으로 파고들기 시작했다.

서로는 서로에게 열중했다. 어찌하면 더욱 가까이 느낄 수 있는지 안달이 난 것만 같았다. 간절함을 넘어선 뜨거움이 완의 손끝에 실려, 그녀는 이제 되었다는 듯 천천히 발을 내렸다.

이윽고 완을 바라보며 용희는 마음을 전했다.

그대 하나만 기억해 주소서. 비록 우리, 떠날 순간까지 이름 석 자 주고받지 못했으나.

"잘 가오, 선생."

함부로 내 마음을 주고 싶었던 사내, 바로 그대였음을.

38화

그리워 눈 감으면

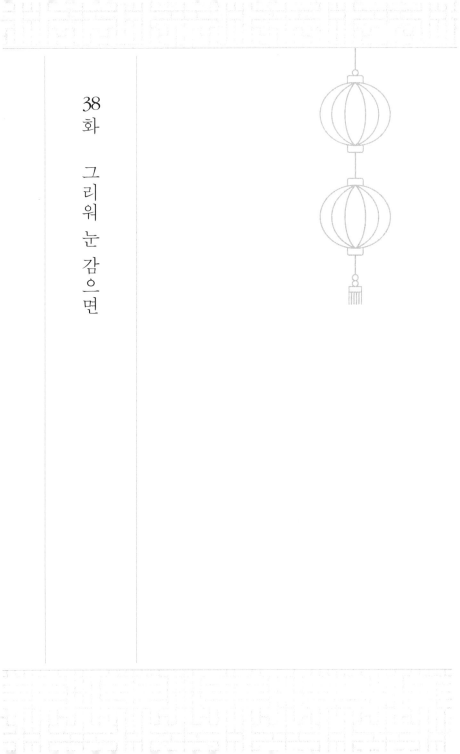

【해종실록 11권. 해종(偕宗) 17년 6월 10일】

지난밤, 세자가 환궁하였다.

　삼경(三更)을 훌쩍 넘긴 시각, 모든 것이 잠든 한양의 새벽. 먼 발치로부터 예사롭지 않은 말발굽 소리가 들려오자 수문장은 귀를 후비며 눈을 깜빡였다.

　"무슨 일이냐?"

　"웬 놈들이 이쪽으로 달려오고 있습니다."

　문지기를 하고 있던 서너 명의 무변들이 목을 빼고 바라보니, 마치 성문을 뚫고 들어올 것처럼 말을 타고 달려오는 사내들이 보였다. 성문을 통과할 수 있는 때가 아니었으므로 수문장은 귀찮은 일이 생겼다는 것처럼 굵은 눈썹을 꿈틀거렸다.

　"미친놈들이 아니고서야 이 시간에 대체 뉘란 말이냐?"

그때였다. 굳게 닫힌 성문 앞에 도착한 사내 한 명이 새벽을 깨울 것만 같은 음성으로 소리쳤다.

"성문을 열어라!"

"누군지 모르겠으나 타종할 때까지 기다리시오! 지금은 열어 줄 수 없소!"

문지기가 소리치자 백마를 둘러싸고 있던 말들은 일제히 앞발을 들며 울었다. 월호는 말을 진정시키며 신분 패를 꺼냈다.

"세자 저하시다! 당장 열어라!"

그 외침을 들은 무변들은 잠시 서로 얼굴을 바라보았고 수문장은 두 눈을 크게 치떴다.

"저, 저하라니. 저하께서 환궁하실 날은 아직 멀지 않았던가?"

"이, 일단 열어! 열어!"

국본께서 이 늦은 시각에 어인 일로 성문을 통과하는지는 모를 일이나 열지 않을 방법도 없었다. 두께조차 가늠되지 않는 두꺼운 성문이 육중한 소리를 내며 열렸다.

"이랴!"

잠시 멈춰 섰던 완의 말은 열린 성문 안으로 뽀얀 먼지를 일으키며 사라졌다. 뒤를 따라 나머지 사내들이 말을 달렸고, 그들에게는 오랜만에 마주한 궐의 삼엄함이 느껴졌다. 유난히도 긴장감이 흐르는 밤이었다.

"뭘 하느냐?"

"아, 그냥. 잠이 안 와서 말이오."

소리 없이 지담이 다가서자 하늘을 올려보며 앉아 있던 용희는 급하게 시선을 내렸다. 어찌나 속절없이 넋을 놓고 있었는지, 마치 속내를 들키기라도 한 듯 무안함이 일었다.

"먹을래?"

지담은 작은 엿을 흔들었다. 그 모습을 잠시 바라보던 용희는 웃음을 터트렸다. 아무것도 먹고 싶지 않았으나 거절은 힘들었다.

"잘 먹겠소. 고맙소."

그의 성의를 무시할 수는 없는 일이니 용희는 엿을 받아 입속으로 넣었다. 그러자 입안 가득 달달함이 퍼진다. 마치 선생과의 입맞춤처럼.

지담은 그녀를 따라 곁에 앉았고, 천천히 엿을 녹여 먹으며 용희는 이리저리 고개를 돌렸다.

"지담, 이곳은 누구의 별저요?"

"여기? 그건 왜 묻는데?"

"주인 되는 자의 성품을 알 것 같아서 물어봤소. 어디 하나 정성 없는 공간이 없으니 말이오."

지담은 가만히 엿을 물고 생각하다가 고개를 끄덕였다. 문무에 뛰어난 세자 저하와는 달리, 동생 서임 대군께선 예술에 뛰어난 식견을 가지고 있었다. 공간을 꾸미는 능력 또한 남달랐다.

"뭐, 대장께서 이냥저냥 잘 아는 분의 별저다. 그 부부가 모두 가꾸는 일을 좋아하니 이렇듯 단정한 것이지."

"좋다. 여기 있으니까 마음이 편안해지는 것 같소."

그녀의 말은 사실이었다. 마치 자신이 살던 집, 별당 앞 작은 물 웅덩이를 바라보고 있듯 가슴이 편안해졌으니까.

말은 더 이상 이어지지 않고 짧게 끊겼다. 하고 싶은 말을 삼키고 있으니 주변 말들이 나오질 않는 것이다. 그럼에도 불구하고 어색하다거나 불편하지는 않았다.

"신기하다. 너하고 이렇게 말없이 앉아 있다니."

지담은 무엇이 떠올랐는지 작게 미소를 그리며 말했다.

"응? 뭐가? 뭐가 신기하오?"

"너하고 나하고 눈만 마주치면 으르렁대지 않았더냐? 이렇게 평화를 지키고 있다니 말이다."

"아, 그랬지. 맞아."

말끝에 용희는 또다시 웃음을 터트렸다. 나란히 앉아 사이좋게 엿을 녹여 먹으며 두 사람은 지난날을 회상했다. 그 당시, 동궁의 사찰에 적응하지 못했던 지담은 그녀의 방자함에 분노하기 일쑤였다.

"왜 그렇게 나만 보면 못 잡아먹어 안달이었소?"

"뭐, 지난날이니 네가 이해해라. 나도 정신이 없던 때였다."

동궁의 출궁이 길어지면서 지담도 이러한 생활에 익숙해졌지만, 처음엔 정말이지 힘들었다. 현실을 받아들이기까지도 오래 걸렸다.

"그분이 내게는 각별하였으니, 당연히 네게도 각별해야 한다고 생각했던 것 같다. 생각해 보니 너에게 대장은 그저 길에서 우연히 만난 뭇 사내였지 뭐냐."

지담은 지난 생각을 실토하며 입안에서 엿을 굴렸다. 동궁께서 평범한 사내로 보일 것이라는 생각이 들기까지 참으로 오랜 시간이 걸렸다.

"그렇지. 내게는 그저 더도 아니고 덜도 아닌 우연히 만난 사내였소."

용희는 그런 지담의 마음을 이해하겠다는 듯 고개를 끄덕였다. 그러곤 마음에 담고 있지 않으니 그만 잊으라는 듯, 용희는 살가운 눈빛으로 지담을 바라보았다. 어느덧 서로의 마음을 깊이 들여다보며 위로하는 인심이 생긴 것이다.

"별 참 밝다."

지담을 바라보던 시선을 하늘로 옮긴 용희는 찰나도 시선을 떼지 못한 채 눈을 반짝였다. 언뜻 보면 같은 생김새 같은 빛깔 같지만, 자세히 들여다보면 어느 것 하나 같은 별이 없었다. 흘러내릴 것만 같은 별빛을 바라보며 용희는 홀린 듯 완을 떠올렸다.

"진짜 밝다. 정말로, 정말로……."

환한 빛은 참으로 그대를 닮았구나. 저리도 반짝이니 어찌 시선을 빼앗기지 않을 수 있을까. 바라보며 감탄하는 일을 무엇으로 막을 수 있겠단 말이냐. 저렇게도 빛나는데. 저렇게도 찬란한데. 칠흑 같은 어둠과 맞서도 그 모습 선명하기만 한데.

"대장께서는 목적지에 잘 당도하셨다."

그 속내를 읽은 지담이 낮게 말하자 용희는 하늘을 올려다보며 천천히 미소를 그렸다.

"그랬구나. 연락이 닿거든 나도 잘 도착했다고 전해 주오."

"그래, 전하겠다."

지담은 모든 것을 달관한 것 같은 표정의 그녀를 애처롭게 바라보았다. 혹 그녀는 알고 있을까. 동궁께서 입궁을 하셨으니 이제 곧 금혼령이, 간택이 시작될 거라는 걸. 백 년을 해로할 여인이 그분의 곁에 자리할 거라는 걸.

"휴, 이만 들어가야겠소. 지담도 어서 들어가 쉬어야 하지 않……."

"내일 마을에 장이 선다는데 가 볼 것이냐?"

그리고 그 여인은 네가 될 수 없다는 걸. 어쩌면 그분은 이대로 영영, 돌아오지 못할 수도 있다는 걸.

"어어? 정말? 나야 좋소. 재밌겠다."

용희는 장에 가 보자는 지담의 제안에 손뼉까지 치며 좋아했다. 끔찍하게도 더디고 지루한 이 시간들을 어떻게 보내야 하는지 막막하기만 했는데.

아이처럼 좋아하는 그녀를 바라보자니 쉬이 사라지지 않는 안타까움이 다가온다. 지담은 입술을 꾹 깨물며 자리에서 일어섰다.

하지만 그녀도 이 사실은 알고 있으리라. 무엇도 모르는 그녀라 할지라도 이것만은 알고 있을 것이다. 그분께 네가 아닌 다른 여인은 의미가 없을 거라는 걸. 멀리 된 것은 육신이지, 마음은 가까울 거라는 걸.

"홍시 너, 일찍 자라. 좋은 꿈꾸고."

"알겠소. 지담도 잘 자오."

하늘이 두 쪽 나거나 별들이 모든 빛을 잃는대도, 너를 잊지 아니하실 거라는 걸.

"저하……. 세자 저하……."

동궁전 내관 박용길은 버선발로 땅을 밟았다. 그 뒤를 따라 허겁지겁 달려 나온 내관들과 궁녀들은 박 내관을 따라 땅에 엎드렸다. 민가 사내의 복식으로 동궁전에 들어선 완은 제 발 아래 엎드린 박 내관을 바라보았다.

"용길아, 오랜만이다."

"저하, 세자 저하……."

박 내관은 차마 말을 다 잇지 못한 채 말꼬리를 흐렸다. 주인을 섬기지 못한 지난날의 속사정을 이루다 말할 수는 없겠으나, 텅 빈 동궁전을 사명 다해 지켰던 박 내관이다. 완의 명으로 엎드렸던 몸을 일으키며 박 내관은 눈물이 그렁한 표정을 지었다.

"신이 저하를 뫼시러 갈 날만을 손꼽아 기다렸는데, 어찌하여 저하께서는 이런 야심한 시각에 홀로 당도하셨나이까."

박 내관의 놀란 가슴은 쉽게 진정되질 않았다. 이렇게 느닷없이, 아무런 기별도 없이 돌아오시다니. 동궁께서 급히 돌아오신 일은 기쁨과 불안함이 되어 함께 찾아왔다.

"차차 이야기하겠으니 용길이 너는 궁금해도 묻지 말고. 서둘러 들어가야겠다."

"예, 저하."

완은 천천히 말하겠다며 안을 향해 손짓했다. 이윽고 동궁전으로 향하자 꼬리를 이어 십수 명의 내관들이 움직였다. 월호는 천천히 고개를 수그린 채 시립했고, 완은 열린 문틈으로 사라졌다.

동궁전의 주인이 돌아왔다.

　　　　　　　　　　　　⊙

"도, 동궁께서 말입니까? 사실입니까? 윤월각에 동궁께서 납시었다니요?"

"그렇다니까. 분명 동궁은 흑단의 뒤를 캐고 있었음이 확실해진 것이지."

허어. 그와 마주 앉은 대사성 한유철은 믿을 수 없다는 듯 두 눈을 크게 치떴다. 신기형은 둥글게 말아 쥔 손을 작은 탁자 위에 올렸다.

"대감의 말씀이 사실이라면 이를 어찌해야 하는 것입니까? 동궁께서 모든 사실을 알게 된 것 아니겠습니까?"

"우선은 발뺌해 두었으니 심증은 있으나 물증이 없는 상황이겠지."

"열쇠를 동궁의 손에 넘겨주셨으니, 다음은 생각해 두셨습니까?"

불안함을 감추지 못하는 눈빛으로 한유철은 신기형을 바라보았다. 일이 틀어지면 자신의 안위도 보장받기 어려웠다. 그에 반해 신기형의 표정은 다소 평안했다.

"아직은 증좌가 없는 상황이니 제아무리 동궁이라 해도 어쩌지는 못할 것일세."

"하나 동궁께서 명국의 상인을 추포해서 진상을 규명하려 하실 수도 있는 일이지 않습니까."

"설혹 륜명을 잡아간대도 동궁이 쉽게 알아내지는 못할 것일세."

신기형은 말끝에 입술을 붙이며 시선을 벽 쪽으로 돌렸다. 어찌 되었든 꼬리를 밟힌 것만은 분명했다. 동궁은 자신의 말을 믿지 않았을 테니까. 신뢰를 주고받던 사이는 아니었으므로 한 번 싹튼 의심을 지워 내려 하지도 않을 것이다. 상황을 모면해 보고자 급히 둘러댄 자신의 변명이 빈약했다는 사실도 알고 있다.

"어찌하여 그런 생각을 하십니까? 대감께서는 그 상인을 정녕 믿으시는 것입니까?"

"잡혀 가는 즉시 륜명을 죽일 것이다."

신기형은 륜명의 앞일을 자신했다. 의금부는 자신의 편이었으니까.

"하오나 금부에서 일을 제대로 처리하지 않는다면……."

"어디 내 도움을 받지 않은 자가 있겠는가? 일이 틀어지면 잘못될 자들이 한둘 아니니 걱정 말게."

신기형은 아직은 괜찮다며 한유철에게 딱 잘라 답했다. 단순히 열쇠를 쥐고 있었던 것으로 자신을 엮어 가기는 힘들 것이다. 하지만 동궁이라면 무슨 생각을 하고 있을지 알 수 없는 일.

"하나 시간을 잠시 벌었을 뿐, 이제부터가 시작일지도 모르니 긴장의 끈을 놓아서는 아니 될 것일세."

"예, 대감. 명심하겠습니다."

속내가 읽히지 않는 동궁이기에 후일을 위한 대비는 반드시 필요했다.

"간택을 앞당겨야겠네. 날이 밝는 대로 주청을 올릴 것이니 자네도 움직이게."

"예, 잘 알겠습니다. 한데 만일 동궁께서 주상 전하께 이 사실을 고하기라도 한다면 어찌하시겠습니까?"

신기형은 가느다란 웃음을 지었다. 미래는 아무도 알 수 없는 일이니 두고 봐야 할 상황이었으나 아직은 괜찮았다.

"전하께서도 증좌 없이는 무엇도 채근하기 힘들 것일세. 나를 믿게."

"믿습니다. 대감만을 믿습니다."

이제야 한시름 놓았다는 듯 긴 숨을 내쉬는 한유철을 바라보며, 신기형은 해야 할 일들을 천천히 나열했다.

첫째는 동궁이 류명과 거래한 은화를 빼앗기지 않아야 했고, 둘째는 거래를 서둘러 마친 뒤 류명을 없애야 했으며, 셋째는 간택을 앞당기고 권세를 더욱 키워 왕가에 도전해야 했다.

"참, 자네가 해 주어야 할 일이 하나 더 있네."

"무엇입니까?"

그리고 마지막, 동궁의 뒤에 있던 여인을 찾아야 했다.

"사람 하나를 찾아야겠어. 이미 뒤를 쫓고 있으니 자네가 좀 맡아 주게."

"소자, 아바마마를 뵈옵고 문안 인사드리옵니다. 그간 격조하였음을 용서하여 주시옵소서."

이른 아침부터 궐은 발칵 뒤집혔다. 세자께서 입궐하신 것이다.

"세자는 어서 오라. 그간의 수고를 어찌 이루 다 말하겠는가."

완의 입궐 소식을 전해 들은 왕은 이른 아침 찾아온 아들을 귀히 반겼다. 곤룡포를 입고 익선관을 쓴 아들의 모습은 한층 더 늠름해진 것 같아 보이기도 했다.

절을 마친 완은 자리에 꼿꼿한 자세로 앉았다. 아바마마이신 상감을 뵙고 나니 이제야 궐에 들어왔다는 현실감이 사뭇 다르게 밀려왔다. 아침저녁 부모님께 문안 인사를 드리지 못했음은 내내 마음 한 자락을 불편하게 했다. 하지만 그것도 잠시, 완은 확인해야 하는 것이 있었다.

"어찌하여 표정이 밝지 못하고 시름이 있는 것이냐."

"소자, 긴히 여쭙고자 하는 것이 있사옵니다."

"그것이 무언데?"

동궁전에 들자마자 박 내관을 통해 들은 사실 하나, 영의정 김판두가 파직되었다는 것.

"영상 김판두를 파직시키고 가산을 몰수하셨다는 것이 사실이옵니까?"

왕은 잠시 놀란 듯 눈썹을 움직였다. 아들의 질문을 이해 못 한 까닭은 아니었다.

"그렇다. 어제 전교하였다."

"아바마마, 어찌하여 그런 처결을 하셨습니까. 소자는 도저히 이해하지 못하겠습니다."

오랜만에 상봉한 두 사람은 부자지간의 따스한 인정을 나눌 겨를도 없이 정사(政事)를 논하기에 여념이 없었다. 흔한 일이었으나, 아들의 언성은 평소와 달리 다소 격양되어 있었다.

"비리가 발고되었다. 지난 몇 달 동안 차분히 조사를 마쳤고 그에 합당한 증좌 또한 입수하였다. 일말의 여지가 없는 일이다."

"소자가 알기로, 영상 김판두는 나랏일을 집안일처럼 살뜰히 살피며 전하를 섬기던 충신입니다. 그 입심(立心)의 바름과 제행의 곧음을 어찌 전하께서 잊으실 수 있으시단 것이옵니까."

아들이 입고 있는 곤룡포 어깨 위로 발톱을 드러낸 사조룡이 오늘따라 더욱 날카롭게 보인다. 왕은 아들이 돌아왔음을 새삼 실감하였으나 표정으로 드러내지 않았다.

"증거에 따라 죄를 정하는 것은 당연한 수순이다. 믿었던 충신의 배신에 나는 얼마나 많은 충격을 받았겠는가?"

"죽는 날까지 본분을 다하며 명국의 사신을 접대하던 영상입니다. 살아 억울함을 토로할 수도 없는 때에 어찌 한쪽의 말만 믿고 처결을 하셨다는 것입니까."

완은 굳은 표정으로 왕을 향해 쏘아 말했다. 단순히 영상의 삭탈관직만도 납득하기 어려웠는데 일은 그것에 그치지 않았다.

"혹, 좌상 신기형이 증좌를 올렸사옵니까?"

"그렇다. 좌상뿐 아니라 전국이 떠들썩하였다."

마치 좌의정의 손바닥에 놀아나고 있는 것만 같아 완은 참을 수가 없었다.

"하여 죽은 자를 한 번 더 죽이셨다는 것입니까? 그 증좌가 거짓일 수도 있는 것 아니겠는지요?"

"설마 네 아비가 그것도 구분하지 못한 채 아둔한 처결을 내렸다는 것이냐?"

왕의 음성 또한 날카롭자 상황을 살피던 내관들의 이마에서 땀방울이 흘러내렸다. 오가는 말들은 삼엄했고, 귀담아듣기엔 두 다리가 후들거렸다. 아버지의 날 선 목소리를 들은 완은 다소 지나쳤다는 생각에 말을 잇지 않고 감정을 억눌렀다. 한참 후, 더욱 낮아진 음성으로 다시금 입술을 열었다.

"소자, 흑단의 뒷배를 보아주고 있는 자를 확인하였사옵니다."

"뭐라. 확인을 했다. 그것이 정녕 사실이냐?"

왕은 아직 풀리지 않은 목소리로 되물었고, 완은 고개를 조아렸다. 시기상조일 수는 있겠으나 더는 두고만 볼 수 없었다.

"그것이 뉜데?"

"좌상 신기형이옵니다."

시위를 당겼다.

"지금 무어라 하였느냐? 누구?"

내내 굳은 표정을 일관하던 왕의 표정에 변화가 깃든다. 완은 웃음기를 지운 얼굴로 그것이 사실임을 다시 한번 언급했다. 이제와 무를 수도 없게 되었다. 물 잔은 엎질러지고 만 것이다.

"좌상이라 하였느냐?"

"예. 그러하옵니다."

"다들 물러가 있으라."

왕은 대기 중이던 내관들을 향해 명했고, 내관들은 황급히 사라졌다. 둘만 남은 공간이 되자 왕은 믿지 못하겠다는 음성으로 재차 물었다.

"추측을 하라는 것이 아님은 네가 누구보다 잘 알고 있음이렷다."

"여부가 있겠나이까."

"좌상이 틀림없다는 것이냐?"

"예. 그러하옵니다."

잠시 말이 끊긴다. 왕은 이마를 짚으며 눈을 감았고 완은 고개를 수그린 채 심신을 다스렸다. 왕께서도 충격을 받은 것이 틀림없었다.

"영상의 사가에 불을 지른 것은 다름 아닌 흑단의 소행이요, 그들을 사주한 자가 바로 좌상이옵니다. 그런 자의 밀고를 어찌 다 믿을 수 있겠습니까."

"좌상이 내게 준 증좌가 뚜렷하였다."

"이미 명국에 손을 뻗어 무기 밀매까지 자행하고 있습니다. 또한 뜻이 맞지 않는 자들을 엮어 내친 뒤 자신의 사람들을 내정하고 있는 실정입니다."

"그렇다면 세자는 증좌가 있는 것인가?"

완은 입술을 굳게 닫았다. 모든 것을 알아 버렸으나 단 하나, 증좌가 없었다.

"네가 지금 뱉은 말의 크기를 가늠하지 못하고 있음은 아닐 것이니 증좌를 내어놓아야 할 것이다."

"증좌는 없사옵니다."

"세자!"

왕은 분노에 찬 음성으로 아들을 불렀다.

"이 무슨 온당치 않은 처사더냐! 대변할 증좌 하나 없이 일국의 재상을 엮으려 들다니!"

아들이 지금 하고 있는 이야기가 얼마나 위험한 것인지, 아들이 얼마나 우매한 행동을 하고 있는지 기가 막힐 따름이었다.

"묻지 않았느냐! 물증이 될 만한 것을 내어놓지도 못할 네가, 이런 유언비어를 내게 퍼트리는 그 저의가 무엇이더냐!"

노기를 띤 목소리가 공간을 쩌렁쩌렁하게 울렸고, 완은 표정 없는 시선으로 눈꺼풀을 내렸다가 올렸다. 왕은 삿대질로 아들을 가리켰다. 분노가 차오른 손끝이 조금씩 떨려 왔다.

"아둔한 놈. 천하의 아둔한 놈 같으니라고. 네가 지금 어떤 말을 했는지 알고 있느냐?"

"알고 있습니다."

"네놈의 치기 어린 말들로 닥쳐올 조정의 손실은 어찌 감당할 것이며! 또한 대신들의 반발을 어찌 받아들일 것이란 말이더냐!"

"하오나 없는 것은 물증이요, 소자의 심증은 뚜렷하옵니다."

허어. 왕은 기가 막힌다는 듯 잠시 말을 잃었다. 궐로 돌아온 아들은 그동안 알고 지내던 아들이 아닌 것만 같았다. 잠시 분노를 삭이며 숨을 거듭 불어 내쉬던 왕은 차근한 말투로 다시 입술을

244

열었다. 아들이 무엇을 말하려 하는지 알 것 같았으나 있을 수 없는 일이었다.

"세자가 나랏일에 임할 때엔 항시 몸을 조심하고 말을 삼가며, 오늘의 일로 내일을, 더 먼 훗날을 생각해야 할 줄 알아야 한다. 내 그토록 말했거늘."

저토록 확신하는 모습은 본 적이 없었기에 더욱 아들에 대한 걱정과 염려가 쏟아졌다.

"신하에게만 충심이 있는 것은 아니다. 임금에게도 그들을 믿는 마음이 필요한 것이란 말이다."

"함부로 언급한 것은 아니옵니다. 충분히 생각하였고 또한 확실한 것입니다."

"증좌를 가져오기 전까지는 믿지 않을 것이다. 좌상이 내게 증좌를 내밀었듯, 너도 내게 물증을 가져오라."

귀를 닫은 것처럼 말을 듣지 않는 아들이 답답한지 왕은 재차 타일렀다. 완은 여전히 무심한 눈매를 하며 자리에서 공손히 일어섰다.

"영상의 자리로 좌상을 내정하시었다는 것 또한 익히 들어 알고 있사옵니다. 처결을 잠시만 미뤄 주시옵소서."

"나라의 일이다. 때와 시기가 있는 것."

"증좌를 찾아올 것이옵니다. 아바마마께 성급히 아뢴 까닭은 좌상의 모든 행동을 주시해 주시기를 청할 뿐, 아직은 다른 의도가 없사옵니다."

뻣뻣한 아들의 말들은 한심하기 그지없었다. 설상가상 아들은 아버지를 믿지 않는다는 표정을 일관했다.

"영상 김판두는 소자의 스승이기도 하였습니다. 제자가 스승을 믿지 아니한다는 것은 가르침을 배반하는 것이라고 밖에 달리 말할 길이 없습니다."

여전히 바르지 못한 처결이었노라며 아들은 아버지를 책망했다.

"소자, 이만 물러가겠사옵니다."

제 할 말만을 다 끝내더니 가 보겠단다. 예를 다해 인사를 마친 아들은 언제 언성 높여 싸웠냐는 듯 걸음을 옮겼다. 지끈지끈한 머리를 부여잡던 왕은 넌지시 말했다.

"간택이 시작될 것이니 출궁할 생각은 접어라."

잠시 멈춰 섰던 완은 다시 걸음을 옮겼다. 문틈으로 아들이 사라지고 휑한 공간에 홀로 남자 왕은 긴 한숨을 내쉬었다.

"누굴 닮아 저렇게도 말썽인지. 성깔머리 고약하기로는 조선 팔도 따라갈 자가 없으니."

쯧쯧. 왕은 혀를 끌끌 찼고, 이내 힐끔 고개를 돌려 병풍을 바라보았다. 그러곤 탄식하듯 입술을 열었다.

"자네, 안 그런가?"

"신이 보기엔 전하의 청춘을 그대로 빼다 박았나이다."

"그러한가? 난 잘 모르겠는데?"

"꼭 빼닮았습니다. 신이 잘 알지요."

병풍 뒤에서 조용히 한 사내가 걸어 나왔다. 아들이 사라지고 닫힌 문을 바라보던 왕은 서운하다는 말투로 입을 열었다.

"그나저나 내 아들이 저렇게도 자네 때문에 죽고 못 사니, 자네는 좋겠군?"

"신, 조금만 웃어도 되겠습니까?"

"조금만 웃게. 난 조금 불쾌하니까."

영의정 김판두였다.

39화

되찾을 수 없는 이름

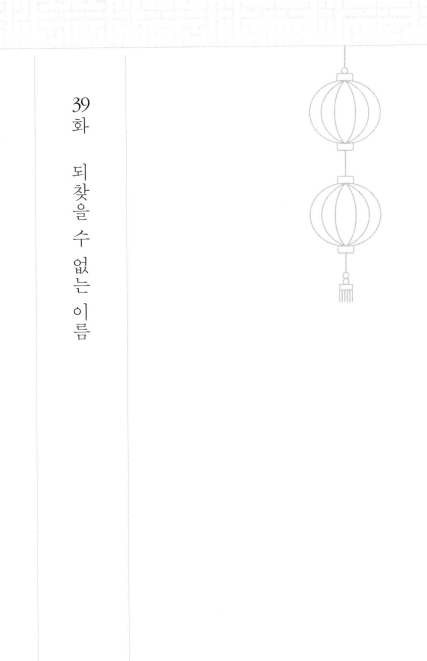

【해종실록 11권. 해종(偕宗) 17년 6월 10일】

형조에서 교지를 받들어 김판두의 파직을 상세히 이르는 방(牓)을 붙이다.

"저…… 뉘십니까?"

낮과는 어울리지 않는 윤월각. 객을 맞을 준비로 분주히 움직이던 아이는 우뚝 서 있는 사내를 향해 다가섰다. 아이가 빗자루를 꼭 쥔 채 사내 얼굴을 이리저리 살펴보니 일전에 윤월각을 찾은 적이 있던 사내였다.

"저, 나리, 송구하게도 아직은 기방이 문을 열 준비가 되지 않았는지라……."

아이는 월호의 곁에 서서 종알종알 말을 이었다. 객이 들어왔다는 사실을 들키면 행수 어르신께 야단을 맞을 것이 분명했다. 하지만 가라 해도 말을 듣지 않고, 발끝 하나 움직이지 않는다.

"나리, 나리? 이렇게 서 계시면 안······."

"되었다, 령야. 그만두어라."

"행수 어르신!"

아이는 다가서는 행수 명실을 바라보며 두 눈을 크게 떴다. 완벽하게 화려한 모습을 한 명실은 월호에게 다가서며 인사를 건넸다. 그녀는 완을 따라 이곳에 드나들던 월호를 기억했다.

"행수 명실입니다."

아이는 우물쭈물하다 비질을 하러 다시 멀어졌다.

"륜명 나리께 볼일이 있으십니까?"

명실은 찾아온 이유를 알겠다는 것처럼 공손히 물었다. 하지만 월호는 고개를 가로저었다.

"이곳에 머물고 있는 이영이라는 아이를 찾아왔다."

"이영이 말씀이십니까? 그 아이를요?"

명실은 두 눈을 동그랗게 떴다. 이영을 찾아왔다면 이 사내 역시 신기형의 사람이라는 것인가? 하기야 륜명과 연관이 있다면 응당 신기형과도 인연이 있을 수 있겠지. 짧게 생각을 정리한 명실은 별다른 반응 없이 고개를 끄덕였다.

"아뢰옵기 송구하오나, 그 아이는 말을 하지 못하여 무엇을 물으셔도 답할 수 없는 처지입니다."

"안내하게."

"예."

따라오라는 몸짓으로 명실은 고개를 잠시 수그렸고, 월호는 그녀를 따라 윤월각 깊은 곳으로 걸음을 옮겼다. 이런 기방 따위 의지로 드나들고 싶지 않았건만, 그녀가 자리하고 있는 이상 이곳은 또 다른 의미의 세자궁이 되었다.

"저기 있습니다."

명실이 가리키는 곳을 보니, 바라보는 것만으로 가슴을 저리게 만드는 자태의 이영이 자리하고 있었다.

"그럼 말씀 나누소서."

이곳은 기방이고 사내가 여인을 찾아오는 일이란 게 무슨 대수겠느냐마는, 굳이 아는 척을 하고 싶지 않은 명실이 걸음을 옮겼다.

월호는 먼발치에서 그녀를 살폈다. 상한 곳은 없어 보였으나, 그렇다고 성한 곳도 없어 보였다.

"……."

꽃과 나무 사이에서 시름하던 그녀가 숨을 깊게 내쉬었다. 이윽고 낯선 기척을 느낀 그녀의 시선이 돌아섰다. 서로는 길게 바라보았고, 간격을 유지했으며, 표정으로 많은 대화를 나누었다.

나는 괜찮아.

이영의 청초한 눈매는 그렇게 말하였고.

그래, 믿을게.

간절함이 어린 월호의 눈매는 그렇게 말하였다.

바람 한 점 머물지 않는 공간에 서서 두 사람은 하루를, 한 달을, 한 계절을 보낼 것처럼 서로에게 눈길을 모았다. 다가서는 일은 감히 엄두도 나지 않았다. 그렇게 시간이 얼마나 흘렀을까.

"다시 오겠다."

월호는 짧게 말을 뱉으며 돌아섰다. 들어선 문이 없으니 나갈 문도 없었다. 늘 항상 바람처럼 사라지는 월호였기에, 순식간에 눈앞에서 사라져 버린 그의 모습에도 이영은 놀라지 않았다. 꿈에나 그리던 그의 얼굴이었으나 어쩐 일인지 생각만큼 기쁘지 못했다. 이런 모습으로 그를 마주해 보아야 서로의 가슴에 상처만 쌓여 갈 뿐이니까.

나는 얼마나 슬프겠니. 너는 또 얼마나 아프겠니. 더 이상 희로애락을 느끼지 못하는 눈매가 다시금 꽃과 나무 사이로 묻혔다. 이내 바람 한 점이 그녀를 감싸 안아 주듯 품에 날아들었다.

"이것 좀 들려무나. 네가 곧잘 찾던 것이 아니더냐."

중전은 평소 아들이 즐겨 먹던 것들을 차려 세자궁을 찾았다.

"이것은? 이것은 입에 맞지 않는 것이냐?"

아들의 환궁을 전해 들은 것은 새벽이었다. 마음 같아선 한시바삐 찾아 만나고 싶은 심정이었으나, 궁의 예란 것이 허락지 않는지라 중전은 아들의 오전 일과가 끝나기만을 기다리고 또 기다렸다.

"왜 이렇게 먹질 못해. 객지 생활이 얼마나 고단했을 것인데."

"이미 충분합니다. 어찌 이 많은 것을 소자가 전부 비울 수 있겠습니까."

문안 인사를 여쭈러 내전을 찾았던 아들은 금세 일어섰고, 만남이 짧아 아쉬웠던 어미는 기어이 아들이 있는 곳으로 직접 찾아왔다. 무엇을 내밀어도 먹는 시늉만 하고 제대로 먹지 않는 아들이 못내 속상한 듯 중전은 미간을 찡그렸다. 두 손 마주 잡고 도란도란 이야기를 나누고 싶은데, 아들의 시선은 수북하게 쌓인 책자에 머물러 있다.

"그것들은 다 무엇이냐?"

"소자가 출궁해 있던 때의 일들을 파악하고 있는 중이옵니다."

"먹으면서 하라 해도 글쎄."

음식에 시선을 주지 않아 허공으로 젓가락질을 하던 완은 비로소 고개를 들었다. 그제야 무심했다는 생각에 빙그레 미소 지었다.

"주십시오. 먹겠습니다."

옳지. 그 말을 기다렸다는 듯 중전은 곱게 썰어 내온 편육을 들어 직접 건넸다. 아들의 입으로 편육이 들어가자 그제야 중전은 눈을 가늘게 흘겼다.

"네 어미는 어떻게 지냈는지 물어보지도 않는 것이냐?"

서운함이 빚어낸 어미의 질문에, 입안에 있는 것을 모두 씹어 삼킨 완이 답했다.

"그것 또한 살펴보고 있는 중이옵니다."

"어찌 그런 종이 쪼가리에 어미 마음이 담겨 있어. 어미한테 직접 물어봐야지."

"천천히 여쭙겠습니다, 천천히."

"하유……. 누굴 닮아 이리도 무심할꼬."

중전은 포기했다는 듯 짧게 한숨을 내쉬었다.

"이런 것을 보면 꼭 주상 전하와 네가 꼭 닮았음이 아니더냐. 세상 무심하기로는 쯧쯧……."

완은 또다시 작게 미소 그렸다. 수북하게 쌓인 책을 살펴보고 있자니 궐을 오랫동안 비워 두었다는 게 느껴졌다. 한편으로는 돌아오자마자 익숙해진 풍경에 얼마간 출궁했음이 다소 꿈처럼 느껴지기도 했다.

오늘 아침엔, 너 역시 꿈인가 싶었다.

"참, 통역을 하였던 자는 어찌 되었느냐? 잘 갈무리하고 떠났느냐?"

하지만 그럴 리가 있겠느냐. 세자의 본분이 끝난 늦은 밤, 사내가 된 나는 너를 그릴 것이 자명한 일.

"그자는 맡은 바 소임을 훌륭히 마쳤고, 일 또한 잘 성사되었습니다."

"떠났느냐?"

그 밤은 몹시도 길겠구나. 유난히도 덥겠구나. 네게도 그러하겠는가.

"어째서 말을 못 하느냐? 떠났느냐?"

어미는 아들을 조용히 채근했고, 잠시 입술을 굳게 닫고 있던 완은 고개를 끄덕였다. 지금으로서는 이것만이 내어놓을 수 있는 답이었다.

"그렇습니다."

"어디로 떠났어. 알고 있느냐?"

"모르옵니다."

아들의 답이 짧게 끝나자 중전은 눈을 천천히 깜빡이며 숨을 길게 내쉬었다. 부디 거짓이 아니길 바라며, 더는 아들에게 그 아이의 이야기를 꺼내지 말아야겠다고 중전은 생각했다.

"이것도 좀 들어라. 내가 손수 해 온 것이다."

"직접 말씀이십니까?"

화제를 전환한 중전은 아들을 생각하며 직접 소를 넣어 빚은 두텁떡을 내밀었다. 입을 가린 채 떡을 먹는 아들의 얼굴을 한참이나 바라보던 중전은 입술을 열었다. 한시도 미루기 힘든 내명부의 일이 기다리고 있었던 까닭이다.

"너도 돌아왔으니 이 어미가 세자빈 간택을 시작하려 한다. 그리 알고 있어."

먹은 떡이 얹히듯 완의 가슴이 꽉 막혔다. 숨을 불어 내쉴 때마다 통증이 찾아왔다.

"좋은 배필을 찾을 수 있도록 너도 매일같이 심신을 다스리고 차분히 기다려야 할 것이다."

"예. 명심하겠습니다."

"조금의 허물도 없는 그러한 가문의 여식으로 찾아볼 것이다. 물론 덕을 갖추어 얌전하고 너그러운 인물로 찾을 것이니, 너는 이 어미에게 전부를 맡겨야 하리라."

완은 천천히 눈을 감았다 떴다. 밤이 오려면 여전히 멀었음에도, 벌써부터 나는 네가 그리워졌다.

"여봐라, 홍시. 준비 다 했느냐?"

지담은 기다리다 지쳐 그녀를 불렀다. 잠시 후 방문이 열리며 그녀가 모습을 드러냈다.

"뭘 하느라 이리 늦어?"

"성급하긴. 어찌도 이렇게 참을성이 없단 말이오?"

"나, 나온다고 말한 것이 한참 전 아니더냐?"

지담은 눈썹을 씰룩거리며 윽박질렀고, 용희는 입술을 삐죽거리며 어서 가자 손짓했다. 실은 지담을 통해 선생에게 전해 주고 싶어 서찰을 적었으나 쉽게 말이 떨어지지 않았다. 주머니에 넣어 둔 서찰을 꺼내지 못한 채 용희는 지담과 함께 걸음을 옮기기 시작했다. 장이 들어선다더니 마을 어귀부터 분주함이 느껴졌다.

"사람 많다. 안 그러오, 지담?"

"정신 잘 차리고 와라. 소매치기가 있을 수도 있으니."

"당해도 훔쳐 갈 것 없으니 걱정 마오."

지담은 주위를 두리번거리며 경계했고, 용희는 장터로 들어서며 씁쓸한 미소를 지었다. 선생과 함께 걸었던 시장터가 떠올랐다. 그래, 그날도 오늘처럼 날이 좋았고, 볕이 좋았고, 춘곤증에 낮잠을 자는 상인들도 많았다. 그날의 엿은, 참으로 달았다.

"가다가 눈길이 멈추거나 긴히 필요한 것이 있으면 말해라. 사 줄 것이니."

"지담, 갑자기 왜 이렇게 내게 잘해 주는 거요? 부담스럽게."

"부담스러우라고 잘해 주는 것이다."

지담은 아닌 척 무심한 척 그녀를 살뜰히 살폈다. 시장통에 들어서자 표정이 급격하게 어두워지는 용희를 바라보다, 지담은 더욱 정신 사나운 말들을 늘어놓았다. 마치 한시도 외로울 틈을 주지 않으려는 것처럼 지담은 시선에 보이는 것들은 모두 삿대질로 가리켰다.

"홍시야, 저거 사 줄까?"

"됐소. 저걸 내가 가져가서 무얼 한담?"

여인네 댕기를 가리키기도 하고.

"그럼 저걸 사 주랴? 저건 어때?"

"일없소. 지담이나 필요하면 하나 사오."

사내들이 곧잘 착용하는 전대를 가리키기도 했다.

이건 어때? 이건? 이것도 싫으냐? 지담은 끊임없이 그녀를 향해 물었고, 조금 귀찮았지만 용희는 친절히 되었다며 거절했다.

그러던 그녀의 발길이 어느 구간에 멈췄고, 지담은 서둘러 용희의 시선이 머무는 곳을 따라가 보았다. 새장에 갇힌 새가 운세 적힌 종이를 물어 점을 보아 주는 곳이었다.

"홍시야, 그럼 우리 저거나 한번 볼까? 재미 삼아 보는 것인데."

"난 되었으니 지담이나 보……."

지담은 용희의 옷자락을 끌며 장사치에게 다가섰다. 별 흥미는 없으나 새장 속 새가 귀여운지 용희는 입가에 둥그런 미소를 그렸다.

"우리 점괘나 주게."

"예! 잠시만 기다리십시오!"

장사치는 익숙한 손길로 종이를 뿌렸다. 잠시 푸드덕거리던 새는 날쌘 모습으로 종이를 콕 물었다.

"이것은 나리 것이고요."

사내는 새가 물어 온 종이를 지담의 손에 놓아 주었다. 또다시 푸드덕거리던 새가 종이를 콕 집었다. 용희의 것이었다.

"이것은 나리의 것입니다요."

용희는 손바닥을 펼치며 종이를 받아 들었다. 장난삼아 보는 것인데 좀처럼 펼치기가 쉽지 않아, 용희는 지담의 팔을 툭툭 쳤다.

"지담, 먼저 펼쳐 보오."

"알겠다."

지담은 투박한 손길로 종이를 펼쳤다. 내용을 살핀 용희는 웃음을 터트렸고, 지담은 눈썹을 꿈틀거렸다.

[올해는 귀인이 없으리라.]

"이, 이따위 것을 운세라고 봐 주다니."

"축하하오. 내년을 기약해야겠소, 지담."

아직 가을도 남았고…… 겨울도 남았단 말이다……. 해맑게 모이를 쪼는 새를 노려보며 지담은 절망했다.

"너는 뭐라 적혀 있느냐?"

"나? 글쎄."

지담의 재촉에 그녀는 다소 긴장한 손끝으로 종이를 펼쳤다. 재미로 시작하였으나 어쩐지 기대하게 되었다.

[감정의 움직임이 큰 해이니 마음을 주게 될 것이라.]

울컥, 서러움이 쏟아진다. 용희는 한 글자 한 글자를 후벼 파듯 바라보았고 지담은 서둘러 눈길을 거두었다. 마치 종이 위로 선생의 얼굴이 그려지는 것만 같아, 용희는 펼친 종이를 쉽게 접지 못했다.

"나리들, 어째 운세는 잘 나왔습니까?"

"거, 빈말이라도 좋은 것 좀 적어 두지 이게 뭔가?"

눈치 없는 장사치가 끼어들자 지담은 기다렸다는 듯 자신의 종이를 팔랑거렸다. 장사치는 껄껄 웃으며 종이를 받아 들었다. 시선을 용희에게 돌려 보니, 만감이 교차하는 듯한 표정으로 장사치에게 종이를 내민다. 반듯하게 접은 종이를 넘기자 장사치는 용희에게 물었다.

"나리의 운세는 어떠셨습니까?"

질문을 받은 용희는 그제야 화사한 웃음을 띠었다. 이깟 그리움, 아직까지는 참을 만했다.

"고맙네. 최고의 운세였네."

두 사람이 시장 이곳저곳 누비다 보니 흥겹게 한판 놀아나는 춤 사위가 시선을 이끌었다.

"구경 좀 해 볼 것이냐?"

잡다한 소리에 지담이 크게 묻자 용희는 고개를 끄덕였다. 둥 글게 모여든 사람들 사이를 비집고 자리하자 신명 난 음악 소리에 맞춘 탈춤이 저절로 손뼉을 치게 만들었다. 낯선 광경에 용희가 사뭇 즐거운 표정을 지으니, 지담은 이제야 제대로 된 구경거리를 찾았다는 듯 안도의 한숨을 내쉬었다.

"얼쑤!"

과장된 얼굴의 탈을 쓴 사내가 가볍게 몸을 놀리자 추임새가 잇 따른다. 덩실덩실 발을 놀리다 보니 그 앞으로 여인의 탈을 쓴 사 내가 엉덩이를 씰룩거리며 나왔다. 과장된 움직임에 용희는 웃음 을 터트렸다. 주거니 받거니, 슬쩍 사내가 여인네의 엉덩이를 만 지자 화들짝 놀란 몸짓으로 여인네는 사내의 뺨을 때린다.

용희가 깔깔거리며 손뼉을 치는 사이 지담은 틈틈이 주변을 살 피며 경계했다. 흑단이 홍시를 찾고 있음을 알고 있는 지담은 한 시도 마음을 놓을 수가 없었던 것이다. 그런 와중에 아까부터 수 상한 움직임의 사내 둘이 자꾸만 포착되었다.

"홍시! 여기 잠시만 있어라!"

"응? 뭐라고?"

"잠시만 있으라고!"

"알겠소!"

지담은 용희에게 구경하고 있으라 말한 뒤 잠시 몸을 숨겼다.
그녀가 탈춤에 흠뻑 빠져 있을 때, 지담은 용희를 바라보고 있는
사내 둘의 뒤로 다가섰다.

"누구냐?"

예기치 못한 목소리에 놀란 사내들이 검을 빼 들려 하자 지담은
사내 둘 사이를 가르듯 검을 내밀었다. 전광석화와 같은 지담의
행동에 놀란 사내들은 움직임을 멈추었고, 지담은 한층 매서워진
음성으로 되물었다. 반뜩이는 지담의 검은 사내들의 허리와 허리
사이로부터 서서히 올라와 목을 위협했다.

"누구냐."

예감이, 좋지 않았다.

◎

"벌써 끝났네."

한바탕 흥겨운 탈춤이 끝나고 사람들은 언제 모여 있었냐는 듯

뿔뿔이 흩어졌다. 감쪽같이 사라진 지담을 기다려 보지만 어디서도 지담의 모습은 보이지 않고, 멀뚱히 공터가 되어 버린 자리에 서 있자니 시간은 무료했다.

그때였다. 웅성웅성한 소리를 따라 그녀가 고개를 돌려 보니, 멀지 않은 곳에 벽서를 붙이고 있는 관군이 보였다. 사람들은 이내 그곳으로 모여들었고 용희도 호기심에 발길을 옮겼다. 작은 몸집으로 틈바구니에 끼어들고 보니, 관군이 붙이고 간 벽서는 흉기가 되어 사지를 가르기 시작했다.

오지 말걸.

"뭐라고 적혀 있는 겨? 원채 까막눈이라 뵈는 게 없네."

"그러게. 난들 보면 뭘 아나."

바라보지 말걸.

"저, 여기 뭐라고 적혀 있는 거요? 읽을 줄 아쇼?"

궁금증을 참지 못하겠다는 듯 한 사내는 용희에게 물었다. 어떤 말도 할 수 없어 용희는 칼날이 밀려드는 듯한 괴로운 숨을 들이마셨다. 그녀가 말이 없자 사내들은 벽서 쪽으로 쉽게 고개를 돌렸다. 누구라도 읽고 말해 주기를 기다리는 듯.

그리고 잠시 후.

"이런! 나라 꼴 참 잘 돌아간다!"

"왜? 뭐라고 적혀 있는디? 아, 말 좀 혀 봐!"

벽서의 내용을 모두 읽은 사내가 모두의 앞으로 나와 우렁찬 목소리로 읽기 시작했다. 용희는 마른 주먹을 쥐었다.

[왕은 말한다. 죽은 김판두의 일가가 멸문함을 슬퍼한 날이 얼마 되지 않아 생전의 비리를 접하게 되었으니, 이를 두고만 볼 수 없어 심정은 참혹할 따름이다.]

사내의 힘찬 음성에 사람들은 조금 더 모여들었다.

[국고를 빼돌리고 탕진하며 세를 늘리고 나라를 배반하였으니 이것을 어찌 역모라 부르지 아니할 수 있겠는가? 또 생각하건대 이는 고금(古今)의 통환(通患)이라. 나라의 것을 도둑질한 죄 죽어도 남음이 없겠으나 이미 목숨을 잃은 바.]

벽서에 적힌 이름은 다름 아닌 아버지의 것이오, 가문이란 그녀의 집안을 말했다. 통렬한 충격이 찾아들었고, 숨을 내뱉는 건지 들이마시는 건지도 구분이 되질 않았다. 사지가 갈기갈기 찢겨 흩어지는 것만 같았다.

[하여, 영의정 김판두를 합당하게 처리하고자 하노라. 생전의 관직을 삭탈하고 봉분 앞 비석을 없애며 노비와 가산을 몰수하는 바이다.]

용희는 침착히 마른침을 삼켰다. 아무 감각이 없는 손을 재차 쥐었다 펴기를 반복하며 가쁜 숨을 몰아 내쉬었다. 하지만 아무리 노력해 보아도 점차 시야가 흐려져, 끝내는 벽서가 보이지 않게 되었다.

"아니, 이게 말이 되는 소리여? 지나가는 개가 다 웃겠네!"

"돌아가신 것도 억울해 죽겠는데, 저승에서 대감마님이 눈은 어찌 감으실까 몰러! 나라 도둑놈은 따로 있는데!"

사내의 외침이 끝나자 내용을 알게 된 사람들은 삼삼오오 통한이 서린 음성으로 분노했다.

"에라이, 퉤! 천하의 몹쓸 것들! 임금도 별수 없구먼? 나라가 망하려니, 나 참!"

"자네, 조용히 하게. 관군에게 붙잡혀 장이라도 맞고 싶은 겐가?"

"드러워서 그러지! 드러워서! 우리는 대체 누굴 믿고 살아야 하냐고!"

격분해서 떠들어 보았자, 그래 봐야 남의 일. 모여들었던 사람들은 하나둘 제 살길을 찾아 자리를 떴다. 용희는 피가 나도록 입술을 사리물었다. 꼼짝도 할 수 없었다. 움직여야 할 이유가, 살아 숨을 쉬어야 할 이유가, 눈앞에서 처참히 사라지고 말았다.

돌아갈 곳이, 되찾을 신분이, 사라지고 만 것이다.

40화

알 고 있 었 소

【해종실록 11권. 해종(偕宗) 17년 6월 12일】

　세자가 찾아들어 출궁을 거듭 청하자 상이 이르기를.

　"너의 아둔한 심정에 일의 우선순위를 알지 못하니 답답할 지경이다. 출궁을 불허한다."

　세자가 고개를 조아리며 아뢰기를.

　"반드시 증좌를 찾아올 것이니 뜻을 헤아려 주십시오."

　크게 노한 상이 그 언동에 책임을 질 수 있겠느냐 묻자.

　"종사의 바른 일을 위한 것이니 반드시 취해 올 것입니다."

　하였다. 이에 상이 출궁을 허하며 대신들의 반발은 걱정하지 말라 하였다.

‘누구냐.’

조금 전 시장터의 좁은 골목에서, 지담은 그녀를 주시하는 사내 둘에게 칼을 겨누었다.

‘누구냐고 물었다.’

탈춤에 흠뻑 빠져 함박웃음을 짓고 있는 용희가 저 멀리 환영처럼 비치었다. 사내 둘은 아무 말도 하지 않은 채 마른침을 삼켰고, 지담은 그러잡은 칼자루에 조금 더 힘을 실었다.

‘무, 무슨 말씀을 하시는 건지 잘 모르겠습니다.’

기어이 한 사내가 발뺌하는 말을 내뱉었고 지담은 눈썹을 꿈틀 댔다.

'모른다? 내가 네놈들을 한두 번 본 것이 아님에도 모른다?'

지담은 가당치 않다는 듯 칼을 더욱 올렸다. 윤월각에서 서임 대군의 별저로 이동한 시간으로부터 시장터에 들어선 지금까지, 사내들은 언뜻언뜻 지담의 시선에 밟혔고 자취를 남겼다.

'뉘의 부름으로 왔는지 말하렷다.'

익위사의 감각과 경계심이란 남다름이 각별한 것. 아닌 척 못 본 척 지담은 사내들을 지금까지 주시했다. 그때였다.

'……이야아아!'

탈춤이 끝나고 그녀가 어디론가 걸음을 걷자 지담의 시선이 그녀에게 잠시 옮겨 갔다. 찰나를 놓치지 않은 사내 둘은 칼을 빼 들었고, 지담은 검을 들어 가볍게 호를 그렸다.

횡.

마치 춤을 추듯, 지담은 고아한 손짓으로 두어 번 더 아름다운 호를 그렸다. 흥겹게 탈춤을 추던 장터의 사내들이 지닌 가벼움과는 다른 절도와 깊이가 새겨진 움직임이었다.

'으으으…….'

얼마 걸리지도 않았다. 사내 둘은 가슴팍을 부여잡으며 쓰러졌다. 사내들의 몸에서 분수처럼 피가 쏟아지자 지담은 냉정함이 서린 음성으로 입술을 열었다.

'지체할 시간이 없을 것인데. 이제 곧 몸에 있는 피가 모두 빠져

나와 죽을 것이다. 이래도 말을 하지 않겠느냐?'

'으…… 으으…….'

'이 자리에서 죽길 바란다면 나 또한 네놈들의 죽음을 기다릴 것이다.'

'좌상……. 좌상 대감의 명을 받아…… 저 여인을 찾으러 왔다…….'

사내 둘은 입으로 피를 쏟으며 말했다. 지담은 무심히 그 모습을 바라보다 고개를 들었다.

'뭐, 그다지 놀랄 위인은 아니로다.'

'우리를 죽여 봐야…… 아무 소용 없을 것이다……. 쿨럭……. 쫓는 자들은 한둘이 아니니…… 쿨럭…….'

'좋은 정보 감사하다.'

당장에라도 목숨을 끊어 놓고 싶었으나 지담은 가까스로 발길을 돌렸다. 신분이 각별한 만큼 살생은 신중해야 했던 것이다.

가차 없이 발길을 돌린 지담은 그녀를 찾아 나섰고, 얼마 후 골목길에 한차례 소란이 일며 사내 둘이 업혀 갔다.

'홍시야, 이만 돌아가야겠다.'

벽서를 응시하고 있는 용희를 쉽게 찾을 수 있었다. 짧게 벽서의 내용을 훑은 지담은 잠시 미간을 일그러트렸다. 영의정 대감과 관련된 내용은 여기 모인 모두에게 달갑지 않은 것이었으니, 넋을 놓은 용희를 보면서도 별생각은 들지 않았다.

그렇게 무거운 걸음으로 별저에 들어선 두 사람은 각자 방 안에 틀어박힌 채 꼼짝도 하질 않았다.

"이곳에 있어도 괜찮으려나, 저 녀석······."

생각을 접으며 지담은 중얼거렸다. 왕자의 별저라 한들 위험은 어디서나 도사리고 있었고, 그녀는 흑단뿐만이 아닌 좌상까지 찾고 있는 인물이었다.

좌상이 그녀를 찾고자 하는 이유를 곰곰이 생각해 보던 지담은 손쉽게 윤월각에서 두 사람이 마주쳤음을 떠올릴 수 있었다. 그리고 이내 동궁과 관련이 있을 것이라는 명석한 결론을 내렸다.

"동궁과 관련된 것이라면 무엇도 놓치지 않겠다 이건가."

윤월각의 홍시는 여인의 행색이었으니 눈길이 갈 만했을 것이고, 신기형은 그녀가 동궁과 밀접한 관계가 있을 것이라 생각했음이 분명했다.

"이곳도 안전하리란 보장이 없는데······."

역시나 그녀는 동궁으로 인하여 더욱 위험한 존재가 되고 말았다. 누군가에겐 긴요히 쓰일 패가 될 수도, 누군가에겐 세상에서 없애야 할 표적이 될 수도, 또한 누군가에겐, 그럼에도 불구하고 곁에 두고 싶은 여인이 될 수도 있겠지.

피를 흘리던 사내들의 말처럼 한두 명을 처치한들 끝날 일도,

오늘 무사했다 하여 내일 또한 그러리란 보장을 할 일도 아니었다. 공연한 텁텁함이 지담의 가슴을 물들인다. 동궁께서 지켜라 명한 여인. 사명과 성심을 다하여 그녀를 살펴야 하는 것이다.

익숙한 날갯짓 소리에 지담은 조용히 방문을 열었다. 동궁께서 보내셨을 전서구가 도착했고, 지담은 급히 바른 자세로 앉아 비둘기 다리에 묶인 서찰을 읽었다.

"하, 역시……."

다 읽은 지담은 기가 막힌다는 듯 헛웃음을 토했다. 이 소식을 홍시에게 전해 주어야 할까. 녀석도 아마 그분의 소식을 기다리고 있을 텐데.

이내 아니라는 듯, 서찰을 반듯하게 접으며 지담은 고개를 절레절레 흔들었다. 여하간 참으로 대단하신 분이다.

"아니다. 모르고 뵙는 것이 더 놀랍고 기쁘겠지. 홍시도 내일이면 알 것인데 오늘은 말해 주지 말아야겠다."

온 나라를 떠들썩하게 환궁하신지 얼마나 되었다고, 그새를 못 참으시고 못 다한 일들을 핑계 삼아 출궁을 하신단 말인가. 뭐, 어찌 되었든 지금으로서 대단히 반가운 일이기는 했다.

그분께서 돌아오신다는 전서였다.

"전하, 이 어찌 용안에 시름이 가득하신 것이옵니까."

"아들이 또 집을 나갔는데 내가 무슨 낙이 있겠느냐? 사는 낙이 없다, 없어."

에효. 왕은 긴 한숨을 내뱉었다. 느닷없이 찾아든 세자는 증좌를 찾아오겠노라며 출궁을 청하였다. 얼마나 목소리를 높여 다투었는지 모른다. 역정을 내다가, 그래도 말을 듣지 않아 어르고 달래다가……. 당장 편전에서 나가래도 나가지 않고 우뚝 서서 겁박 아닌 겁박을 일삼으니 아들의 고집은 가히 최강이었다. 자식을 이길 부모 그 누구인가. 기어이 세자의 출궁을 허락하고 말았다.

"윤허를 하지 않으셨으면 될 일. 어찌하여 출궁을 윤허하시고는 속앓이를 하신단 말씀이시옵니까."

"윤허를 안 하면 가출이지. 과인이 세자의 성정을 모르는 것도 아니고."

"동궁께서 반드시 증좌를 찾아올 것이니 조금만 더 기다려 보시지요, 전하."

김판두는 빙그레 미소 그리며 왕의 헛헛한 심기를 위로했다.

"반드시 증좌를 찾을 것이라 하니 이를 또 어찌 말릴 수 있겠느냐? 내일 아침 대신들에게 둘러댈 것이 골치일 뿐이다."

왕은 이마를 짚으며 탄식을 토했다. 또 벌 떼 같이 달려들어 자신을 공격할 대신들의 상소에 머리가 다 지끈거렸다.

늦은 밤. 마주 앉은 왕과 김판두는 목소리를 낮춘 채 대화를 이어 나갔다. 왕은 불편한 심기를 담은 음성으로 입술을 열었다.

"과인은 오늘 자네의 관직을 삭탈한다는 교지를 내렸네."

"참으로 잘하셨습니다, 전하. 적절한 시기였사옵니다."

왕의 처소에 김판두가 있다는 사실은 극비 중의 극비. 몇몇의 내관을 제외하고는 왕족 중에도 알고 있는 사람이 없었다. 불면증에 효과가 좋다는 차를 한 입 삼키며 왕은 쓸쓸한 미소를 그렸다.

"자네는 내게 서운하지 않은가?"

"무엇이 말씀이시옵니까?"

"언제까지 이렇게 죽은 자의 행색을 해야 하는지 기약이 없을 것인데, 일이 길어질수록 여식의 생사를 찾기가 힘이 들지 않겠는가."

김판두는 시선을 내리깔며 잠시 말을 아꼈다. 그날 사신의 분노와도 같은 불길 속에서, 딸아이는 자신이 건네준 꾸러미를 안고 맨발로 달려 나갔다.

"반드시 어딘가에 살아 있을 것이옵니다. 신은 그리 믿고 있사옵니다."

조강지처도 아들도 구명할 수 없을 것 같아 무뢰배들의 난잡한 칼부림을 겸허히 받아들이고자 했던 그때, 불길을 뚫고 나타난 것은 다름 아닌 임금의 호위 무사들이었다. 살아남은 자는 딸아이를 제외한 세 식구. 그 자리에 있던 흑단은 모두 목숨을 잃었다.

"영특하고 씩씩한 아이옵니다. 잘 견디고 있을 것이 분명하옵니다."

김판두는 스스로를 위로하는 말인지 상감께 고하는 말인지 구분이 되지 않을 정도로 작게 중얼거렸다. 옥 같이 귀히 여기며 무엇으로도 대체할 수 없을 애정을 쏟아 키워 낸 딸아이였다. 그런 아이가 신분도 이름도 감춘 채 홀로 지내는 일이 가능하겠느냐마는, 그렇다 하여 아이의 죽음을 떠올리고 싶지는 않았다. 조금의 험한 일도 상상하고 싶지 않았다. 왕은 그 심정을 이해한다는 듯 고개를 끄덕였다.

"과인도 그리 믿고 있다. 어딘가에 반드시 살아 있을 것이다."

부디 그래 준다면 무엇을 더 바랄 것인가. 김판두는 잠시 슬픔이 머물렀던 시선을 지워 내며 차를 들었다. 왕은 탄식하듯 말을 꺼냈다.

"자네가 딸아이에게 내준 장부만 있어도 일이 수월할 텐데 말이다. 참으로 안타까운 일이로다."

난잡한 정국을 바로잡고자 왕이 내민 계략은 실로 대단히 은밀했다. 나라의 세자도 사실을 바로 알지 못한 채 아비를 책망하기 바빴으니까. 딸아이에게 쥐어 준 장부는 오래도록 비밀리에 조사하여 완성한 신기형의 치부였고, 그것이 없어진 지금, 신기형을 붙잡기 위한 각고의 노력이 이어지고 있었다.

왕은 이미 처음부터 신기형이 흑단의 뒤에 있다는 사실을 알고 있었다. 아들의 출궁을 윤허하면서까지 일을 숨긴 까닭은 신기형의 움직임을 보기 위함이었다.

"전하, 이제라도 동궁께 사실을 바로잡아 주심이 어떠하시겠습니까?"

"아직은 이르다."

김판두가 세자를 언급하자 왕은 짧게 잘라 답했다. 아들은 이미 많은 진실에 근접했지만 그럴수록 더욱 신중할 필요가 있었다.

"비록 세자가 나이에 비해 뛰어나다고는 하나 좌상을 사로잡기엔 부족함이 있다. 힘 있고 어려운 상대를 잡기 위해선 가장 가까운 인물부터 속여야 함이 때로는 필요하다."

게다 세자의 의심을 사고 있는 신기형이 어떠한 수를 내어놓을지 알 수 없는 일이니 조금 더 지켜봐야 함은 어쩔 도리가 없었다.

"자네와 처음 계획한 그대로 일을 진행할 것이네. 아무리 생각해 봐도 그것보다 더 좋은 수는 없는 것 같으니."

"예, 전하. 잘 알겠사옵니다."

"또 저리도 증좌를 가져오겠노라 큰소리를 치니, 내가 세자의 기량을 가늠해 볼 일이기도 하질 않겠나?"

김판두는 머리를 조아리며 뜻에 긍정했다. 가슴에 품은 칼은 하루가 다르게 날이 섰지만, 그럴 때일수록 몸을 낮춘 채 상대의 빈틈을 노려야 했다.

"시각이 야심합니다. 이만 옥체 보전하시옵소서."

"자네나 눈 좀 붙이게. 몰골하고는, 쯧쯧."

김판두는 힘없이 미소 지었다. 신분까지 완벽하게 잃어버린 아이가 걱정스러워 이 밤은 또 어찌 보내야 하는지. 그리운 딸아이 생각에 하루도 쉬이 잠을 청하기가 힘이 들었다.

"안 잘 것인가? 정 적적하면 이 상소들이나 좀 처리하게."

"관직도 없는 마당에 무슨 주제로 신이 읽고 뜻을 아뢰옵겠습니까?"

"허어, 서운하다는 말을 이렇게 돌려 할 겐가? 기어이 서운했구먼?"

"그런 것은 아니옵고 이제 신의 업무가 아니라는 뜻을 밝히는 것뿐입니다."

"이게 다 자네가 없어서 쌓인 것 아니겠는가? 잔말 말고 몇 개 도와주게."

"그럼 조금만 읽어 보겠습니다."

역적의 자식이 된 딸아이는 입궐할 수 있는 마지막 기회를 잃어 버렸는지도 모르겠다. 그런 딸아이를 찾기 위해선 하루빨리 모든 것을 제자리로 돌려놓아야 하는 수밖엔 없었다.

그 기약 없는 일을 부디 동궁께서 끝내 주시기를, 김판두는 말 없이 바라고 또 바라였다.

"은화를 빼앗기는 일을 막아야 하네. 반드시."

"빼앗기다니요. 그들은 합당한 대가를 내어놓은 뒤 은화를 취했습니다. 어찌하여 빼앗긴다는 것입니까?"

류명은 윤월각으로 찾아온 신기형을 향해 되물었다. 늙은 호랑이는 오늘도 제 살길을 찾아 호시탐탐 기회를 엿보았다.

"글쎄, 안 된다면 안 되는 줄 알지 무슨 말이 그렇게 많은가!"

평소와는 다른 예민함으로 신기형의 언성이 높아지자, 류명은 잠시 말을 멈추었다. 신기형은 이 모든 일의 시작에 류명이 있는 것만 같아 분노가 극에 달했다. 설마하니 류명이 동궁의 신분을 알고 있을 리 만무했지만 시작된 의심은 걷잡을 수 없이 커져 갔다.

"자네."

"예, 대감."

"은화를 사들인 자가 혹 뉜지 알고 있는가?"

279

"잘은 모르옵니다. 어찌 물어보시는 것입니까?"

"아닐세."

쯧쯧. 신기형은 륜명을 바라보며 노골적으로 혀를 찼다. 이 미련하고 멍청한 명국의 상인 때문에 꼬리를 밟힌 것이다. 신분에 대한 정보 없이 은화를 처분하는 일에만 눈이 멀어 동궁에게 자신을 알리고 말았으니.

"무기는 대체 언제 들어오는 것인가? 이렇게 늦는 일은 본 적이 없는데?"

"길이 험하여 그런 듯합니다. 재촉하고 있습니다."

속도 모르고 륜명의 평온한 답이 이어지자, 신기형은 속이 뒤틀려 인상을 구겼다. 마지막 무기가 조선으로 넘어오면 륜명부터 가차 없이 없앨 계획이다.

륜명은 고개를 갸웃거렸다. 정당한 값을 치르고 가져가게 된 은화를 어찌하여 빼돌려야 한다는 것인지?

"은화를 내주지 않을 방도가 없습니다. 이미 성사된 계약입니다."

"누가 뭐라 했는가? 자네는 사심 없이 내주게."

신기형은 계획을 세워 두었다는 것처럼 륜명에게 은화를 내주라 손짓했다. 분명 동궁은 내탕고를 열어 은화를 거두었을 것이니, 은화를 빼돌리면 내탕고를 사용한 출처의 명분을 잃게 될 것이다. 그것만으로도 동궁에게는 상당한 타격이 될 것이니 반드시 은화를 사수해야만 했다.

"대감께서는 대체 어쩌실 계획이십니까?"

"내게 다 생각이 있으니 자네는 모른 척 내주란 말일세."

예전처럼 속내를 전부 내주지 않은 채 신기형은 말을 아꼈다. 류명이 저지른 일을 자신이 수습하고 있다는 불쾌함을 감출 수 없으니 말은 퉁명스럽기 그지없었다.

"내가 잘못되면 제일 먼저 자네가 살아남지 못할 것이니 새겨듣게."

반드시 류명, 네놈의 사지를 찢어 죽이리라. 신기형은 류명의 얼굴을 바라보다 자리에서 일어섰다.

"온 세상의 벽이 다 내 귀라고 생각하고 처신 똑바로 하란 말일세. 알겠는가?"

불행히도 아비는, 아들을 알아보지 못했다.

◎

"꺄아아악!"

지담은 눈을 번쩍 떴다. 이어 전광석화와 같은 움직임으로 내달렸고, 비명이 들린 그녀의 처소 문을 활짝 열며 검을 꺼내 들었다.

"웬 놈이냐!"

"방 안에! 방 안에……."

문을 열자 그녀가 두 손으로 얼굴을 가린 채 뛰어나왔다. 지담은 방 안에 성큼 들어서 휘휘 고개를 돌리며 빈 공간을 살폈다. 하지만 아무것도 없었다.

"쥐, 쥐……."

"쥐?"

지담은 두 눈을 크게 치뜨며 방 안을 살폈고, 마당으로 내려간 용희는 여전히 얼굴을 가린 채 벌벌 떨리는 입술을 열었다.

"쥐, 쥐가 나와서……."

"이런 쥐새끼 같은 놈, 어디로 갔……."

주위을 빙 둘러보다 그녀에게로 시선을 돌린 지담은, 순간 돌처럼 굳어 천천히 뒤돌아섰다. 제대로 옷을 추슬러 입지 않은 그녀의 하얀 어깨가 그대로 드러난 것이다.

"으어어……."

"없소? 있소? 보았소? 왜 말이 없소!"

아마도 그녀는 목간을 다녀온 뒤 옷을 갈아입는 중이었던 모양이다. 허리와 가슴은 보이지 않았으나 드러난 두 어깨만으로 충분히 충격적이었다. 지담은 당황한 듯 허겁지겁 자신의 겉옷을 벗어 그녀에게 던졌다.

"이, 입어라!"

"……아?"

그녀는 제 어깨 위로 날아든 지담의 겉옷을 손으로 내렸다. 이게 뭐지? 생각하기를 서너 초.

"꺄아아아악!"

"못 봤다! 못 봤어! 쥐고 나발이고 아무것도 못 봤다!"

지담은 다리가 풀리는지 털썩 주저앉으며 엉덩이로 뒷걸음질을 쳤다.

용희는 돌아서 허겁지겁 지담의 겉옷을 입었다. 남몰래 목욕을 마치고 돌아와 정갈하게 옷을 갈아입던 와중에 쥐 한 마리와 눈이 마주쳤던 것이다. 그렇게 멈춰 선 채 쥐와 눈빛 교환을 하던 용희는, 얼마 후 이성을 약탈당한 듯한 충격에 비명을 내질렀다. 세상에 태어나 그렇게 커다란 쥐는 처음 보았다.

"못 봤어! 아무것도! 아무것도!"

"꺄아악! 꺄아아악!"

제아무리 단정한 별저기로서니 산세가 준하여 들쥐가 간혹 드나들었다. 팔뚝만 한 쥐는 대관절 어디로 사라졌는지 자취를 감췄고, 두 사람에게 당혹스러움만을 남겨 주었다.

더는 후진할 곳이 남아 있지 않은 지담은 쿵, 하고 벽에 머리를 부딪쳤다. 얼마나 당황했는지 고통도 뒤따르지 않았다. 열린 문은 바람에 덜컹덜컹 흔들렸고, 그녀는 지담의 시야에서 보이다 사라지기를 반복했다.

녀석의 옷을 걸친 용희는 입술을 꾹 깨물며 눈을 깜빡였다. 단단히 동여맨 가슴을 지담이 보았는지 말았는지 감이 오지 않았다.

"못 봤다! 아무것도! 아무것도!"

용희는 결국 오만상을 찌푸렸다. 본 것이 확실하다.

"진짜야! 아무것도! 아무것도 못 봤다!"

하아, 이제 끝인가. 용희는 천천히 지담을 향해 돌아서며 원망이 가득한 시선을 올렸다. 지담은 후들거리는 팔까지 저으며 사실을 완강히 부인했고, 치렁치렁한 지담의 웃옷을 입은 채 그녀는 입술을 더욱 꾹 깨물었다.

한데 참으로 이상한 일이다. 저자는 어찌하여 자신에게 겉옷을 넘겨준 것인가?

"허어, 허허. 허허허. 난 이제 처소로 돌아가 볼까?"

어찌하여 그토록 자연스럽게 겉옷을 벗어 준 것이냔 말이다. 놀랄 시간도 없이, 마치 알고 있었다는 것처럼.

용희는 삐걱삐걱대며 일어서 밖을 나오는 지담을 바라보았다.

"난 가 볼까? 넌 이만 들어가 볼까? 우리는 이만 각자의 자리로 돌아가 볼⋯⋯."

"지담."

그는 자신과 시선을 마주하지 않기 위해서 무던히 노력하는 중이었다. 용희는 낮은 목소리로 그를 불러 세웠고, 신을 거꾸로 신은 채 삐걱거리며 걸음을 옮기던 지담은 그대로 멈춰 섰다.

"알고…… 있었소?"

마른 주먹을 움켜쥐며 용희는 입술을 떼었다. 이러지도 저러지도 못하는 지담이 마른침을 삼켰고, 그런 그의 뒷모습을 바라보며 용희는 다시 한번 물었다.

"내가 여인이라는 사실을 다들 알고 있었던 게요?"

41
화

그대라는 길

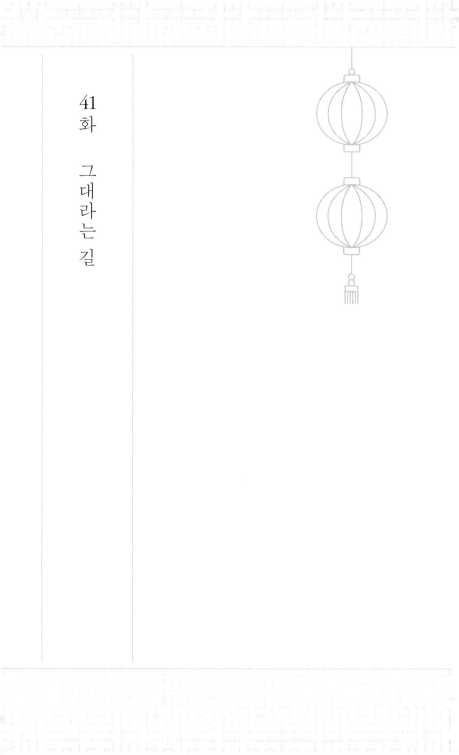

【해종실록 11권. 해종(偕宗) 17년 6월 13일】

병조판서 윤송엽이 늦은 밤 상을 찾아 은밀히 알현을 청하니 상이 긍정하며 주변을 물리라 하였다.

속절없는 시간이 흘렀다. 두 사람은 잠시 말을 멈추었고, 단순히 지나칠 수 없는 사건 앞에 어지러운 시선만 주고받았다. 용희의 질문이 너무나도 확고했다.

"그래."

고민 끝에 지담은 짧게 운을 떼었다.

"알고 있었다."

용희는 두 눈을 질끈 감았다. 지난 용렬했던 자신의 모습에 얼굴이 화끈거렸고, 긴장이 풀리는 것처럼 다리가 휘청거렸다. 물어야 할 것들이 수도 없이 몰려와 아무 말도 떨어지지 않았다. 지담은 포기했다는 듯 그녀를 물끄러미 응시했다. 번잡한 홍시의 시선을 바라보고 있자니 충격이 컸음을 알 수 있었다.

"그것이 무에 대수더냐?"

"어째서 말하지 않았소?"

제아무리 별일 아니었다 수습하려 해도 그녀의 마음은 그렇지 못했다. 남장이란 국가가 금기하는 일이었고, 알기로는 숨겨 주는 자들 또한 큰 화를 당할 일이었다. 한데 어째서?

"왜 모른 척한 거요? 대체 왜?"

머리가 어지럽고 수습은 엄두도 나질 않았다. 용희가 간신히 이마를 짚으며 되물었으나 지담은 그다지 내어놓을 만한 답을 찾지 못했다.

"선생도 알고 있소?"

허탈한 질문이 날아들자 지담은 순순히 답했다.

"그래, 그분 또한 알고 계시다."

하. 용희는 저도 모르게 헛웃음을 흘렸다. 내내 의문스러웠던 선생의 모든 것들이 손쉽게 풀리고 만 것이다. 선생의 행동에 여인을 대입하면 어렵지 않게 설명되었다.

"언제부터 알고 있었는데?"

"처음부터 알고 있었다."

"아…… 처음부터……."

가히 충격적이라는 듯 용희는 중얼거렸다. 맥맥한 시선 속엔 지난날, 자신이 행했던 수많은 언동이 스쳐 지나갔다. 그렇지. 말이 안 되지. 아무도 몰랐다는 것은 참으로 바보 같은 생각이었지.

"네 모습 그대로를 받아들인 것은 대장의 명이셨다. 우리는 따랐을 뿐."

어찌 몰랐겠어, 이토록 허접하기 짝이 없는 사내 노릇을. 아무것도 어울리지 않는 비루한 남장 행색을. 믿는다는 것이 도리어 이상한 일이지. 아무리 생각해 봐도 납득되지 않는 일이었지.

"그분은 명국의 통역만을 필요로 하셨다. 네가 여인이건 사내이건 그런 것은 중하지 않았으니 말이다."

"그랬구나……."

"그리고."

지담은 잠시 말을 멈추며 뜸을 들였다. 물론 동궁께서 얼마나 힘겹게 마음을 붙잡았는지, 그 전부를 들려줄 수는 없겠지만 알려주고 싶었다.

"그분께선 네 녀석을 의중에 품으시어 마음이 고단하셨다. 네가 상상하는 것보다 훨씬."

용희는 눈을 천천히 감았다가 떴다.

"그것은 또 어찌 알았소?"

"그분의 모든 것을 알고 느끼는 것이 나와 월호의 일이다. 혹 일이 아니라 하더라도 모를 수가 없었다."

지담은 잠시 그녀의 시선을 피했다. 그토록 훤히 드러나는 동궁의 마음을 어찌 알지 못할 수 있었겠는가. 살펴보려 하지 않아도 느껴진 것을.

또다시 말이 끊긴다. 용희는 스스로 되짚어 보기에 민망한 일이 많은지 혼자 피식 피식 웃음을 터트렸다.

"내가 참, 천치 같아 보였겠소. 얼마나 우스웠을까?"

"아니, 전혀."

만감이 교차하는 터에 용희는 천천히 고개를 수그리며 제 발끝을 내려다보았다. 머리끝이 뱅뱅 돌아 자꾸만 휘청거렸다.

"나는 선생이 남자를 좋아하는 쪽이라 하여…… 정말로 그런 줄 알고……."

"남자라니, 그분께서 그럴 리가 있겠느냐?"

이 와중에도 선생의 취향을 바로 알았음에 그녀는 마음 한구석이 안정되었다. 지담은 허망하다는 듯 마른하늘을 올려다보며 중얼거렸다.

"그런 쪽이셨다면 아마도 네가 아닌 나를…… 마음에 두셨을 것이다."

진지해서 더 당혹스러운 지담의 말끝에 용희는 천천히 주저앉았다.

"그렇잖아. 나 같은 사내를 두고 어찌 너 같이 볼품없는 녀석을 좋아하셨겠느냐.”

용희는 웃을 힘조차 없어 어둠에 잠긴 땅만 내려다보았다.

지담은 천천히 그녀의 곁으로 다가가 무릎을 내려 앉았고, 용희는 그런 지담의 발끝을 바라보았다. 반대로 신겨진 지담의 신발은 조금 전 그가 얼마나 당황했었는지를 여실히 보여 주었다.

“하지만 이제 와서 네가 여인인들 무엇이 변하겠느냐?”

지담은 그녀의 머리에 손을 올리려다 멈칫 멈추었다. 감히 대장의 마음이 깃든 여인의 몸에 손을 대기란 이유를 불문한 채 어려웠다.

“너는 그저 홍시일 뿐이다. 우리 대장께서 귀히 여기시는 홍시 말이다.”

그는 말했다. 변할 것은 아무것도 없으니 너 또한 변치 말라고.

“나 또한 귀히 여기는 홍시. 월호…… 는 잘 모르겠고.”

가볍게 주먹을 말아 쥔 지담이 손을 내렸다. 사실은 그녀보다 더 정신이 없어 무슨 말을 내뱉고 있는지도 잘 몰랐다.

“일찍 자라. 아침이면 반가운 소식이 있을 테니 말이다.”

“알겠소. 지담도 잘 자오.”

“그래. 그리고 쥐도 널 무서워하니 그다지 놀랄 것 없다. 알겠느냐?”

지담은 중얼거리다 일어섰다. 대체 무슨 말을 하고 있는 건지,

엉망이라는 듯 오만상을 찌푸리며 머리를 긁적였다.

각자는 처소로 돌아갔다. 밤은 깊었으나, 두 사람 모두 잠이 올리 없었다.

◎

"주상 전하 납시오!"

야심해진 밤. 중전은 황급히 내전을 나서며 왕을 맞이했다.

"전하, 오셨습니까."

"좀 늦었소. 듭시다."

제조상궁이나 관상감이 따로 택일하는 길일이 아니더라도 왕은 중전의 처소에 자주 걸음 했다. 한 나라의 왕과 왕비, 금슬이 좋은 부부를 떠나, 생사고락을 함께하는 벗의 느낌 또한 은연중에 풍기는 노년의 두 사람이었다.

"전하, 우리 세자가 또 출궁을 했다지요?"

안으로 들어서기가 무섭게 아들의 이야기가 시작된다. 쏟아질 부인의 잔소리가 달갑지 않아 왕은 눈썹을 꿈틀거리며 짧은 숨을 불어 내쉬었다.

"어찌 또 출궁을 허하셨다는 말씀이십니까. 날이 밝는 대로 간택의 시작을 알리려 했습니다."

"아…… 뭐, 그렇게 됐소만."

내일쯤 올걸 괜히 왔다. 왕은 제법 매서운 중전의 시선을 피하며 괜한 헛기침을 내뱉었다. 온종일 지아비의 어깨를 짓눌렀을 곤룡포를 손수 받아 내며 중전은 서운함이 가득한 속내를 내비쳤다. 백 번을 생각해 보아도 백 번이 서운했다.

"조정에 일을 믿고 맡길 사람이 어디 세자뿐이랍니까? 신첩 속이 상합니다."

"굳이 가겠다는 것을 또 어찌 말리겠소? 누굴 닮아 그렇게 고집이 센지."

"닮긴 누굴 닮았겠습니까. 전하께서 그리 말씀하시니 당혹스럽습니다."

"난 아닌 것 같은데……."

"지금 무어라 하셨습니까?"

"아니오, 아니오."

익선관을 정성스럽게 받들며 중전은 미간을 좁혔다. 아들의 출궁을 윤허하셨다는 소식을 접했을 땐 이미 아들이 떠난 뒤였다. 무심한 아들은 기어이 인사 한마디 없이 궐을 나선 것이다.

"세자가 이 어미 생각을 조금이라도 했다면 이럴 수는 없는 것입니다. 걱정이 되어 신첩은 또 어찌 살겠습니까."

"내 말이 그 말이긴 하오만 기다려 봅시다. 어쩔 수 있는가? 할 일이 있다는데."

"전하."

"물론 금방 돌아올 것이오. 이번엔 그리 길지 않을 것이니. 자자, 앉읍시다. 앉아요."

왕은 중전의 손을 붙잡으며 자리에 앉았다. 아들의 출궁 소식을 접하고 시름에 잠긴 중전 생각에 나름 걸음 한 것인데, 괜히 온 것 같다는 생각이 들었다. 아직도 할 말이 많은 중전의 눈매에 텁텁함이 가득해, 왕은 또다시 헛기침을 내뱉으며 딴청을 피웠다.

잠시 심신을 다스리던 중전은 어렵게 입술을 떼었다. 구태여 입에 올리고 싶었던 말은 아니었다.

"아무래도 우리 세자가 외간 여인을 심중에 두고 있는 듯합니다."

"그건 또 무슨 말이오? 외간 여인? 세자에게 외간 여인이 있단 말이오?"

왕은 전혀 생각해 본 적 없는 이야기에 놀란 반응을 했다. 무릎에 팔을 괴어 올리며 중전은 긴 탄식을 흘렸다.

"실은 태진사에서 세자를 만난 적이 있습니다. 우연히 보았지요."

"세자는 나한테 그런 말 않던데?"

"모자지간의 일입니다. 무얼 세세히 알려 하십니까?"

"뭐, 그렇다면 그렇다만. 계속 말해 보오."

왕은 이리저리 눈치를 보며 중전의 말을 기다렸다. 아들에게 외간 여인이 있다는 부인의 말은 사실상 크게 와 닿지 않았다. 그저 아들을 밖으로 내보낸 어미의 노파심이겠거니 넘겨짚는 듯했다.

"통역을 도와주고 있다는 아이가 세자 곁에 있었사온데, 글쎄, 남장을 하고 있는 여인이지 뭡니까."

"그래요? 여인이라고?"

호오. 왕은 어서 계속 말해 보라며 중전을 부추겼다. 이럴 때일수록 부인의 말을 잘 들어 주는 것만이 사는 길이다. 그런 지아비의 속도 모르고 부인은 조잘조잘 그날의 일에 대하여 읊기 시작했다. 한 귀로 듣고 한 귀로 흘리며 왕은 버릇처럼 고개를 끄덕이는 추임새를 이어 갔다.

"그 아이를 보는 세자의 눈빛이 심상치 않았습니다. 내 지금까지 세자의 그런 표정을 본 적이 없었다니까요."

"허허, 허허허."

"어찌 웃으십니까?"

중전은 눈을 동그랗게 뜨며 왕에게 되물었다.

"중전도 눈여겨본 모양이오? 아이가 꽤 괜찮았던 모양이군?"

"말해 무엇합니까. 총명하고 사리 분별이 곧고, 무엇보다 눈매가 단정하니 아주 마음에 들……."

중얼거리던 중전은 정신을 차려야 한다는 듯 작게 도리질 쳤다. 이내 엄숙한 중전의 모습으로 되돌아와 왕을 향해 단단히 말했다.

"한 번 본 아이에 대해 신첩이 무얼 판단하겠습니까. 그리고 또 마음에 든다 한들 무슨 소용입니까. 우리 세자의 짝도 되지 못할 아이를."

"왜? 세자가 좋다면 그만 아닌가?"

"전하!"

"아니 뭐, 내 말은, 까다로운 중전이 보기에 잘 보았으면 보통 아이는 아니겠구나 싶어서……."

늘 온화하고 자애로운 중전이었지만 아들의 이야기 앞에선 무서운 호랑이가 되곤 했다. 왕은 부인의 괜한 심기를 건드렸구나 싶어 이리저리 시선을 회피하며 말꼬리를 흐렸다. 말을 쏟아 내도 답답함이 가시질 않아, 중전은 되었다는 듯 긴 한숨을 내뱉었다.

"상인의 여식이랍디다. 그런 아이를 어찌 세자의 짝으로 맺어 준답니까. 언감생심 꿈도 꾸지 마세요."

"본 적도 없는 아이인데 내가 무슨 힘이 있겠소. 중전의 뜻대로 하면 될 일을."

"이런 와중에 세자가 또 출궁을 했으니, 그 아이를 만나면 이 일을 어찌한답니까?"

"운명이지."

"예에?"

너무 놀라 기도 안 찬다는 듯 중전은 눈만 깜빡거렸다. 생각에

297

그쳤어야 할 말이 무의식에 튀어나왔다는 듯 왕은 멋쩍게 웃으며 중전의 손을 붙잡았다.

"걱정 마오, 중전. 우리 세자가 언제 속 한번 썩인 일 있었소? 안 될 일은 시작도 하지 않을 테지."

"사람 마음이 그렇게 뜻대로 되는 것입니까? 신첩은 상상만 해도 끔찍합니다."

"난 뜻대로 되던데."

어휴. 중전은 왕의 능청스러운 대꾸에 고개를 돌렸다. 그런 중전의 손을 더욱 이끌며, 왕은 조용히 입술을 열었다.

"그 말이 사실이라면 내 아주 혼쭐을 내줄 것이니 심려 마오, 중전."

"이번 출궁으로 세자가 또다시 그 아이를 만나게 된다면 신첩은 정말 모르옵니다."

물가에 내어놓은 아이와 같은 아들의 걱정은 중전의 몫.

"그리고 신첩은 세자가 없어도 간택을 시작할 것입니다, 전하."

"그리하시오, 중전. 나도 사실 대신들의 반발을 잠재우려면 간택이 필요하긴 했소."

사내라면 응당 거칠고 투박한 세상을 알아야 한다 여기는 것은 왕의 몫이었다. 중전은 마지막으로 지아비의 잠자리를 손보며 때 아닌 자부심을 드러냈다. 간택에 대한 각오가 단단한 모양이었다.

"이날 이때까지 내명부가 구설수 한번 오르내리지 아니한 까닭은 신첩의 가문이 반듯하고 모나지 않아 뿌리를 단단히 하였기 때문입니다. 아십니까?"

"맞지, 그렇지. 중전이 내명부를 잘 끌어 온 덕이기도 하고. 늘 고맙게 생각하고 있소."

"두고 보시지요. 신첩이 우리 세자의 짝으로 대단히 훌륭한 가문을 점찍을 것입니다."

"그럼 이만 누울까? 과인이 조금 고단한데 말이오, 중전."

없던 두통이 생기는 것만 같다. 왕은 이마를 짚다가 간간이 헛웃음을 토했다.

"왜 자꾸 웃으십니까?"

"그냥 이런저런 생각을 하다 보니 좀 웃음이 나서 말이오."

눈매가 가늘어진 중전의 시선을 피해 돌아누우며 왕은 실금 같은 미소를 그렸다. 아들이 여인에게 관심을 보인다는 말은 사실이건 아니건, 훗날 문제가 되건 아니건 반가운 일이기는 했다.

꿈을 꾸었다. 새벽까지 뒤척이며 잠을 이루지 못했던 용희는 참으로 오랜만에 꿈을 꾸는 것 같았다. 다정한 가족과 아늑한 집. 이 모든 것이 꿈이라는 것을 누구보다 잘 알고 있었기에 딱히 깨고 싶지 않았다. 강건한 아버지, 자애로운 어머니, 따뜻한 오라버니. 용희는 모처럼 만난 가족과 각별한 시간을 보내며 잠을 청했다.

아침 해가 늘어지는 것을 느끼고 있었지만 눈을 뜨고 싶지 않았다. 차라리 한평생을 꿈에 갇힌 채 살고 싶어지기도 했다. 이제는 돌아가야 할 곳이 없어졌고, 찾아야 할 신분이 없어졌고, 상감을 만나 청해야 하는 일도 없어졌으니까.

아비가 상감을 믿기에 또한 믿었다. 입궐만 할 수 있다면 전부를 해결할 수 있을 것이라, 그 또한 믿었다. 하오나 아비를 내친 것은 다름 아닌 나라의 지존. 그분의 뜻으로 아비는 만고역적이 되었고, 그 죽음이 타당해졌으며, 역사로 기억될 죄명을 얻었다.

"으으......."

용희는 낮게 신음하며 미간을 작게 구겼다. 지금 그녀는 꿈과 현실, 의식과 무의식을 오고 갔다. 총명한 머리로 대세를 느끼고 정치의 흐름을 읽으니, 아비의 죄는 누명이란 사실을 알았으나 자신의 힘으로 무엇도 해결할 수 없음 또한 잘 알고 있었다.

단순히 집을 잃은 아이에서 죄인의 여식으로 신분이 바뀌었지만 눈물은 흐르지 않았다. 벽서에 적혀 있던 아비의 이름이 너무나도 낯설었으니 아직 실감을 못 하는지도 몰랐다. 정처 없이 떠도는 일에 익숙해진 탓인 것 같기도 했고, 더는 무엇을 겪어도 놀랍지 않을 만큼 마음이 무뎌진 까닭인 것 같기도 했다. 신분과 이름은 더더욱 말할 수 없음이요, 이대로 평생을 떠돌며 죽은 자의 행색을 해야 할지도 몰랐다.

꿈속, 가족을 만났지만 그다지 기쁜 마음은 없고, 평안한 부모님의 얼굴에 더욱 가슴이 시렸다.

그렇게 힘겨운 꿈을 이어 가고 있던 때 이유도 없이 한순간 눈이 떠졌다. 익숙했으나 낯설게 느껴지던 집은 일순 시야에서 사라지고, 눈앞엔 자리에 누워 제게 시선을 고정한 선생의 얼굴이 보였다. 이마저도 꿈인가 싶어 용희는 천천히 눈을 감았다가 다시 떴다.

"선생…… 이오?"

사라지지 않으니 참으로 별일이구나. 그저 눈을 뜨고 감았을 뿐인데 그대가 내 앞에 있다니.

마음이 서글퍼 어깨를 움츠렸을 날 알아 달려와 준 것인가. 그게 아니라면 떠난 부모를 대신하여 천신이 내게 보내 준 선물인가. 이도 저도 아니라면 그대는 나를 잡으러 온 나라의 군사인가. 아비의 죄를 연대로 물어 나를 포박할 무관의 신분인가. 나는 죄인의 여식이오. 그대는 대체 뉘란 말이오.

"깼는가?"

선생의 음성이 울리자 용희는 나른하다는 듯 또다시 눈을 천천히 깜빡였다. 하오나 그대가 누구인들 나에겐 그저 한 사내, 한 명의 정인, 다시없을 나의 운명.

"선생, 여긴 언제 왔소?"

"조금 전에 도착했다."

"……그렇구나."

그녀는 입가에 엷은 미소를 그렸다. 굳이 많은 말로 마음을 대변하지 않아도 눈빛은 그대가 반갑노라, 음성은 그대를 기다렸노라, 서로에게 알려 주었다.

완은 그녀에게 시선을 고정한 채 얼굴 이곳저곳을 세세히 살폈다. 잠든 그 얼굴, 바라만 보기를 얼마나 했을까. 이 순간을 맞이하고자 낮부터 밤을 지새우며 달려온 시간이 힘든 줄도 몰랐다.

"내가 예상보다 일찍 와서 덜 반가운 것인가?"

"그럴 리가 있겠소. 놀라서 그렇지."

"얼굴이 많이 상했다."

"아닌데, 잘 지냈는데."

예기치 못한 완의 말끝에 용희는 더운 기운을 느꼈다. 근심으로 수척해진 얼굴을 선생이 모를 리가 없었다. 그의 말은 신호탄이 된 듯 마음을 울렁이게 했고, 잊었던 서러움을 알게 했다.

"뭐, 뭘 그렇게 뚫어져라 보는 거요. 씻지도 못한 얼굴을."

이불 속에서 꿈틀대며 용희는 자고 일어난 얼굴이 부끄럽다는 듯 고개를 수그렸다.

입에 올릴 수 없다 한들 언제나 그녀를 떳떳하게 만들어 주었던 가문이 사라졌다. 언젠가 신분을 말할 수 있게 되는 날이 오거든 누구보다 제일 먼저 선생에게 알려 주고 싶었는데……. 이젠 부질없어진 꿈일 뿐이다.

"홍시 네가 보고 싶어서 한걸음에 달려왔는데 얼굴도 보여 주질 않으니 참으로 당황할 노릇이다."

"은화를 태진사로 옮기려 돌아온 것은 아니고?"

"겸사겸사다. 너를 보는 것이 주된 목적이고, 은화를 옮기는 것은 주변 목적이다."

"지금 입에 침은 바르고 거짓을 말하는 게요?"

"너와 언제 입을 맞출지 혹시 몰라 바르지는 않았다."

용희는 완의 능청스러운 대꾸에 헛웃음을 토했다. 그녀의 웃음이 더럭 반가워 완은 더욱 굳은 표정으로 능청을 떨었다.

"그리고 거짓이라니. 나는 한 치의 거짓도 모르는 사람이다. 너를 보는 일은 내가 아니면 할 수 없는 일이고, 은화는 다른 이가 옮겨도 될 일이니 사실이지."

"알겠소. 그 마음 참이라 믿어 드리지."

용희는 이불로 얼굴을 감춘 채 눈만 내어놓으며 빙그레 웃었다.

마음은 갈리듯 쓰리고 저미었으나 어쩐 일인지 선생의 앞에만 서면 웃음이 터져 흐르곤 했다. 다 견디어 낼 수 있겠다는 것처럼. 다 이겨 내 보겠다, 그리 다짐하도록.

잠시 서로의 공간으로 침묵이 깃든다. 그녀는 선생과 시선을 마주하며 모든 것을 비워 낸 미소를 그렸다. 심신의 괴로움을 제외한다면 아무것도 달라진 것은 없었으니, 버릇처럼 씩씩하게 굴어야 했다.

"보고 싶었다."

변한 것은 없다. 저민 가슴을 위로하는 그대의 음성도. 티끌의 거짓도 그대의 마음도.

"앓다 죽을 만큼 보고 싶었다."

세상엔 두려울 것이 없는 두 가지의 마음이 있다. 하나는 잃을 것이 없는 자. 또 하나는 사랑에 빠진 자.

결국은 거스를 것이 없다는 것처럼 용희의 입술이 열렸다.

"내 이름은 용희요."

그녀는 잃을 것이 없었고, 사랑에 빠진 까닭에 두려움을 몰랐다.

"성은 없소. 그리고 그대도 알다시피 여인이오."

완은 잠시 말을 아꼈다. 지담을 통해 지난밤의 일을 이미 알고 있는 완이었기에, 그녀의 고백은 놀랍다기보다 가슴을 구슬프게 했다.

잃을 것이 많은 사내였으나 사랑에 빠져 두려움을 모르고 싶었다.

"속여 미안하오. 고의는 아니었소."

"네가 무엇을 잘못했단 말이냐."

"잘못이지. 애당초 말하지 못했잖소. 남장이란 게 나라에서 금한 일이기도 하고……."

용희는 말꼬리를 흐렸다. 차마 죄인의 여식이라는 말은 입 밖으로 내뱉기 힘들었다. 그 한마디가 가져올 파장을 아직까진 감당할 자신이 없었다. 스스로도 감당하지 못하는 말을 꺼내 선생의 마음을 어지럽힐 자신도, 그러한 나지만 마음을 달라 청할 자신도 없었다.

"더 할 말이 남았는데, 조금 더 용기가 생기면 하겠소."

용희가 중얼거리자 완은 그녀를 끌어 가슴에 품었다. 이윽고 기나긴 시간이 지나 그의 입술이 열렸다. 이름이라도 알려 주고 싶은 그녀의 마음을 모른 척 지날 방법이 없었던 것이다.

"완(妧)."

오지 말았으면 하는 시간. 그 한 글자, 네가 몰랐으면 바라게 되는 시간. 혹시 그녀가 알아 버린대도 어찌할 도리는 없었다. 누구도 입에 올리지 못할 함자. 감히 누구에게도 불리지 아니할 이름.

"내 이름이다."

새겨듣지는 마라. 듣고 금세 잊도록 하라. 나의 이름 같은 건 두고두고 네 가슴에 담지 말라.

"완……."

그녀가 중얼거리자 완의 가슴속으로 뜨거움이 사무친다. 그간의 그리움을 녹여 내고 싶은 것처럼.

완은 그녀의 끌밋한 이마에 천천히 입술을 맞대었다.

"그래, 완."

어찌하여 나는 너를 사랑하는가.

"너라는 여인을 사모하는, 그저 한 사내다."

불가항력이었다.

42
화

영원한 약자

예조(禮曹)에 하교하기를.

"세자의 나이가 이미 혼기를 지나니 마땅히 납빈(納嬪)을 행해야 하겠다. 서울과 외방 할 것 없이 적기의 나이를 지나는 처녀들은 모두 혼인을 금하라."

하였다.

　"좌상 대감의 움직임을 주시해야 하지 않겠습니까? 정체를 들켰으니 가만히 있지는 않을 것인데요."

　지담은 목소리를 낮췄다. 예상보다 일찍 출궁한 완은 처음보다 다소 어두운 기운을 풍기고 있었다. 막연한 상상으로 용의자를 찾을 때와는 다른 긴장감이었다.

　"조정에 좌상의 손길이 닿지 않은 곳 있겠는가. 은밀히 명을 내려 두긴 하였다."

　완의 말이 끝나기가 무섭게 지담은 아버지를 떠올렸다. 지금 아버지께서는 어떠한 선택을 하셨는지 알 수 없었다.

　"이곳도 안전하지는 않습니다. 홍시를 쫓는 자들이 제법 많고,

게다 좌상 대감까지 홍시를 찾고 있으니……."

지담은 말끝에 주먹을 쥐었다. 아무리 침착해 보려 해도 분노를 잠재우기는 힘든 일. 참으로 교묘하다. 어떠한 증좌도 잡을 수 없이 꼬리만 무성했으니까. 섣불리 덤빌 수도, 그렇다고 용감히 일부터 저지르고 볼 수도 없는 사안이었다.

"나의 출궁을 알았으니 감히 쉽게 움직이지는 못할 것이다."

완은 짧게 대꾸하며 월호를 바라보았다.

"월호, 일전에 내가 알아보라 한 일은 어찌 되었는가?"

"한성부를 찾아가 전했습니다. 팔도의 사건을 수집해야 하므로 시일이 걸릴 것이라 그리 들었습니다."

"그래, 그렇겠지. 최대한 빨리 알아보라 전하라."

"예."

그녀의 신분을 확인하는 일은 생각보다 시급했다. 사연을 알아야 그녀를 산 자로 만들 명분을 꾸밀 수 있었으니까.

"대장, 이제 홍시는 어찌하실 생각이십니까?"

지담이 묻자 완은 고개를 들었다. 마음은 그녀가 아니고는 아무 것도 안 될 지경이니 방법을 반드시 찾아야만 했다.

"우선은 은화를 안전히 궐로 옮긴 뒤 전하께 청을 드릴 참이다."

"청을요?"

완은 고개를 끄덕였다. 그녀는 훌륭한 통역이었다.

"인정받아 마땅한 공이고 능력이다. 그간의 일들을 아뢰어 신분을 되찾게 해 줄 생각이다."

"가능했으면 좋겠습니다. 아마 전하께서도 대장의 청이라면 들어주시지 않겠습니까?"

가능성을 보았다는 듯 지담의 목소리에 힘이 실리자 완은 각오를 다졌다. 아마도 그녀가 없었다면 성사시키기 어려웠을 일. 그러한 혁혁한 공을 언급하며 전하께 청을 드려 볼 생각이다. 안 된다면 된다 말하실 때까지 청하고 또 청해 볼 생각이다.

"홍시의 사연이 좀 가벼워야 할 텐데 말입니다. 설마하니 전하께서 용납지 못할 죄는 아니어야 할 텐데……."

지담의 말끝에 또다시 모두의 근심이 한데 엮였고, 완은 낮게 한숨을 내쉬었다.

부디 별일은 아니었으면 좋겠다. 그녀가 가진 비밀, 말하지 못하는 사정. 한 나라의 지존께서 쾌히 따라 청을 들어주실 수 있는 그러한 일이라면 진심으로 좋겠다. 설혹 그렇지 못한대도, 전하께서 너를 거둬 주시지 못한대도, 너만 원한다면…….

"그렇대도 할 수 없다. 그 아이만 원한다면 궐로 데려갈 것이니."

용희……. 그녀의 이름이 자꾸만 혀끝에서 맴돌았다. 용희가 스스로 여인임을 밝혔으니 굳이 숨겨 줄 필요가 없어 그것은 한결 편안해졌다. 남자를 좋아한다는 누명도 벗게 되었고, 마음껏 그녀를 여인으로 바라보아도 되었으니까. 더불어 여인이 된 홍시와 병풍도 필요 없는 합방을…… 하고…….

난데없이 완의 입가에 미소가 그려진다. 지담과 월호는 영문을 모르겠다는 듯 시선을 주고받았다.

"이만 나가 보겠다."

"예? 예, 대장."

음흉하고 더러운 속내를 들킨 것만 같아 완은 금세 정색하며 일어섰다.

지담의 처소를 나선 완은 용희를 향해 가벼운 발걸음을 옮겼다. 여인의 모습으로 다소곳이 누워 자신을 바라보는 그녀는 상상만으로도 황홀했다.

"안에 있는가?"

"왔소?"

용희는 문을 열었다. 여인임을 밝혔으나 그녀는 꿋꿋하게 사내복식을 고수했다. 이동하기에 한결 편했고, 이제 와 여인 대접을 모두 챙겨 받고 싶은 마음도 없었다.

완은 저도 모르게 사심이 폭발한 미소를 지었다.

"왜 그렇게 웃는 거요? 뭐 잘못 먹었소?"

용희는 경악스러운 시선으로 선생을 올려다보았다. 어서 빨리 긴 하루가 지났으면, 그런 생각으로 가득한 완의 마음은 벌써부터 분주하기 짝이 없었다.

아, 밤은 올 것인가. 아무래도 더딜 것만 같다.

"그냥 날이 좋아 잠시 웃어 보았다."

"원, 사람 싱겁긴."

별수 없는 사내였다.

"민연이 안에 있는가?"

"예, 대감마님. 아가씨께서 안에 계십니다."

신기형은 좀처럼 걸음하지 않는 별당을 찾아 걸음 했다. 딸아이
가 안에 있다는 말을 듣기가 무섭게 아이의 방문을 열었다. 텅 빈
책상을 바라보고 있던 딸아이는 놀란 듯 곧장 일어섰다. 틈만 나
면 넋을 놓는 딸아이를 잘 알고 있기에, 신기형은 오만상을 찌푸
리며 방으로 들어섰다.

"무얼 하고 있느냐?"

"아무것도 하지 않았습니다."

"어찌하여 해가 중천에 뜨도록 넋을 놓고 있어. 정히 할 게 없다
면 네 어미를 따라 뭐라도 배울 것이지."

"어인 일로 걸음 하셨습니까?"

아비의 말을 듣기 싫다는 듯 단칼에 자르며 민연은 무표정한 얼굴을 했다.

신기형은 자리에 앉으며 딸아이를 응시했다. 어릴 때는 곧잘 환히 웃던 아이가 어느 날부터인가 웃지 않았다. 이유도 없고 사연도 없었다.

"오늘 팔도에 금혼령이 내려졌다."

아이의 웃음이 헤프지 않은 것. 그것이 무에 문제가 되겠느냐마는 부모의 타는 속내는 다른 것에 있었다.

"간택이 시작되었다는 것이다."

"그랬군요."

신기형은 여전히 표정 없는 딸아이를 바라보았다. 어제, 제 어미를 경악하게 만든 사건이 있었다.

"그건 그렇고, 어제 네가 길고양이를 죽였다는 것이 사실이냐?"

"네."

"어찌하여?"

아이는 간혹 소름이 끼쳐 오를 만큼 잔인한 행동을 하곤 했다. 아비가 엄히 물어도 별다른 감정의 기복 없이 민연은 입술을 열었다.

"다른 이유는 아니었고 그저 소란스럽기에 그리하였습니다."

"무엇이 소란스러웠단 것이냐?"

"보아하니 한쪽 다리를 절며 제대로 걷지도 못 했습니다. 어찌나 시끄럽게 울어 댔는지요."

듣고 경악할 답을 내어놓자 신기형은 탄식하듯 딸아이를 훈계했다. 언제부터인가 딸아이는 감정을 다스리지 못했다.

"말 못 하는 짐승이 굶주려 우는 것은 당연한 일. 보살펴 줄 생각은 하지 못하고 죽였다?"

"한 끼를 챙겨 먹인들 그것이 영생할 힘을 주겠습니까? 홀로 살아갈 능력이 되지 못하니 죽여 편히 재웠을 뿐입니다."

"측은지심이다. 가여운 것을 불쌍히 여기는 마음이 어찌 없다는 게야."

"어찌 불쌍하다는 것입니까. 한낱 미물 따위에게 그런 마음을 품는 것이 더 이상한 일 아닙니까?"

신기형은 나날이 증세가 더 심해지는 것 같은 딸아이를 바라보았다. 밖으로 소문이 날까 의원이건 무당이건 딸아이를 보여 줄 곳도 마땅치 않았다. 그렇게 딸아이의 증세를 안팎으로 쉬쉬하며 숨겨 왔지만 간택이 다가온 이상 정녕 아이를 궐로 보내도 괜찮을지 심각하게 염려되었다.

"민연아."

"네, 말씀하십시오."

딸아이를 모시는 아랫것들은 늘 공포에 몸을 떨었다. 감정을 드러내는 법이 없어 더욱 두려운 대상이 되어 갔다.

신기형은 마음을 억눌렀다. 세상 모든 것이 제 손아귀에 있는 듯했지만 단 하나, 딸아이만은 자신의 뜻대로 되질 않았다.

"이곳에선 네가 무슨 짓을 해도 상관없었다. 미물 따위 귀히 여기지 않는다 하여 바뀔 것도 없었다."

하지만 장차 내명부의 수장이 될 아이다.

"하지만 네가 궐로 들어가게 되면 이야기는 달라진다. 지금과 같은 행동은 누구에게도 용서받지 못한단 말이다."

원자의 어미요, 세자의 어미가 될, 나아가 상감의 어미가 되어야만 하는 아이.

"제 무슨 행동이 용서를 받지 못한다는 말씀이십니까?"

"작은 것으로부터 큰 것까지 만물을 굽어살피라, 이 말이다. 네가 앉을 자리는 바로 그런 자리다."

"그렇군요."

민연은 마치 남의 이야기를 듣고 있다는 것처럼 단조로운 대꾸를 이어 갔다. 신기형은 몇 년간 반복해 온 상황에 포기한 듯 미간을 일그러트렸다. 하지만 딸아이가 매일같이 말썽을 피우는 것은 아니었으니까. 대부분의 나날은 평범했고, 영민했고, 또한 지혜로웠기에. 그러한 모습만 세간에 알리고 싶었다.

"잘할 수 있겠느냐?"

"잘해야겠지요. 그러라 키우신 것 아닙니까?"

어서 아비가 일어나기를 바라며 민연은 제 아비를 똑바로 보았다. 늘 자신을 답답하다는 듯 바라보는 아비의 눈빛은 참으로 싫은 것이었다.

"소녀가 준비할 것이 따로 있겠습니까?"

"없다."

"하오시면 이만 일어나 주소서. 곤합니다."

"알겠다."

신기형은 천천히 몸을 일으켰다. 딸아이는 눈을 내리깔며 아비를 배웅했고, 아비가 멀어지자 등 뒤에 서 있던 아랫것을 돌아보았다. 목소리엔 높고 낮음이 없어 감정을 헤아리기 어려웠다.

"네가 말했니?"

"예? 무, 무엇을요?"

"어제 고양이 말이다."

"아, 아닙니다! 절대 아닙니다!"

이런 일이 한두 번이 아닌 듯 아랫것은 다짜고짜 바닥에 엎드렸다. 그런 아랫것의 등허리를 내려다보는 민연의 눈빛엔 조금의 감정도 담겨 있지 않았다.

"그래, 네가 아니라면 아니겠지. 알겠다."

"아가씨! 정말 아닙니다! 아닙니다!"

"알겠어. 난 방으로 들어가야겠다."

예? 아랫것은 슬그머니 고개를 들었다. 민연은 두어 걸음 옮기다가 다시 뒤돌아 아랫것을 바라보았다.

"고개 들지 마. 오늘 하루 동안 땅에서 네 코가 떼어지면 코를 베어 버릴 테니까."

"예……. 예, 아가씨……."

사실 그녀의 상태는 아비의 생각보다 위중했다.

"보통 검이 아니네. 바위도 가르겠소."

용희는 언제나처럼 검을 손보는 월호의 곁에 다가가 앉았다. 힐끔 곁을 돌아본 월호는 심신을 다스리듯 검을 닦았다. 이제 되었다 싶은지 월호는 날을 하늘 위로 세우며 그녀에게 말했다.

"위험하니 비켜라."

"이래 봬도 장검은 조금 다룰 줄 안단 말이오. 염려 마오."

빛을 받은 검 끝은 더할 나위 없이 반짝거렸다. 직선으로 매끈하게 뻗은 검은 마치 전설 속에서나 보아 온 것처럼 남다른 위용을 과시했다. 용희는 동경이 어린 눈매로 말없이 검을 바라보았고, 월호는 검을 이리저리 살피다 검집을 들었다.

"내가 한번 만져 봐도 되겠소?"

"안 돼. 위험하다."

"다룰 줄 안다니까. 한 번만."

월호는 잠시 망설이다 그녀에게 검을 건넸다. 타인에게 자신의 검을 내준 것은 처음 있는 일이었다.

은화를 옮기기 위한 일 처리로 바빴던 완이 그녀를 찾아 걸음했고, 바르게 몸을 세운 그녀는 가볍게 검을 허공으로 올리며 큰 호를 그렸다. 한두 번 잡아 본 솜씨는 아닌 듯했다. 자연스러운 몸짓에 월호도 적잖이 놀랐는지 작게 입술을 벌렸다. 완의 뒤를 따라온 지담은 두 눈을 크게 치떴다. 월호가 다른 이에게 검을 내주었다는 것도 놀랄 일이거니와, 마치 제 것이라는 듯 검을 다루는 그녀의 모습 또한 놀랄 일이었다.

"여어, 홍시! 검을 다룰 줄 아느냐?"

그녀는 지담을 바라보며 빙긋 웃었고, 완은 그녀의 새로운 능력을 발견했다는 것처럼 다정히 바라보았다. 연약한 꽃이나 꺾어 들 것 같은 그녀에게 검은 다소 이질적이었다. 어울리지 않다는 것은 아니었다. 그녀는 연약했고 가냘픈 몸체였지만, 때때로 강건했고 기백이 장대했다.

"조금 배웠소, 조금. 아주 조금."

오라비는 틈이 날 때마다 그녀에게 활과 검을 쥐게 했다. 심신의 단련이 그 목적이었고, 여인의 유약한 기(氣)를 보완하기 위한 방편으로 삼았다.

"누구에게 배웠는데?"

"그냥, 이차 저차 배웠소."

용희는 오랜만에 잡아 본 장검이 반가운지 좀처럼 내려놓을 생각을 하지 않았다. 월호는 포기했다는 듯 그녀가 실컷 장검을 매만지길 허락했고, 완은 팔짱을 낀 채 그녀를 응시했다.

"쉽게 배운 일은 아니렷다."

횡. 용희는 대답 대신 가볍게 한 바퀴를 돌며 검을 휘둘렀다. 사내의 힘찬 몸짓은 아니라 해도, 아름다운 곡선이 만들어 내는 몸짓엔 나름의 운치가 있었다. 검을 붙잡은 손끝으로부터 맺음의 자세까지 수려하진 않으나 제대로 된 기본기를 갖춘 그녀였다.

"대련 한번 해 보겠는가?"

"누구? 나?"

완의 제안에 그녀는 뜻밖이라는 듯 눈을 동그랗게 떴다. 지담과 월호는 재미있겠다는 듯 미소를 그렸다.

"내가 누구와 대련을 한단 말이오? 선생이랑?"

"아니, 이 녀석과 해 보아라."

완은 지담을 가리켰다. 멍청하게 서 있다가 대련의 상대로 지목된 지담은 뒷걸음을 걸었다.

"제, 제가 어찌 여인을 상대로 칼을 휘두른단 말씀이십니까?"

이기는 일보다 져 주는 일이 더 힘든 법이니 지담은 고개를 절레절레 저었다. 완이 월호를 바라보자 녀석은 천천히 고개를 돌리며 못 본 척 외면했다. 할 수 없다는 듯 완은 그녀를 향해 두어 걸음 걸었다.

"나와 해 보겠는가?"

"누구와 대련을 할 솜씨는 아니오. 기본기 정도만 알고 있을 뿐."

"찌르지 않고 피할 줄만 알아도 반은 성공한 검술이라 할 수 있지."

용희는 잠시 고민하는 듯하더니 고개를 끄덕였다.

"좋소. 해 보겠소."

"대련엔 응당 내기가 따르는 법. 무얼 걸겠느냐?"

"내기? 그럼 뭘 걸어야 할까? 좋은 생각이 있소?"

"소원을 하나씩 들어주는 것으로 하겠다."

"좋소. 소원 하나씩."

'바보야! 대장은 원래 네 소원을 들어주기로 했단 말이다!'

으휴. 지담은 대장의 제안에 순순히 넘어간 홍시를 답답하다는 듯 바라보았다. 완은 검을 뽑아 들었고, 용희는 숨을 고르며 자세를 취했다. 그 모습에 맥없이 미소가 그려졌다.

"봐주기 없는 거요. 나도 봐주지 않을 것이오, 선생."

"누가 할 소리."

보폭을 좁게 하며 완은 천천히 용희 주변을 걸었다. 용희는 완을 따라 움직였다. 무방비한 듯 경계하지 않으며, 완은 그녀를 향해 입술을 열었다.

"검도의 그 첫 번째는 바로 안법(眼法)."

눈으로 상대를 통찰하라.

어느덧 용희의 눈매에 장난기가 사라진다. 그녀의 손끝에 모인 기가 지담과 월호에게도 느껴졌다. 빈틈을 노리듯 용희의 검이 날렵히 앞을 찔렀고, 완은 어림도 없다는 듯 가볍게 피했다.

"성급하다."

용희는 다시 완을 바라보았다. 큰 원을 그리며 돌고 있는 완보다 움직임이 적은 용희가 상대적으로 유리했으나 완은 개의치 않으며 물었다.

"무릇 검은 칼끝, 칼날, 칼등, 칼 콧등, 칼 콧등 밑이 있는 것. 그것들의 쓰임을 모두 다 아는가?"

휘잉. 또다시 용희의 칼끝이 허공을 갈랐다. 완은 유유히 그녀의 몸짓을 피하며 설명했다.

"보아라. 뾰족한 것은 칼끝, 날카로운 것은 칼날."

용희는 검을 아래에서 위로 올렸다. 제법 날렵했으나 힘이 들어갔다. 숨 돌릴 시간 없이 그녀는 완의 허리 주변으로 검을 내질렀다.

"그것은 요격세(腰擊勢)로구나."

완은 제법이라는 듯 용희의 검법을 짚었고 그녀는 숨을 고르며 다시 완을 주시했다. 사실 요격세까지 배운 적은 없고, 다만 오라비의 움직임을 기억하여 흉내를 냈을 뿐이다.

"요격세는 검법 중의 으뜸이라 말할 수 있겠으나 지금 너의 자세는 빠르기가 쉽지 않다. 단칼에 베어 버리는 것만이 능사는 아니니 어깨에 힘을 빼라."

완은 아직 한 번도 검을 휘두르지 않았다. 용희는 어깨를 수평으로 맞추며 완의 말대로 최대한 상체에 힘을 뺐다.

"이야아아!"

그녀가 힘차게 돌진하자 완은 가볍게 검을 아래에서 위로 올리며 그녀의 검을 막아 냈다. 밀려난 용희는 두다다다 뒷걸음을 치다 쿵 넘어졌다. 처음 느껴 본 사내의 힘이었다. 그녀가 허겁지겁 일어나 다시 자세를 정돈하니 일순 완의 눈매가 돌변한다.

"아야!"

그리듯 스치듯 완이 그녀를 지나쳤다. 본능적으로 소리를 내지른 용희는 아무 곳도 상하지 않았음에 씩씩대며 뒤를 돌았다. 그것도 잠시 완은 다시 빠르게 그녀를 지나쳤다. 이번엔 그의 손이 그녀의 머리를 스쳐 지났다. 잠시 후 겉옷을 여민 고름 아래가 반쯤 끊겨 나갔고, 상투가 풀려 머리칼이 흩날렸다. 바람이 불자 허리까지 내려오는 그녀의 머릿결이 그동안 갑갑했다는 듯 자유롭게 춤을 췄다.

"치사하게!"

"흥분하면 시야가 좁아진다. 또한 많은 움직임은 체력만 허비할 뿐. 시야를 넓게 하여 상대의 빈틈을 노려라."

용희는 여유만만으로 일관하는 선생을 노려보았다. 대련이라는 명목은 어느새 사라지고 그녀는 승부욕에 불타기 시작했다. 요리조리 피해만 다니는 저 얄미운 선생, 단 한 번 스쳐 보기라도 했으면 좋겠다.

그때였다. 완의 경계가 다소 누그러졌다 판단한 용희는 다시 한번 날렵하게 검을 뻗었다. 완은 빙글 돌며 칼을 피했고, 대신 그녀의 반대 손목을 끌었다.

"지, 지금 뭐 하는 거요!"

입술이 볼에 닿았다 사라졌다. 용희는 완의 온기가 느껴지는 제 볼을 감싸 쥐었다. 난데없는 동궁의 연애 놀음에 지담과 월호는 뒤로 돌아섰다. 제발 부탁인데 홍시가 대장의 옷자락이라도 베었으면 좋겠다.

"이보게, 월호. 갈까?"

"가자."

더 구경해 봐야 좋을 것 없다고 판단한 지담과 월호는 공간을 떠났다.

"이렇게 더럽게 할 거요? 진짜? 진짜 이렇게 해 보시겠다?"

"더럽다니. 이것이 실제 상황이라면 더 수치스러운 일도 많다. 이런 걸 가지고 무얼."

"이자가 정말!"

용희는 막무가내로 검을 휘두르기 시작했다. 애당초 전문적인 검술을 지닌 것은 아니었으므로.

"이렇게 검 잘 쓰면서! 나더러 대련이나 하자고 하고!"

"하겠다고 한 건 너다. 강요한 적 없다."

휭! 검이 애먼 곳을 향하자 완은 그녀의 뒤로 돌아와 다시금 볼에 입을 맞추었다. 악에 받쳐 붉어진 그녀의 얼굴은 결단코 부끄러워 그런 것은 아닌 성싶었다.

"죽이고 말겠어."

"옷자락도 스치지 못하는 주제에 못 하는 말이 없구나."

용희는 이를 악문 채 검을 휘둘렀다. 한 번 휘두를 때마다 그녀의 볼과 이마는 사정없이 그의 입술로 점 찍혔다. 열받아 미칠 지경인 용희는 씩씩대며 완을 노려보았다. 완은 어깨를 으쓱 올려 보이며 모르쇠로 일관했다. 용희는 다시 검을 들었다. 매서운 칼 끝이 그를 향했다.

"내가 완벽하게 검술을 배워서 반드시 선생 모가지에 검을 들이대고 말 것이오."

"모, 모가지라니. 더 고운 말은 없는가?"

"됐어! 됐다고! 이 와중에 고운 말 찾고 있는 게요? 욕지기 나오지 않은 것을 다행으로 여기오!"

"정정당당한 승부였다. 승패를 인정하는 것도 중요한 일이지."

한참이나 선생을 노려보며 숨을 고르던 용희는 검을 아래로 떨구었다. 그녀는 천천히 고개를 떨구며 서글프다는 듯 중얼거렸다.

"하……. 난 정말 안 되나 봐……."

때아닌 그녀의 자책이 이어지자 완은 장난이 지나쳤나 싶어 그녀를 이리저리 살폈다. 모든 것이 부질없다는 듯, 용희는 긴 머리칼을 쓸어 올리며 작게 숨을 불어 내쉬었다. 좀처럼 보기 힘든 그녀의 긴 머리는 부는 바람이 부러울 만큼 보드라워 보였다.

잠시 떨군 고개 끝으로 맵시 좋은 턱 선이 유려하다. 언뜻언뜻 보이는 그녀의 목덜미는 창흑의 머릿결과 대비되며 희고 가늘게 자리했다.

완이 잠시 긴장의 끈을 놓자 때를 알아챈 용희는 번쩍 고개를 들며 칼을 뻗었다. 기어이 검은 그의 가슴팍에 멈췄고, 완은 흠칫 놀라 칼을 바라보다 미간을 꿈틀댔다.

"대련은 끝난 것 아니었는가?"

"둘 다 버젓이 검을 쥐고 있는데 어찌 끝이라 말할 수 있겠소?"

헤헤, 이겼다. 용희는 한쪽 눈을 찡긋거리며 웃음을 터트렸다. 느닷없는 맹공격에 꼼짝없이 당한 선생은 억울함이 그득한 목소리를 높였다.

"이렇게 치사한 검술은 뉘가 알려 준 것이냐?"

용희는 한 발 선생에게 다가섰다.

"실제는 이보다 더 수치스러운 일도 많은데, 이 정도로 뭘 그러오?"

그녀의 눈빛에 자신감이 깃든다. 금세 자신의 말을 배워 간 용희를 바라보다, 완은 포기했다는 듯 검을 떨어트렸다. 무엇을 어떻게 해도 그녀를 이길 수가 없었다.

"그래."

평생을 마주한들 지고 말 운명이었다.

"내가 졌다."

43
화

숨어라

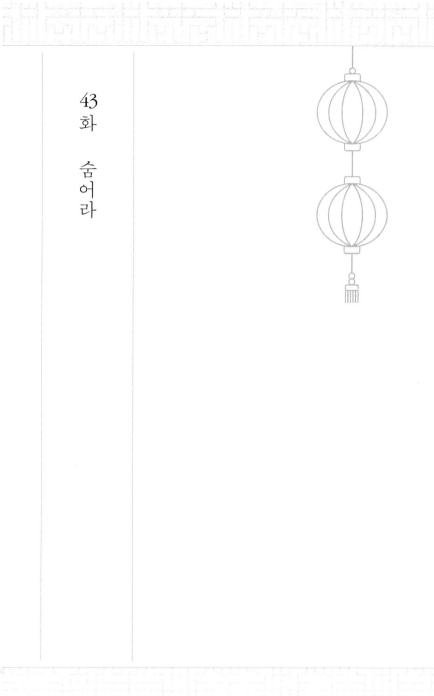

【해종실록 11권. 해종(偕宗) 17년 6월 16일】

　팔도에 금혼령이 내려지니 다음의 사족이 따랐다. 이 씨가 아니며 촌수 제한에 걸리지 아니하고, 부모가 있으며 연상이라면 세자보다 세 살 위를 넘기지 않아야 한다. 또한 가문에 흉악한 범죄 이력이 없어야 한다.

　이러한 사안에 적합한 적임자의 처녀가 있는 가문은 스스로 단자를 올리라는 봉단령이 내려졌다.

어느덧 모여든 비구름이 첨습한 공기를 만들었다. 여름의 하늘은 믿을 수가 없었다. 맑고 높다 칭하면 비웃기라도 하듯 탁하게 내려앉았고, 무더워 메말랐다 운을 떼려 하면 대찬 비를 쏟아 내기도 했다. 예측할 수 없는 한 길 사람의 마음과도 같았다.

"선생이 졌다고 한 건 농담이었소. 한 수 잘 배운 건 오히려 내쪽이지."

완이 패배를 인정하자 용희는 빙긋 웃었다. 고적한 공간 속으로 물기 머금은 바람이 불어들고, 완은 용희를 길게 바라보았다. 그녀는 무엇도 지기 싫어했다. 서슬 퍼런 칼날을 두려워하지 않은 채 달려들 만큼. 그런 너라서 때로는 대견했고 흡족하였으나, 간혹은 그런 너이기에 염려스러웠고 불안했다.

"솜씨가 제법이다."

완은 짧은 말로 속내를 감추었다. 그제야 용희는 대련에 사용했던 월호의 검을 조심스럽게 내렸다.

"이렇게 비겁한 수가 아니면 근처도 향할 수 없었는데 제법이라니."

명백한 패배는 자신의 것이었음을 그녀는 잘 알고 있었다. 붓을 잡은 손끝이 어울릴 것 같던 선생의 검술이야말로 무척이나 빼어났다. 사내에게, 또 살생을 목적으로 배운 그것에 어울리는 말은 아니었으나 아름다웠다.

"자, 이제 소원을 들어줄 차례이다. 말해 보라."

완은 때가 되었다며 용희를 재촉했다. 굳이 대련이 아니었다 해도 륜명과의 거래가 끝난 지금은 그녀의 소원을 들어주어야 할 때였다. 하지만 바람에 나뭇잎 쏠리는 소리만 감감히 들려올 뿐, 그녀는 긴 시간 소원을 말하지 못했다. 소원이 사라진 것이다.

"나는 선생에게 청할 것이 없소."

입궐해야 할 이유도 따라 사라졌다.

"지금의 내게 소원 같은 건 없다는 말이오."

"어찌하여? 일전엔 내게 청할 것이 있다 하질 않았는가?"

용희는 검을 붙잡고 있는 손에 더욱 힘을 주었다. 아비가 신분을 잃었으니 상감을 찾아갈 이유도 명분도 잃고 말았다. 지금처럼 죽은 자로 사는 것이 산 자가 되는 마지막 길인지도 몰랐다.

"나와 거래를 시작한 이유가 있을 것 아닌가. 거래의 끝에 네 조건을 말하겠다고 했었고."

완은 거듭 그녀에게 되물었다. 네가 원하는 거라면 그것이 무엇이든 들어주고 싶었으니까.

"그땐 그랬는데……."

자신 없는 말투로 용희는 중얼거렸고, 그녀의 긴 머리는 자꾸만 마음처럼 흩날렸다. 완은 말없이 그 얼굴을 바라만 보았다. 근심이 감도는 얼굴조차 한눈에 모두 넣기가 아까울 지경이었다.

"지금은 필요가 없어졌소. 아무것도 바랄 것이 없단 뜻이오."

마음을 모두 비워 낸 듯 용희는 중얼거리며 고개를 들었다.

그래, 그랬지. 상감께서도 아비의 죽음을 비통해하실 거라고 생각했지. 또한 자신이 살아 있음을 누구보다 기쁘게 여기실 상감이라 믿으며 지금까지 버텨 왔지.

"선생의 그 마음만 받겠소. 고맙소."

하지만 지금은 아니다. 사람들은 자신이 죽었길 바랄 터. 살아 있다면 찾고 찾고 또 찾아 기어이 죽여 마땅하다 생각할 것이다. 입궐을 도와준 선생에게도 위험이 따를지 모른다.

"허어, 이를 어쩐다. 나는 너의 소원을 들어주고자 마음을 먹었는데."

"없는데 무얼 들어준다는 말이오. 일없소."

용희는 완을 바라보며 고개를 가로저었다. 맥이 풀리는지 완의 시선에 실망감이 깃든다.

"그래, 더는 묻지 않겠다."

하나 소원이 없어진 이유는 묻고 싶어도 감히 물을 수가 없었다. 그 얼굴에 담긴 수많은 번뇌는 천길만길의 아득한 절벽에 서 있는 것처럼 위태로워 보였고, 희미했으며, 멀었다. 모든 것을 털어놓은 그녀는 흡사 꿈처럼 사라져 버릴 것만 같았다.

"지금이 아니라도 네 소원을 들어주겠다는 거래는 무한정 유효하니 생각이 나거든 말해라. 들어가자."

완은 그녀의 옷자락을 끌었다. 잠시 멈춰 서 있던 그녀는 입술을 열었다.

"나 때문에 선생이 위험해질지도 모르오."

그런 삶, 그런 인생. 우린 어찌하여 운명으로 만났습니까. 어찌 이런 내게 그대는 나타나셨는지요.

"나는 위험하고 또 위태로운 신분. 어디도 나설 수 없는 형편이오."

답해 주소서. 돌아서야 합니까. 지금이라도 잊어야 하는 건 아니겠는지요. 이런 내가 그대의 곁에 머물러도 정녕 괜찮으시겠습니까…….

"선생을 위험하게 만들고 싶은 생각은 추호도 없소. 아직은 갈피를 잡지 못해 이렇게 있지만, 나 또한 앞길을 생각해야 하는 때요."

완은 그녀를 돌아보지 못한 채 남은 말을 모두 귀담아들었다. 속을 긁어내며, 피고름을 짜듯 토해 내는 그녀의 말들은 귓가에 내려앉아 한(恨)이 되었다.

천천히 그녀를 향해 돌아서며 완은 입술을 열었다.

"미안하게도 너의 위험함은 차라리 내겐 다행이다."

네가 기댈 마지막, 바로 내가 되어라.

"모르는 것이냐? 나는 그런 것들을 겁내지 않는 전무후무 유일무…….."

"그래, 전무후무 유일무이. 선생은 그런 사내지."

기어이 무게를 감당하지 못한 비구름은 한두 방울 물을 떨구었다. 물줄기는 두 사람의 정수리를, 어깨를, 콧방울을 적셨고, 칼등을 타고 내려간 빗물은 뾰족한 칼끝에 모여 툭툭 떨어졌다. 모든 것이 젖어 갔다.

"네 앞일이 두려운 것이냐."

두려움은 아무리 애를 써도 어루만질 수가 없으니, 그녀의 먹먹한 마음이 와 닿을 리 없었다.

"겁이 나는가?"

"뭐, 조금."

용희의 진솔한 속내가 드러나자 완은 짧은 숨을 내쉬었다.

"나는 모르는 사람들이 나를 찾고자 혈안이오. 이렇게 언제까지 숨어 지낼 수 있는지 그것도 잘 모르겠소."

"……."

"언젠가는 선생에게도 해가 될까 봐, 사실은 두렵소."

시원한 빗줄기가 쏟아졌다. 모든 것이 젖어 버리고 나면 담겨 있던 근심도 조금은 씻겨 갈 것만 같았다.

용희는 중얼거리며 눈을 감았다 떴다. 속눈썹에 매달렸던 물기가 볼을 타고 흘렀지만 눈물은 아니었다.

"한데 선생이 없는 나에 비한다면 그것들이 다 무엇이겠소?"

구만리장공에 나 하나 서 있다 한들, 땅 아래 그대 하나 있다면 그것은 기쁨이 되리라.

"그러니 부디 각오해 주오. 떳떳한 형편이 아니라 미안하오."

그녀는 전부 비워 냈다는 듯 작은 미소를 그렸다. 모든 것을 속여도 단 하나, 마음은 그리 될 수 없었다.

"감내하겠다. 그것이 무엇이든."

선생의 말끝에 용희는 조금 더 둥근 미소를 그렸다. 더 적실 것이 없는지 빗물은 마음을 적셔 왔다.

"지옥 불에 떨어진대도 나는 너를 감싸고 내주지 않을 것이다."

손끝 한 번, 발끝 한 번 닿지 못한 채 마주 섰지만 교차하는 눈빛만으로 애타기 충분했다. 속살의 눈동자는 서로를 향하니 이따위 빗줄기 억년 동안 쏟아진대도 따뜻할 것만 같았다.

"그러니 너는 내게 숨어라."

"태진사, 태진사로 간단 말이지……."

류명은 홀로 남은 정자에 앉아 비 내리는 풍경을 바라보았다. 온 세상이 운치에 젖었지만 그의 시선엔 모든 것이 메말라 보였다.

은화를 갈취하겠다는 신기형의 속내가 불안했고, 그녀가 화를 당할까 불안했다. 신기형을 따르는 자들은 모두 자신이 내준 무기를 사용했고, 그것 중에는 상당한 치명상을 안기는 독화살도 있었다. '만에 하나'라는 사실에 갇힌 류명은 혹 그녀에게 무슨 일이 벌어지지는 않을까 내내 노심초사했다.

신기형은 악행을 덮기 위해 더 큰 악행을 저질렀고, 그 악행을 덮기 위해 더욱 큰 악행을 저질렀다. 꼬리가 길면 밟히는 법인 것을 진정 조선의 임금이 모르는 것인지 의문스러울 정도였다.

"하기야, 조정의 모든 사람들이 상감의 눈과 귀를 가렸으니 무슨 수로 알아내겠는가."

모두가 신기형의 꼭두각시일 뿐 그 이상도 이하도 아닌 조선의 현실.

이내 남의 일이라는 듯 륜명은 술잔을 들이켰다. 이 나라가 어찌 되든 그런 것엔 관심이 머물지 못했다. 팔도에 금혼령이 내려져 세자의 혼처를 찾는 일이 벌어졌지만 그런 것들 또한 관심사는 아니었다.

"예감이 좋지 않다, 좋지 않아……."

관심사는 단 하나, 동행할 용희에 대한 염려였다. 빈 잔에 그녀의 얼굴이 담기자 륜명은 헛헛한 시선으로 고개를 들었다.

"마셔도 취하지를 못하니, 이젠 술도 끊어야 하는가."

이제 와 무엇을 할 수 있겠는가. 아무것도 없었다. 신기형이라는 아비를 용서할 수도 없었으나, 천륜을 무심히 밟고 지나갈 방법도 알지 못했으므로.

불어 드는 바람에게 입과 귀가 있다면 좋으련만. 지나쳐 그녀에게 맞닿아 소식을 전해 주면 좋으련만.

"여기 술 좀 더 내오게."

"예, 나리."

륜명은 무엇도 담지 못한 시선으로 비 내리는 윤월각의 풍경을 응시했다. 오늘 같은 날은 술도 좋은 벗이 되어 주지 못했다.

"완, 완……."

비를 맞은 까닭에 더운물로 씻고 나온 용희는 머리를 털며 중얼 거렸다. 여인임을 만천하에 드러낸 주제에 숨겨야 할 것은 아무것 도 없었다. 지나다니는 아랫것들은 완의 명으로 그녀를 본체만체 했다. 마치 없는 사람처럼 의문도 관심도 두지 않은 채 곁을 지나 쳤다.

"춘은 뭐고 완은 뭐지."

처음 선생과 거래를 시작했을 때, 선생은 자신을 이르기를 춘 (春)이라 하였다.

"춘은 따로 칭하는 호인가 보네. 완, 완……."

일반의 백성들은 대부분 세자의 이름을 잘 알지 못했다. 자식을 낳을 때를 만나 동명을 피해 보려는 목적이 아니거든 평생을 기억 하지 않았다. 알아 쓸 곳이 있는 것도 아니요, 단 한 번 제대로 부 를 수 있는 이름도 아니었으니까.

그녀가 세자의 이름을 알고 있을 리 만무하니 완이라는 이름은 대수롭지 않게 입술 주변을 감돌았다.

"이건 뭐야."

처소로 돌아온 그녀는 가지런히 개어 있는 여인의 옷가지를 들었다. 아마도 아랫것이 두고 간 듯했다. 하나 가만히 바라보는 것도 잠시, 다시 내려놓으며 버릇처럼 사내의 옷가지를 찾았다. 여러모로 움직이기 편해 찾게 되었지만 속사정은 따로 있었다.

"선생이랑 이대로 방을 같이 써도 되나 모르겠네."

여인의 차림까지 하고 완과 한 방을 쓸 자신이 없었다. 마음을 모두 주고 입술을 맞댄 사이라 해도, 아직까지 그녀에게 남아 있는 고지식함은 자꾸만 여인이 되는 것을 망설이게 했다.

상상만으로도 숨이 막혀 용희는 부랴부랴 사내의 옷가지를 챙겨 입었다. 그리고 머리에 남은 물기를 마저 털며 힐끔, 방 한구석의 봇짐으로 시선을 옮겼다. 선생의 짐과 더불어 자리한 그 모습을 바라보다가, 오랫동안 찾지 않았다는 생각이 들어 곁으로 다가갔다.

"이건 이제 어찌해야 하나……."

용희는 아버지께 건네받은 작은 서책을 꺼내 들며 중얼거렸다. 아버지께서 읽어 보라 명한 적 없었으므로 오직 상감께 전해야 한다고만 생각했을 뿐, 지금껏 한 번도 펼쳐 보지 않았다.

마치 아버지의 혼이라도 담겨 있는 것처럼 용희는 겉장을 매끄럽게 쓸어내렸다. 투박한 종이 재질은 그녀의 손끝에 여러 가지 감정을 남겼다. 아버지께서 묻힌 곳이라도 알아내면 좋으련만, 부족한 딸은 그마저도 알지 못해 절 한 번을 올리지 못했다. 제목도 붙어 있지 않은 작은 서책의 겉장을 하염없이 쓸어내리다가 용희는 천천히 장을 넘겼다.

그때였다.

"들어가도 되겠는가?"

선생이 찾아왔다. 다급하게 책을 봇짐에 넣고 다시 단단히 묶은 용희는 고개를 돌렸다.

"들어와도 괜찮소!"

완이 문을 열자 비바람이 함께 밀려 들어왔다. 심지를 바짝 태우고 있던 촛불이 꺼질 듯 까물거리며 어서 문을 닫으라 요동쳤다.

"비가 일찍 그칠 것 같지 않다."

완은 옷을 툭툭 털며 문을 닫았다. 용희는 머리에 남은 물기를 털며 고개를 끄덕였다.

"비가 이렇게 오는데 내일 은화를 옮길 수 있을까?"

"옮겨야 한다. 약조가 되었으니 무를 수 없다."

아아, 그렇구나. 용희는 어색한 눈길로 완을 올려다보았다. 그녀의 차림새를 살핀 완의 눈썹이 꿈틀댔다.

"그 옷은 또 무엇이냐?"

"나? 나 왜?"

"어찌 그것을 입었을까? 이건 어쩌고?"

완은 여인의 옷가지가 놓인 방향을 향해 발로 툭툭 바닥을 쳤다. 곁눈질로 살핀 용희는 애써 무덤덤한 척 대구했다.

"이게 내 옷인데 저걸 왜 입소?"

"여인이 여인의 옷을 입어야지. 언제까지 그렇게 사내 행색을 하려 하느냐?"

"계속할 거요. 내가 사내 옷을 입어 선생에게 피해 준 것 있소?"

완은 마음에 들지 않는다는 듯 미간을 구겼다. 얼마나 어렵게 준비한 여인의 옷가지인데. 아랫것에게 말하기 무안하고 민망하여 참으로 힘들었건만 안 입겠다니!

"허……. 내 말은, 이 안에서 굳이 사내 복식을 할 필요가 있냐는 말이다."

"여기서 더욱 필요하지. 난 그렇게 생각하는데?"

"어찌하여? 그렇다고 네가 여인이라는 것을 내가 잊겠느냐?"

"이럴 거면 잊어 주오. 내가 여인이라는 걸."

용희는 주변을 정리하며 덤덤히 대구했다. 심장은 폭격이라도 맞은 듯 오르락내리락했지만, 지금 선생의 기에 눌리면 무슨 일이 벌어질지 장담은 어려웠다.

완은 불평 많은 얼굴로 용희를 내려다보았다. 더운물로 씻어 뽀얀 그녀의 얼굴은 두 손으로 마주 잡고 싶을 정도로 희고 매끈했다. 물기로 젖어, 채 상투를 틀지 못한 머리 역시 사람을 이끌기엔 충분했다.

그런 얼굴로…… 잘도 사내 옷을 입고…… 나더러 어쩌라는 것이냐…….

"여기서 잘 거요?"

"그럼 비도 오는데 나가서 잘까?"

"흠, 그러네. 비가 오는구나."

"비, 비가 안 오면 나가서 자라는 뜻이냐?"

선생의 목소리에 불만이 가득하자 용희는 대수롭지 않은 표정으로 잠시 고개를 들었다. 이내 시선을 내리며 이부자리를 꺼내는 것을 보아하니 기 싸움할 준비를 단단히 마친 모양이었다.

"그렇잖소. 내가 사내 노릇을 하고 있을 땐 그럭저럭 있을 명분이 있었는데, 이건 머리도 올리지 못한 처녀가 아무 사내와 한 방을 쓰다니. 있을 수 없는 일이오."

용희는 이부자리를 펼치며 조잘거렸다. 이불 하나, 베개 하나. 딱 본인의 것뿐이었다.

"아무 사내라니. 너와 나는 통성명까지 끝마친 대단한 사이다."

"남녀칠세부동석. 남녀가 유별한데 한 방을 쓰는 것이 웬 말이람."

"이미 너와 나는 유별한 남녀가 아닐 텐데? 그렇지 아마?"

"명색과 명분은 아직 유별한 남녀 사이오."

"그렇다면 무엇부터 유별하지 않게 바꿔 주랴? 명색? 명분?"

"사내의 높은 지조는 인간됨의 기본 덕목이요, 여인의 곧은 절개는 금과옥조이지. 안 그러오?"

"나의 높은 지조는 이미 문밖에 버려두고 왔다. 네 곧은 절개도 문밖에 버려두었다가 내일 아침에 되찾는 것이 어떠하겠는가?"

"아니, 미안하지만 그렇게는 못 하겠는데."

홍시는 적척 이불을 펼치더니 베개를 툭툭 털고 조신하게 앉았다. 완은 기도 안 찬다는 듯 그녀를 바라보았다. 이 밤이 오기만을 얼마나 학수고대했는데. 내가 얼마나 기다렸는데······.

"생각해 보오. 선생의 누이가 웬 정체 모를 사내와 한 방을 쓴다면 그냥 넘어가겠소?"

"애석하게도 내게는 여동생도 누님도 없어서 말이다."

"상상을 해 보란 말이오, 상상을."

"나와 같은 사내라면 뭐, 괜찮을 법도 하군."

"죽이겠다며 칼부림이나 안 하면 다행이지. 돌아가신 우리 부모님이 딱 그 심정일 거요."

"정 네 마음이 그렇다면 오늘 머리를 올려 주랴?"

"예서 내 손에 죽고 싶소?"

그녀가 노려보자 완은 헛기침을 내뱉었다. 조금 더 있다간 쫓겨날 것만 같으니, 그 전에 눌러앉아야겠다는 생각에 완은 털썩 바닥에 앉았다. 용희는 웃음이 터지려는 걸 꾹 참고 머리에 남은 물기를 마저 털었다.

"그럼 난 먼저 눕겠소."

"나도 눕겠다."

황급히 일어나 이부자리를 손보는 완을 바라보다가 용희는 가까스로 웃음을 참았다. 이윽고 품에서 단도를 꺼낸 그녀는 예전처럼 이불과 이불 사이를 갈랐다.

"그건 또 뭐냐?"

"보면 모르오? 이 선을 넘지 않으면 도둑을 지킬 무기가 될 것이오, 이 선을 넘는다면 선생에게 흉기가 될 물건이지."

"안 넘는다. 안 넘는다고!"

완은 기어이 폭발한 듯 돌아누워 이불을 덮었다. 길이가 맞지 않아 발이 삐죽하고 삐져나오자 무릎을 구부려 발까지 이불 속으로 집어넣었다.

용희는 천천히 상체를 일으켰다. 목을 길게 빼고 선생을 바라보니, 감지 못한 눈을 부릅뜬 채 분노를 곱씹고 있는 얼굴이 보였다.

조금 전, 그 빗속 아래에서, 절륜함을 지닌 선생의 늠연한 음성에 가득 안기고 싶었다.

"잘 자오, 선생."

"유별한 사내가 잠을 잘 자든 말든."

하지만 지금은 고작 갈라져 잠을 청하는 일에 퉁명스러워진 선생을 안아 주고 싶었다.

"그래도 잘 자오."

"……."

이젠 대꾸도 하지 않는다. 용희는 빙그레 미소를 그리며 다시금 자리에 누웠다. 추적추적 내리는 빗소리는 유난히 듣기가 좋아, 낮잠을 청하기에 안성맞춤이었다.

용희는 금세 쌔근쌔근 잠이 들었고, 불타는 눈매로 어둠을 헤집던 완의 눈빛은 한동안 번쩍거렸다.

얼마나 시간이 흘렀을까. 완은 최대한 느릿느릿한 자세로 상체를 일으켜 잠이 든 홍시의 얼굴을 바라보았다. 그녀의 눈앞에서 손도 흔들어 보고 주먹도 쥐었다 펴 보지만 꿈쩍도 하지 않는다. 사람을 이 지경으로 만들어 놓고 너는 잘도 잠이 온단 말이지…….

"하, 이 속 편한 여인 좀 보게."

완은 그다지 마음에 들지 않는다는 표정으로 용희를 내려다보다 다시 자리에 누웠다. 그러다가 번뜩이는 기질로 자신의 잠버릇을 기억해 냈다. 완의 입가엔 금세 음흉한 미소가 번져 들었다.

'그래, 잠버릇에 내가 너를 끌어안았다는데 죽일 테냐? 응? 사람을 죽여 볼 테냐?'

죽일 테면 죽여 보라는 심정으로 완은 꿈틀꿈틀 조금씩 다가갔다. 이제 팔을 뻗으면 그녀가 닿을 만큼 가까워졌다. 다른 건 다 포기해도 안고 잠을 청하고 싶은 건 양보할 수 없겠다.

"나 칼 잡는다."

"아, 안 잤는가?"

용희는 선생을 등지고 돌아누우며 단단히 말했다.

"비 오는데 쫓겨나고 싶지 않으면 알아서 잘 떨어져 자오."

"알겠다."

이젠 정말 포기했다는 듯 완은 다시 자리로 돌아갔다. 되도록 멀찍하게 그녀에게서 떨어지며 꿍얼거렸다. 이런 당황할 노릇을 보았나. 홍시가 여인이 되었다는 게 조금도 기쁘지 않았다.

"휴······."

아니, 하나도!

44화

너만이 나의 원

하교하기를.

"왕세자빈의 간택을 시행함에 있어 한양은 물론이요, 지방 또한 정해진 기한 내에 처녀 단자를 올릴 수 있도록 하라. 감추어 단자를 제출하지 않는 일이 있거든 국법으로 다스릴 것이니 따르라 하라."

하였다.

밤사이 추적거리며 내리던 빗줄기도 조금씩 잠잠해지고, 새벽
빛이 부옇게 밝아지기 시작했다. 곧 아침이 올 거라는 듯 새벽 공
기를 가르는 닭 울음소리가 먼 양 들려왔다.

'간택이 시작되었다 합니다, 대장.'

완은 지담의 이야기를 곱씹으며 천천히 두 눈을 감았다가 떴다.
그녀를 곁에 두고는 통 잠이 올 것 같지 않아, 일찌감치 처소를 나
서 가볍게 몸을 풀고 있던 차였다.

'대장께서 알고는 계셔야 할 것 같아서……'

이렇듯 세자의 하루는 밤중부터 아침과 낮을 지나 다시 그윽한
밤이 될 때까지 일각의 쉴 틈도 주어지지 않았다.

완은 생각을 지우려는 것처럼 붙잡고 있던 검을 더욱 세게 쥐었다. 이윽고 두 손으로 붙잡은 검을 머리 위로 들어 올리며 아래로 그어 내렸다.

'봉단령이 내려지자 가장 먼저 단자를 올린 것은 좌상 대감이었다 합니다.'

간택이 시작되었다. 최소 수십 개의 단자가 모여야 초간택을 진행할 수 있었으나, 현재까지는 대여섯 개를 웃도는 상황.

신기형과 척을 지고 싶지 않은 문벌 가문들은 일제히 앞다퉈 여식의 혼례를 거행했다. 그의 여식과 붙어 봐야 최종 간택이 될 리 없음이요, 간택에서 낙오한 딸자식의 미래는 불투명했기 때문이다.

만에 하나 신기형의 여식을 제치고 간택이 된다 하면 그것은 더욱 문제가 될 일이었다. 구중궁궐 속, 천만의 위험이 도사리는 공간으로 여식을 밀어 넣은 부모가 무슨 수로 발을 뻗고 잠을 청할 것인가. 채 몇 해를 넘기지 못하고 신기형의 계략에 폐빈이 되어 쫓겨날 것이 분명했다. 딸아이에게 짧은 광영을 누리게 해 주느니, 차라리 그런 것들 일평생 몰라도 긴 평온함을 누리게 해 주고 싶은 것. 그것이 바로 보편적인 부모의 마음이었다.

'너도 돌아왔으니 이 어미가 세자빈 간택을 시작하려 한다. 그리 알고 있어.'

완은 중전마마와의 대화를 떠올렸다. 왕족의 일원이 되는 일, 나아가 상감의 배필로 기록될 일. 그 역사적이고 영광스러운 자리는 안타깝게도 모두에게 편치 않았다. 먼저 딸자식의 혼례를 치른 문벌들은 하늘을 올려다보며 웃음 지었고, 미처 혼례를 치르지 못한 문벌들은 땅을 내려다보며 탄식했다.

'조금의 허물도 없는 그러한 가문의 여식으로 찾아볼 것이다. 물론 덕을 갖추어 얌전하고 너그러운 인물로 찾을 것이니.'

완은 사뿐히 돌며 검을 사선으로 내리그었다. 내리긋기가 무섭게 다시금 들어 올렸고, 팔을 직선으로 뻗어 찌르듯 검 끝을 내질렀다. 움직임은 가벼웠고, 눈빛엔 광채가, 꽉 다문 입술 사이로는 가슴속 깊이 감춰 두셨을 번뇌가 사무쳤다.

'너는 이 어미에게 전부를 맡겨야 하니라.'

완은 움직임을 멈추며 시선을 내렸다. 휘두른 검에 잘려 나갔는지 자욱하던 안개가 조금 걷혔고, 그의 동태는 조금 더 선명해졌다.

옭아매는 생각이라곤 어찌하면 너를 입궐시킬 수 있을까. 어찌하면 너와 내가 부부의 연을 맺을 수 있을까. 도대체 어찌하면. 내가 어찌하면……

"한심하기가 이를 데 없으니 천치가 따로 없군."

자책을 일삼으며 완은 다시 허공을 향해 검을 그었다. 간택이 마무리되기 전 모든 것을 밝혀내고, 너와 내가 함께할 수 있는 명색과 명분을 휘어잡으며, 정치와 세습에 연연하지 않고 오로지 은애하는 마음 하나로 부부의 결실을 맺을 수 있기를. 부디 그런 날이, 그러한 날이……

가볍게 몸을 풀기 위함이라고 하기엔 완의 움직임이 점차 격렬해졌다. 턱 끝에 매달려 있던 굵은 땀방울이 비명 한번 지르지 못하고 추락한다. 정신을 한데 모아 바람을 가르는 검술은 무엇도 끊어 내지 못하니 무(無)였지만, 지독한 번뇌와 어지러워진 성심을 잠재우니 그것만으로 유(有)의 것이라 할 수 있었다.

"와아……!"

그때였다. 들끓어 오르는 마음을 단박에 잠재우는 짧은 탄성이 들려 완은 자세를 정돈했다.

"이렇게 이른 시각부터 뭘 하느라 사라졌나 했더니 연습 중이었나 보오, 선생."

아직 잠이 덜 깬 눈을 비비며 용희는 완과의 거리를 좁혔다. 고개를 돌린 완은 다가오는 그녀를 응시했고, 잘려 나가 아래로 가라앉았던 안개가 기습적으로 그녀의 모습을 아득히 감추었다. 형체만 추측할 뿐 서로의 이목구비는 안개에 지워져 잘 보이지 않았다. 서둘러야겠다는 듯 그녀의 걸음이 빨라진다. 더불어 완의 맥박도 빠르게 뛰어올랐다.

도저히 가만히 서 있지 못할 것 같아 완은 마저 검을 휘둘렀다.

시작이 있으면 끝이 있는 법. 한 번 꺼낸 검을 다시 집어넣을 땐 맺음이 필요했다.

용희는 발걸음을 멈췄다. 짙게 낀 안개 사이에 맺힌 선생의 모습은 마치 붓을 꺾고 검객이 된, 이름도 연고도 없는 외로운 사내처럼 여겨졌다. 그는 검과 하나가 되었다. 본허울이 좋아 굳이 꾸미지 않아도 유유한 멋을 지닌 사내였다. 곧음과 바름이 그를 말해 주었고, 정직했으며, 신용과 신뢰를 두루두루 알고 있는 사내였다.

살기 없는 검이 선생의 손끝에서 놀아나자 용희는 멍하니 입술을 벌린 채 그 모습을 바라보았다. 아침이면 곧장 사라질 이 안개가 선생을 더욱 각별한 존재로 만들어 주었다. 사달 난 심장은 오르내리기를 거듭했고, 용희는 선생에게 시선을 고정한 채 고르지 못한 숨을 내쉬었다.

이내 선생의 검이 멈추었다. 한동안 숨을 고르던 완은 검집을 들고 익숙하게 검을 꽂았다. 이젠 지니고 있던 번뇌를 모두 놓아야 할 때였던 것이다.

완은 힐끔 용희를 바라보았다. 간밤의 일이 아직도 못마땅한 속좁은 선생께서 퉁명스러운 말투로 그녀를 향해 입술을 열었다.

"혼자 편안히, 몹시 달고 깊게 잘 자더니 왜 일어났느냐? 더 잠을 청하지 않고?"

"머, 멋있소."

"……응?"

넋이 나간 홍시의 두 눈에 번쩍번쩍한 빛이 나부낀다.

"지금 뭐라 했느냐?"

잘못 들었나 싶어 완이 재차 그녀를 향해 물었다. 아무리 생각해 보아도 그녀의 입을 통해 나올 말은 아닌 것 같았다.

"멋있어…… 선생……."

"뭐, 뭐라?"

완은 용희를 위아래로 훑었다. 이내 손을 뻗어 홍시의 얼굴 앞에 휘휘 흔들어 보았다. 이게 아직 잠이 덜 깨어 잠꼬대를 하나. 잠에 취해 예까지 걸어 나와 헛소리를 하는 건가.

"아직 꿈속인가? 몽유병 뭐 그런 거?"

"진짜 멋있다, 선생. 반했어."

"허어."

완은 두어 걸음 뒷걸음을 걸었다. 뜨거운 기운이 화륵 올라오며 두 볼은 사정없이 붉어졌다.

"그, 그걸 이제 알았단 말이냐?"

"이토록 멋지게 검을 다루는 자는 처음 봤소."

대책 없는 홍시의 고백에 선생의 심장은 곤두박질쳤다. 사랑에 빠진 눈빛으로 자신을 바라보는 그녀의 모습은 당황할 노릇이었으므로.

"선생…… 진짜 멋있다……."

귀까지 붉어진 얼굴로 완은 고개를 돌렸다.

"어후, 아침부터 충격이 이만저만이 아니네. 여하튼 다시 봤소."

용희는 마치 세게 맞았다는 것처럼 중얼거렸고 완은 뜻밖의 수
확에 입술을 꿈얼거렸다.

"이따위 것에 반하다니. 내게 재주가 얼마나 많은데."

"그래, 많겠지. 잘하는 것들은 또 얼마나 많겠소."

완의 곁에 서며 용희는 가볍게 몸을 풀었다. 비가 내려서인지
온몸이 찌뿌둥했다.

"휴, 들어갈 거요?"

"가자. 아직 안개가 많아 공기가 축축하다."

그녀가 새벽이슬을 맞는 것이 못마땅해 완은 용희를 끌었다. 그
러자 먼저 들어가라며 용희는 손을 내저었다. 이윽고 알 듯 말 듯
한 표정을 지으며 해사한 웃음을 지었다. 가까이 다가서 고개를
꺾고 올려다보는 눈빛이 여간 사랑스러운 게 아니었다. 안개에 젖
은 듯한 그녀의 목소리는 꼭두새벽부터 촉촉했다.

"선생 먼저 처소로 돌아가오."

"넌?"

"난 더운물에 목욕이나 좀 해야겠소."

잠시 그녀를 멀뚱멀뚱 바라보던 완은 긴 한숨을 내쉬며 용희의 허리를 덥석 끌어안았다. 이유를 알겠는지 딱히 놀라는 일 없이 그녀는 눈꼬리를 둥글게 휘었다.

"지금 사람 애간장 녹여 죽일 셈인가?"

"내가 무얼 어쨌다는 거요? 씻지도 못 해?"

"그럼 다 씻고 처소로 곧장 들어와라."

"다 씻고 들어가면, 무엇이 기다리나?"

"내가 기다리지. 그리고 젖은 얼굴로 돌아다니지 말란 뜻이다."

"어찌하여? 젖으면 안 될 이유라도 있는 게요?"

"젖은 네가 얼마나 고혹적인지 아느냐."

뜻밖이라는 듯 그녀는 고개를 기울이며 입술을 열었다. 쏟아지는 말들은 참으로 사내의 마음을 홀릴 만했다.

"그럼 매일매일 젖은 얼굴로 선생을 보아야겠네. 취향이 젖은 쪽인가 보오?"

"너는 땀에 젖은 사내가 취향이고."

"그럼 우리 둘 다 젖은 쪽인가 봐."

"취향도 이렇듯 맞아떨어지니 천생연분이 아니겠는가?"

꽉 잡힌 허리가 부끄럽다는 듯 용희는 상체를 움직였다. 타고난 고혹함이 절로 사내의 마음을 불태웠다.

"씻고 들어가겠소."

완은 주변을 살피다 고개를 내렸다.

"미혹시키고 도망갈 거면 시작하지 말고."

그녀의 귓가에 나근나근 속삭이니, 결국 용희는 참지 못하고 웃음을 터트렸다.

"간단히 소세하고 돌아갈 테니까 먼저 처소로 들어가오."

밀고 당겨도 그저 행복하다는 사랑, 참 좋을 때였다.

◎

"홍시가 여인인 게 만천하에 드러나고 나니 대하기가 한결 편하긴 하다."

지담은 월호의 곁에 털썩 주저앉았다.

"그 꼴사나운 사내 행색을 안 봐도 되니까 말이야. 안 그러냐, 월호?"

"잘 모르겠다."

"너 솔직히 말해 봐라. 조선말 잘 모르지?"

"그건 무슨 말이냐?"

"매번 잘 모르겠다, 무슨 말이냐, 신경 꺼라. 이거 말고 하는 말이 있긴 하냐?"

"신경 꺼라."

이거 봐, 이거 봐. 지담은 눈살을 찌푸렸다. 언젠가 새점을 보아주던 상인에게 가서 녀석도 새점을 보게 해야겠다.

"시간 나면 새점이나 보러 가자. 너의 점괘도 아마 상당히 난잡할 것이다."

"일없다."

"이렇게 무뚝뚝하고 성질머리 더러운 녀석을 어떤 여인이 좋아하겠어? 나도 나지만 너도 너다."

아차. 지담은 말실수를 했다는 것처럼 입술을 꾹 깨물었다. 녀석은 언제나 혼자인 듯 보였지만 그 마음까지 혼자는 아니었으므로.

"그, 소식은 아직 모르는 거지?"

"……."

지담이 무엇을 묻는지 잘 알았으나 아무런 대꾸도 할 수가 없었다. 윤월각에 이영이 있다고, 차마 그렇다고는 말로 꺼내기가 어려웠다.

"나라가 흉악한 일이 거듭되어 어찌 되려나 모르겠다."

지담은 긴 한숨을 불어 내쉬었다. 상감께 증좌를 구해 오겠노라 호언장담 끝에 출궁하신 동궁의 안위도 염려되는 때였다.

"증좌를 구하지 못하면 대장께 문제가 생기는 것은 아닌가?"

"아마도 평범히 넘어가지는 못할 것이다."

"그렇지. 누구와 한 약속인데. 그냥 넘어갈 수는 없겠지."

아비라 해도 상감이었다. 아들이기 이전에 세자였고, 오고 간 약조는 그게 무엇이든 목숨과도 같았다.

"태진사의 경계도 강화해야겠어. 일단 은화를 옮겨 놓으면 그곳으로 관군을 더 배치해야겠다."

"이미 손을 써 두셨다. 가는 길이 더 막중하니 경계 잘해라."

증좌를 구할 수 있을까. 세자께서 하실 수 있는 일인가. 지담은 생각을 지우려는 듯 세차게 도리질하다 월호의 어깨를 툭 쳤다. 가끔 가다 형님 노릇을 하는 월호는 도통 마음에 들지 않았다.

"경계를 잘하라니. 나만큼만 하라고 해라, 나만큼만."

"경계를 그리 잘하여 홍시에게 다 들통이 났느냐?"

"뭐…… 너도 그 상황이었다면 어쩌지 못했을 것이다."

달밤 아래 드러난 여인의 흰 어깨. 그것을 보고도 겸허히 넘어갈 수 있는 사내가 몇이나 되려나.

"잊으려고 해도 가끔 생각이 나는데 이를 어쩌면 좋으냐."

"정 답답하면 머리를 베어 주랴?"

"나도 미치겠다. 미치겠다고."

으어어. 지담은 괴로운 듯 머리를 부여잡았다. 노상 동생 같던 홍시의 어깨가 여인의 것이 되어 머릿속을 헤집고 다니니, 홍시의 얼굴을 제대로 보기도 민망스러웠다.

"너, 이 사실을 대장께서도 알고 계시냐?"

월호는 지담을 곁눈질로 보며 물었고.

"뭘? 홍시 어깨?"

"그래."

"아니, 모르시지."

지담은 시무룩한 표정으로 고개를 가로저었다. 동궁의 성정을 모르는 것이 아니었으므로 차마 말이 떨어지지 않았다.

"대장께는 말씀드리지 마라."

"나도 그렇게 생각해. 대장께서 사실을 알게 된다면 날 죽이시겠지? 자식, 지금 날 걱정해 주는 것이냐?"

"내가 가서 직접 말씀드리려고. 네놈이 홍시의 벗은 몸을 보았다고."

"버, 벗은 몸이라니! 벗은 몸이라니! 그리고 지금 고자질을 하겠다는 것이냐?"

지담은 두 눈을 크게 치떴다. 월호는 못 본 척 가차 없이 자리를 떠나며, 뒤로 손을 흔들었다.

"고자질이 대장의 분노를 높이는 데엔 매우 효과적이지."

"저런 쳐 죽일 놈! 언젠간 내가 네놈의 멱을 따고 만다!"

시간만 나면 투닥거리느라 정신 못 차리는 녀석들이었다.

"비가 그쳐 다행입니다, 대장."

"그러게 말이다. 하나 하늘이 온전히 맑지 않으니 언제 다시 쏟아질지 모르겠다."

윤월각으로 은화를 가지러 갈 차비를 하고 있는 지담과 완은 마주 서 대화를 나누었다. 여인의 복색으로 출발하기로 한 용희가 준비에 한창이었고, 월호는 집합한 사내들과 이야기를 나누었다. 그녀를 태우고 떠날 가마 인부들과 은화를 운반할 사내들이었다.

"그럼 저도 마저 차비하겠습니다."

"그래, 알겠다."

지담도 마저 준비를 마치고자 걸음을 옮겼고, 완은 멀뚱히 서서 하늘을 올려다보다 고개를 돌렸다. 이끌리는 발걸음을 보아하니 용희의 처소였다.

"아직 준비가 한창인가?"

"아, 다 했소."

용희가 문을 열자 또다시 어여쁜 모습이 시선에 가득 담긴다. 신을 벗고 처소로 들어서며 완은 그녀를 붙잡아 세웠다.

"적당히 좀 해라."

"무얼?"

"아니다. 그건 됐고."

고와도 정도껏 고와야지. 정도를 모르는 홍시가 원망스러운 선생께서 소맷자락 사이로 손수건을 꺼내 주었다.

"아…… 이거……."

용희는 일전에 선생에게 주었던 손수건을 되돌려 받았다. 중궁전이 하사했지만 어머니의 유품이 되어 버린 손수건은 조금의 구김도 없이 말끔했다.

"돌려주어 고맙소."

"고맙긴. 본디가 너의 것이다."

완의 말끝에 용희는 자그마한 미소를 그렸다. 불시에 찾아드는 원통함은 간간이 고개를 내밀며 그녀를 사정없이 괴롭히고, 멍든 가슴을 두드렸다.

어머니께 손수건을 받았던 날, 온 집 안에 웃음꽃이 폈더란다. 다시없을 광영이라 모두가 다정히 말했더란다. 언젠가 내전의 주인을 뵈옵게 되는 날이 오거든 성심을 다하여 고마운 이 마음을 전해야 하노라, 아버지께서 가르치시고 어머니께서 당부하셨더란다.

"진짜 네 소원은 없는 것이냐?"

이렇게 내쳐질 것을, 그땐 미처 몰랐더란다.

"소원, 소원…… 말이오……."

용희는 손수건을 내려다보며 중얼거렸다. 한 번도 힘껏 쥐어 본 적 없는 손수건을 말아 쥐었다. 손바닥에서 구겨지는 손수건을 보고 있지만 조금의 죄책감도 들지 않았다. 아니, 할 수 있다면 내 가문을 이렇게 만든 모든 자를 벌하고 싶었다.

"소원이 있긴 하지. 나는 말이오, 선생."

할 수 있다면. 내가 그렇게 할 수 있다면.

"상감이 죽었으면 좋겠어."

그녀의 음성은 한없이 낮았으나 또한 소름이 끼칠 만큼 한이 서려 있었다. 완은 전혀 예기치 못한 그녀의 대꾸에 그대로 굳어 버리고 말았다. 시선을 아래로 내려 선생의 표정을 보지 못한 용희는 입 밖으로 나오는 대로, 터져 버린 가슴이 시키는 대로 말을 이어 갔다.

"모두의 비난을 받고 억년의 오점으로 남았으면 좋겠어. 고칠 수 없는 병이 깃들어 두고두고 시름하다 죽었으면 좋겠어."

네모로 각진 방이 빙글빙글 돌듯 현기가 밀려들어, 완은 힘겹게 중심을 잡았다. 그녀의 흉기 같은 말들은 비장하리만치 날이 서 있었다.

"내전의 주인도, 그의 아들도, 모두 다 비참하게 죽었으면 좋겠어."

믿을 수도, 믿고 싶지도 않은 그녀의 말들은 세자의 귓가에 선명히 각인되었다.

용희는 차디찬 눈길로 손수건을 바라보았다. 불태워 버려도 시원찮을 흉물이었으나 다만 어머니의 마지막 유품이 되었기에 그럴 수도 없었다.

충격이 작열하여 완은 눈만 세차게 감았다 뜰 뿐 다음 말을 잇지 못했다.

"……농이오."

용희는 다시 고개를 들며 활짝 웃었다. 이미 창백하게 변한 선생의 얼굴은, 워낙 자신의 말이 살벌했는지라 그럴 만하다 여겨졌다.

"그러니까 내 말은, 소원이 없다는 거요. 더위를 먹었는지 오늘은 새벽부터 농이 자꾸 나오네."

"……."

"농이라니까. 얼굴 좀 폅시다, 선생. 누가 들었으면 어쩌나 싶소? 잡혀 갈까 봐 그러오?"

어색함을 떨구기 위한 그녀의 노력이 이어졌다. 과도하게 웃으며 용희는 완에게 다시 손수건을 넘겼다. 버릴 수 없으나 제 품에 넣고 싶지도 않다.

"이 손수건, 선생이 가지고 있었으면 좋겠어."

뻣뻣하게 굳은 선생의 손에 억지로 손수건을 건네며 용희는 자신의 봇짐을 꾸렸다. 내내 담고 있었던 말이 세상 밖으로 나오자 가슴은 한결 개운했다.

"뭐, 요즘 시대에 상감을 따르는 자 몇이나 되겠소? 나도 그래서 욕해 본 거요. 신경 쓰지 말았으면 좋겠소."

완은 감정을 다스리며 그녀에게 시선을 고정했다. 조선의 모든 이가 농담으로 받아들여도 단 한 명, 선생은 그럴 수가 없었다.

"농 한번 살벌하다."

"소원이 없다는 말을 강조하려다 보니 그렇게 됐소. 이해하오."

"정녕 농이냐?"

"그럼, 내가 상감이랑 무슨 상관이 있다고 저주를 퍼붓는단 말이오?"

봇짐을 꾸린 용희가 다소곳하게 일어섰다. 종전의 차가웠던 기운을 모두 지워 낸, 그녀는 또다시 홍시가 되었다.

"있잖아, 선생. 사실 난 선생에게 궐 구경을 시켜 달라고 말할 참이었소."

완은 숨만 내쉴 뿐 딱히 다른 것들을 하기가 힘이 들었다. 고분고분 그녀의 이야기를 듣고 있으나 다음 말이 두려워지는 것은 사실이었다.

"뭐, 한 번도 가 본 적 없었으니까. 구경이나 할까 했는데 말이오."

나와 함께 궐로 가자. 언젠가 때가 되거든 그녀에게 청하고 싶었던 세자의 바람.

"그쪽으로는 자는 머리도 향하고 싶지 않소. 궐이라면 치가 떨리네."

나와 함께 갈 수 있겠느냐. 언젠가 때가 되면 그녀에게 묻고 싶었던 세자의 소원.

"어째서 소원이 바뀌었는가?"

결국 침착함을 잃고 만 세자가 힘겹게 입을 떼었다. 무구히 많은 노력으로 모든 것을 다 일궈 내도, 이제는 그녀가 거부할 것만 같아 자신감은 사그라들고 있었다.

"그냥, 그렇잖아. 궐이란 게 쉽게 들어가고 쉽게 나올 수 있는 곳도 아니니까 말이오. 구경해 봐야 무엇 할 것이며, 이제는 보고픈 것도 사라졌고."

용희는 선생을 바로 보았다.

"물론 선생의 능력을 믿지 못하는 것은 아니오. 날 입궐시켜 줄 수 있을 것 같긴 하지만, 이젠 필요하지 않아."

물기가 모두 사라진 단단한 눈매. 그러한 그녀의 눈빛은 만사의 것들을 이겨 낸, 마치 억겁을 살아 낸 바위와도 같았다.

"그러니까 선생, 나한테 더는 소원이 있느냐 묻지 않았으면 좋겠소."

그런 그녀에게 달리 무슨 말이 떨어질 리가 없었다. 흠집 난 세자의 속도 모르고 용희는 세상 모든 믿음을 끌어내 두 눈에 담았다.

구태여 소원이 있거든 선생과 나, 이대로 함께였으면 좋겠다고.

"내 소원은 선생이오."

그래, 세자 또한 바랐다. 나의 소원도 오로지 너뿐이라.

다음 생은 필요 없으니 이생에 이루자고. 이생에 이루고 이뤄 그다음 생에도 이생처럼 이어 가자고.

"가지고 싶은 것, 원하고 바라는 것, 오로지 선생이오. 나는 단지 그것뿐이오."

절망하며 눈물로 시름하고 세월을 버리기엔, 우린 아직 이르다고.

45화

사라지다

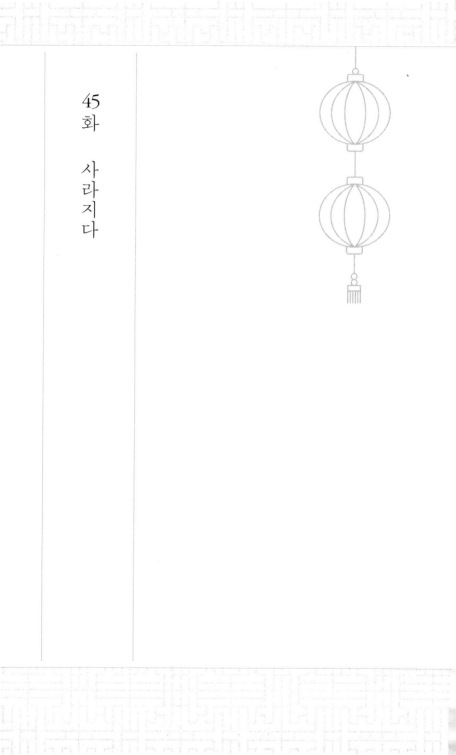

【해종실록 11권. 해종(偕宗) 17년 6월 17일】

익위사와 건장하고 날랜 스무 명의 내금위가 출궁하니 상께서 내
구마(內廐馬)를 각 한 필씩 나누어 주며, 이 또한 나라의 일이니 동궁
을 살피라 명하였다. 또한 기록할 필요는 없다 하였다.

이른 아침부터 움직인 완의 일행은 가까스로 한양에 도착했다. 경계를 더욱 두텁게 하며, 완은 창고에 보관되어 있던 은화를 모두 꺼냈다. 궤짝으로 수십 개가 되었고, 운반을 맡은 소수 정예의 사내들은 분주히 궤짝을 윤월각 밖으로 끌고 나왔다.

"은화의 수는 틀림이 없는 것입니까?"

"틀림없다."

완은 창고까지 안내해 준 행수 명실의 질문에 답하며 고개를 끄덕였다. 어쩐 일인지 륜명은 보이질 않고, 이른 시각의 윤월각은 고요했다.

"명국의 상인은 이곳에 없는가?"

"아, 그분께서는 볼일이 있다 하시며 윤월각을 떠나셨습니다."

"떠났다면 이제 아주 안 오는 것인가?"

"아닙니다. 곧 돌아오실 것입니다."

명실은 눈매를 공손하게 내리며 답했다. 언제 어느 순간 마주해도 완의 기운엔 남다름이 있었다. 명실은 저도 모르게 앞섶으로 손을 올렸다. 여간해서 나오지 않는 행동이었다.

"이만 가 보겠다."

"살펴 가소서, 나리. 기회가 된다면 이년이 나리께 술 한 잔 따라 드릴 수 있는 영광을 주십시오."

완은 명실의 청에 작게 미소 그렸다. 세자의 신분으로 기방 주인에게 술을 받을 수 있는 날이 오겠는가.

"그래, 기회가 된다면 언젠가 다시 걸음 하겠다."

"말씀만으로 벅찬 일입니다. 기다리겠습니다."

완은 명실의 배웅을 받으며 윤월각 밖을 나섰다. 묵중한 궤짝은 서너 명의 사내가 끌기도 다소 벅차 보였다. 안전을 위해 천을 덮고 지푸라기를 쌓아 올린 궤짝을 바라보고 있으니 완의 곁으로 월호가 다가섰다.

"준비는 다 되었습니다."

"그래, 수고 많았다."

완은 고개를 끄덕이며 걸음을 옮겼다. 월호는 수그리고 있던 고개를 들며 윤월각 담장 너머에 시선을 주었다. 지척까지 왔으나 이영의 얼굴 한번 마주하지 못한 채 돌아서야 하는 것이다.

"가자, 월호."

생각만큼 쉽게 발길이 떨어지지 않아 멈춰 있던 때, 지담이 그 곁에 다가와 발걸음을 재촉했다. 월호는 차마 떨어지지 않는 걸음을 옮기며 주먹을 그러쥐었다. 신기형이라는 먹구름을 거두어 내는 일. 그 장대한 동궁의 목표는 이영이 이곳에 있는 이상 곧 자신의 목표가 되기도 했다.

궤짝을 운반할 사내들은 지담의 신호에 따라 이동을 시작했고, 완은 말에 올라탔다. 가마를 타고 있던 용희가 창을 열며 완을 응시했다.

"선생, 이제 출발하는 거요?"

"그래, 태진사로 갈 것이다."

때마침 인부들이 용희가 타고 있는 가마를 들어 올렸고, 완은 인부들을 향해 입술을 열었다.

"가마의 움직임이 심하면 타고 있는 사람의 머리 위로 열이 올라오니 조심하라."

"예. 잘 알겠습니다."

가마가 공중으로 떠오르자 용희는 창을 닫으며 둥근 미소를 지었다. 밤새 투덜거리던 모습은 어디로 가고 또다시 지조 높은 선비가 된 선생은 참으로 늠름했다.

그 애달파하는 선생의 눈매, 불만이 가득한 음성은 누구도 알지 못할 것만 같아 용희는 웃음이 터지고 말았다. 선생이 전전긍긍할수록, 시선이 마주 닿지 않아 초조해할수록, 마치 애정의 표식인 것만 같아 그녀의 기분이 몽글몽글해지곤 했다.

"가자."

"예, 대장."

지담이 선발에 나섰고, 늠름하며 지조 높은 동궁께서 그 뒤를 따랐다. 이어 궤짝이 바퀴를 굴렸고, 마지막으로 월호가 꼬리를 이었다.

다행히 비는 멈추었으나 언제 다시 쏟아질지 모르는 어두컴컴한 하늘이 그들을 감쌌다.

"동궁이 출발했다고?"

"예, 대감마님. 태진사 쪽으로 출발했습니다."

흐음. 궐에 들어갈 준비를 하며 신기형은 짧게 숨을 내쉬었다. 안채까지 들어온 사내는 관복을 정제하고 있는 신기형의 발아래에 엎드린 상태였다.

"전부 옮기더냐?"

"예. 창고가 텅텅 비었습니다, 대감마님."

견사와 금사로 세심하게 수놓인 흉배를 바로잡으며 신기형은 각띠를 띠었다. 그러고 관모를 머리에 쓰며 잠시 숨을 고르게 내쉬었다. 때가 온 것이다.

"이만 물러가라."

"예, 대감마님. 행차 준비를 하라 이르겠습니다."

곁에서 옷 주름을 펴 주던 아랫것이 신기형의 명에 물러 나가자, 엎드려 있던 사내가 힐끔 고개를 들었다.

"명하신 대로 그 뒤를 따라붙었습니다."

"몇 명이나 따라붙었느냐?"

"수로 보아 곱절은 될 것입니다."

"그래, 잘했느니."

사내의 대답이 만족스럽다는 듯 신기형은 고개를 끄덕였다. 이번에야말로 제멋대로 날뛰는 동궁을 사로잡을 절호의 기회였다.

"반드시 은화를 가로채야 한다. 동궁의 일행이 태진사에 도착하기 전에 말이다."

"예, 대감마님."

"동궁이 다치는 일이 있어서는 안 될 것이다."

"예."

"동궁만, 다치지 않으면 된다."

"예, 잘 알겠습니다."

신기형의 말뜻을 알겠다는 듯 사내는 고개를 조아렸다. 이미 오랜 시간 신기형을 보필해 온 사내는 지금 그가 무슨 말을 하고 있는지 뜻을 잘 헤아리고 있었다.

"익위사들을 감히 깔보아서는 안 될 것이다. 출중한 무예로 정평이 난 자들이다."

"믿어 주시옵소서. 반드시 처리하겠습니다."

"그래, 내 너를 믿지 않으면 뉘를 믿을까."

신기형은 믿어 의심치 않는다는 시선으로 사내를 내려다보았다. 세자는 예측한 대로 출궁을 했고, 예정된 날짜에 은화를 거두어 갔다.

"아마 동궁도 내가 움직일 것이라는 것쯤은 알고 있겠지."

"이놈의 생각도 그러합니다."

"그러니 이 얼마나 무지한 일인가? 나를 상대로 궐 밖에서 무엇을 이길 수 있겠다는 말인지."

상상만으로도 비소가 흘렀다. 고작해야 너덧의 익위사를 데리고 자신과의 전면전을 선택한 동궁의 생각은, 에둘러 생각해 보아도 짧았고 부족했다. 전부를 알아낸다 한들 증좌를 얻어 가지는 못할 것. 형체 없는 자신의 권력을 마주하고 나면 동궁은 처음 느껴 보는 두려움을 맛보게 될 것이다.

"동궁께서 아직 어리고 사리 분별이 옳지 못하니, 죽음의 문턱 정도 한번 넘어 보아야 꼬리를 내리지 않겠느냐."

세자에게 권세를 느끼게 해 줄 때가 왔음을 느끼며 신기형은 방을 나섰다.

"출궁이 얼마나 위험한 일인지, 또 나를 등지면 어떤 위험이 도사리는지 알려 주어야 할 때다. 세상 물정을 모르니 한 수 알려 드릴 수밖에. 충정의 일환이니 실수 없이 처리해라."

"가마가 한 채 있었습니다. 그것은 어찌할까요?"

"가마라?"

신기형은 신을 꿰차며 허리를 폈다. 일전엔 중한 패가 될까 싶어 계집을 손에 넣고 싶었으나 이젠 아니었다.

"그것을 어찌 내게 물을까? 알아서 처리하라."

"예, 대감마님."

여전히 엎드려 있는 사내를 등진 채 신기형은 안채를 나섰다.

계집 따위 세자에게 중한 인연이라면 더더욱 필요하지 않았다. 예컨대 그 곁을 탐할 수 있는 조선의 여인은 딸아이 하나면 충분했다.

태진사로 가는 길은 사람들의 눈길을 피해야 하므로 언제나 험준했다. 게다 다량의 은화까지 옮겨야 하는 여정은 상당히 번거로운 일이 아닐 수 없었다. 완의 일행은 속도가 나지 않아 천천히 이동했고, 선두를 맡은 지담은 매서운 눈길로 주변을 살폈다.

"비가 내릴 것 같습니다, 대장."

지담은 뒤를 돌아보며 고했다. 하늘은 언제고 퍼부을 준비가 되었다는 듯 우중충했고, 바람마저 축축하여 을씨년스러웠다. 염려가 되는 듯 완 또한 하늘을 올려다보며 근심했다.

"속도를 낼 수 없으니 할 수 없다. 궤짝이 미끄러지지 않게 잘 단속하며 가야겠다."

"예, 대장."

지담은 말머리를 돌리며 궤짝을 옮기고 있는 사내들에게 다가갔고, 안전을 신신당부하며 힘을 내라 그들을 다독였다.

가장 선두에 남은 완은 용희가 타고 있는 가마를 바라보았다. 사방이 막힌 공간에 들어가 있으니 멀미를 하는 것은 아닌지 염려가 되었다.

"가마 안에서 괜찮은가?"

선생의 목소리가 들리자 잠시 후 창이 열렸다. 조그마한 틈으로 그녀의 얼굴이 보이자 완은 저도 모르게 눈꼬리를 휘었다.

"어지러워 죽겠소. 나 그냥 걸어가면 안 될까?"

"위험하다. 힘들어도 최선이니 참아 보아라."

"말 타면 되잖소."

용희는 애원하다시피 가마에서 꺼내 달라 사정했지만 완은 고개를 가로저었다.

"안 돼. 비가 올 것 같다. 그러다 고뿔이라도 걸리면 어쩌려고."

"쳇, 알겠소."

용희는 가마 창을 닫으며 입술을 삐죽였다. 그토록 익숙했던 가마도 이젠 어색하고 멀미마저 일었다. 별수 없이 몸도 별당의 것을 잊어 가는 중이구나 싶어 씁쓸하기도 했다. 용희는 울렁거리는 속에 기가 찼다. 살면서 가마가 불편해지는 날이 올 줄이야.

"이제 온 만큼만 더 가면 된다! 다들 기운 내라!"

지담이 크게 외치며 다시 선두에 나섰다. 비쭉배쭉한 나무들 사이로 길을 트며 가느라 시간은 배로 들었으나 누구 하나 불평을 내어놓지는 않았다.

용희는 멀미를 가라앉혀 볼 요량으로 눈을 감았고, 월호는 행렬의 마지막에서 주변을 관찰했다. 나무가 어찌나 울창하게 솟았는지 해가 맑았대도 빛이 들 것 같지 않았다. 고개를 완전히 젖혀도 끝이 보이지 않을 만큼 높다란 나무들 사이로, 자꾸만 인위적인 소리가 맺혀 월호의 귀에 꽂혔다. 날렵한 월호의 눈매는 눈동자만 움직였고, 앞으로 보낸 신호는 지담에게 전달되기까지 오래 걸리지 않았다. 이윽고 행렬은 멈춰 섰다.

"무슨 일인가?"

"피하셔야겠습니다. 예감이 좋지 않습니다."

완의 곁에 다가선 월호는 작게 속삭였다. 예고 없이 가마가 멈추자 용희도 눈을 떴다.

그때였다.

"으아악!"

마지막 궤짝을 옮기던 사내 하나가 화살을 맞고 쓰러졌다. 순식간에 궤짝을 버린 사내들은 완을 중심으로 둥글게 뭉쳤다.

"사수하라! 적이 나타났다!"

모두는 날렵하게 검을 뽑아 들었다. 인부들도 가마를 내려놓았고 용희는 두 눈을 깜빡이며 입술을 멍하니 벌렸다. 다시금 살이 날아들었고, 이번엔 궤짝에 무더기로 꽂혔다. 둥근 형태로 완을 완벽하게 감싼 사내들은 조금 더 원을 좁혔다. 동궁의 근처 어디로도 살을 들여보내지 않겠다는 의지가 강력했다.

"무, 무슨 일이오?"

"창을 닫아라!"

용희가 창을 조금 올리자 완의 다급한 음성이 창창한 수풀 사이를 갈랐다. 인부들은 가마의 네 귀퉁이를 막아선 채 검을 꺼내들었다. 평범한 인부들이 아니었던 것이다.

"별일 아닙니다. 그러니 가마 문을 열지 말고 안에 계십시오."

"아……."

인부 하나가 고개를 수그리며 가마 안으로 이야기를 전하자 용희는 마른 주먹을 쥐었다. 평범했던 인부의 눈빛은 어디로 가고, 마주한 인부의 눈매는 예사롭지 않은 기를 뿜어내고 있었다.

동궁의 사람이었다.

또다시 궤짝을 향해 살이 날아들었다. 바람 소리는 사람의 기척을 쓸어 갔고, 어디서 무엇이 움직이는지 예측하기 어렵게 했다.

"너희들이 지켜야 할 첫 번째는 내가 아니라 가마다!"

완은 별운검을 꺼내 들었다. 세자의 검이었다.

둥글게 모인 사내들은 쏟아지는 화살 앞에 방패를 자처했다. 완을 등진 채 서 있던 지담은 고개를 약간 돌리며 완을 향해 말했다.

"가마 쪽으로 움직이소서. 사수하겠습니다."

이번엔 궤짝 주변으로 불화살이 떨어졌다. 불이 떨어지는 방향을 확인한 월호는 날렵하게 살을 쏘아 올렸다.

"으으악!"

수풀 쪽으로 사람이 떨어져 내리는 묵직한 소리가 이어졌다. 완이 가마 쪽으로 움직이자 그를 둘러싼 사내들도 따라 움직였다.

"내 말 들리는가?"

"듣고 있소!"

완이 가마를 툭툭 치자 용희가 안에서 두드리며 답했다. 불안함에 식은땀이 흥건했다.

"내가 나오라 말할 때까지 절대 나오면 안 된다. 알겠는가?"

다시 가마를 툭툭 쳐 보지만 안에서 대답이 없다. 완은 다시 한 번 가마를 툭툭 치며 답을 종용했다.

"답 안 할 것인가?"

재촉하니 그제야 가마 안쪽에서 신호가 왔다.

때마침 불화살이 서너 개 더 떨어졌다. 궤짝 몇 개에 불이 붙었고, 덮어 두었던 지푸라기가 타오르기 시작했다. 시커먼 연기가 피어나 공간을 더욱 혼란스럽게 했다. 살이 하나 더 날아들고, 이번엔 월호의 어깨를 관통했다. 지담이 광경을 바라보았으나 별다른 대응은 하지 않았다.

"잘한다, 살이나 맞고."

"신경 꺼라."

마치 자갈돌 하나 날아들었다는 것처럼 지담이 핀잔을 놓자 월호는 짧은 숨을 끊어 내쉬었다.

맹공격을 시작한 적들이 수풀 사이에서 칼을 들고 달려 나왔다. 그 수가 어림잡아 수십은 되었다.

"자자! 어서들 와라!"

지담은 비릿한 미소를 그리며 검을 뽑았고, 월호는 어깨를 관통한 대를 부러트리며 검을 잡았다. 적들은 활과 검으로 무장한 채 완의 일행을 빙 둘러쌌다.

"우리가 은화를 가져가야겠다! 내놓아라!"

"가져갈 수 있다면 가져가 보아라! 내줄 테니 말이다!"

완은 말리지 않겠다는 눈빛으로 검을 다스렸다. 세자의 별운검은 그녀와 대련을 했을 때보다 훨씬 더 날카롭게 빛났고, 뾰족한 날을 세웠다. 이러지도 저러지도 못하는 용희만 가마 안에서 숨을 헐떡였다.

서로의 신경전이 오고 가던 그때.

"뭐, 뭐야!"

완의 일행을 빙 둘러쌌던 적들은 두 눈을 크게 떴다. 비처럼 후드득 떨어져 내린 수십의 사내들은 세자를 둘러싸고 있는 적들을 한 바퀴 더 둘러 감쌌다. 그 수는 낱을 헤아릴 수 없는 더미의 개념이었다. 예상보다 수가 많아 적들이 당황했고, 완은 처음보다 더욱 너그러워진 말투로 입술을 열었다.

"은화를 가져가는 자에게 내 직접 상을 내려 줄 것이니 어서 가져가라."

적들이 오기만을 기다린 완의 목소리는 비장함이 감도는 공간을 흉하게 했다. 용희는 혹시 몰라 가슴팍에서 단도를 꺼내 쥐며 입술만 깨물었다. 나가서 무어라도 도움이 되길 희망해 보지만 짐이 될 것이 뻔했다.

"뒷걸음치지 마라! 다들 죽기를 각오해라. 알겠느냐!"

"예!"

신기형의 심복은 우렁찬 목소리로 부하들의 각오를 다졌고, 부하들 역시 조금씩 두려움을 잊어 갔다. 그들은 물러설 곳이 없다는 것을 깨닫고 치열하게 싸울 준비를 마쳤다.

적들은 무더기로 검을 들고 달렸다. 무엇을 위해 목숨을 버려야 하겠느냐마는 여기서 멈춘다고 살아날 방법이 있지도 않았다.

"이야아아아!"

지담은 자신을 향해 악을 쓰며 돌진하는 사내를 향해 다정히 물었다.

"점심은 챙겨 먹었느냐? 그렇다면 저녁은 지옥에서 먹어 보거라."

아주 가벼운 놀림으로 몸을 돌리며 한 번에 사내를 베었다. 풀썩 쓰러지는 사내를 내려다본 지담은 다음 상대를 향해 움직이며 크게 소리쳤다.

그래, 아마도 살아남기란 힘이 들겠지. 마주한 사내들은 세자의 익위사였다.

"대장을 지켜라! 단 한 명도 살려 보내지 마라!"

"예!"

그리고 금상의 내금위(內禁衛)였다.

난데없는 칼부림에 새 떼가 날아올랐다. 불길은 이곳저곳으로 옮겨 붙었고, 사내들의 처절한 몸부림은 계속되었다. 베었고, 베이고, 쓰러지고, 쓰러트렸다.

죽음을 불사하고 덤벼드는 적들과, 무슨 수를 써서라도 살아남아 동궁을 사수해야 하는 자들의 싸움은 끝없이 이어졌다.

"도망가는 놈들을 잡아라!"

목숨을 포기할 수 없던 일부 적들은 도망쳤다. 동궁의 사람들은 그 뒤를 맹렬히 쫓았고, 남은 자들은 불길 속에 할 일을 묵묵히 수행했다.

"가마에 불이 붙었습니다!"

그때, 병사의 목소리가 울려 퍼지자 완은 고개를 돌렸다. 그녀가 타고 있는 가마에 불이 붙은 것이다. 완은 목청이 터질 만큼 소리를 높였다.

"어서 가마에서 나와라!"

몇 번이나 검을 휘두르며 완은 가마 쪽으로 걸음을 옮겼다. 생각만큼 쉽지 않았고, 몇 걸음 남지 않은 그 길이 너무나도 멀어 보였다. 그녀가 타고 있는 가마에서 아무런 소식이 없자 마음이 다급해진 완은 황급히 가마 문을 올렸다. 뜨거움에 화상을 입을 것 같았으나 아무것도 느끼지 못했다.

"대장! 이쪽으로! 이쪽으로 오십시오!"

하지만 가마 안엔 아무도 없었다. 난리 통 속에 완은 사방을 훑었다. 어디서도 그녀가 보이지 않자, 순식간에 시야가 좁아지며 내내 평온했던 심장이 뛰어오르기 시작했다.

"선생! 나 여기 있소!"

소리를 따라 고개를 들어보니 저만치 나무 위에 매달려 있는 용희가 보였다. 구워질 것 같은 뜨거움에 망설이다 가마를 열고 나온 그녀가 나무 위로 올라간 것이다. 언제 챙겼는지 쓰러진 적의 활까지 들고 있었다.

"가마 안에서 통구이가 될 뻔했소!"

"잘했다! 거기 있어라!"

"알겠소!"

용희는 말끝에 살을 쏘았다. 간신히 동궁의 몸을 비켜 간 살은 사내의 등 뒤에 꽂혔다.

"으으윽……"

다리에 힘을 잃은 적이 쓰러지자 완은 놀란 눈으로 그녀를 다시 바라보았다. 이 정도는 별거 아니라는 듯, 그녀는 싱긋 웃으며 다시 활을 장전했다. 오라비에게 배운 능력이 이렇게 쓰일 줄은 몰랐다. 용케도 그녀는 시위를 당기던 몸의 행동을 기억했고, 위급한 상황에도 침착했다.

그토록 많던 적들도 하나둘 쓰러지고, 더 이상의 불길은 용납하지 않겠다는 것처럼 비가 쏟아졌다. 월호를 향해 돌진하는 적을 발견한 용희는 다시 살을 겨누었다. 이제 막 조준을 끝내고 살을 당기려던 그때, 어디선가 용희를 향해 살이 날아들었다.

"아……."

생사를 넘나드는 현장에서 아무도 용희가 화살에 맞은 모습을 보지 못했고, 그녀는 의식을 잃은 채 맥없이 나무에서 떨어졌다.

얼마 후, 살아남은 자들이라곤 동궁의 사람들뿐인 공간이 되었다. 누구 하나 귀하지 않은 목숨 없겠으나 관용으로 넘어갈 수 있는 일도 아니요, 세자에게 칼을 겨눈 죄는 시체도 찾을 수 없을 대죄였으므로 자비란 있을 수 없었다. 선혈이 낭자한 공간으로 비가 쏟아지니 비릿한 냄새가 진동했다. 쏟아지는 비에 불길은 더 이상 몸집을 키우지 못한 채 조금씩 작아져 갔다.

"후……."

완은 헐거운 숨을 불어 내쉬었고, 천천히 공간을 둘러보다 그녀

가 올라가 있던 나무를 바라보았다. 여인의 몸으로 활을 다룰 줄
알다니 그것 또한 대견한 일이 아닐 수 없었다.

"괜찮으시옵니까?"

그런데, 그녀가 없다. 월호의 질문에도 답을 하지 못한 완이 느
리게 눈을 감았다가 뜨며 팔방을 살폈다.

"대장, 전멸입니다. 역시 대장의 추측이 맞았습니다."

어디에도 없다. 지담의 말에도 대구하지 못한 완은 혹 그녀가
다른 나무 위에 있나 연신 나무 위를 살폈다.

"없어졌다."

"예?"

완이 나직하게 중얼거리자 지담은 눈을 크게 떴고, 이어 사방을
거칠게 돌아보며 용희를 찾았다. 흔적을 발견 못 한 월호가 다급
히 입술을 열었다.

"신이 찾아오겠습니다."

"……찾아라."

세자께서는 오늘 처음으로 맛보는 두려움을 경험했다. 신기형
의 권세를 느낀 까닭이 아닌, 그녀의 부재가 만들어 준 두려움이
었다.

완은 휘청휘청 걸음을 옮기기 시작했다. 누군가 그녀를 찾아 데
려올 때까지 기다릴 수만은 없을 것 같았다.

"대장! 대장!"

지담이 불러도 걸음은 어느새 달음질을 하고 있었고, 세자의 뒤로 익위사들이 따라 달리기 시작했다. 은화는 지켰으나 그녀를 잃은 지금, 세자의 완벽한 패배인지도 몰랐다.

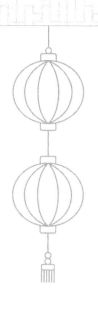

46화

닿을 곳 없는 마음

【해종실록 11권. 해종(偕宗) 17년 6월 18일】

새벽닭이 울기도 야심한 때에 동궁이 환궁을 하니 그 모습에 살(煞)이 가득하여 내관과 궁녀들이 차마 뫼시지 못하고 두려워하였다.

"민연아, 뭐 하고 있니."

신기형의 정실부인 정씨는 딸아이의 방문을 열며 목소리를 부드럽게 깔았다. 시기는 정확하게 기억나지 않으나 언제부터인가 아이의 방문을 열 때면 저도 모르게 긴장이 되었다.

"어머니 오셨어요."

"그래, 무얼 하고 있었어. 그림을 그리고 있었던 모양이로구나."

민연은 다소곳하게 일어서며 어머니께 상석을 내드렸다. 조용한 눈매, 유려한 콧날, 탐스러운 입술. 모처럼 딸아이의 기품 있는 행동이 마음에 든 정씨는 감출 수 없는 미소를 그렸다. 이렇듯 별것 아닌 딸아이의 행동 하나하나에 어미는 하루에도 수십 번, 수

백 번씩 천국과 지옥을 오가야 했다.

"무슨 그림을 그리고 있었어?"

"딱히 그리고 싶은 것이 없기에 손이 가는 대로 그리고 있었습니다."

"그랬구나."

자리에 반듯하게 앉은 정씨는 민연의 얼굴을 올려다보았다. 평소 말이 많지 않은 아이는 질문에나 겨우 답을 할 뿐 먼저 내어놓는 말이 없었다. 본디 단점뿐인 아이는 아닐 테니, 이런 딸아이의 성품은 아마도 장점이 될 것이다.

민연은 사뿐히 자리에 앉았다. 둥글게 퍼지는 치맛자락은 그녀를 닮아 선이 고왔다.

"어디 보자. 무엇을 그리고 있……."

정씨는 아이가 그리고 있던 그림으로 시선을 돌렸다. 이윽고 말꼬리가 흐려지자 민연은 덤덤히 반응했다.

"소녀의 그림에 문제가 있습니까?"

"아, 아니다."

정씨는 잠시 놀랐던 표정을 수습하며 고개를 돌렸다. 저도 모르게 가슴을 쓸어내리며, 정씨는 땅이 꺼질 만큼의 긴 숨을 불어 내쉬었다. 다름 아닌 짐승의 팔다리가 그려져 있었다.

"어찌하여 저 짐승들은 목이 없느냐?"

"필요가 없으니까요."

"왜?"

"필요가 없는 것에 이유가 따라야 합니까?"

어미의 가슴이 찢어진다. 정씨는 쏟아져 나올 것 같은 한숨을 속으로 삼겨 내며 침착하게 입술을 열었다. 이미 만신창이로 갈라진 속내는 얼마나 더 살아야 아물지 감도 잡히지 않았다.

"일부러 잘라 낸 것에는 이유가 있지 않겠느냐? 어미에게 말해 보거라. 무엇이든 괜찮다."

부모란 이런 존재였다. 옳고 그름을 떠나 인정을 모르는 아이는 다만 측은할 뿐이고, 모든 것은 자신의 불찰인 것만 같으며, 막연히 내일은 괜찮아질 것이란 맹신 같은 기대만 쌓아 가는 존재.

"실은 그려 보고자 했는데 생김새가 기억나지 않았습니다. 하여 잘라 냈습니다."

팔다리만 허우적거리는 짐승의 몸체는 굳이 얼굴이 없다 해도 알아볼 수 있을 만큼 정확했다. 아이는 고양이, 닭, 말처럼 집에서 흔히 볼 수 있는 가축을 그렸다. 생김새가 기억나지 않는다는 말은 고로 신빙성이 없었다.

"혹 궐에 들어가서도 그림을 그리라 하면 이렇게 그릴 것이냐?"

정씨의 음성이 떨리자 아이는 천천히 눈을 깜빡이다가 답을 생각했다는 듯 입술을 열었다. 아마도 어머니께서는 이러한 답을 원하셨으리라.

"그림 자체를 그리지 못한다 아뢰겠습니다. 목을 잘라 낸 그림을 그리지는 않을 것이니 심려 놓으소서."

"약조할 수 있겠느냐?"

"네, 어머니."

어머니도 자식도 무엇이 문제인지 몰라 설명도 변명도 어려웠다. 다만 딸아이가 어렴풋이 느끼기를 머리 없는 짐승은 그리면 안 된다는 것. 어머니가 싫어하고 있다는 것. 감정의 공감은 이루어지지 않았다.

"민연아."

"네, 말씀하세요."

"궐에 아니 가지 않으련? 그냥 이 어미와 살겠니?"

아비의 지독한 욕심과는 별개로 정씨는 자식이 먼저였다. 바깥일을 세세히 알지 못하는 정씨에게 이러한 자식을 궐로 들여보내야 한다는 것은 참담한 일이었으므로.

"네가 가기 싫다고 하면 무슨 수를 써서라도 네 아버지께 말씀 드……."

"해 볼게요."

민연은 고개를 들었다. 한 점의 티끌도 없는 맑은 눈동자가 정씨의 가슴을 더욱 후벼 팠다.

"아버지께선 조선의 으뜸이 아니면 의미가 없다 하셨어요."

"하지만 그것이 네가 원하는 길이 아니라면 으뜸이 다 무엇이겠느냐."

"아니오. 저는 으뜸이 될 것입니다."

뱉어 내는 말과는 달리 딸아이는 너무나도 태연하고 소박한 표정을 짓고 있어, 정씨는 손을 둥글게 말아 쥐었다.

민연은 자신의 그림으로 시선을 옮겼다. 머리를 그릴 수도 혹은 베어 버릴 수도 있는, 모든 일을 행할 수 있는 자.

"소녀, 아버지를 실망시키고 싶지 않아요."

오직 자신뿐이었다.

©

"어떤가?"

"화살촉은 안전하게 뽑아냈으니 점차 들끓던 열이 내릴 것입니다."

"괜찮다는 말인가?"

륜명은 땀이 흥건한 용희를 내려다보며 근심 어린 음성으로 물었다. 의원은 약통을 닫으며 답했다.

"지금 당장 안위를 장담하기는 어렵겠으나, 의식만 되찾을 수 있다면 목숨은 구명했다고 봐야겠지요."

화살촉을 뽑아낸 오른팔을 칭칭 감은 채, 용희는 마치 뜨고 싶지 않다는 것처럼 눈을 감고 있었다.

"소량이나마 맹독의 화살이네. 전부 뽑아낸 것이 맞는가?"

아무래도 불안한지 류명은 재차 물었다. 의원은 아마도 그럴 것이라며 고개를 끄덕였다.

"이미 나리께서 독의 대부분을 뽑아내시어 독으로 인한 무리는 없겠습니다. 발빠르게 약을 처방하신 일도 잘하셨습니다."

"아, 그러한가."

"나리께서 응급 처치를 바로 하지 않으셨다면 금상의 어의가 도착한대도 지금쯤 죽었을 것입니다."

"지체할 시각이 없었네. 독을 잘 아는지라."

신기형의 심복들이 사용하던 활엔 일반 화살, 불화살, 독화살이 모두 있었다. 월호는 보통의 살을 맞았고, 그녀는 불행히도 독화살을 맞았다.

"독을 알면서도 직접 뽑아내신 것입니까?"

의원은 류명을 바라보았다. 그녀의 몸속으로 독이 퍼지기 전에, 류명은 가지고 있던 약을 먹인 뒤 독을 모두 빨아내었다. 독화살을 신기형에게 제공한 것도 류명이요, 그것의 해독제를 가지고 있는 것도 류명이었다.

"이렇듯 나 역시 살았지 않은가. 그럼 된 것이지."

"독에 중독될 수 있으므로 탕약을 지어 드리겠습니다. 수일은 드셔야 할 것입니다."

"알겠네."

"일단 병자가 마실 탕약을 좀 내려오겠습니다."

의원은 대동한 의녀를 데리고 방을 나섰고 륜명은 한참이나 용희를 응시했다. 벌어질 일에 관여하고 싶지 않았건만 결국 그녀를 찾아가고 말았다. 보고도 못 본 척 알고도 모른 척 참견하고 싶지 않았건만, 결국 그녀에게 달려가고 말았다.

"치료가 늦어져 미안하다."

태진사로 향한다는 사실을 신기형에게 알린 것 또한 자신이었다. 설마하니 은화를 갈취하고자 그런 일까지 꾸밀 거라고는 상상도 하지 못했기에 발설했다. 아비가 그런 일을 꾸미고 있음을 알게 되었을 땐 인간적인 환멸에 치를 떨었다. 하지만 참으로 희한하지. 그깟 천륜이 무언데 모질게 끊어 내지도 못한단 말이냐.

"위험할 수 있다는 걸 먼저 알려 주지 못해서, 그것 또한 미안하다."

마음으로는 수천 번 수만 번 끊어 냈던 핏줄의 연을 무엇이 아까워 놓지 못하고 있어. 무엇을 기대해 버리지를 못한단 말이더냐. 이렇게 너를 위험하게 만들면서까지 대체 내가 무엇을 위해.

"일어나야지. 일어나면 내가 그대에게 해 줄 말이 많다."

륜명은 물수건으로 용희의 이마를 닦았다. 정성스러운 손길로 차근차근 얼굴을 닦아 내니 투명하리만치 창백한 그녀의 얼굴이 전부 시선에 들어왔다.

수건을 내려놓은 륜명은 그녀의 얼굴에 붙은 머리칼을 조심스 럽게 떼어 냈다. 손끝이 다녀간 자리마다 죄책감이, 아비에 대한 원망이, 그녀를 이렇게 만든 뒤늦은 후회가 묻어났다.

"저, 나리."

륜명은 문 쪽을 향해 시선을 돌렸다. 문이 열리고 의녀가 탕약 을 들고 들어왔다.

"무슨 일인가?"

"병자의 기를 보완해 줄 탕약입니다. 음복하게 해야 합니다."

"이리 주고 나가 보세."

"성가실 일입니다. 제가 하겠습니다."

의녀가 만류하자 륜명은 고개를 가로저으며 씁쓸한 마음으로 입술을 열었다.

"어릴 때부터 병든 어머니를 수발했던 나다. 의식 없는 병자에 게 탕약 한 그릇 먹이는 것이 무슨 일이 되겠는가?"

"하오나……."

"되었다. 자네도 밤을 새워 병자를 돌보지 않았는가. 건너가 눈

좀 붙이시게.”

“네, 알겠습니다.”

의녀는 륜명의 곁에 탕약을 내려 두고 다시 사라졌다. 탕약을 내려다보던 륜명은 그녀를 익숙하게 일으켜 안은 채 숟가락으로 곧잘 탕약을 먹였다. 실로 한두 번 해 본 솜씨는 아니었다.

“나리.”

그렇게 탕약을 전부 먹여 갈 때쯤 또다시 찾아온 사람은 륜명의 수하였다.

“아직 의식이 없는 모양입니다.”

“독이 혈관을 타고 조금이라도 섞였다면 아무리 해독을 했다 한들 수일은 앓아누울 것이다.”

륜명은 정성스러운 손길로 다시 용희를 눕혔고, 사내는 그런 그녀의 얼굴을 바라보다 근심 서린 입술을 열었다.

“추측하기로 연고도 없고 신분도 정확하지 않은 여인이라 합니다. 위험하다는 뜻이지요.”

“너 또한 오갈 곳 없어 떠도는 일은 존재마저 위험하다 보는 것인가?”

“아……. 물론 전부 다 그런 것은 아니겠지만…….”

무심코 륜명의 상처를 들쑤신 것 같아 수하는 잠시 말을 아꼈다. 여전히 그녀의 몸은 불처럼 뜨거웠고, 륜명은 다시 한번 그녀의 이마를 닦아 냈다.

한참 후, 수하는 륜명의 곁으로 다가와 앉으며 다시금 입술을 떼었다.

"좌상대감께 여인의 존재를 사실대로 말씀하실 것입니까? 알아 보니 좌상께서도 이 여인을 찾고 계셨다 합니다."

"아니, 언급하지 않으려 한다."

"그러다가 더 큰일이 벌어질 수도 있습니다, 나리."

"이미 죽을 날짜를 받아 둔 몸이 무엇을 겁낼 것이냐?"

륜명은 마치 남의 이야기를 하듯 무심하게 대꾸했다. 그의 수하 는 목소리를 더 낮추었다. 지금이라도 늦지 않았으니 나리의 고집 을 꺾고 싶었다.

"아시지 않습니까. 지금 나리의 목숨도 위험합니다. 무기가 들 어오건 못 들어오건 좌상대감이 나리를 그냥 둘 리 없습니다."

"그렇다고 어디를 갈 수 있으랴. 도망쳐 발 닿을 그곳은 안전하 다더냐?"

"좌상대감께서 찾지 못할 곳으로 가셔야지요. 서둘러 명으로 가 셔야 합니다."

륜명은 그녀의 이불을 정돈하며 말을 아꼈다. 수하는 퍽 간절한 눈빛으로 륜명을 바라보았다.

"이곳 행수도 나리께서 야반에 사라지신다면 모른 척하겠답니다. 무엇을 망설이십니까."

"그렇다면 모른 척 눈감아 준 가여운 명실이만 대감의 손에 죽 겠구나. 지금껏 신세 진 일이 얼마인데 목숨 빚마저 질까."

"나리……."

"오늘 밤 나루에 배가 한 척 뜰 것이다. 너는 명으로 돌아가거라."

"예에? 그게 무슨 말씀이십니까, 나리!"

륜명은 걱정하지 말라는 듯 수하의 어깨를 두드렸다.

"네 이름으로 마련해 놓은 땅이 제법이니, 참한 여인을 배필 삼 아 이제라도 사람 구실하며 성실하게 살아 봐라. 내가 떠돈다고 너도 떠돌 것이냐?"

"안 갑니다! 안 갈 것입니다! 혼자는 싫습니다!"

"조선 음식 입에 안 맞는다며? 난 잘 맞거든."

"혼자는 죽어도 안 갑니다! 안 가요!"

"내 걱정은 마라. 오갈 곳 없는 몸이나마 못 갈 곳은 없으니 말 이다."

"나리……."

"시키는 대로 해. 나는 우선 이 아이가 눈 뜨는 것을 보아야겠다."

륜명은 표정 없는 용희의 얼굴 위로 지난날 그녀가 보여 주었던 웃음을 상상해 그려 넣었다. 미련 없는 한세상 그래도 살아 볼 만 하겠다는, 그러한 생각을 네가 품게 해 주었으면 한다. 네가 내 삶의 기회가 되었으면 한다.

"이 아이가 눈을 뜨면 그다음이 생각날 것 같으니 그때까지만 기다려 보겠다."

이대로 네가 눈을 뜨지 못하면, 내게도 내일은 없다.

"입궐하셨습니까, 좌상대감."

"다들 일찍 입궐하시었소."

상참을 위해 편전을 찾은 신기형은 먼저 입궐한 몇몇의 대신들에게 인사를 받았다. 신기형의 얼굴엔 잠을 청하지 못한 기색이 역력했다.

"밤새 무슨 일 있으셨습니까? 안색이 영 좋질 않으십니다, 대감."

그러한 기운을 감지한 대신들이 하나둘 신기형의 표정을 살폈다.

영의정 김판두가 사라진 지금, 권력의 균형도 당색의 평준도 없었다. 다만 신기형의 말 한마디에 정치가 시작되었고 국법이 바뀌었으며 인사이동이 되었으니, 몸을 낮춘 채 눈치를 보아야 하는 것은 어쩔 도리가 없는 일이었다.

"아니오. 이 사람이 늦게까지 생각할 것들이 있어 잠을 설친 것뿐."

"나라 걱정은 죄다 좌상대감의 몫인 듯합니다. 밤낮도 잊으시고 나랏일을 생각하시니, 그저 존경하며 우러러볼 따름입니다."

신기형은 눈에 보이는 아첨에 실소하며 눈을 깜빡였다. 어제는 결국 은화를 갈취하지 못했다.

"참, 좌상대감, 그것 아닙니까?"

"무엇 말이오?"

"어제 내금위가 출궁을 했다지요? 스무 명이나 말입니다. 동궁께서 청하시었답니다."

신기형은 주먹을 말아 쥐었다. 그래, 그렇게 쉽게 당할 심복들이 아니었다. 상대는 다름 아닌 금상의 군대였던 것이다. 살아 돌아온 이는 단 두 명이었고, 그마저도 성치 않아 살았다고 보기 어려웠다.

"흑단을 잡으러 나가셨답니다. 은밀히 퍼지기로는, 일전에 편찮으시다 하였던 것도 흑단을 잡으러 출궁하신 거라 합니다."

속내를 터놓고 지내는 사이가 아닌 사내가 알은 척을 하며 나직하게 중얼거렸다. 무엇이든 발빠르게 움직여 신기형의 신임을 사고자 하는 자였다. 속에서 뜨거움이 복받쳤지만 덤덤함을 유지하며 신기형은 입술을 열었다.

"몰랐던 사실이오. 동궁의 출궁에 어찌 금상께서 내금위를 출……."

"세자 저하 납시오!"

그때였다. 동궁전 박 내관의 우렁찬 음성이 편전을 울렸고, 대신들은 영문을 몰라 서로 얼굴을 바라보며 황급히 일어섰다. 아직 이른 시간의 편전이었다. 게다 상참에 참여하지 아니하시는 동궁이었고. 현재는 출궁한 줄로만 알았던 동궁이었으니, 무슨 연유로 이곳을 찾아오셨는지 알 길이 없었다.

"세자 저하, 오셨습니까."

문이 열리고 보폭이 넓은 걸음의 세자가 성큼성큼 들어섰다. 모두는 고개를 조아린 채 동궁을 맞이했다. 세찬 걸음은 단번에 좌상의 앞에서 멈춰 섰고, 신기형은 세자의 발끝만 내려다보았다.

세자께서 단번에 뽑아 든 검은 신기형의 목 끝을 겨냥했다. 모두는 소스라치게 놀라 두 눈을 휘둥그레 떴고, 신기형은 숨을 길게 내리쉬었다. 인정도 자비도 평정심도 모두 잃은 듯한 동궁의 목소리가 낮게 깔렸다.

"어디에 감췄는가."

동궁의 어지러워진 성심은 이미 헤아릴 수 있는 지경이 아니었다.

"무엇을 말씀이십니까."

뜻을 알지 못한 신기형의 태연자약한 대답이 이어지자 완은 조금 더 그의 목 주변을 겨누었다. 칼날이 목 끝에 닿자 신기형의 전신으로 소름이 돋아났다. 모두는 놀라 까무러칠 것처럼 부들부들 떨었다.

"어디에 감추었느냐고 물었다."

아직 상감께서는 아니 오시고, 갈라지는 동궁의 음성은 안타깝기까지 했다. 전혀 감을 잡지 못하던 신기형이 추측을 마친 뒤 고개를 들었다. 한둘 입궐한 대신들은 동궁의 사람들에게 막혀 편전에 들지 못하고 있었다.

"보고 있는 눈이 많습니다. 저하께서는 후일을 어찌하시려고 이러십니까."

"어디에 감추었느냐고 물었다!"

동궁께서는 그녀를 찾지 못하셨다. 온 산을 이 잡듯이 뒤지고, 해가 지고 새벽이 될 때까지 그곳을 헤매었으나 어디서도 그녀를 찾을 수 없었다. 핏발 선 동궁의 눈매가 산 사람의 것으로 보이지 않으니 신기형은 입가에 가느다란 웃음을 매달았다. 계집이 사라졌음은 분명했다.

"신, 따로 고할 것이 없으나 정히 하문하시면 아뢰옵겠습니다."

물론 그 계집이 어디로 갔는지는 자신도 알지 못했다. 하지만 분명한 건 동궁도 알지 못한다는 것이다. 그러니 어쩌면 기회일지 몰랐다.

"하오나 지금은 때가 아니지요. 칼을 거두어 주시고 이만 물러나 주시겠습니까."

세자의 칼끝이 떨렸다. 이미 이성을 잃은 세자에게 무슨 말도 들릴 리 없었다.

"여기 모인 대신들의 입단속을 시켜 주상 전하께 따로 고하지는 않겠습니다. 하니 이만 동궁전으로 발길을 돌려 주시지요."

"세자 저하! 칼을 거두어 주시옵소서!"

대신들은 일제히 엎드렸고 완은 시선을 거두지 않으며 신기형과 대치했다.

잠시 후, 비로소 세자의 칼이 내려가자 신기형은 짧은 숨을 토했다. 긴장이 되지 않았다면 거짓이다.

"상참이 끝나는 대로 저하를 찾아뵙겠습니다. 기다려 주시겠습니까."

"나를 찾아올 땐 반드시 가져와야 할 것이 있다."

완은 숨을 가득 들이마시며 천천히 호흡했다. 비어 있던 검집에 검을 집어넣으며, 조금 전의 살기를 지워 냈다.

"가져오라. 그대가 가져간 나의 것."

나의 것. 신기형은 세자의 말을 곱씹고 또 곱씹었다. 그 말에 실린 무게를 스스로 느끼고자 함이었다.

"혹 나의 것을 가져오지 못한다면 그대의 목숨을 가져와야 할 것이다.”

이 나라 재상의 목숨과 견줄 만한 세자의 것. 그러한 계집.

“내 말 알겠는가?”

“동궁전에서 뵙겠습니다, 세자 저하.”

엎드린 대신들은 대화의 내용을 알지 못해 사지를 떨었고, 신기형은 긍정도 부정도 아닌 일말의 여지를 남긴 대답으로 위기를 넘겼다.

완은 돌아섰다. 대기 중이던 박 내관은 황급히 편전의 문을 열며 동궁의 발길을 도왔다. 그 모습이 시야에서 사라진 뒤에야 신기형은 비틀거리며 숨겨 두었던 긴장감을 내보였다.

“대감! 괜찮으십니까, 대감!”

허겁지겁 몸을 일으킨 대관들은 신기형의 곁에 붙어 불같은 분노를 앞세웠다.

“아무리 나라의 국본이라고 해도 그렇지, 어찌 숭고한 편전에 들어 상참을 기다리는 대신에게 칼을 겨누실 수 있단 말입니까!”

“맞습니다! 이대로 넘길 사안이 아닙니다! 조정 대신들 알기를 얼마나 우습게 아셨기에 동궁께서 칼을…….”

“대감! 내 이 일을 주상 전하께 반드시 고해 올려야겠습니다. 나 참! 살다 살다 별일을!”

“되었소. 소란 떨 것 없소.”

신기형은 간신히 몸을 가누며 입술을 열었다. 하지만 지금이 신기형의 신임을 살 수 있는 절호의 기회라는 듯 소란은 잠잠해질 줄 모르고 한층 뜨거워졌다. 그 중심에 선 신기형은 끓어오르던 동궁의 눈매를 계속해서 되새기며 실소했다. 결국 그런 계집이다. 스치고 물러나고 잊으며 놓을 수 있는 계집은 아니었다. 동궁의 정이 붙고, 마음이 놓인 계집.

"대감! 주상 전하께 이 일을 반드시 짚고 넘어가시라, 내 그리 주청을 드릴 것입니다! 그냥 넘어갈 일이 아닙니다!"

"이 사람도 주청드리겠습니다! 이게 말이 되는 일입니까?"

동침 또한, 있었는가.

침착하게 숨을 불어 내쉬며 신기형은 해야 할 일들을 나누기 시작했다. 동궁도 계집의 행방을 알지 못한다면 손에 쥐고 흔들 좋은 패가 될 수 있을 것이다. 그 마음이 깊으면 깊을수록, 향하면 향할수록 더욱 안전하고 확실한 패가 될 테니 말이다.

"다들 침착하오. 이 사람은 괜찮으니 소란 피우지 말고 전하의 성심을 어지럽힐 생각들 말길 바라오."

"좌상 대감께서는 참으로 너그러우십니다! 하지만 이 나라의 바른 종묘사직을 위해서라도 그냥 넘어갈 수는 없는 법이지요!"

"어허, 시키는 대로 하시게. 동궁께선 무엇이든 들고일어날 수 있는 그러한 춘추가 아니신가."

마음에도 없는 소리를 내지르던 대신들은 신기형의 말에 하나둘 눈치를 보며 제자리를 찾아갔다.

"한데 대감, 동궁께선 대체 무얼 내어놓으라 하시는 것입니까?"

"글쎄올시다. 잃어버리신 중한 것이 있는 모양이오."

"주상 전하 납시오!"

상감의 등장에 모두는 서둘러 자리를 정렬했다. 신기형은 제 발로 굴러 들어온 기회를 어떻게든 손에 넣으려 머리를 쥐어짜기 바빴다. 이런 기회를 놓칠 수 있겠는가. 그럴 리 없었다.

◎

"저하, 세자 저하!"

편전을 나선 완이 비틀대자 지담이 달려왔다. 지금의 동궁께선 잠을 청하지 못한 고단함에 휘청이는 것이 아닌, 육신에 정신이 깃들지 아니한 까닭에 그러했다.

"저하, 기대소서."

"괜찮다."

월호 또한 가까이 다가서자 괜찮다 팔을 들어 보이며, 완은 휘청거리는 걸음을 걸었다. 한 걸음 한 걸음, 두 다리가 움직이나 땅을 딛는 감각이 없었다. 숨통을 옥죄는 불안은 마치 사지가 고신을 당하는 듯한 괴로움을 수반했다. 이렇게는 일각도 버텨 낼 수 없을 것 같았다.

"저하, 세자 저하."

앞을 가로막으며 지담이 한쪽 무릎을 꿇고 앉았다. 비로소 모든 것이 제자리를 찾았다. 동궁은 곤룡포를, 익위사들은 무복을, 예와 호칭은 되살아났고, 신분과 본분은 마땅해졌다. 단 하나, 너만이 사라졌다.

"세자 저하, 신의 출궁을 명하여 주시옵소서."

완은 무릎을 굽히며 주저앉았고, 이를 지켜본 내관과 궁녀들은 울음을 삼키며 땅 위에 엎드렸다. 이마를 짚은 동궁의 손끝이 떨려 왔다.

보아라. 내가 얼마나 볼품없는 사내가 되었는지 말이다. 그대의 부재는 나의 생각보다 더욱 참혹하고 황량하며, 또한 구슬픈 것이었구나. 어느 틈, 어느 때였느냐. 이 마음에 네가 자라 전부가 되어 버린 일은.

"신, 윤지담. 반드시 찾아오겠나이다."

너는 듣고 있는가. 하면 믿어지느냐. 해가 들 리 없고, 낮밤이 바뀔 리도 없게 되었다. 시간이 멈추고, 세월이 멈추고, 내 마음이 멈춰 버렸다.

"청컨대 허하여 주시옵소서, 세자 저하."

그저 내 업보인가. 아니면 너의 업보인가. 누구의 업보가 이다지도 험악하여 죄업과도 같은 사랑을 하고 있는가. 나였더냐. 혹은 너였더냐.

"반드시 목숨을 다 바쳐 찾겠습니다."

나의, 용희야.

47화

찻고, 찾아

【해종실록 11권. 해종(偕宗) 17년 6월 17일】

동궁이 편전으로 찾아와 좌의정 신기형의 목에 칼을 겨누니, 있을 수 없는 일이다.

"뭐라? 누가 무엇을 어찌해?"

뽕잎의 마른 잎을 손수 솎아 내시던 중궁께서 두 눈을 크게 떴다. 긴장이 되는지 식은땀을 흘리며, 중궁의 지밀상궁은 안절부절못했다.

"어서 고하지 못하겠는가? 누가 무엇을 어찌했다고?"

"그것이, 아뢰옵기 황공하오나 세자 저하께서 편전에 든 좌상대감을 향해 칼을, 칼을 겨누셨다 하옵니다."

"우리 세자가? 그럴 리가 없다. 제대로 확인하였는가?"

여름철, 한바탕 비가 내리고 나면 뽕잎의 가장자리부터 말라 가는 전염병이 생겨났다. 이는 내명부의 중한 일이었다. 병든 잎을 빨리 떼어 내지 않으면 성한 잎으로 옮겨 간 병이 기어이 전체를 말려 죽이곤 했으니까.

"정녕 사실이냐? 김 상궁, 자네가 직접 확인한 것인가?"

"확실하옵니다, 중전마마. 지금 그 일로 궐이 발칵 뒤집혔사옵······."

잿빛으로 말라 병든 잎은 세자의 마음과 큰 차이를 보이지 않았다. 멍든 마음은 인력으로 떼어 낼 수 없겠으니, 점차 성한 곳이 없게 될지도 몰랐다.

"전하께서는 지금 어디에 계시는가? 이 사실을 전해 들으셨고?"

"예. 편전에 납시셨으나 이 일을 대신들에게 전해 들으시고는 크게 진노하시어 상참을 물리셨다 하옵니다."

중전은 손을 털며 믿을 수 없다는 듯 고개를 갸웃했다. 이제 막 입궐한 세자가 무슨 연유로 일국의 재상을 향해 칼을 겨누었단 말인가.

"당치 않은 말이다. 경거망동을 모르는 세자가 미치지 않고서야 편전에 든 대신에게 칼을 겨누어. 대체 무엇 때문에."

나랏일에 관심과 애정이 많은 세자였으나 정치에 끼어드는 법이 없었고, 조정 대신들과 달리 척질 일이 있었는가 하면 애초에 그만큼 곁을 허락하지도 않았다. 혹여 그러한 사안이 있다 한들 그런 행동을 할 인품 또한 아니었다.

"김 상궁, 더 아는 바가 없느냐?"

"저, 그것이 말이옵니다."

중궁이 손을 털어 내자 나인 하나가 다가와 물수건을 건네었고, 중궁은 손을 닦았다. 김 상궁은 조금 더 음성을 낮추었다.

"세자 저하께서 좌상 대감께 내 것을 어디에 숨겼느냐며 불같은 화를 내셨다 하옵니다."

"내 것? 세자의 것 말이더냐?"

"예, 중전마마."

세자의 것. 중전은 더욱 뜻을 모르겠다는 듯 눈을 재차 깜빡였다. 세자의 것은 무엇이고 그것을 어찌 좌상이 감췄으며 항차 그것이 무언데 세자가 그토록 분노를……

"김 상궁."

"예, 중전마마."

"세자는 지금 어디에 있느냐?"

중궁은 다급히 스치는 생각에 미간을 씰그러뜨렸다. 모든 생각이 전부 맞아떨어지지는 않았으나 불현듯 스치고 간 통역 아이는 확답처럼 뇌리에서 커져 갔다. 추측했다기보다 요 며칠 세자를 생각하면 자연적으로 통역 아이가 함께 떠올랐고, 그러한 습관이 빚어낸 결과물이었다.

"세자 저하께서는 지금 동궁전에 계신다는 전언이옵니다."

"내가 직접 가 봐야겠다."

"그것이, 좌상 대감 외에는 아무도 들이지 말라 명하셨다기에."

"아무렴 찾아온 이 어미까지 내칠까. 어서 가자."

중궁은 서둘러 걸음 하던 발길을 멈추며 잠시 생각에 잠겼다. 무슨 일이 벌어질 것만 같아 심장은 하염없이 쿵쿵대며 요동쳤다.

"모두가 내 어리석음으로 벌어진 일 같다. 그렇게 세자를 그렇게 내보내는 것이 아니었는데."

애정이 쏟아지는 여인을 곁에 두고 그 마음 붙들어 당해 낼 재간이 있었겠나. 세자가 찾는 것이 그 아이가 맞는다 하면 이 일을 대체 어찌 해결해야 한단 말인가.

"아닐세. 이럴 때가 아니라 내 전하를 먼저 뵈어야겠으니 따르게."

"예, 중전마마."

중궁은 상감이 계신 곳으로 발길을 돌렸다. 동편 하늘 위로 떠오른 해는 아직 기울 줄 모르건만, 오늘 하루 누구에게나 참으로 길 것만 같았다.

۞

"호흡은 조금 전보다 안정적입니다."

용희의 맥을 짚은 의원은 그녀의 팔을 내렸다.

"그럼 이제 곧 의식을 차리겠는가?"

어제 낮부터 지금까지 그녀의 곁에서 조금도 떨어지지 않았던 류명은 듣던 중 반가운 소리라며 반색했다. 호흡이 제자리를 찾고 있음에도 의원은 아직은 이르다며 고개를 가로저었다.

"불시에 열이 오르고 또 불시에 호흡이 가빠지고 있으니 아직은 더 두고 봐야겠습니다."

"내가 더 할 것은 없겠는가?"

"깨어나고자 하는 병자의 의지만 남았을 뿐 더 이상 무엇이 있겠습니까."

할 수 있는 것은 전부 다 하였음을 알린 의원은 이제 그녀가 깨어나기만을 바랄 수밖에 없노라, 그리 말했다. 류명은 이해한다는 듯 고개를 작게 끄덕였다. 아직 얼마 지나지 않았으니 여유를 가지고 기다려 볼 일이겠으나, 시간은 참으로 더뎠다.

의원은 두 번째 탕약을 그녀에게 먹이길 권고했다. 또다시 그녀의 상체를 일으킨 류명은 정성을 다하여 탕약을 먹였다. 끝이 좁게 모인 숟가락으로 조금씩 밀어 넣으니 꿀꺽, 그녀가 받아 마셨다. 단 한 방울의 탕약도 흘리지 않는 류명의 모습에서 얼마나 심혈을 기울이고 있는지가 훤히 보였다.

"어릴 적에 말이다. 내 어머니께서 편찮으실 적, 돈이 없어 탕약을 짓지 못했다."

그녀가 듣지 못할 것을 알면서도 제멋대로 말이 흘러나왔다. 륜명은 다시 약을 떴다.

"탕약이 다 무엇이냐. 생활도 되지 않던 살림이었다. 수십 리 길을 걸어 의원을 찾아가 바짓가랑이를 붙잡으니, 산과 들에서 찾을 수 있는 약초 몇 가지를 알려 주더구나."

그는 열 살을 겨우 넘긴 소년이었다. 아이를 낳고 몸을 풀지 못한 까닭인지 어머니는 자주 병을 앓았다. 어린 륜명에게 어머니의 병은 참담했다.

"닥치는 대로 약초를 캐었다. 의원이 그려 준 그림 한 장을 들고 약초를 캐니 정확했겠냐마는, 굳은살 위로 굳은살이 생길 때까지 찾고 또 찾았다."

의식이 없는 그녀에게 탕약을 떠먹이며 륜명은 처음으로 어린 날의 이야기를 입 밖으로 올렸다. 초를 태울 기름이 없어 밤이 되면 어미의 허리를 붙잡은 채 해가 뜨기를 기다렸던 힘겨운 날들이었다.

"그때의 나는 지금만큼 장성하지 못하여 내 어머니를 너처럼 가볍게 안아 보필할 수도 없었어. 그것이 가슴을 울린다."

스스로 약을 삼킬 힘도 남지 않은 어미를 힘겹게 일으켜, 제 작은 몸집으로 어미를 받친 채 직접 만든 약을 먹이곤 했다. 짧은 팔다리는 천추의 한이었고, 다 자라지 못한 몸은 불효일 뿐이었다.

"그러던 어느 날, 지금의 나를 있게 해 준 대인을 만났다. 셈이 빠르고 얼굴색을 잘 바꾸니 그분께선 내게 장사치의 재주가 있다 여기신 것 같다."

열다섯이 되던 해, 무엇이든 닥치는 대로 일을 시작했던 나이.

"그때의 난 해야 하는 일이 무언지 제대로 알지도 못하고, 돈을 준다 하니 무조건 하겠다고 말하였다."

마치 항간에 떠도는 구전을 들려주듯 말을 이으며, 륜명은 그녀의 어깨를 조금 더 힘주어 붙잡았다. 용희의 마른 입술 사이로 방울방울 탕약이 빨려 들어갔다.

"결국 병든 어머니를 가까이서 모시지 못하고 대인을 따라 길을 나섰다. 생각엔 빠른 시간 내에 돌아올 수 있을 것이라 여겼지."

타고난 수완이 좋아 쉽게 돈을 벌었고 금세 재물을 쌓아 올렸으나, 땅과 땅의 끝을 오가며 무엇이든 사고팔다 보니 한 해는 두 해가 되고, 두 해는 금세 다음 해로 지나갔다. 돌아가고 싶었으나 조금만 더, 조금만 더. 내일은 더 많은 돈을 벌 수 있으니 조금만, 조금만.

"결국 나는 어머니의 임종을 지켜보지 못했다. 어머니 곁으로 값비싼 탕약과 몸종 아이까지 보낼 수 있었지만 나는 있을 수 없었지."

류명은 작게 중얼거리며 회한이 서린 실금 같은 미소를 그렸다.

나는 여전히 모르겠다. 내 어머니께는 무엇이 더 행복이었을까. 아들은 없으나 고운 옷, 귀한 탕약을 취할 수 있었음에 기뻐 흡족하셨을까. 떨어질 쌀 걱정을 하지 않아 마음 편히 허리를 펴고 누워 지내셨을까.

"어머니의 마지막을 끝으로 나는 또다시 집을 나섰다."

살아 지아비의 정을 받아 본 적 없던 어머니는 아들인 내가 전부요, 삶의 이유였을지도 모르는데. 등불도 켜지 못한 겨울밤, 서로 등을 맞댄 채 추위와 싸우던 그때가 내 어머니에게는 소소한 행복이었을지 모르는데. 보리죽 한 사발을 나누어 먹는대도 나와 함께 있어 살아졌을지 모르는 일. 무엇이 더 행복이었을까. 나는 지금도 알지 못한다.

"한없이 떠돌기만 하다가 느낀 것이 있다. 사람은 서로 손을 맞잡고 등을 맞대야 살 수 있다는 것. 아니 그러한가?"

한 방울의 탕약도 남기지 않으며 류명은 그녀의 입속으로 모두 넣어 주었다. 그릇을 내려놓은 류명은 품에 안아 든 그녀를 가까이 바라보았다.

나는 이제 떠돌고 싶지 않다. 어딘가에 마음을 붙이고, 금화의 찬기가 아닌 사람의 온기를 느끼고 싶다.

"혹, 내가 너를 놓아주지 않을까 봐 눈을 뜨지 않는 것이냐."

온기. 사람을 살게 할 그 온기 말이다.

"그런 거라면 걱정 마라. 마음 달라고 하지 않을 것이니 어서 눈을 떠라."

용희의 얼굴을 바라보고 있는 지금의 감정을 이루 헤아릴 수 없어, 마치 눈 안에 그녀가 들어선대도 아플 것 같지 않았다.

걱정 마라. 네 마음을 달라 억지떼를 쓰지는 않겠다. 네가 내게 줄 마음이 있기를 바랄 뿐, 어찌 너를 조를 것이냐.

"휴."

륜명은 잠시 완을 떠올렸다. 소식도 없이 사라진 용희를 찾을 것이 뻔한데, 그 마음 억장이 무너지겠구나 가늠이 되었다. 하지만 달리 연락이 닿을 방법이 있는 것도 아니요, 있다 한들 지금은 연락을 취하고 싶지 않았다.

"주제에 누굴 걱정하는 건지."

중얼거리며 륜명은 다시 그녀를 눕혔다. 때마침 처소 문이 열리고 아랫것이 고개를 들이밀었다.

"무엇이냐?"

"나리께서 챙겨 오셨던 물건입니다."

"두고 나가거라."

"예, 나리."

방 한구석으로 그녀의 봇짐을 내려놓은 아랫것이 사라지고, 륜명은 멀뚱히 그녀의 봇짐을 바라보았다. 이끌리듯 봇짐을 끌러 내리니 작은 서책 하나가 눈에 띄었다.

"이것은……."

호기심 없는 눈빛으로 서책의 장을 넘기던 륜명은 입술을 멍하니 벌렸다. 그녀는 여전히 의식이 없었다.

◎

"세자 저하, 좌의정 입시이옵니다."

박 내관이 아뢰옵기가 무섭게 동궁전의 장지문이 활짝 열렸다. 문을 열고자 대기 중이던 궁녀들이 깜짝 놀라 잠시 고개를 들었고, 신기형 또한 스스로 열린 문에 고개를 들었다. 동궁께서 스스로 문을 연 것이다.

"어서 오시오, 좌상."

"신 좌의정, 세자 저하를 뵈옵니다."

공간을 두고 대치하듯 서 있던 두 사람은 동궁께서 먼저 움직여 주심으로 평화를 찾았다. 신기형은 동궁의 뒤를 따라 처소 안으로 들어섰고, 힘껏 열렸던 장지문은 굳게 닫혔다. 침착함을 되찾은 듯 편안한 기색으로 동궁이 자리하자 신기형은 차마 표현하지 못한 실소를 속으로 삼켰다. 조금 전까지 방 안에서 한없이 서성였을 동궁의 모습이 그려지는 것만 같았다.

"가져오라는 것은 어찌 되었소?"

제법 나긋해진 음성과 격식을 차리는 말투로 동궁의 첫 질문이 떨어졌다. 마실 차 한 잔, 소박한 다과 한 상이 오고 가지 못했다. 나라의 국본과 일국의 재상이 함께 앉아 담소를 나눈다는 것을 애당초 기대한 것은 아니었으니 당연한 일이었다.

"세자 저하."

이곳으로 걸음 하며 생각을 정리한 신기형은 사뭇 진중한 음성으로 완을 불렀다. 이미 동궁전 밖은 오늘 오전 신기형과 완 사이에 있었던 일로 소란스러웠다. 과거엔 없었고 미래에도 다시없을 전대미문의 사건을 두고 누구는 경악을, 누구는 왕가에 대한 불신을, 또한 누구는 말을 부풀렸고, 혹자는 나라에 불운이 들었노라 탄식했다.

"좌상께선 편히 말씀해 보시오."

자초지종을 알지 못하는 궐의 사람 그 누구도 세자의 편을 들기란 힘이 들었다. 동궁께서 여전히 성심에 병을 두고 앓아 정신이 이상해진 것 같다는 망언마저 웃돌았다. 그저 동궁은 칼을 겨누었고, 노신은 칼을 받았을 뿐 중요한 건 그 이상도 그 이하도 없었다.

"세자 저하."

신기형은 재차 완을 불렀다. 정치란 다양한 수완을 필요로 했다. 대화의 중심을 끌어 오기 위한 말의 재주, 시시각각 필요한 몸짓과 좌중을 압도하는 눈빛. 그런 복잡하고도 까다로운 정치라는 세계에 수십 년 몸담아 온 좌의정이었다.

"저하께서는 하문하셨습니다. 어디에 감췄느냐, 이렇게 말입니다."

"그리하였소."

"두 번째로는 명하셨습니다. 저하의 것을 가져오라, 이렇게 말입니다."

"또한 그리하였소."

완은 겸허히 답했다. 이만큼 침착하기 위하여 얼마나 숨을 참았는지 모른다.

"그렇다면 저하께서 찾으시는 그것이 무엇입니까?"

잠시 말이 끊긴 자리, 완은 생각하고 또 생각했다. 용희에게 날개가 돋아나 허공으로 날아간 것이 아니라면 분명 다른 사람의 개입이 있었을 터. 나를 두고 홀로 떠날 네가 아닐 테니 누군가 너를 붙잡아 사라졌을 것.

이윽고 동궁의 입술이 열렸다.

"여인이오."

짤막했으나 더없는 답이었고.

"나와 함께 태진사로 은화를 옮기던 여인 말이오."

부정할 것 없으니 숨길 존재도 되지 않았다.

생각보다 동궁께서 순순히 답을 내어놓자 신기형은 표정을 간수하며 고개를 끄덕였다. 크게 놀라지 않는 것으로, 알고 있었다는 것을 대신 알렸다.

"그 여인이 저하의 것입니까?"

질문을 확장했다. 담고 있는 뜻이 많아 동궁께서는 주름져 늘어진 신기형의 눈가를 말없이 응시했다. 잠시 후, 그녀가 들었다면 가슴이 저미었을 답이 동궁의 입가에서 새어 나왔다.

"그렇소."

그렇다.

"내 것이오."

이미 나의 모든 것.

또다시 대답이 평범하게 이어지자 신기형은 고개를 끄덕였다. 겉으로 내색하지 않았으나 동궁의 대답이 반갑지 아니한 것은 자명한 일이었다.

"어제, 저하께서 도적 떼를 만나실 것을 염려하신 전하께서 내금위의 군사를 보내셨습니다. 신 또한 저하의 일을 염려하고 있었던 때였음을 아뢰옵니다."

"……."

"하오나 신은 은화를 탐낸 도적 떼보다 가마에 올라타고 있는 그 여인이 더욱 불안했지요. 저하께서는 어찌하여 궐 밖 외간 여인에게 정을 주셨단 말씀이십니까. 그것이 얼마나 위험천만한 일인지, 모르고 하셨다는 것입니까?"

내어놓으라는 답은 내어놓지 아니하고, 신기형은 충정에서 우러나오는 것처럼 들릴 법한 말을 이었다. 나라의 녹을 먹는 자로서 응당해야 할 바른 말이라 모두가 여길 만했다.

"연분이 아닙니다. 찾아 바라본들 이후엔 어쩌실 생각이십니까. 민가의 여인에게 정을 주고 세자빈의 자리를 내주기라도 하실 작정이십니까."

눈빛과 눈빛이 부딪힌다. 그러나 교감되는 것 하나 없이 온통 빗겨 나갔다.

"저하의 곁을 탐하였으니 사라지는 것은 합당한 일이요, 잠시라도 저하의 소유가 되었다면 그 또한 참형을 받아 마땅한 일. 저하께서 찾으실 수 있는 여인이 아닙니다."

완은 그저 묵묵히 들었다. 신기형의 음성이 크거나 높지 않아 듣기로는 너그러운 훈계와도 같았다.

"지금 온 나라는 저하의 배필을 찾고자 미혼의 남녀가 혼례도 치르지 못하고 있는 상황입니다. 그 무게를 어찌 외면하십니까."

"답을 듣기가 참으로 어렵습니다, 좌상."

참을성이 부족한 동궁의 말에 날이 선다. 신기형은 이제 당길 때가 되었다는 듯 짧게 숨을 끊어 내쉬었다. 그리고 몸을 낮게 하며 고개를 조아렸다. 성심을 다하겠노라는 보여 주기 식의 몸짓이었다.

"신 좌의정, 동궁전을 나서면 주상 전하를 배알하고자 걸음 해야 합니다. 전하께서 오전의 일을 하문하신다면 무엇이라 답을 해야 하겠나이까."

"사설이 길다고 하였소."

"저하께서 불행히도 민가의 여인을 곁에 두시어, 국가의 불운을 피하기 위해 외람되오나 여인을 붙잡았노라. 이리 고해야 하겠습니까?"

완은 고개를 수그린 채 말을 이어 가는 신기형을 바라보았다. 머리로는 생각을, 가슴엔 분노를 가득 채웠다.

"간택이 끝날 때까지만 기다려 주십시오, 세자 저하."

간택. 신기형이 가져온 답이었다.

"저하의 배필이기 이전에 나라의 세자빈, 장차 나아가 내전의 주인이 될 인물을 찾는 시기가 아니겠습니까. 이때가 순조롭게 지나고 나면 다시 찾아뵙겠습니다."

완은 천천히 눈을 감았다가 떴다. 태진사를 가는 일은 분명 비밀이었기에 그 누구도 알지 못했다. 아는 사람이라고는 용희, 지담, 월호 정도뿐.

"저하께서 신의 뜻에 따라 주신다면 오늘 주상 전하를 뵈옵고 두말하지 않겠습니다."

일순간, 동궁께서는 스스로 생각하지 못했던 질문에 도달했다.

"여인의 존재를 주상 전하께서 알게 되신다면 저하의 신상에도 이로울 것이 없음이요, 부자간의 갈등이 조장될 뿐입니다. 신이 어찌 그것을 두고만 보겠나이까."

그렇다면 대체 누가 좌상에게 그 사실을 알렸단 말인가. 태진사로 향하는 길을 어느 누가 대체?

"신과 약조해 주십시오, 세자 저하. 출궁을 하지 않으시겠다고 말입니다."

완은 빠르게 생각했다. 제일 먼저 떠올린 월호의 얼굴을 가볍게 지웠다.

"법도에 따라 일을 처리해야 함이 옳을 것이나, 여인에게도 해가 되지 않도록 신이 최선을 다하겠습니다."

두 번째로 지담의 얼굴을 떠올렸다. 하지만 이 역시 오래 머물지 못하고 사라졌다. 지담과 월호를 향한 동궁의 믿음은 굳건했다. 감히 배신을 알고 야합으로 뒤를 칠 수 있는 자들이 아니었으므로. 그렇다면?

"어떠하십니까, 세자 저하. 신의 제안을 받아들이시겠습니까?"

"정리해 보자면 세자인 나는 간택이 끝날 때까지 출궁을 하면 안 될 것이다. 내 것이라 칭한 그 여인은 좌상이 알아서 잘 보살펴 줄 것이니 간택이 끝날 때까지 찾으면 안 될 것이다. 또한 내가 이 일을 약조한다면 주상 전하께 따로 여인의 신상을 언급하지는 않겠다."

"……."

"더 있소? 내가 약조해야 할 것이?"

"아닙니다. 그것이 전부입니다, 세자 저하."

머리는 끊임없이 생각을 만들어 냈고, 완은 생각의 끝에 눈썹을 꿈틀거렸다. 그러다가 맞아떨어지는 것이 있는지 심장은 난데없이 널을 뛰었다.

"좌상, 그 아이는 잘 있소?"

"잘 있습니다. 저하의 정이 깃든 여인을 어찌 함부로 대할 수 있겠습니까."

여인의 안부를 묻는 동궁이 안타깝다는 듯 신기형은 입술을 열었다. 모든 것을 내려놓고 있는 중이라는 듯 동궁의 음성엔 기운이 없었다.

"잘 있다니 다행이오. 그렇다면 좌상께서도 어제 그 아이를 보셨는가?"

예기치 못한 질문에 신기형의 눈가에 빛이 들었다. 물처럼 쏟아지는 생각의 홍수에서 헤어 나온 신기형은 더욱 고개를 떨구었다.

"그렇습니다, 세자 저하."

"상한 곳은 없더이까. 떠나기 전 고뿔을 크게 앓아 염려가 되었던 때요."

"고뿔은 괜찮습니다. 스스로도 상황을 잘 인지하고, 또한 자신의 허물을 반성하고 있습니다."

"……좋소."

완은 고개를 끄덕였다. 탈출구가 없다는 듯 목소리는 패배의 것으로 방향을 틀었다.

"내, 좌상만 믿겠소. 더는 그 아이를 찾지 않을 것이니."

"역시 세자 저하이십니다. 신 또한 오늘의 일을 저하의 허물로 기억하지 않을 것입니다."

신기형은 바닥에 이마를 찧을 듯 고개를 수그렸고 천천히 들어올렸다. 동궁께서 이제야 현실을 직시한 모양이다. 참을 수 없는 웃음이 신기형의 입가에 슬쩍 걸렸다.

"이만 가 보겠습니다. 모쪼록 저하의 간택이 순항하길 바라옵니다."

"좌상의 가문도 단자를 올렸다, 그리 들었소만."

"예, 그렇습니다. 부족한 여식이나마 나라의 큰 뜻을 위하여 단자를 올렸습니다."

시기가 막중한 때였으므로 신기형은 짧은 말로 간택에 대한 말을 마친 뒤 돌아섰다. 승리에 도취된 기쁨을 이루다 말하기는 힘이 들었다. 처음으로 동궁의 기를 꺾었고, 골치 아픈 일을 한꺼번에 해치울 수 있게 되었으니까.

"한데 말이오, 좌상."

신기형의 걸음이 멈추자 완은 궁금한 것이 더 남았다는 듯 입술을 열었다.

"그 아이에게 혹 여인의 옷을 권해 보았소?"

"여인의 옷가지 말씀이십니까?"

"좌상께서도 보았겠지만 그 아이가 사내 옷을 즐겨 입으니 말이오. 여인의 옷은 잘 입으려 하지 않을 것인데 어찌했는지."

가볍게 몸을 돌리며 신기형은 시선을 내리깔았다. 계집이 남장을 하고 다닌다는 사실은 익히 들어 잘 알고 있는 터였다.

"안 그래도 사내 옷을 입고 있기에 몸가짐에 대해 단단히 다그쳤습니다."

"생각해 보니 그 아이는 행실이 온당하지 못하고 물색없기가 이루 말할 수 없는 천한 것이라. 반가의 법도를 모른대도 좌상께서 이해하시오."

"신 좌의정, 그런 일을 어찌 두고 보겠습니까. 아무리 배움이 짧다 한들 조선에서 사내 옷을 입은 여인이라니 안 될 말이지요. 잘 다그친 뒤 옷을 바꾸어 입게 했습니다."

"정녕 그 아이가, 입고 있던 사내 옷을 벗고 여인의 옷을 입었다는 것이오?"

"여부가 있겠습니까."

"역시 좌상이오. 잘 알겠소."

완은 그제야 미소를 머금으며 신기형을 향해 손을 내저었다. 어서 가 보라는 뜻이었다.

"다음엔 차나 한잔 듭시다, 좌상."

"저하께서 찾아만 주신다면 감읍할 따름입니다. 이만 물러가겠습니다."

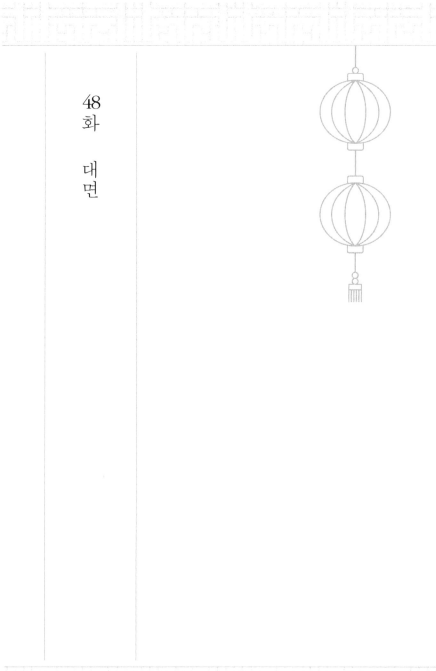

48
화

대
면

【해종실록 11권. 해종(偕宗) 17년 6월 18일】

세자가 법도를 그르친 채 홀연히 출궁하자 중궁이 대전에 나아가
죄를 청하였다. 말미암아 국시가 흔들릴 것에 상이 크게 진노하였다.

상감을 찾아 중궁이 걸음 하였으나 이미 찾아온 자가 있어 잠시 멈춰 섰다. 하늘 위로 길게 솟은 해는 이 순간 가장 높고 먼 곳에 걸려 있었다.

"납시셨습니까, 중전마마."

"안에 뉘가 들어 계시는가?"

"아뢰옵기 황공하오나 좌상 대감이 들어 계시옵니다."

해는 강렬한 빛을 쏘아댔다. 더는 오를 곳이 없을 만큼 솟아 남은 일이라곤 기울어 저무는 일뿐이니, 사라지기 억울해 하늘 아래 모든 것을 태워 보겠다고 하는 것만 같았다.

"에휴, 내가 한발 늦었구나. 벌써 전하를 뵈옵고 있다는 말인가."

솟은 해가 저물 듯 꽉 찬 달이 이울 듯 모든 것은 때와 시기가 있음이요, 도달했다면 물러나야 함을 받아들여야 했다. 만물의 이치였다.

"전하께 고해 올리겠나이다, 중전마마."

"되었네. 잠시 기다려 보겠네."

"예, 중전마마."

상선 내관은 몸을 굽히며 길을 텄고, 중전은 신을 벗지 않은 채로 돌바닥에 서서 기다렸다. 햇빛을 덮는 가리개가 중궁의 전신을 그늘로 감싸고, 유독 더위를 많이 타시니 곁에서 부채질이 이어졌다. 불안한지 중궁의 손가락은 제멋대로 움직이며 한시도 가만히 있지를 않았다.

잠시 후, 큰 소리가 오가는 법 없이 문이 열리고 신기형이 나섰다. 중궁을 확인한 신기형은 잰걸음으로 밖을 나와 두 손을 모은 채 예를 다했다.

"납시셨습니까, 중전마마."

"이야기는 들었습니다. 세자가 결례를 했다지요."

"결례라니요. 당치 않으신 말씀이십니다. 신은 다만 주상 전하와 중전마마께 심려를 끼쳐 송구할 따름입니다."

돌길에 서서 두 사람은 마주 보았다. 마치 사고를 친 자식의 허물을 대신 사죄하듯 중궁의 눈가가 편치 않았다. 그에 비해 신기형은 너그러웠다. 모든 것이 자신에게 유리하니 달리 날을 세울 이유도 없었다. 중궁은 문제를 삼지 않는 신기형에게 고맙고 미안한 마음이 솟구쳤다. 이유와 결과를 떠나, 과정은 세자의 분명한 잘못이었다.

"내, 좌상 대감께 긴히 여쭐 것이 있습니다."

"하문하시옵소서."

"세자가 찾는 것이 무엇입니까?"

여인이라고 하나 중궁의 신분이다. 음성에 깃든 위엄과 무게감이 신기형의 어깨를 짓눌렀다.

"별것 아니옵니다. 그저 작은 오해가 빚어낸 일일 뿐이지요."

"작은 오해?"

"그러하옵니다. 다행히 저하께선 오해였음을 깨달으셨고 일은 잘 갈무리되었습니다. 이미 맺은 것을 또다시 입 밖으로 꺼내어 종사를 어지럽히고 싶지 않습니다. 부디 헤아려 주십시오, 중전마마."

신기형은 고개를 더욱 내렸다. 이렇듯 내전의 주인에게 말을 아끼는 것으로 여러 가지를 얻을 수 있었다. 입이 무거운 충신, 세자의 허물을 가볍게 덮을 수 있는 관용. 또한 의리를 아는 사대부, 칼날 앞에 고개를 수그리지 않았던 기개까지.

"전하께도 그리 아뢰옵고 나서는 길입니다. 부디 세자 저하께 어떠한 문책도 생기지 않길 바랄 뿐입니다."

"잘 알겠습니다. 좌상 대감께서 그리 말씀하시니 더는 묻지 않겠습니다."

"망극하옵니다, 중전마마."

모든 것을 얻었다. 잃은 것 또한 없었으니 완벽했다.

"그럼 신은 이만 물러가겠습니다."

"알겠습니다. 또 뵙지요."

"예, 중전마마."

중궁의 걸음이 끝날 때까지 신기형은 고개를 조아린 채 뒷모습에 예를 다했다. 이어 시선을 들고 어깨를 펴니 지금껏 숨겨 두었던 조소가 절로 흘러나왔다. 하지만 그것도 잠시, 해결해야 하는 문제를 떠올렸다.

"계집은 대체 어디로 갔단 말인가."

아무리 생각해 보아도 추측이 되지 않았다. 안위를 염려해 도망이라도 쳤단 말인가. 세자의 신분을 알고 감당할 수 없어 몸을 숨겼는가. 그게 아니라면 내가 모르는, 동궁의 뒤를 밟던 다른 인물이 있었다는 말인가.

"그 계집이 뭐라고 이다지도 처리하기가 힘이 드는지."

"예?"

"아닐세. 이만 가 보겠네."

"살펴 가시옵소서, 좌의정 대감."

상선 내관의 인사를 받은 신기형은 돌바닥을 밟으며 홀로 걸어 나갔다.

'하여, 그들은 은화를 가지고 어디로 간다 하던가?'

'태진사로 간다 했습니다. 태진사를 아십니까?'

일순 륜명을 떠올린 신기형의 걸음이 멈췄다.

'알다마다. 역시 그곳의 도움을 받고 있었군.'

'어쩌실 생각이십니까? 저는 그 누구도 다치길 원치 않습니다.'

얇고 가느다란 속눈썹이 파르르 떨렸다. 미간에 힘을 주며 신기 형은 눈꼬리를 가늘게 늘어뜨렸다.

"설마 그놈의 짓은 아니겠지."

누구도 믿을 수 없으니 의심은 멈출 틈 없이 사방으로 흩어졌 다. 특히나 륜명의 구렁이 같은 속내는 좀처럼 헤아리기가 힘이 들었다.

"이번엔 무기가 오건 말건 반드시 그놈을 처리하고 말겠다."

눈엣가시 같아 더는 참고 봐줄 용의가 없겠으니, 손해를 보더라 도 륜명을 빠른 시일 내에 없애야겠다. 날이 지는 대로 윤월각에 들러 륜명을 만나 보리라 생각하며 걸음을 옮겼다.

"저, 좌의정 대감!"

그때였다. 자신을 향해 황급히 달려오는 사람은 다름 아닌 동궁전 박 내관이었다.

"저하께서 이것을 대감께 드리라 하여."

"이게 무언가?"

신기형은 박 내관이 내미는 것을 받아 들었다. 물건을 뒤덮은 자그마한 종이를 걷어 낸 신기형은 미간을 사정없이 일그러트렸다. 흉악해져 가는 신기형의 표정을 보고 있으면서도, 박 내관은 마치 할 일을 할 뿐이라는 덤덤한 음성으로 말을 이었다.

"대감께서 이걸 꼭 드시기를 희망하신다 하시었습니다."

이런 빌어먹을.

"그리고 저하께서는 출궁을 하시었습니다."

엿이었다.

◎

"어서 오시오, 중전."

미간을 한껏 좁히고 있던 왕은 중궁을 바라보았다. 얼굴에 난색이 가득한 것을 보아 세자의 일로 찾아왔구나, 절로 예감했다.

"신첩, 오며 좌상 대감을 보았습니다."

"내가 긴히 물을 것이 있어 보자 하였소."

"세자의 일입니까?"

"아니면 무엇이겠소."

왕은 풀리지 않는 노여움을 숨으로 뱉어 냈다. 한숨의 뜻을 잘 아는 중궁은 모두가 자신의 잘못이라는 듯 죄를 청했다. 엎드려 겸허히 고하니, 손끝까지 처연한 기색이 내려앉았다.

"전부 신첩이 불민한 탓이옵니다. 세자를 바른 길로 이르지 못한 어미의 죄를 물으시어 종묘사직을 굳건히 하시옵소서, 전하."

"원, 중전께서는 무슨 그런 말씀을 하시는가."

"어미가 되어 어찌 자식의 엇나감을 두고 보고만 있겠습니까. 잘 일러 타이를 것이니 물으실 죄가 있거든 신첩에게 내려 주시옵소서."

"중전, 세자는 감히 국본의 신분으로 조정 대신에게 칼을 겨누었소. 그 죄를 무엇으로 씻어 왕가의 기강을 되찾는단 말이오?"

왕은 치미는 분노를 어쩌지 못하고 책상을 힘껏 내리쳤다.

"주제와 본분을 잃고 저렇듯 길길이 날뛰니 상감인 나를 향한 도전인가? 죗값이 두렵지 않아 하늘도 무서운 줄 모르는 것인가?"

"전하……."

"좌상에게 죄가 있다 한들 명백한 절차와 신중을 거듭하여 처리해야 하거늘! 이 나라의 세자라는 자가 생각이 이토록 짧으니 내 무엇을 믿고 후사를 맡긴단 말이오!"

"차라리 신첩을 죽여 주시옵소서……."

중궁의 고개가 바닥을 향했다. 세자를 아들로 둔 죄 많은 어미는 이토록 몸이 닳고 있는데, 여전히 세자는 스스로 찾아와 죄를 청하지 않는다.

"상선은 밖에 있는가!"

"찾으셨사옵니까, 주상 전하."

드디어 불호령 같은 음성이 장지문을 뚫었고, 상선이 걸음 하자 중궁은 두 눈을 꼭 감았다.

"가서 세자를 데려오라!"

"아뢰옵기 황공하오나 전하……."

미간을 쓸며 화를 식히던 왕이 고개를 들었다. 차마 입이 떨어지지 않던 내관은 식은땀을 흘리며 말하기를 머뭇거렸다.

"무엇인데 고하지를 못해. 어서 전하께 바른 대로 고하시게."

보다 못한 중궁이 재촉하자 상선은 넙죽 엎드리며 울듯이 말하였다.

"세자 저하께서 조금 전 출궁을 하셨다 하옵니다! 통촉하여 주시옵소서, 전하!"

"뭐라? 출궁을 해? 이런 못된 놈을 보았나!"

왕은 기어이 참지 못한 굵은 음성으로 분노를 쏟았다. 목을 내어놓은 상선이 엎드린 채 눈물로 호소해 본들 소용없는 일이었다.

"가서 세자를 잡아오라! 지금 당장!"

"명을 받들겠습니다······ 주상 전하······."

왕의 뜻을 받들고자 상선이 일어서 뒷걸음을 치니, 중궁은 고요히 눈을 감았다. 뜨며 입술을 열었다. 세자의 출궁을 지금에야 접한 중궁이었지만, 아들이 또다시 출궁하였다는 말에 터질 듯 가슴이 뛰어오르는 중궁이었지만······.

"상선, 자네는 전하의 명을 따를 것 없네. 걸음 멈추게."

"주, 중전마마."

찾아라, 아들아. 너의 것, 찾아보려무나.

"전하께서도 찾으실 것 없습니다. 신첩이 세자를 내보냈으니까요."

"뭐라? 지금 뭐라 하시었소, 중전?"

너는 그토록 애가 닳았구나. 피가 말라 으스러질 기운이었구나. 하기야, 그 마음 파내어 전부를 주었겠지. 응당 그러고도 남을 네가 아니었더냐. 무엇이든 하나만 알며, 하나만 여기고, 하나만을 받드는 너인 것을 어미는 잘 알고 있단다.

"세자가 신첩을 찾아와 간절히 청하여, 결국 어쩌지 못하고 내보냈습니다."

"중전!"

"그럼 어찌합니까?"

찾아라. 너의 것, 너의 전부, 찾아보려무나. 그리고 기억하여라.

너는 이 나라의 세자, 하나뿐인 국본. 잃는 법은 무엇도 알지 마라.

"세자의 피맺힌 마음을 대체 어찌하면 좋단 말입니까."

중전은 왕을 곧게 응시했다. 노기가 역력한 왕의 시선을 모두 감내하며 중궁은 덤덤히 말을 이었다.

"세자의 죄는 무엇입니까."

"……."

"제 것을 잃어 앞뒤를 가리지 못하니 그것을 죄라 말하겠습니까. 중한 것을 놓쳐 살기를 원치 않으니 그것을 죄라 말하겠습니까."

"……."

"어쩌다 잃어 죄입니까? 함부로 놓쳐 죄가 되었습니까?"

이 순간 무엇이 달랐는가 하면, 아비는 아들이 참된 사내이기 전에 세자이길 바랐고, 어미는 아들이 참된 세자이기 전에 사내이길 바랐다.

"세상사 누군들 내 가장 귀한 것을 잃고 차분히 예와 덕을 갖출 수 있겠습니까. 전하라면 그리 하실 수 있겠습니까?"

"대체 중전께서는 세자가 무엇을 잃었단 말이오."

"여인입니다. 일전에도 신첩이 언급하였지요."

통역하던 여인은, 결국 모두의 적이 되었다.

"위험하다 신첩이 고해 올렸습니다. 세자의 마음에 여인이 깃드니 신첩 또한 불안하다 미리 아뢰었지요. 심장이 푸르디푸른 청춘입니다. 이제 와 막으실 수 있겠습니까?"

"그럼, 좌상에게 세자가 찾던 것이 여인이라는 말이오?"

"느끼기에 그렇습니다. 그것이 아니라면 저토록 혈안이 되어 찾을 것이 무엇입니까."

왕은 눈을 꽉 감으며 긴 한숨을 내쉬었다. 나가지도 못하고, 그렇다고 바로 서지도 못한 채 상선 내관은 그저 판단만 거듭했다. 그런 갑갑한 공간 속으로 중궁의 음성만이 물들었다.

"신첩을 믿고 이번 한 번만 눈감아 주십시오, 전하."

"중궁께서 싸고도니 세자가 겁을 모르고 저렇듯 기세등등한 것 아닙니까."

"본디가 비울 줄 아는 아이입니다. 세자를 그토록 모르십니까."

또다시 왕의 한숨만이 깃드는 공간. 심경이 복잡한지 고개를 가로저으며, 왕은 중궁을 향해 음성을 낮추었다. 이제야 제자리로 찾아든 살가운 음성이었다.

"중궁께서도 애쓰셨소. 이만 건너가시오."

신기형과 세자가 이미 얽히고 말았다. 그것은 중궁과 나눌 이야기가 아니니 쉽게 접으며, 왕은 일어선 중궁을 바라보았다.

"그렇다 해도 간택은 예정대로 진행하길 바라오."

"여부가 있겠습니까. 잘 알겠습니다."

동궁의 세 번째 출궁이었다.

"어서 오십시오, 나리!"

행수 명실은 찾아온 완을 반갑게 맞이했다. 이토록 빠른 시일에 다시 찾아오실 줄은 몰랐기에 반가운 마음에 가슴이 뛰었다.

"명국의 상인을 만나러 왔다."

"예, 마침 계십니다."

"안내하게."

"예, 나리."

명실이 걸음을 트며 반가움을 드러냈다.

"나리, 그간 별고는 없으셨습니까?"

"보다시피."

"오늘은 혼자 오신 모양입니다."

"그렇게 됐네."

노상 따르던 여인도, 좌우를 경계하던 사내들도 보이지 않았다. 그도 그럴 것이 완은 실제 홀로 출궁했다.

"한데 나리께서는 통역 없이 대화를 어찌 나누시려 하십니까?"

"오늘은 대화가 필요하진 않기에."

"아아, 그러십니까."

어깨를 다친 월호는 대강의 치료를 끝마친 뒤 길을 떠났다. 완의 명을 받은 한성부 관원이 지방으로 며칠 떠났기 때문에 직접 찾아간 것이다. 또한 용희를 찾기 위해 며칠째 분주한 지담은 지금쯤 어디를 떠돌고 있는지 감도 오지 않았다.

"이쪽으로 오십시오."

"그러지."

이 순간 혼자는 차라리 다행이었다. 또다시 입궁을 하게 될 땐 남아 있는 모든 죄를 청해 달게 받겠노라 그리 마음먹었으니까.

명실은 륜명이 몸담고 있는 곳으로 완을 안내했다. 깊숙한 곳, 은밀함이 깃든 곳이었다.

"이곳입니다. 잠시만 기다려 주시겠습니까?"

"혹 명국의 상인이 웬 여인을 데려오지 않았던가?"

"예? 여인이요? 아닙니다."

이미 륜명이 신신당부를 했던 터라 명실은 모르는 척 잡아뗐다. 륜명이 의식 없는 여인을 데리고 온 사실은 알고 있었으나 얼굴을 보지 못한 관계로 누군지는 알지 못했다. 사내에게 속내를 감추는 것 따위 얼마든지 쉽게 할 수 있는 명실이기에 어색함은 없었다.

"들어가십시오. 주안상을 내오겠습니다."

"술은 귀한 것으로 직접 준비했으니 되었다."

완은 걸음을 옮기려는 명실에게 술은 내오지 말라 말했다. 그제야 명실은 완의 손에 시선을 주었고, 고운 비단에 싸인 술을 확인했다. 일전에도 술을 직접 가져온 적이 있었기에 명실은 쉽게 수 긍했다.

"알겠습니다."

명실이 물러가자 완은 륜명의 처소를 열었다. 애당초 잠을 청할 생각은 아니었는지, 앉은 채 설핏 잠이 들었던 륜명이 천천히 눈을 떴다. 방 안에 그녀가 없음을 확인한 완은 짧은 숨을 불어 내쉬 었고, 륜명은 뜻밖이라는 듯 눈을 크게 떴다. 예고 없이 들이닥친 선생이었다.

[우리에게 볼일이 남아 있던가? 기별도 없이 무례하군.]

평정심을 유지하며 륜명은 명국의 말로 입술을 열었다. 발걸음 의 이유를 알 것 같았지만, 모를 수 있다면 모르고 싶었다. 륜명은 바르게 허리를 펴며 중얼거렸다. 어차피 선생은 알아듣지 못할 명 국의 말이었지만 상관없었다.

"술 한 잔을 제대로 주고받지 못한 것이 씁쓸하여 그대와 술이 나 한잔할까 한다."

조선의 말로 인사를 대신하며 완은 술병을 들어 보였다. 말을 알아듣지 못해도 행동은 알아보겠거니 생각한 모양이다.

[통역은 어디에 두고 혼자 찾아와 대화를 어렵게 하는가?]

"말해도 서로 알아듣지 못하니, 몸짓이나 하며 술이나 몇 잔 주 고받으면 될 듯하다."

때마침 명실이 상을 내왔고, 완이 가져온 술병을 들었다.

"이년이 나리께 술 한 잔 올려도 되겠습니까?"

"그래, 따라 보아라."

명실은 완이 가져온 술병을 들고 두 개의 잔에 술을 따랐다. 기어이 기방 주인에게 술 한 잔을 받고야 마는구나 하는 생각에 완은 실소했다.

"자네는 이만 나가 보게."

"예, 나리."

명실은 끼어드는 법 없이 다시 일어섰다.

두 개의 잔이 놓이고, 륜명은 피곤하다는 듯 눈을 찌푸리며 어깨를 두드렸다.

[요즘의 나는 술을 마시지 않는다.]

알아들을 리 없으니 륜명은 술잔을 가리키며 손을 저어 보였다. 술이라면 질색이라는 표정을 더하자 완이 이해했다는 듯 고개를 끄덕였다.

"나 역시 오랜만에 청하는 술이다. 일전에 가져왔던 술보다 더 귀한 술이다. 이것을 찾아내니 그대가 생각이 나서."

술병을 들며 완은 과거를 말하듯 손을 뒤로 물렸다가 이것이 더 좋은 술이라는 것처럼 술병을 흔들었다. 대충 알아들었다는 듯 륜명은 고개를 끄덕였다.

[성가시게 그따위 얼굴을 하고 왔는가. 곧 죽을 사람처럼.]

륜명은 중얼거렸다. 형형한 눈빛을 제외하고는 완은 산 사람으로 보이지 않았다. 이미 전후 사정을 모두 알기에 그렇게 보이는지도 몰랐다.

"한잔 들겠는가?"

완이 잔을 들자 륜명이 따라 술잔을 들었다. 귀한 술이라니 본능처럼 호기심이 일렁였다.

[이것은 어떤 술인가? 이번에도 어주인가?]

륜명의 몸짓을 대강 이해한 완은 고개를 끄덕였다.

"어주이기 이전에 궐 밖으로는 나올 수 없는 금기의 술이다."

궐 밖에선 마실 수 없는 술.

"또한 궐 안에 있다 한들 모두가 아는 술도 아니다. 심지어 금상께서도 이 술의 맛을 모르신다."

금상도 맛을 알지 못하는 궐의 술.

"제아무리 돈을 산처럼 쌓아도, 만 냥의 값을 치른대도, 죽을 때까지 이 술을 보지 못하는 사람들이 대부분이지."

완은 들으라는 건지 혼자 중얼거리는 건지 알 수 없는 말로 속삭였다. 륜명은 못 알아들은 척 눈만 깜빡이며 술을 응시했다.

[어찌 되었든 그만큼 귀한 술이다, 이 말이지.]

한데 참으로 별일이다. 용희를 내어놓으라 멱살부터 붙잡을 줄 알았는데 술이라니. 참으로 속을 알 수 없는 자라는 생각에 륜명은 피식 웃음을 흘렸다. 그러곤 별생각 없이 술잔을 입으로 가져갔다. 그때, 완의 입술이 아주 작게 열렸다.

"지금 네가 마실 잔엔 독이 들었다."

륜명은 입술까지 닿을 뻔했던 술잔을 공중에서 멈추었다.

"독에도 급(級)이 있는 법. 이 독은 지독한 중벌의 죄인에게만 내려지는 독이다. 한입을 삼키면 혀가 길게 밀려나와 제 목구멍을 막는다고 하지."

완은 어서 마시라며 손짓했다. 인심이 깃든 미소마저 따스하게 그려 주었다.

"숨이 끊어질 때까지 오장육부가 타는 고통을 느끼게 된다 하던가. 어찌나 지독한지 강가에 시체를 버려두어도 짐승들조차 먹지 않을 악취가 난다고 한다."

어서 마시라고 완은 또다시 륜명을 향해 손짓했다. 하는 말을 지우고 보면 술을 권하는 평범한 모습만 남았다.

륜명은 눈을 깜박였다. 차마 마시지 못한 술잔은 공중에서 멈췄을 뿐, 내려놓지도 못했다.

"네가 나의 말을 알아듣지 못한다면 그 술을 넘기겠지."

완은 옷자락을 여미며 빛 좋은 안줏거리를 들어 륜명의 접시에 올렸다. 이제는 무를 수도 없이 마실 일밖에 남지 않았다.

"하나 네가 내 말을 알아듣고 살기를 자처한다면 어찌 술을 넘길 것이냐."

떨리는 손끝을 다스려 보려 해도 술은 방울방울 떨어졌다. 그럴수록 더욱 덤덤한 완의 음성이 이어졌다.

"선택해라. 나는 네가 무엇을 선택해도 전부 좋다."

륜명의 오른팔은 더욱 떨렸고, 완은 잔을 들었다. 멈춰 있는 륜명의 잔에 자신의 잔을 가져다대며 다정함이 가득한 미소를 그렸다. 쨍. 순결하게 생긴 희고 매끈한 두 잔이 부딪치며 청명한 소리를 냈다.

"듣고 있다면 마저 들어라. 나는 조선의 세자, 이완이다."

지금 동궁께서는 여유가 없는 자라 칭해도 좋았다. 모질고 악독하다 칭해도 좋았다. 세상 모든 비난을 끌어다 그 앞에 가져온대도 멈추지 않을 마음이었으므로.

륜명의 입술이 절로 멍하게 벌어졌다. 복발하는 놀라움과 작열하는 두려움, 통렬한 충격까지 뭐 하나 빠짐없이 그를 찾아왔다.

"네가 감춘 여인은 바로 나, 세자 이완의 여인이다."

이러지도 저러지도 못한 륜명의 손끝만 매섭게 떨려 오고, 완은 마치 귀한 것을 먹여 주겠다는 듯 살갑게 손짓했다. 어서 마시라고, 어서 삼키라고. 그것이 아니라면, 나의 그녀를 내어놓으라고.

"마시겠는가?"

동궁의 몸에서 빠져나온 살기가 방 안을 빈틈없이 메웠고, 그럴수록 완은 더욱 환히 웃었다. 웃음만 보기로는 어지간히 다정하여 마치 무척이나 오래된, 막역한 벗을 바라보는 것만 같았다.

"마셔 보겠는가?"

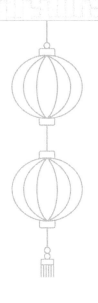

49화

거듭 태어나도

【해종실록 11권. 해종(偕宗) 17년 6월 19일】

경기 감사 송덕윤이 아뢰기를.

"나라의 기쁜 일에 앞장서 장녀의 단자를 올렸으나, 뒤늦게 알기로 여식이 마음을 준 정인이 있어 식음을 전폐하고 죽을 날만 바라고 있사옵니다. 신 또한 엎드려 죽기를 바라옵건대 단자를 거두어 주시옵소서."

하였다. 이를 전해 들은 상이 이르기를.

"이미 올린 단자를 거두어 가는 것은 엄히 다스릴 죄악이요, 또한 이보다 중한 것이 없을 나라의 국혼이나 마음을 쓰지 않을 수 없다. 나는 오히려 이해하니 거두어 주도록 분부하라."

하였다.

　죄를 짓고 있는 중인지 벌을 받고 있는 중인지도 알기 힘든 시간이 흐른다. 고작 눈을 한 번 깜빡이면 흘러갈 촌각의 시간이, 단위도 세기 어려운 무량의 것으로 느껴졌다.

　류명은 천천히 호흡하며 술잔을 내려다보았고, 완은 말없이 그를 주시했다. 때로는 삶이라는 게 이다지도 무용했다. 손에 쥔 술한 잔을 두고 이승과 황천을 오가야 했으니까. 채 일백을 넘기지 못하고 사라질 우리네 인생. 천자의 생명을 원한 것은 아니었대도, 한 잔 술에 부서질 목숨이란 여간 하찮고 우스운 것이 아닐 수 없었다.

　"……휴."

류명은 구름처럼 모인 한숨을 뱉어 내고는 천천히 잔을 내렸다. 자그마한 잔이 내려오자 완은 짐작이 맞았음에 헛웃음을 지으며 중얼거렸다.

"하, 기어이 알아들은 것인가."

류명이 내린 잔을 바라보던 완은 들고 있던 자신의 술잔을 비워 냈다. 고개를 꺾으며 단숨에 삼켰고, 잔을 내렸다.

애당초 독이란 없었다.

"맛이 참 깔끔하며 깊다. 장인의 솜씨란 예사 것이 아니군."

완은 입술을 닦으며 류명에게 술의 맛을 전했다. 결국 동궁의 손바닥에서 놀아났음을 깨달은 류명은 겸허히 일어섰다. 신분과 존재를 듣고서도 상석을 지키고 있을 재간은 없었으므로.

류명은 보폭을 좁게 하며 완의 오른편에 섰다. 이윽고 그의 무릎이 내려왔고, 손바닥이 끝장에 닿았으며, 이마는 손등을 향해 구부려졌다. 완은 엎드린 류명의 등허리를 바라보며 마른 주먹을 쥐었다. 통곡이 쏟아질 것 같은, 비려 토할 것만 같은 그 마음을 애써 내리누르며 남아 있는 일들을 기다렸다.

류명은 일전에 보지 못했던 낮은 자세로 입술을 열었다. 마땅했고 지당했다. 이곳은 조선. 마주한 자는 춘궁(春宮).

"인사가 늦었습니다."

국본이요, 세자이셨다.

"륜명이라 하옵니다."

"뉘십니까?"

지방 관찰사. 자리에 앉아 있던 종구품 검률직의 사내가 묻자, 월호는 주변을 살피며 패를 들었다. 달리 설명할 것 없이 간편한 일이기도 했다.

"한양에서 내려온 한성부 관원을 만나러 왔다."

"아…… 아? 아! 이, 이 안에 계십니다! 따라오십시오!"

월호의 신분 패를 바라보던 사내는 다급히 일어났고 부산스러움을 따라 우당탕 의자가 넘어졌다. 무릎을 찧었는지 연신 비비며 월호의 곁에 다가선 사내는 허리가 반쯤 구부러진 자세를 했다.

"한양에서 오셨습니까?"

"그렇소만."

"꽤 오래 걸리셨겠습니다. 며칠이나 걸리셨습니까?"

"하루. 이쪽인가?"

"아, 예. 여기 계십니다."

사내가 문을 열자 월호는 다급히 안으로 들어갔다. 문이 굳게 닫히니 사내는 멍한 얼굴을 했다.

"하루라니. 천리마라도 타고 오신 건가? 사람이 가능한 일이라고?"

한양에서 내려오는 관원들은 평균 삼 일에서 오 일의 시간을 두고 해당 관찰사에 도착했다. 그런데 하루 만에 왔다니.

"역시 익위사는 달라도 확실히 다르구면."

가능한 일인지는 알 수 없었다.

©

드디어 상석을 꿰찬 동궁께선 술잔을 가득히 채웠다. 세자와 잡상인이 만나 술을 마시니 무슨 유연한 이야기가 오고 가겠느냐마는, 굳어 버린 공기 속에서도 나름의 멋이 있는 사내들이었다.

"한 잔 더 하겠는가?"

"망극하옵니다."

소매 끝을 여미며 술병을 든 동궁의 모습이 그러했고, 굽혔으나 비굴하지 않은 륜명의 모습이 그러했다.

주거니 받거니 술병만 오고 간 것이 얼마나 되었을까. 완은 또다시 술을 삼키며 입가를 닦았다.

"륜명이라 했던가."

"예, 세자 저하."

데일 것만 같은 뜨거움이 사라진 자리에 평정심이 깃들었다. 안온해진 것이 아니라, 마음의 모든 것이 타 버려 한 줌의 재가 된 것이었다.

"아뢰옵기 송구하오나 긴히 여쭈어도 되겠습니까?"

"무엇을?"

완은 술을 따랐다.

"소인이 조선말을 할 줄 안다는 것을 어찌 아셨습니까?"

"아아, 그거. 별거 아닐세. 그저 줄기를 타고 올라가다 보니 남는 것이 그 아이와 그대뿐이더군."

완은 손사래를 치며 륜명의 잔에 술을 채웠다.

"그 아이가 자네에게 일부러 말했을 리 없겠고, 자네가 스스로 알아들었다면 모든 것이 맞아떨어지는 일이지."

두 손으로 공손히 술을 받아 든 륜명은 고개를 약간 돌리며 입술을 축였다. 역시 듣던 대로 조선의 세자께서는 영민함이 준수했고 사리에 밝았다.

"하여, 어디에 있는가?"

오래 기다리고 참았다는 듯 세자의 질문이 이어진다. 위압적인 목소리는 듣는 것만으로도 칼날 앞에 목을 내어놓은 기분을 들게 했다.

"이곳에 있겠지. 자네 또한 그 아이를 먼 곳에 두고 잠이나 청할 위인은 아닐 테니 말이다."

완이 굳이 듣지 않아도 알겠다는 듯 다음 말을 잇자 륜명은 술을 삼켰다. 시간을 벌기 위한 꾀는 아니었다.

"어디에 있는가?"

"짐작하신 대로 이곳에 있습니다."

륜명은 술잔을 내리며 답했다. 아무리 괜찮은 척해 봐도 완의 손끝이 떨렸다. 전율에 가까운 떨림이었다.

"그날 태진사로 이동하던 산속에서 화살을 맞았습니다."

살을 맞았다는 소리가 형상을 지닌 채 가슴을 찔러, 완은 멍한 눈빛을 했다.

"살을 맞았다니?"

"그것도 보통의 살이 아닌 독화살이었습니다."

숨이 울대를 막아 가슴이 저민다. 순식간에 깜깜해진 시야에 무엇도 보이지 않게 되었다.

"상황을 살피며 치료를 하자니 한시가 급하여 저하께 미처 알리지 못했습니다."

"……."

"아니, 넉넉한 시간이 주어졌대도 알리지 않았을 것입니다."

륜명은 덤덤했다. 사내들이 생사를 걸고 맞서는 싸움이란 빗대 말할 것이 없을 만큼 치열했고, 또한 우열을 가리기도 힘들었다.

술잔에 긴 시선을 주며, 륜명은 허망한 사내의 마음을 담은 말을
이었다.

"지금도 고민하고 있습니다. 저하께 그 아이를 보내도 될지 말
입니다. 저하의 신분을 알고 나니 더욱 앞일이 걱정되어 쉽게 판
단이 서질 않습니다. 그 아이만 힘들어질 것이 뻔……."

"화살을, 독화살을 맞았다……."

륜명은 작게 당황했다. 힘겹게 뱉어 낸 자신의 이야기를 동궁께
서 전혀 듣지 않고 있는 것이었다. 그녀가 화살을 맞았다는 사실
에만 집중할 뿐, 다른 것은 흘려듣지도 않는 것이 분명했다.

"그래서, 어디에 있느냐?"

역시 안 들었다는 생각에 륜명은 한숨을 불어 내쉬었다.

"이곳에 있으나 지금은 의식이 없습니다."

"앞장서라. 가 봐야겠다."

"이곳엔 좌상의 심복들이 있습니다."

완은 일어서려던 행동을 멈추었다.

"이곳에 그 아이가 있음을 아는 자는 많지 않으나, 지금 저하와
제가 움직인다면 필시 그 아이의 존재가 드러날 것입니다."

"……."

"그래도 찾아가시겠습니까?"

더는 술을 따르고픈 의지도, 삼켜 내고픈 마음도 사라졌다.

완은 움직이지 못한 채 륜명의 말을 귀담았다.

"의식도 없는 아이를 어디로 데려가시겠습니까. 저하께서는 세상으로부터 안전한 한 칸짜리 방도 얻지 못하실 것입니다. 또한 그 아이의 얼굴을 마주하는 대가로 많은 일을 치르시게 될 것입니다."

대가를 치를 것이다. 품고 있는 그리움은 마음이 주저앉고 빛을 잃으며 사경을 헤매는 정도로 끝나지 않을 것이니.

"그래도 바라보시겠습니까? 기어이 찾아내어 존재를 세상 밖으로 끌어내시겠습니까."

그러나 완은 끝내 답을 하지 못했다. 신분만으로는 해결할 수 있는 일이 아무것도 없어 좌절만이 발끝까지 내려올 뿐이었다.

"의식을 차리는 대로 기별을 드리겠습니다. 그때 찾으시옵소서."

륜명은 고개를 수그렸다. 그녀가 가겠다고 말한다면 단 한 번의 주저함도 모른 채 곁으로 보내 드리겠다고 약조했다.

"모두가 위험합니다. 부디 통촉하여 주시옵소서."

"하……."

완은 기가 막힌다는 듯 웃음을 토했다. 구구절절 옳은 말 앞에 한마디의 억지도 나오지 못했다. 비록 뜻은 같지 않아도 그녀에게 닿아 있는 마음이 한결같아, 서로에게 칼을 겨눌 수 있는 주제도 되지 못했다.

"통촉이라니. 조선의 말을 어지간한 조선인보다 잘하는군."

"어미가 조선인입니다."

"그러한가."

세자의 숨찬 목소리는 듣는 것만으로 심경이 가늠되었다. 할 수 있는 일이 많지 않아 끄덕이는 고갯짓에 허무함이 깃들어, 보는 이를 쓸쓸하게 만들었다.

"치료는 어찌하고 있는가?"

"의원을 불렀습니다. 탕약은 손수 먹이고 있으니 걱정 마시옵소서."

"그래, 탕약을 먹어야 심신에 기를 보완……."

완은 천천히 말꼬리를 흐리며 륜명을 바라보았다. 거슬린다는 듯 눈꼬리를 가늘게 만들었다.

"네가 탕약을 어찌 먹인다는 것이냐? 의녀는 없고?"

"그저 직접 하는 것이 편하여 그리하고 있습니다."

"손수라니. 의식 잃은 자에게 탕약을 먹이기가 쉽지 않을 것인데?"

륜명은 완의 말을 이해하지 못하겠다는 듯 고개를 들었다. 의미심장한 눈빛에서 분노가 타오르자, 얼마 후 륜명은 피식 웃음을 흘렸다. 웃음을 오해한 완이 눈을 더욱 치켜떴다.

"잘 먹이고 있습니다. 의식이 없으니 뜻대로 먹질 않아 무척 힘듭니다."

"어찌 먹이고 있는지?"

"아아, 뭐, 무엇을 어떻게 추측하신대도 부정하지는 않겠습니다."

"마지막 술잔을 끝으로 세상 하직할 용의가 있는 모양이로다?"

"약이야 약 수저로 먹이고 있지요. 진심입니다."

륜명은 두 손을 들며 아무 짓도 하지 않았노라 이실직고했다. 영 마음에 들지 않는지 세자의 미간이 일그러졌다가 한참만에야 겨우 제자리를 찾아들었다.

"륜명."

"예, 세자 저하."

"나는 궁으로 돌아가지 않는다."

"……."

"연락을 기다리겠다."

완은 술병을 가볍게 들었고 잔을 채웠다. 륜명의 술잔마저 채우고 나니 꼭 맞게 떨어지고 술은 동이 났다.

"나도 하나만 묻겠다. 좌상이 그대를 살려 둘 리 없는데 어찌하여 이곳을 떠나지 않는 것인가?"

"부리던 아랫것은 이미 명으로 돌려보냈습니다. 배 한 척을 띄우기도 좌상의 허락 없이는 벅찬 일이라."

"내가 보내 준다면 떠날 것인가?"

"잘, 모르겠습니다."

심경의 복잡함이 느껴지는 대꾸에 완은 말을 아꼈다. 간간이 질문이 오고 가나, 누구 하나 속 시원한 답을 하지는 못했다.

"저하의 신분을 그 아이도 알고 있습니까?"

"모른다."

완은 털털하게 웃으며 고개를 가로저었다. 독자적인 음성에 스며든 겸허함이 못내 가슴 저렸다. 륜명은 손대지 않은 안줏거리를 가만히 바라보다가 조심스럽게 입술을 열었다.

"그 아이가 결국엔 저하의 신분을 알아 슬퍼지면 어쩌시겠습니까?"

"……."

"아무것도 모른 채 저하의 손을 잡고 마음을 끊어 낼 수 있을 시기마저 놓쳐 일생이 불행해진다면, 하여 저하를 원망하고 남은 삶을 원통하게 여기게 된다면, 그때는 어찌하실 것입니까."

"그 입 참으로 맹랑하다. 기어이 할 말은 다 하고 마는구나."

"답해 주소서. 어쩌실 작정이십니까."

완은 쓴 물이 올라와 마른침을 삼키며 눈을 천천히 감았다가 떴다. 진창이 되어 버린 마음은 바람이 불어드는 것처럼 시리고 추웠다.

"……울겠지."

단단하지 못한, 그렇다고 여물지도 못한 말이 공간을 적셨다.

완은 공허한 시선을 먼 곳으로 주며 말을 이었다.

"울며 가슴을 치겠지. 원망이 섞인 말들로 나를 비난하겠지."

그럴 것이다. 아마도 그럴 테지. 미리 알려 주지 않아 내 마음을 쓸어 갔다며, 너는 아마도 나를 책망하겠지.

"그 아이에게 알려 주소서. 그리하셔야 합니다."

"쉽다고 보는가?"

"쉽지 않아도 하셔야 합니다."

"몰라 곁에 있음과 알고도 떠나지 못하는 것. 너는 어느 쪽이 더 지당하다 보는 것이냐?"

류명은 답하지 못했다. 깃든 뜻이 너무나도 크게 느껴져 일순 자신의 어리석음에 헛웃음만 흘렸다.

"세상엔 반드시 알아야 할 것과, 반드시 알아야 하겠으나 모른 대도 좋을 것들이 있다."

류명은 동궁의 말을 긍정했다.

그래, 자신도 신기형이 아비라는 것을 몰랐으면 더 좋았을 것이라고.

"스스로 떳떳하지 못해 감추는 것이 많은 아이다. 나는 그것들을 먼저 해결하려 한다. 그런 신분의 문제 따위, 그 아이에게 두려움이 되지 않게 말이다."

부정해도 바뀌지 않는 사실이라면 모르는 것이 더욱 좋았을 것이라고. 아비의 존재를 몰라 일평생 애타며 살았음이 차라리 나았을 것이라고 생각했으니.

"평생을 모르게 할 수 있다면 그것이 낫겠지. 하지만 그 아이가 나에 대하여 알게 된다고 해서 무엇이 달라지겠느냐. 내가 그 아이를 떠나보낼 리가 없는데."

"……."

"원망을 듣고 싶지 않아서가 아니다. 기필코 받아야만 하거든 그 아이가 감내해야 할 것들을 조금 미루고 싶을 뿐."

가볍게 술을 털어 낸 완이 빈 잔을 매만지며 쓰게 웃었다. 웃음 끝에 매달린 처연함은 잠겨 있는 음성보다 더욱 깊이 다가왔다.

"어쩔 수 있겠는가? 일국의 세자라는 자는 이다지도 사내구실을 하기가 힘이 드니 말이다."

"궁으로 데려가실 수 있으시겠습니까."

"뭐, 언젠가는."

스스로 뱉어 내고도 한심한지 세자께서는 또다시 웃음을 매달며 빈 잔만 어루만졌다. 참으로 무책임하고 안이한 답이다. 세월도 계절도 약속할 수 없는, 확답도 계획도 들려줄 수 없는, 나란 사내란 이다지도 한심하여 두고 볼 수가 없지 않느냐.

"이만 일어나겠다."

완은 술기운이 오른다는 듯 자리에서 일어섰다. 한 점의 틀어짐도 없던 갓을 고쳐 쓰며 옷자락을 정돈했다. 따라 일어선 륜명은 세자의 발끝에 시선을 고정했다.

"연락을 기다리겠다."

귀한 손으로 방문을 열며 완은 밖을 나섰다. 흘깃거리던 사내 하나가 달려 나가는 것을 본 완은 어디도 안전한 곳이 없구나, 장탄을 흘렸다. 신을 신고 걸어 나온 완은 잠시 멈춰 서 윤월각을 바라보았다.

"그 아이는 괜찮은 것인가?"

"의식을 회복하는 중이옵니다."

"그래, 그렇군."

이 어느 곳에 네가 있다는 걸 알면서 나는 한 걸음도 가지 못해. 또한 밖엔 네가 없으니 어디도 갈 곳이 없구나.

"륜명, 이제 내 목숨 줄은 자네가 쥐었다."

비웃어도 좋다. 일어나 손가락질을 해도 좋다.

"어디로 가실 예정이십니까?"

"주제에 어딜 갈 수 있겠는가. 그 아이가 여기 있는데. 대군의 사가에 있을 테니 기별을 넣어라."

"하나만 더 여쭙겠습니다."

다시 만나자. 우리, 살아 다시 만나자.

"정녕 그 아이를 산 자로 만드실 수 있겠습니까?"

영겁이 흘러도 다시 만나자. 태어나고 또 태어나도 다시 만나자.

"그 아이가 누군지, 또 무슨 사연이 있는지 정녕 밝혀내시어 해결하실 수 있으시겠습니까?"

완은 륜명을 바라보았고 천천히 입술을 열었다.

"이런 와중에 내가 네게 할 말은 아니다만, 나를 너무 만만히 보지는 마라."

륜명은 고개를 수그렸다. 그 눈빛, 너무나도 확고하여 믿지 않고는 도리가 없었다.

완은 도저히 떨어지지 않는 발길을 돌리며 주먹을 힘껏 쥐었다. 보고파 억장이 무너지지만 태연해야 했다. 너를 놓친 죄, 네가 그립고 그리운 것은 당연한 벌.

"나올 필요 없다. 혼자 가겠다."

"예. 부디 살펴 가소서."

나는 달게 받겠다.

◎

"확인해 보라 한 것은 어찌 되었습니까?"

"아니, 예까지 내려오신 것입니까? 안 그래도 며칠 뒤면 한양에 올라가니 기별을 드리려고 했습니다."

"한시가 급한 일이라 부득불 오게 되었습니다."

월호는 지방으로 파견 나온 종이품 우윤(右尹) 직책의 사내와 마주 앉았다. 우윤 직책의 사내에게 익위사의 신분이란 품계를 따져 가며 대하기 힘든 사람이었다. 많은 것들을 취합했는지 사내가 가리키는 서책은 양이 꽤 되었다.

"은밀한 일이라니 누굴 대신 시킬 수도 없고, 한양에서 조사하던 자료 그대로 가지고 여기까지 왔지 뭡니까."

"잘하셨습니다."

"자, 보자……. 지난 이 년 동안의 사건 사고를 중심으로 좁혀 보았습니다. 총 일백아흔 개의 사건으로 추렸고, 그중 민가의 일을 제하고 나니 서른여섯 개의 사건이 남았습니다."

월호는 사내의 손끝을 바라보았고, 사내는 종이를 한 장 한 장 넘기며 말을 이었다.

"그중 여식이 있는 집안을 추려 스물두 개의 사건을 취합하였고, 나이를 계산하여 제하고 나니 총 세 개의 사건이 남았습니다."

사내는 정리한 종이를 내밀었다. 월호는 종이를 받아 들었고 침착하게 내용을 살폈다. 우윤직을 맡고 있는 사내는 고개를 길게 빼며 이내 참견했다.

"지난해 청주한 씨 가문에서 스스로 목을 매 자결한 여인이 있었는데, 그 여인이 살아 있었다면 당 열여덟입니다."

"자결한 이유는 무엇입니까?"

"여기 보시면 나와 있습니다. 기록에 혼인을 약조했던 사내가 집안의 몸종 계집과 정분이 나 파혼되었다 하지요? 이러니저러니 사내들이 문제입니다. 아랫도리 관리를 잘못하여 멀쩡한 여인이……."

성격대로 주절거리던 사내는 월호의 날카로운 시선에 말꼬리를 흐렸다. 두툼한 장부를 살피던 월호는 시선을 종이에 둔 채 사내에게 물었다.

"인상착의는 없습니까?"

"있습니다. 잠시만 이쪽을 보시면……."

사내가 여인의 인상착의가 적힌 곳을 펼쳐 주자 월호는 매서운 눈매로 읽었다.

"키가 무척 컸다지요. 장정들과 견주어도 비등비등했다 할 정도니."

홍시는 아니다.

월호는 고개를 끄덕이며 다음 장부를 집어 들었다. 사내는 또다시 알고 있는 바를 늘어놓았다.

"다음은 안동 권씨 집안입니다. 역시 작년 일이고 소상히 기록되지는 않았으나 병을 앓다 죽은 것으로 기록되어 있습니다."

살아 있었다면 열여덟이 되었을 꽃 같은 나이.

"아비가 고집이 세고 엄하여 감히 의원에게 보이지 않겠다고 했다지요? 세상 자식의 목숨보다 귀한 것이 있나 안타까운 일⋯⋯ 여기, 인상착의입니다."

사내는 또다시 중얼거리던 말을 수습하며 인상착의를 펼쳐 주었다. 검은 피부, 얼굴에 큰 점이 있었다는 것을 보아 이 역시 홍시는 아니다. 정녕 없는 것인가.

"아, 그리고 이제 마지막인데."

주변을 흘깃거리던 사내는 목소리를 낮추었다. 아무래도 입에 올리기 조심스럽다는 것처럼 보였다.

"이건 아무래도 찾으시는 것이 아닐 것 같긴 한데, 혹시 몰라 넣었습니다."

월호는 두껍기가 이루 말할 수 없는 마지막 장부를 들었다. 사내는 두런두런 말을 이었다.

"얼마 전 큰일이 났던 영상 대감 가문입니다. 뭐, 이제는 대감이라 부르기도 뭐 하지만."

귀한 가문. 월호의 살갗에 소름이 돋았다. 한 장 한 장 넘기는 손끝에 떨림이 감돌았고 사내는 무심히 말을 이었다.

"화재로 전부 죽지 않았습니까? 그 댁 아가씨 또한 목숨을 잃었는데 살아 있다면 꼭 열여덟입니다."

살아 있다면, 열여덟.

"인상착의는 여기 있습니다. 그렇게 고왔다지요?"

순서를 알겠다는 듯 사내가 인상착의를 찾아 주자 월호는 시선을 고정했다.

[피부는 희고 맑으며 눈두덩이 두툼하고 얼굴선이 반듯하여 미인형이다.]

"아, 그리고 이것은 사담인데 말입니다."

차마 종이를 넘기지 못하고 월호는 계속해서 시선을 고정했다. 짧은 한 줄이었지만 좀처럼 눈길을 뗄 수 없었다.

"그렇게 똑똑했다고 합니다. 김판두 대감의 사가에 명국의 사신들이 방문할 때면 그 댁 아가씨가 대감을 따라 잔치를 진두지휘했다니, 안타까울 뿐입니다."

그제야 월호의 시선이 아래로 내려갔다. 숨을 내쉬는지 들이마시는지 알 길이 없었다.

[명국의 말을 곧잘 하니 사신들의 귀여움을 받기도 하였다.]

"이게 다입니다. 더 보여 드릴 것이 없습니다."

"잘 알겠습니다."

월호는 그다음, 그다음 아래까지 모두 훑었고 표정을 감춘 채 장부를 덮었다.

"어쩌, 이 셋 중에 찾고 계신 정보가 있습니까? 이제 보여 드릴 것이 없는데."

"아닙니다. 찾지 못했습니다."

안타깝다는 듯 사내는 미간을 좁혔다. 도움이 되지 못했으니 그
간 며칠 밤을 새운 것이 허탈했던 모양이다.

월호는 인사를 건넨 뒤 돌아섰다. 심장은 하염없이, 또한 가파
르게 뛰었다.

[열여덟에 목숨을 잃었으니, 이름은 용희였다.]

찾았다.

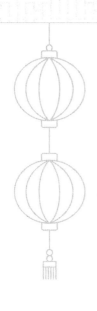

50
화

우리가 하나인 이유

상이 이르기를.

"세자빈이 될 인물은 자리에 걸맞은 책임을 능히 알고 예와 법을 중요시 여기며 작은 물건을 대할 때에도 귀함을 알기를 바란다. 백성의 어려움을 몸소 알아 검소하며 숙덕이 있는 규수를 잘 골라 뽑아 배필로 삼아야 할 것이다."

하였다.

"지담아, 지담아!"

서임 대군의 사가를 지나던 지담은 잠시 망설이던 걸음을 돌려 집으로 향했다. 들어서기가 무섭게 어머니가 뛰어나왔고, 지담은 싱긋 웃는 얼굴로 어머니를 마주했다.

"소자 왔습니다, 어머니."

"어쩜 기별도 없이 왔어. 세자 저하께서 입궐하시었다더니 참이었구나."

"그간 별고는 없으셨습니까?"

"없기는. 사는 일 전부 별일이 아니었겠니. 아들이 집을 나가 돌아오지 않는데 잘 지낼 리가 없질 않더냐."

마주 보는 것만으로는 성이 차지 않는다는 듯 어미는 지담의 옷자락을 덥석 붙잡았다. 일을 멈춘 채 길게 늘어선 아랫것들이 고개를 수그린 채 귀한 도련님을 맞이했고, 지담은 한 바퀴 집을 둘러보다 입술을 열었다. 꾸물거릴 시간은 없었다.

"잠시 걸음 했습니다. 다시 가야 합니다."

"간다고? 벌써? 벌써 말이냐?"

"예, 어머니."

서둘러 가 봐야 한다고 아들이 고개를 끄덕이자 어미는 고개를 가로저었다. 아들의 옷자락을 더욱 감싸 쥐며 밥이라도 먹고 가고, 아니면 차라도 한잔 마시자고, 이도 저도 힘들면 이렇게라도 좋으니 마주 보며 조금만 더 있어 보자고 붙들었다.

"아무리 바빠도 끼니는 챙길 것 아니냐. 집에 와서 어찌 빈손으로 가겠다는 것이야."

"잘 먹고 있습니다. 걱정 마세요, 어머니."

"그럼 기다려라. 가져갈 음식이라도 조금…… 아니지, 여보게! 유성댁! 유성댁!"

"어머니."

지담은 옷자락을 놓아주지 않는 어머니를 다정히 불렀다. 이미 다음 말을 읽었는지 어미는 천천히 옷자락을 놓았다. 아들이지만, 아들이 아니어야 했다.

"알겠다. 가 봐야 한다는 것이지?"

"예. 한시가 급하니 이만 가 보겠습니다."

"세자 저하의 일인 것이냐?"

"예."

어머니는 고개를 끄덕이며 아들의 팔을 쓸어내렸다. 어깨부터 내려오는 손길엔 차마 말로 담지 못한 애정이 담겨 있었다.

"그래, 항상 몸조심하고."

어머니는 말끝에 당부를 보태었고, 여전한 어머니의 수다스러움에 지담은 눈꼬리를 휘었다.

"요즘 남부 지방엔 역병이 돌고 있다지 뭐냐? 그쪽으론 머리도 두지 마라. 그리고 덥다고 찬기 있는 음식을 자주 먹으면 배탈이 난다. 말이 나온 김에 말인데, 혹 전주로 가게 되는 일이 있거든 부채 하나만 사다 주련? 그곳이 부채로 그렇게 유명하…… 왜 웃느냐?"

어머니가 눈을 동그랗게 뜨자 지담은 퍽 즐겁다는 듯 웃음을 터트렸고, 꼭 기억해 두겠노라며 약조했다.

그때였다.

"왔느냐?"

"……네."

병조 판서인 부친이 들어섰고, 조금 전까지 환히 웃던 미소를 싹 지워 내며 지담은 목만 간신히 까딱이는 인사를 건넸다. 냉랭한 부자간의 기운에 어머니는 눈치만 살폈고, 병판은 말없이 안채로 걸음을 옮기다가 멈춰 섰다.

"잠시 나 좀 보자."

"가 봐야 합니다."

"얘, 지담아."

어머니는 어서 아버지를 따라가라며 아들의 등을 밀었다. 하는 수 없이 걸음을 옮긴 지담은 부친을 따라 안채에 들어섰고, 굳게 문을 닫았다.

"저하께서 민가 여인을 곁에 두신다는 것이 사실이냐?"

"그것을 어찌 소자에게 하문하십니까?"

"답이나 해라. 사실이냐?"

"아버지께 정보를 주는 자가 있을 것 아닙니까. 소자에게 묻지 마시고 그자에게 확인해 보십시오."

"그 여인이 죽게 생겼다."

지담은 무릎을 세우며 일어서다 멈칫했다. 병판은 답답한 마음에 커다란 부채를 펼치며 부채질을 했다.

"죽게 생겼단 말이다, 흔적도 없이."

"그것을 어찌 소자에게 알려 주십니까?"

"저하의 일인데 네가 알아야지, 달리 누가 알아야겠다고?"

지담은 입술을 깨물었고 병판은 올 것이 왔다는 눈빛을 했다.

"궐에 몸담은 사람들이 그깟 여인 하나 죽는 것에 눈이나 깜빡하겠는가? 하지만 저하께서 귀히 여기신다니 어찌 또 마음을 쓰지 않을 수 않을까?"

동궁께서 민가의 여인을 곁에 두고 계신다는 소문은 이미 파다하게 퍼졌다.

"저하의 눈길이 닿지 않는 곳으로, 세상 사람들의 손길이 닿지 않을 곳으로 네가 숨겨라. 그것이 그 여인을 살리는 길이다."

살리는 길이라는 말에 지담은 용희를 떠올렸다. 그 웃음, 그 눈매, 곧잘 환하여 주변을 밝게 물들이곤 했다.

"아버지, 그 여인이 저하와 함께일 수는 정녕 없겠습니까?"

"뭐라?"

"방법은 없겠습니까? 만들어 볼 수도 없는 일입니까?"

"허어."

아들의 허무한 질문 앞에 병판은 실없는 웃음을 터트렸다.

"답은 네가 더 잘 알지 않느냐?"

방법은 없다.

"반가의 여식들도 추풍낙엽처럼 떨어져 나가는 간택이다. 작은 점과 같은 가문의 오점에도 나가떨어지는 것이 곧 간택이란 말이다."

"……."

"단자라도 올려 볼 수 있겠느냐? 무슨 재주로? 올린다 한들 뒷배가 있겠느냐, 만들어 뒷배를 세운들 조정의 반발이 없겠느냐."

지담은 천천히 눈을 감았다가 떴다. 달리 반박할 만한 말들은 떠오르지 않았다.

"세자빈도 없는 지금, 후궁부터 보실 수 있을까. 그것도 아니라면 민가에 숨겨 둔 채 간간이 찾아보실 것이냐. 안 될 말이지. 팔방이 적이니라."

"……."

"그 여인, 저하의 마음을 받았으나 간직할 능력이 없어 매일이 고통스러울 것이다. 그뿐이더냐? 마음을 주었으나 달리 지킬 힘이 없어 저하 또한 괴로우실 터."

모든 것은 너무나도 손쉽게 예측되었다. 제아무리 다른 길을 상상해 보려 해도 마주할 현실은 단조로울 만큼 같은 결과였다.

"네가 감추지 못한다면 그 여인은 일평생을 위험 속에 살아야 할 것이다."

"……."

"이젠 주상 전하께서도 모든 사실을 알게 되셨으니 변명의 여지가 없다. 모두가 찾아 나서기 전에 네가 찾아 숨겨라."

지담은 가만히 숨죽인 채 부친의 말을 가슴으로 담았다. 머리로는 알고 있으나 가슴으로는 받들 수 없는 이야기가 쌓이고 쌓여 응어리지기 시작했다.

"다른 그 누구도 아닌 저하를 위한 길이니라."

"알아서 하겠습니다."

"그리고 그 여인을 살리는 길이다."

"이만 일어나겠습니다."

말을 아끼며 지담은 자리에서 일어섰다. 들어올 때와는 달리 두 손을 모은 채 공손한 인사를 건넸다.

문을 열고 밖을 나서던 지담은 잠시 망설이다 입술을 열었다. 답을 듣기가 두려웠지만 알고는 있어야 할 것 같았다.

"아버지께서는 좌상 대감의 손을 잡으셨습니까?"

병판은 다시 부채질을 시작했고, 답을 하기도 귀찮다는 듯 손을 흔들었다.

"재주가 없어 대세를 따르지 못하니 곧 퇴출당하게 생겼다. 너 도 염두에 두어라."

"다녀오겠습니다."

"아비가 잘려 너도 옷 벗을지 모르니 미리 사과하마."

"받아 두겠습니다. 강녕하십시오."

지담은 그제야 실금 같은 미소를 지으며 밖을 나섰다. 가히 듣 던 대로 효자의 가문, 그리고 충신의 가문이었다.

윤월각을 빠져나온 완은 따르는 자 한 명 없이 길을 걸었다. 이렇듯 아무도 몰라보는 거리를 걷고 있자니 신분 따위가 무엇인지 참으로 우스웠다. 처음으로 사는 것이 공허해졌다. 의욕이 없으니 걸음이 가벼울 리 없고, 머리가 무거워 판단도 맑지 않았다.

"누구냐."

기척을 느낀 완이 멈춰 서며 고개를 반쯤 돌렸고, 모습을 감춘 채 따라오던 사내 너덧이 모습을 드러내며 동궁의 앞길을 막아섰다. 잠시 방어적인 자세로 사내들을 훑던 완은 칼자루에 가져갔던 손을 치우며 짧은 한숨을 토했다. 익숙한 얼굴들이었다.

"궐로 가지 않을 것이니 너희들은 나를 못 본 일로 하면 되겠다."

완은 한 사내의 어깨를 툭툭 치며 다시 걸음을 옮겼다.

사내는 다시 한 걸음 완의 곁에 다가서며 입술을 열었고, 나머지의 사내들은 고개를 수그렸다.

"잠시 따르소서. 중전마마께서 기다리고 계시옵니다."

"어마마마께서 출궁을 하셨는가?"

"그러하옵니다. 뫼시겠습니다."

잠시 망설이던 완은 수긍한 듯 천천히 고개를 끄덕였다. 동궁을 에워쌌으나 전혀 위협적이지 않은 사내들은, 다름 아닌 내전의 별

감들이었다.

"오늘 낮에 자네를 찾아오신 분이 뉜 줄 아는가?"

신기형은 차를 홀짝 삼키며 륜명에게 넌지시 물었다. 가만히 앉아만 있어도 궐 안팎의 일들을 꿰고 있는 능력은 가히 권세를 짐작하게 했다.

"그분은 세자 저하시다."

"……."

"알고 있었던 모양이군."

찻잔을 내리며 신기형은 그럴 수도 있겠다는 표정으로 고개를 끄덕였다. 륜명은 그다지 반응을 하지 않은 채 신기형의 말에 귀를 기울였다.

"언제부터 알았는가? 그분이 세자 저하시라는 것을 말이다."

"조금 전에 알았습니다."

"그러하였군."

다 부질없다는 듯 신기형은 짧은 웃음을 지었다. 세월에 닳고 낡은 웃음은 듣는 것만으로도 심기를 불편하게 만들었다. 륜명은 천천히 눈을 깜빡이며 찻잔을 들었다.

"자네가 계집을 감추었는가?"

"무슨 계집 말씀이십니까?"

"동궁의 계집 말이다."

대화를 주고받는 동안 내내 시선을 주지 않던 신기형이 처음으로 륜명을 바라보았다. 사람을 뚫어 볼 것 같은 섬광이 번뜩이며 눈 속에 자리하고 있었다. 하지만 륜명은 타고난 장사치였다. 순간 당황했음에도 주저하거나 얼굴색을 조금도 바꾸는 일 없이 고개를 가로저었다.

"동궁의 계집이 누군지도 모르거니와 제가 감출 일은 또 무엇입니까."

"그러한가. 그저 감쪽같이 사라졌다기에 물어보았네."

신기형은 짤막하게 대꾸하며 고개를 끄덕였다. 스스로 생각해 보아도 륜명이 계집을 숨길 이유란 없었다. 한 여인에게 나누어 줄 마음 없이 주색에 빠져 허우적대는 인물이었으니까. 또한 륜명은 겁이 많고 아둔하여 윤월각 밖으로는 걸음도 주저하는 소인배였다. 영민했으나 도망칠 주제도 되지 못하고, 포부가 작아 자신의 등 뒤에 칼을 꽂을 인물은 더더욱 되지 못하는.

"동궁께서 이렇게 나를 도와주실 거라고는 생각하지 못했지. 그런 철없는 행동들로 내게 힘을 주실지 어찌 알았겠느냐?"

"무슨 말씀이십니까?"

"그런 일이 있었다, 그런 일이."

신기형은 다시 찻잔을 들었다. 자신에게 엿을 던져 주고 유유히 출궁한 동궁은 씹어 삼키고 싶을 정도로 싫었지만, 또 여식을 그의 짝으로 내줄 생각을 하니 어지간한 분노는 참아지기도 했다.

탐욕에 젖은 얼굴을 말없이 바라보던 륜명은 머금었던 차를 삼키며 입술을 열었다. 하늘이 내렸다는 혈연은 더없이 비통하고 한스러웠다.

"대감, 대감의 꿈은 무엇입니까?"

빌어먹을 핏줄만 아니었대도 이렇게까지 비참하지는 않았을 텐데.

"꿈 말이더냐?"

"예, 그러합니다."

이렇게 멀리 돌아가는 일 없이 쉬웠을 텐데. 용서도 되지 않는 아비를 벌하지도 못하는 심정이란 이런 것이구나. 이다지도 몹쓸 것이었어. 당신처럼 살게 될까 봐, 내 어머니와 같은 여인을 만들게 될까 봐 사랑 같은 것도 두려워진다.

"내게 무슨 꿈이 남아 있겠느냐. 대부분 다 이루었지. 이승에 그다지 바랄 것이 별로 없네. 다만 내 자식도 나와 같은 최고의 자리에 서기를 바랄 뿐."

"그렇군요."

류명은 작게 미소 지었다. 그의 입에서 튀어나온 '자식'이라는 말은 가슴을 쓸쓸하게 만들기에 무척이나 적합했다. 몇 번이나 입에서 맴돌던 말은 오늘도 나오지 못했다.

나 또한 대감의 자식이라고.

"다들 자리는 타고나는 게지. 난 내 자식에게 최고의 자리를 내줄 것일세. 누구도 마땅하지 않은 자리를 말일세."

"저, 대감."

류명은 토해 내듯 신기형을 불렀다.

"그래, 말해 보게. 무엇인가?"

"……."

대감께서는 제 어머니를 기억하십니까?

묻기가 참으로 두렵다. 그 여인이 뉜지 묻는다면 무어라 답해야 하는 것이냐. 누군지 감도 잡지 못하는 시선을 마주하고 난 뒤에 나는 또 어찌해야 하는 것이냐.

"류명?"

잊었겠지. 지웠겠지. 이름도 얼굴도 잊기에 충분했던 세월이지 않은가.

"아닙니다. 그저 모든 뜻을 이루시고 모두의 우러름을 받으소서. 멀리서나마 대감의 만복을 기원하겠습니다."

류명이 싱긋 웃으며 찻잔을 마저 비우자 신기형은 눈꼬리를 가늘게 늘어트렸다. 여간해선 나오지 않는 륜명의 고운 말에 이놈이 실성을 했나, 싶은 모양이었다.

"술은 좀 작작하게. 젊은 나이에 정신이 오락가락하면 되겠는가?"

"예, 그리하지요."

한 명의 용의자를 지워 낸 신기형은 가벼운 발걸음으로 윤월각을 나섰고, 륜명은 떠난 공간을 바라보다가 돌아섰다.

"저, 나리."

그때 륜명의 살림을 보아주는 아랫것이 다가왔고, 륜명은 무심한 시선을 주었다. 그러나 무심했던 시선은 얼마 가지 않아 환희에 흠뻑 물들었다. 이렇듯 그녀는 삶이 주저앉을 것 같을 때 기쁨으로 답하니, 마음을 주지 않을 재주가 없었다.

"깨어나셨습니다. 어서 가 보십시오."

륜명이 태어나 처음 배운 사랑이란 건, 짓이기고 물러나도 줄 수 있음에 벅찬 것이었다.

"어서 오너라."

본가를 찾으신 중궁께서 문을 열고 들어선 아들을 맞이했다. 이미 조선은 어둠에 깊게 잠겼고, 밤잠이 많은 중궁이셨으나 오늘은 늦게까지 깨어 계셨다.

"어마마마, 어찌 출궁을 하셨습니까?"

완은 부인복을 입고 자리하신 어머니를 향해 예를 다한 인사를 했다. 금실로 수놓인 당의가 아니래도 중궁께서는 고유의 중후함과 정중함을 갖추셨다.

"민가의 사내들처럼 네가 무시로 궐을 비우니 얼굴을 마주할 새가 있나, 몇 마디 나눌 시간이 있나. 어찌하느냐? 내가 너를 찾아올 수밖에."

"대전에서 알면 그냥 넘어가지 않을 것입니다."

"뭐, 벌하시면 받아야지 별수 있겠니? 모자가 함께 입궐하여 옥살이라도 해 봐야지."

중궁의 가벼운 농에 완은 살짝 미소를 그렸다. 아들의 몸에서 나는 술 냄새를 인지했는지 중궁은 숨을 짧게 쉬다가 미간을 좁혔다.

"술을 마셨느냐?"

"어쩌다 보니 그렇게 됐습니다."

"허어, 술이나 마시고 한숨이나 쉬려고 출궁을 했어? 이런 모자라고 한심한 일을 보았나."

"송구합니다."

속이 상하는지 중궁은 혀를 작게 차며 아들을 좋지 않은 시선으로 바라보았고, 달리 변명할 길이 없음에 완은 겸연쩍은 웃음을 보였다.

"내 너의 심정을 잘 안다."

중궁은 무릎에 팔꿈치를 괴며 입술을 열었다. 완은 차마 이을 말이 없어 고개를 수그렸다.

"하나 어쩌겠느냐? 태어나기를 달리 태어난 것을. 네 앞길은 선택이 아닌 의무다. 모르느냐?"

"알고 있습니다."

"궐의 모든 이가 마음이 없고 심장이 없어 이렇게 사는 것이 아니다. 다 녹이고 지워 내며 사는 것이야. 그곳은 그런 곳이다."

"……"

"겉으로 보기엔 다 가진 것 같은 우리다. 가까이서 들여다보지 않는 이상 우리에게 무엇이 필요하다 여기겠느냐. 그것의 대가니라."

어머니, 소자는 그것이 어렵습니다. 머리로는 받들고 있음에도 가슴은 여전히 잘 모르옵니다.

"그 아이가 그리 소중한 것이냐?"

사랑이되 사랑이 아니기를 얼마나 힘주어 바랐는지, 아마 모르실 것입니다.

"물었다. 답해 보거라."

"그렇습니다."

완은 짧게 답했다. 형체 없는 말의 무게가 어깨를 짓눌러, 다시는 일어설 수 없을 것만 같은 기분이 밀려왔다.

"못 놓겠느냐?"

또다시 이어지는 중궁의 짧은 질문에 완은 천천히 눈을 감고 답을 미루었다. 말 한마디에 마음을 담기에는 여러모로 부족함이 있었다.

그래, 때로는 나 역시 바랐다. 원망해라. 그러다 잊어라. 아무래도 우리, 그편이 낫지 않겠느냐.

"도저히 그렇게는 못 하겠느냐?"

그러다 때로는 다음 생애 다시 만나기를 바랐다. 하지만 그때도 우리, 스치고 지나가며 서러울까 봐 그마저도 바라기 어렵겠구나.

"그 아이도 너도 힘들어질 것인데, 꼭 붙잡아 인연이 되어야겠느냐?"

놓기를 바라본들 무엇 하겠느냐. 모든 바람의 끝엔 언제나 하나의 바람만이 남는 것을. 나는 너면 될까 한다. 나는, 오직 너 하나면 될까 한다.

"이미 전부를 내주었습니다. 무엇을 되돌릴 수 있겠습니까."

"하하."

기어이 아들의 입에서 튀어나온 대답에 중궁은 짧은 한숨을 내쉬었다. 이미 물처럼 쏟아진 일. 뒤돌아 후회해 봐야 나아질 것은 아무것도 없었다.

"완아, 이 어미 말을 잘 들어라."

아들의 서러운 눈빛이 가슴을 찌르자 중궁은 단단한 음성을 했다.

"내 그 아이를 궁으로 들일 것이다. 시작엔 우선 그것으로 하자."

놀란 완의 눈빛이 제자리를 찾을 시간도 없이 중궁의 말이 이어졌다. 내명부의 수장께서 내밀 수 있는 최선의 방법이었다.

"훗날 그 아이를 네 후궁으로 들일 수 있도록 갖은 힘을 써 보겠다."

"아……."

"그때까지만 기다려라. 네 마음이 그토록 뜨겁다면 무언들 싫을소냐? 그것만이 길인 성싶다."

완은 너털웃음을 터트렸다. 온갖 것이 물들어 있는 웃음 속엔 어머니의 깊은 고뇌와, 길었을 번뇌에 대한 미안함이 고스란히 담겨 있었다.

중궁은 말없이 아들의 답을 기다렸고, 한동안 입술을 떼지 못하던 완은 천천히 고개를 들었다.

"조금만 더 기다려 주소서. 답을 가져오겠습니다."

"시기를 놓치면 이마저도 어려울 수 있으니 명심해라."

"소자에게 이만큼 마음을 써 주시니 참으로 몸 둘 바를 모르겠습니다."

늦은 밤, 이 한마디를 전하고자 출궁하신 어머니를 향해 완은 처연한 미소를 지었다. 그런 아들의 미소가 못마땅한지 중궁은 고개를 돌리며 긴 한숨을 뱉었고, 완은 천천히 옷자락에서 손수건을 꺼냈다. 허망한 시선이 손수건을 향하고, 중궁은 천장을 바라보며 또다시 꺼질 듯 한숨을 내쉬었다.

아들의 심정이 어떠할지 모르는 것은 아니었으나 간택은 국사였다. 단순히 높은 지위로 휘두를 수 없고, 붙잡은 실권으로 흔들 수 있는 일 또한 아니었다. 마음은 지엄한 법도가 막아섰고, 결심은 왕가의 예도가 가로막았다.

"소자, 부족한 모습으로 실망을 안겨 드려 이 죄를 무엇으로 청해야 하는지 모르겠습니다."

"그런 말 말아라. 그것이 어찌 너의 탓이겠느냐. 마음은 인력으로 되는 것이 아닌 것을."

얼마나 귀히 보관했는지 잔주름도 없는 손수건을 쓸고 쓸어내리며, 완은 아직 깨지 않은 술기운을 느꼈다. 지금 당장 너를 느낄 수 있는 일이라곤 이것뿐인 한없이 모자란 자식, 부족한 사내. 그것이 쓸쓸한 완은 천천히 눈을 깜빡거리며 손수건이 용희인 듯 정성을 다한 눈길로 내려다보았다.

한숨만 내쉬던 중궁의 눈길이 세자의 손길위에 가 닿았다.

"그것이 무엇이냐?"

"유일한 소자의 것입니다."

"내가 좀 볼 수 있겠느냐? 이리 다오."

떨리는 중궁의 음성을 그때까지는 미처 헤아리지 못했다. 완은 중궁께 손수건을 건넸고, 중궁은 차마 다 펼치지 못한 채 수놓인 별과 꽃을 응시했다.

"이, 이것이, 이것이 어디서 났느냐?"

모르고 싶어도 모를 수 없고, 부정하고 싶어도 부정할 수 없었다.

"그것을 어찌 물으십니까?"

"바른 대로 말해. 이것이 어디서 났느냐니까? 네가 어째서 이것을 가지고 있어?"

중궁의 손끝이 바르르 떨렸다. 완은 어머니의 손에 들린 손수건을 바라보다가 천천히 시선을 올렸다.

듣고 있느냐, 용희야. 우리가 어느 계절에나 이 사랑을 이룰지 참으로 궁금하구나. 이렇듯 아는 것이 하나도 없어, 못난 사내는 오늘도 미운 말로 너를 그린다.

"그 아이가 소자에게 건네준 정표입니다."

"뭐, 뭐라? 그 아이가 주었다고? 그것이 참이냐? 참이더냐?"

중궁은 자리에서 벌떡 일어섰고, 완은 순식간에 덮쳐 온 파도를 온몸으로 맞으며 천천히 고개를 수그렸다.

"어찌 이런 일이! 이것은, 이것은…… 영의정 대감의 여식에게 내가 선물한 것이다!"

"아아……."

이제야, 이렇게 뒤늦게서야 그녀의 모든 것을 알았다. 그것이 자못 서글프고 힘겨워 이 몸을 모두 태우고 남을 것만 같았다.

너는, 김용희였다.

51
화

만
나
고 싶
어

"만일 동궁이 진실로 죄를 뉘우치지 않으면 종사(宗祀)가 의지할 곳을 잃고, 나라의 운이 기울 것이며, 백성의 노여움을 살 것이다. 내 생각은 이러하건대 좌의정은 다른 사람을 물리치고 읍소하며 동궁을 극진히 대하니, 좌의정이 아니면 누가 나라의 재상을 맡을 수 있겠는가. 날이 밝는 대로 영의정에 임명할 만한 자를 가려야 하겠다."

하자. 좌의정을 비롯한 여러 재상들이 모두 대궐에 나아와서 왕을 칭송하였다.

"괜찮으냐?"

중궁께서는 환궁하는 그 순간까지 아들을 걱정했다. 길게 늘어진 달빛을 귀중하게 받으며 장옷을 둘러쓴 중궁은 완의 얼굴을 바라보았다. 아들의 굳게 다문 입술은 마음을 참아 내고 있음이 자명했다. 그것이 더욱 억척스러웠다. 절실히 느껴질 만큼.

"완아."

"괜찮지 않습니다."

눈을 감았다가 뜨며 완은 중궁을 바라보았다. 뱉어 낸 대꾸와는 달리 눈빛이 편안해, 아들의 상태를 살핀 중궁은 눈을 가늘게 떴다.

"내가 너에게 어리석은 질문을 했다."

"아닙니다. 실은 소자, 어느 정도 예견했기에 괜찮습니다."

조금 전, 중궁은 아들을 통해 지난 이야기를 모두 들었다. 듣는 내내 놀라움의 연속이었고, 탄식과 긴장이 연쇄로 밀려와 숨을 헐떡여야만 했다. 아들이 들려주는 용희의 딱한 사정에 간간이 눈물을 훔쳐내다가, 한숨을 불어 내쉬다가, 마음껏 기뻐할 수만은 없음에 은연중 그린 미소를 지우기도 했다.

"어찌 그 어린 것이 홀로 불구덩이를 빠져나와 목숨을 구명했는지 모를 일이나, 하늘이 도운 것 아니겠느냐. 게다 너를 만나 통역의 일까지 해냈다니 인연이란 게 있기는 한 모양이다."

아들은 어머니에게 지난 이야기를 모두 들었다. 용희를 남몰래 자신의 배필로 점찍어 두셨다던 이야기. 손수건은 마음의 징표로 정실부인에게 선물했다는 이야기. 듣는 내내 서글픔의 연속이었고, 기억과 추억이 손끝에 매달려 주먹을 쥐게 했다.

"그건 그렇고, 어째서 아는 얼굴이 한 명도 보이질 않는 것이야. 설마 혼자 다니는 것은 아니겠지?"

중궁은 보이지 않는 지담과 월호를 찾았다.

"일이 있어 다른 곳으로 보냈습니다. 곧 돌아갈 것이니 심려 마십시오."

"너는 정녕 나와 환궁하지 않을 테냐?"

"소자, 아직 남은 일이 있어 환궁을 미룰까 합니다."

"그 아이의 문제 말이냐?"

"굳이 그것 때문만은 아닙니다."

"그래, 내 너를 믿으니 더는 채근하지 않으마. 전하께서는 이 어미가 잘 고하여 아뢰도록 하겠으나 모든 시선이 너를 주시하고 있음을 잊어서는 안 될 것이야."

"망극할 따름입니다."

"그럼 나는 이만 가 보겠다."

중궁은 애처로운 아들의 어깨를 툭툭 친 뒤 돌아섰다. 달빛이 중궁을 따라 길을 트고, 별들이 줄을 지어 배웅할 때였다.

"그 아이가 살아 있음을 주상 전하께 고하실 생각이십니까?"

아들의 목소리가 어미의 발을 붙잡았다. 근심이 내려앉은 눈꺼풀을 내렸다가 올리며, 중궁은 가만히 생각에 잠긴 눈빛을 내보였다. 완은 중궁의 뒷모습을 향해 다시 여쭈었다.

"그러실 생각이십니까, 어마마마?"

"아직은 잘 모르겠다."

중궁은 돌아서 완을 바라보며 고개를 가로저었다.

"내게도 생각을 정리할 시간이 필요한 것 같구나. 목숨이 가여우나 죄인의 여식이 아니겠어. 전하께서 이 사실을 아시게 된다면 후일은 불 보듯 뻔하니."

"……"

"하나 그렇다고 나라의 안주인인 내가 전하께 무엇을 감출 수 있겠느냐. 생각을 정리한 뒤 바른 것으로 처리하겠다."

조용하고 정중한 중궁의 말엔 한 치의 어긋남도 없어, 완은 차마 다음 말을 잇지 못한 채 고개를 수그렸다.

'그렇다면 그 아이는 어찌 되는 것입니까?'

차마 묻지 못하고 아랫입술만 깨물었다. 중궁은 먼 시선으로 아들을 바라보다 돌아서 걸음을 옮겼다.

완은 자리에 뿌리박힌 듯 서서 한참이나 시간을 죽였다. 혼자 남아 눌러 두었던 감정을 끌러 놓으니 전신에 저릿함이 휘몰아치기 시작했다. 인연의 탈을 쓴 채 그녀를 둘러싸고 있는 일들은 온통 비겁하고 야비하게만 느껴졌다. 그러다 뇌리를 스치는 기억 하나. 제법 선명하고 생생한 것이 마치 어제 일인 것처럼, 그녀의 목소리는 반향이 되어 완의 귓가를 울렸다.

'아버지를 따라 전서구를 본 적이 있소.'

실없는 웃음은 절로 튀어나왔다. 완은 저도 모르게 이마를 짚으며 눈을 꼭 감았다.

'부친께서 무슨 일을 했기에?'

'내 아버지께서는 주로 담보를 두고 거래를 하셨소.'

영의정 김판두는 나라의 국고, 땅과 백성, 군신을 담보로 외교에 선방하는 만고의 충신이요, 재상.

'무역인가?'

'뭐, 그런 셈이오.'

용희는 대답에 거짓을 몰랐다. 다만 자신이 알아듣지 못했을 뿐.

그래, 그랬구나. 너의 영민함과 당당함은 모두가 합당한 이유를 갖춘 것들이었다. 중용을 아는 내전의 웃전께서 가히 사심을 품으실 만하지 않았겠는가.

'나는 말이오, 선생. 상감이 죽었으면 좋겠어.'

그러다 조금 더 뼈저리게 고달픈 기억에 도달한 완은 아스러질 듯 주먹을 쥐었다.

'내전의 주인도, 그의 아들도, 모두 다 비참하게 죽었으면 좋겠어.'

이런 말이었구나. 그것은 이런 뜻이었구나.

"이런 빌어먹을……."

완은 이를 악물며 깊은 탄식을 흘렸다. 그날 그녀의 눈빛에서 일렁이던 증오마저 보았으나 모르고 싶었다. 놀라 몸이 얼어붙고, 하늘이 주저앉으며, 땅이 갈라지는 것만 같았으나 태연한 척했다. 상감이 죽기를 바라는 네 마음이 무언지 조금도 생각해 보려 하지 않았다. 월호가 진실을 가져오기 전까진 무엇도 믿지 않으려고, 괜한 추측은 하지 않으려고, 무엇도 확신하지 않으며 얄팍한 의심 같은 건 하지 않으려고 그렇게나 애썼는데. 그렇게나 바랐는데.

"김용희, 김용희……."

완은 고개를 들며 천천히 눈을 떴다. 그녀가 감내해 왔을 고통과 슬픔을 감히 짐작도 할 수가 없어, 마음은 편을 썰어 내듯 조각이 났다. 또 한편으로는 그녀를 무슨 수로 산 자의 이름에 올릴 수 있을까, 머릿속이 엉켜 들었다.

완은 주저앉으며 고개를 떨궜다. 기다려서 될 일이 아니라는 생각에 실소가 흘렀다.

"그나저나 잡상인 놈은 홍시에게 약 수저를 잘 쓰고 있나 모르겠군."

천천히 생각을 꿰어 엮으며 불어닥친 현실을 외면하지 않고 맞닥뜨려 보기로 한다. 자신이 아니라면 그 누구도 대신 해결해 줄 수 없을 것 같았으므로.

이 순간 세자께서는 무능했으나 무력하지 않았고, 오늘은 서글펐으나 내일은 자신 있었다. 포기란, 잘 모르셨다.

◎

다급한 걸음으로 용희가 있는 처소에 도착한 륜명은 문을 열지 못한 채 잠시 망설였다. 두런두런 의원과 대화를 나누고 있는 것을 보아하니 그녀가 깨어났음은 틀림이 없었다. 기뻐 저절로 미소

506

를 머금었음에도, 문고리로 뻗어야 할 손은 천근의 쇳덩이가 달린 것처럼 한없이 무거웠다. 이 순간, 동궁이 떠올랐다.

'어찌하여 소인을 추궁하지 않으십니까?'

류명은 자신을 포박하지 않는 동궁께 물었다. 무기를 밀수하여 나라의 기강을 흔든 죄, 또한 그 장본인.

'소인은 밀수의 주범입니다. 아시지 않습니까.'

'알지. 알고 있지.'

동궁이 덤덤하게 답하자 류명은 고개를 갸웃했다. 자신이 들여온 무기로 흑단이 세를 키웠으며, 신기형에게 날개를 달아 주었음을 알면서도 어째서?

'송구하오나 이해가 되질 않습니다.'

'손해를 각오하고 스스로 운을 떼다니 장사의 기본을 모르는군.'

'추포하십시오. 달리 도망을 가고자 하는 마음은 없습니다.'

'너를 추포하여 내 무슨 이익을 취할 것이냐?'

문고리로 향하던 류명의 손끝이 멈췄다. 그때 동궁께서는 분명 웃고 계셨다.

'국법, 좋지. 네놈을 율에 따라 처리해야 함은 지당할 것이고. 지은 죄가 이리 막중하니 네놈의 사지가 남아나겠느냐? 흔적도 없이 찢어질 것이다.'

'알고 있습니다.'

'용감한 건가, 아니면 애당초 살기를 희망하지 않는 건가?'

동궁은 작게 말하며 술잔을 응시했다. 달리 떠들 말이 없어 륜명은 고개를 수그린 채 동궁의 다음 말을 기다렸다.

'잊었는가? 처음 내가 자네를 찾았을 때, 딱히 그것들을 문제 삼지 않겠노라 하였다.'

'……'

'따지고 보면 자네 덕분에 신기형의 꼬리를 밟았으니 죄만큼 공도 크지 않으냐? 또한 자네와 내가 나눈 약조도 지켜야 할 약조이다. 이제 와 다른 말을 하고 싶지는 않다.'

'하오시면 소인의 모든 죄를 덮어 주시는 것입니까?'

'설마.'

동궁은 단호히 말했다. 미안하게도 륜명의 죄는 동궁 개인의 사사로운 용서로 처리할 것이 아니었다.

'너는 명국의 사람이다. 군사 무기를 빼돌리는데 어디 네놈의 힘만으로 가능했겠는가? 분명 그 뒤엔 너를 도와 이득을 취한 명의 고관대작들이 줄을 잇겠지.'

륜명의 뒤엔 명의 대신들이 있었다. 보지 않아도 동궁은 알 수 있었다.

'그런 너를 임의로 처리하다가 조선에 더한 해를 끼칠 수도 있는 일. 너는 훗날 명으로 돌아가 명의 법률로 처리받는 게 옳다고

보는데 너는 어떠하느냐?'

어떠하느냐. 동궁의 음성이 귓가에 울리는 듯했다.

"휴, 일이 참 복잡하게 되었다."

륜명은 중얼거리며 생각을 잠시 멈추었고 닫혀 있는 용희의 처소로 시선을 주었다. 처소 안에서 의원과 말을 주고받는 용희의 음성은 조금씩 생기를 찾아가고 있었다.

'륜명, 내가 너의 도움을 받고자 한다. 조선에 이만큼 해를 끼쳤다면, 조선을 위해 득이 되는 일을 하는 것도 나쁘지는 않겠지.'

'무슨 도움 말씀이십니까?'

'나는 신기형을 잡는 것에 목적을 두었다. 네가 가지고 있는 장부들이 필요하다.'

무기 밀수에 신기형이 관련되어 있음을 명시한 장부. 아무도 찾지 못할 곳에 숨겨 둔 은밀한 장부. 동궁께서는 그것을 원하셨다.

'장부를 내게 넘겨라. 너의 죄는 그 이후에 처리할 것이니 말이다.'

그때였다. 륜명의 생각이 채 갈무리되지 못한 때, 용희가 있는 방문이 열리며 의원이 나왔다. 무방비로 놀란 륜명이 뒷걸음을 치자 의원은 반가운 음성으로 입술을 열었다.

"오셨습니까? 들어가 보십시오. 깨어나셨습니다."

의원이 사라지자 륜명은 방문 안으로 용희를 바라보았다. 머리를 다듬던 손길을 내리며 용희는 고개를 돌렸고, 등장한 륜명을 바라보며 뜻을 알기 힘든 미소를 그렸다.

[륜명.]

용희의 입술이 열리자 륜명은 다정히 미소 그렸다.

[들어가도 되겠는가?]

[물론이다. 들어와도 좋다.]

용희는 명국의 말을 하며 륜명을 향해 손짓했다. 다 낫지 않은 오른팔이 다소 불편했지만 낮은 각도로 들기에는 무리가 없었다.

륜명은 사람 좋은 얼굴을 하며 그녀의 방으로 들어섰다. 잠시 말이 끊기고 서로는 가만히 서로를 응시했다. 아비규환이던 산속, 화살을 맞았던 그때, 그녀의 마지막 기억 속엔 륜명이 있었다.

[살려 주어서 고맙다.]

[살아 주어서 고맙다.]

두 사람은 서로를 향해 감사 인사를 전했다. 살려 주어 고맙다고, 살아 주어 고맙다고.

별빛에 하늘이 물들었다.

"팔은 괜찮은 것인가?"

한참이나 성석을 이어 가다가 륜명이 입을 떼었다.

"의원의 말로는 덧나지 않게만 한다면 큰 무리 없이 나을 수 있을 거……라……."

용희는 말꼬리를 흐리며 륜명을 응시했다. 륜명이 조선말로 물으니 저도 모르게 조선말로 답한 것이다. 놀랄 것 없다는 표정을 하며 륜명은 어깨를 으쓱 올려 보였다.

"다행이다. 날이 더워 덧날까 겁이 났다."

"조선말을 할 줄 아는 것이오?"

동그랗고 청미한 눈동자가 쉴 새 없이 깜빡거렸다. 륜명은 적잖이 놀란 용희의 모습에 웃음을 터트렸고, 용희는 입술을 멍하니 벌렸다.

"그사이 조선말을 공부한 것이오? 아니, 정말 알아듣고 있는 게 맞소?"

"일전에 말하지 않았던가. 내 어머니가 조선인이라고."

"아, 그렇구나."

용희는 고개를 끄덕이며 신기해하다가 일순 눈꼬리를 길게 늘어트렸다.

"뭐요. 그럼 이제까지 통역을 쓴 건 사람 놀린 거요?"

"별수 없었다. 가급적 정체를 숨겨야 했으니 조선말을 능하게 한다는 걸 알릴 필요는 없었지."

"아……. 그럼 선생과 내가 매일 싸웠던 이야기도 다 들었겠소?"

"물론. 어찌나 시끄럽던지."

"그때 선생이 내왔던 술, 그것도 어주가 아니었는데. 들었소?"

류명은 차마 대꾸하지 못한 채 빙그레 미소 그렸다. 그 술은 분명 어주였다.

"지금까지 속여 미안하다. 다른 뜻은 없었다."

"내게는 말해 주지 그랬소. 비밀로 했을 텐데. 물론 판단에 필요했다니 서운하지는 않소."

용희는 시선을 내리깔며 중얼거렸다. 그러다 다시금 천천히 시선을 들며 류명을 바라보았다. 다시는 볼 일이 없을 줄 알았는데. 이렇듯 마주 앉을 일, 없을 줄 알았는데.

"그날 산속엔 왜 있던 거요? 혹시 알고 온 것이오?"

"그래, 알고 갔다."

"어떻게?"

"그대들이 태진사로 간다는 걸 알고 있었으니까."

"아……."

혹 세상엔 인연을 넣고 빚는 그릇이 있는 건 아닐까. 그 그릇에 우리 모두 담겨 있어 천자의 손길로 엮이는 건 아닐까. 빚으면 빚는 대로, 그리면 그리는 대로.

"일전에 나와 선생이 나누었던 이야기를 듣고 안 거요?"

"그래, 맞는다."

용희는 그날의 기억을 떠올리며 살며시 미간을 좁혔다. 깨어난 지 얼마 되지 않아 정신은 없었지만, 기억해야 할 것들을 찬찬히 되짚었다.

"선생은 무사한 것이오?"

그러다 가장 궁금했던 것을 물어보았다. 좋지 않은 대답이 나올 바에야 차라리 모른다고 말해 주기를, 그녀는 바라고 또 바랐다.

"무사하다."

"모두?"

"그래, 모두."

하아. 긴장이 풀린 용희는 어깨를 축 늘어뜨렸다. 짧은 사이 어찌나 숨이 막혔는지 마음이 쪼개지는 것만 같았다. 긴 속눈썹을 쉴 새 없이 내렸다가 올리며 용희는 고개를 간간이 흔들었다. 무사하다니 되었고, 이렇듯 나도 살아 돌아갈 수 있게 되었으니 그것으로 되었다.

"밤이 깊었으니 일단 더 쉬어라. 의식만 깨어났을 뿐 몸은 아직 일어날 준비가 되지 않았을 것이다."

"아니, 그만 쉬어도 될 것 같으니 이만 나는 가 봐야겠소."

"나는 그대가 깨어나기만을 기다렸다."

아무리 내 것이 아니다 굳게 다짐해 봐도, 꺼진 불씨 속 티끌의 붉은 점처럼 희망은 그칠 줄 모르고 희미하게 새어 나왔다. 륜명은 혼잣말처럼 중얼거렸다.

"내가 위험하다고 말했잖아. 그 사람과 함께하면 위험할 것이라고."

그녀의 위험에 일조했으니 죄책감과 미안함, 그리고 앞으로도 말하지 못할 자괴감이 공간을 성행했다. 륜명의 목소리는 낮게 울렸고 끝이 떨렸기에 더욱 구슬펐다.

"앞으로 더욱 위험할 것이다. 그때마다 누군가 나타나 그대를 도울 수도 없을 것이다. 누구의 도움도 닿지 못할 절대적인 위험이 될지도 몰라."

"……."

"그러니 나와 함께 명으로 가겠느냐?"

"륜명."

"명에는 나를 도와 너의 신분을 세탁해 줄 사람들이 많다. 게다가 누구의 눈치도 보지 않고 새 삶을 살기에 적당한 모든 것이 갖춰져 있다. 나와 함께 가지 않겠느냐?"

"륜명……."

"위험하단 말이다. 위험하다고!"

륜명은 감정이 격했다는 사실을 인지하며 고개를 수그렸다. 용희는 한참이나 그의 얼굴에 시선을 주었다가 조금 더 가까이 다가가 앉았다. 이렇듯 조급해 보이는 륜명의 모습은 그것대로 마음이 아팠다. 하지만 이 마음을 손에 쥐었다 하여 농락하고픈, 느끼며 즐기고픈 마음은 조금도 없었다.

"륜명, 나는 떠나지 않아. 나를 기다리는 사람이 있으니까."

그 사람이 나를 기다리니까. 몇 계절이 바뀌어도, 몇 해가 흘러도, 오직 나만을 기다리며 시간을 붙잡고 있는 사람이 있으니까.

"지금도 나는 온통 그 사람 생각에 앉아 있기가 힘들 지경이오. 나를 찾을까 봐. 나를 잃은 그 사람이 힘들까 봐."

"……."

"그대를 따라 명으로 건너가면 목숨이야 건지고 위험이야 벗어나겠지. 하지만 그렇게 사는 건 사는 게 아니오."

용희는 힘없이 떨군 륜명의 손을 올려 붙잡으며 시선을 맞추고자 이리저리 움직였다. 어린아이 투정 부리듯 륜명의 손을 이리저리 흔들며 고개 좀 들어 보라고, 나를 보라고 보챘다.

잠시 후, 륜명은 시선을 갈무리하며 서서히 고개를 들었고 특유의 다정한 미소를 그렸다. 이내 한 손을 뻗어 그녀의 머리에 올리며 입술을 열었다.

"혼자 갈 길이 적적할 것 같아 청해 보았다. 너무 마음 쓰지 마라."

"명으로 돌아갈 것이오?"

"언젠가는. 뭐, 언젠가는 갈 수 있지 않을까."

낯선 사내의 손길이 정수리에 닿았지만 딱히 반항하지 않으며 용희는 미소를 그렸다. 그의 손길엔 만지고자 하는 갈망이 아닌 닿고자 하는 애처로움이 담겨 있어, 섣불리 덜어 내기도 힘겨웠다.

따뜻했다. 선생의 손길처럼.

"날 보내 주겠소? 가 봐야겠소."

"지금 말이냐?"

용희는 고개를 끄덕였고, 류명은 단호히 고개를 가로저었다. 서로의 의지를 떠나 아직은 그녀의 몸이 쇠약한 상태였다.

"하루만 더 의원이 지어 주는 탕약과 치료를 받아라. 이후에 데려다주겠다."

"어딜 말이오?"

"그 사람이 있는 곳으로."

네가 원하는, 그곳으로.

"서, 선생이 어디 있는지 알고 있소?"

"그래, 얼마 전에 너를 찾겠다고 이곳에 왔었다."

"선생이 말이오? 정말?"

화색이 도는 그녀의 얼굴을 바라보며, 류명은 그래도 안 된다는 듯 단호히 고개를 저었다.

"선생을 빨리 만나고 싶거든 내 눈에 차도를 보여라. 안 그러면 데려다주지 않을 것이니까."

"알겠소. 탕약도 잘 먹고, 하루만 더 잘 있어 보겠소."

미운데 미워할 수 없는 그녀의 대답에 류명은 포기했다는 듯 고개를 절레절레 저었다. 조금 전까지는 무릎도 세울 수 없을 만큼 힘겨워하더니, 지금은 날아오를 수도 있을 만큼 팔팔해 보였다.

"그럼 나는 이만 나가 보겠다."

"아, 혹 말이오. 내 봇짐 못 봤소? 여기 없는 것 같은데."

자리에서 일어서던 륜명은 멈칫했다. 하지만 그것도 잠시, 몸을 일으킨 륜명은 알지 못한다는 표정을 지었다.

"글쎄다. 경황이 없어 챙기지 못한 것 같다."

"아…… 그러오? 알겠소."

"중한 것이냐? 불길이 드세게 올랐으니 전부 타 버렸을 것인데."

"아니 뭐, 그냥……. 알겠소."

서둘러 발길을 옮긴 륜명은 방문을 열었다.

"륜명, 살려 주어 고맙소. 정말이오."

서툰 감사의 말이 등 뒤로 날아들자 륜명은 그럴 것 없다며 딱 잘라 끊어 냈다.

그는 악독한 사내는 아니었다.

"고마울 것 없다. 너를 죽일 뻔한 것도 나니까."

그러나 좋은 사내 역시, 아니었다.

52화

꿈이라도 좋겠어

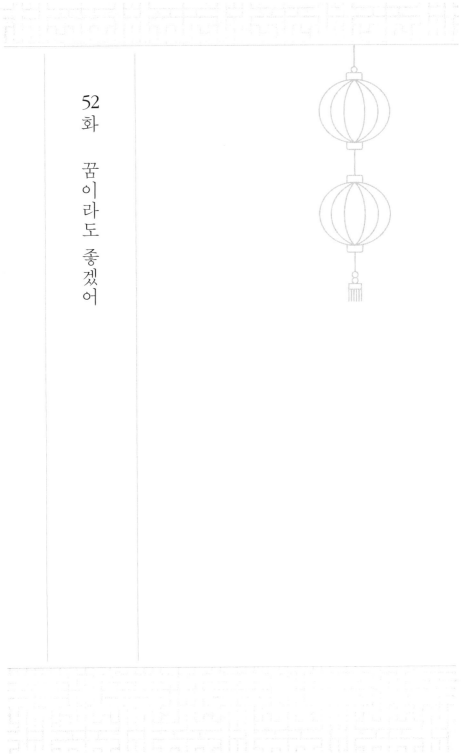

좌의정 신기형이 따로 상을 찾아와 아뢰기를,

"신은 간택을 앞두고 여식의 단자를 올린 자로서 영상의 자리에 적합하지 않사옵니다. 지금 관료들 중엔 덕이 어질고 충성을 다하는 자들이 많다 생각하와, 적임자를 따로 천거하시어 억년의 다스림을 간곡히 바라옵니다."

이에 상이 이르기를,

"이미 마음을 정하였으니 겸손을 베풀며 따로 고할 것 없다. 경은 그런 줄이나 알라."

하였다.

"주모! 여기 술 떨어졌잖아!"

"예예! 갑니다, 가요!"

호들갑스러운 목소리에 주모는 정신없이 움직였다. 꽤 많은 사
내들이 삼삼오오 자리를 잡고 앉아 술 퍼마시기를 벌써 반나절.
술값을 낼 의사가 전혀 없어 보이는 사내들은 마치 곳간을 거덜
내는 쥐 새끼들처럼 끊임없이 먹을 것을 가져오라 난봉을 피웠다.

"이게 뭐야. 누구 코에 붙이라고 이렇게 조금이야?"

"그게, 술이 다 떨어져서……."

마지막 술병을 내오자 술이 가득하지 않음에 사내는 눈살을 찌
푸렸고, 주인장은 안절부절못하는 말투로 쩔쩔맸다. 여간해선 동

나지 않는 주막의 술동을 모두 비운 것이다. 낮술에 취해 코가 빨개진 사내는 마음에 들지 않는다는 듯 불같은 화를 내기 시작했다.

"이런 니미럴! 없으면 만들어야 될 것 아냐! 지금 나하고 장난하자는 거야?"

"살려 주십시오! 술이 이것뿐입니다! 언제 빚어 언제 내리고 언제 담아 내온답니까……."

"그게 내 알 바야? 내 알 바냐고! 당장 가져오지 못해!"

에이씨! 사내는 격한 손길로 상을 뒤엎었다. 식기는 바닥에 요란한 소리를 내며 떨어졌고, 주인장은 마치 나뒹구는 식기처럼 납작 엎드렸다. 두어 명 관졸이 지나갔으나 고개를 빼 들고 주막 안을 바라만 볼 뿐, 참견하지 않은 채 돌아섰다. 흑단으로부터 뒷돈을 받지 않는 관(官)이 없었다.

"아이고오!"

납작 엎드렸던 주인장은 등 위로 거친 발이 올라서자 화들짝 놀라 더욱 웅크렸다. 사내는 주인장의 등을 밟으며 고개를 내려 등허리를 내려다보았다. 삼삼오오 모여 술을 마시던 일행들은 낄낄 웃으며 빈 술잔에 술을 가득 채웠다.

"여봐, 주모. 술을 빌려서라도 와야 할 것 아니야. 응? 장사하기 싫어?"

"아이고오……. 제발, 제발 좀……."

"제발 뭐. 제발 뭐! 내가 왕이 먹는 상을 내오랬어, 궐에서 만든 술을 가져오랬어. 뭐라 했기에 제발이라는 거야?"

어린 아들은 어미가 채이자 마당에 앉아 목을 놓아 울기 시작했다. 구석에 앉아 있던 지담은 말없이 술을 넘겼다.

"내가 누군 줄 알아? 누군 줄 알고 이렇게 푸대접을 해. 응? 내가 누군 줄 알고!"

"아이고, 왜 모르겠습니까. 그러니 제발⋯⋯."

아이는 눈물 콧물을 쏟으며 목청껏 울었고, 시끄러운지 사내 하나가 아이를 향해 윽박질렀다.

"거, 애새끼 드럽게 시끄럽네! 닥치지 못하겠느냐?"

"으아아앙⋯⋯."

"시끄럽다니까!"

사내는 기어이 참지 못하고 아이에게 주발을 던졌다. 주모는 비명을 질렀고, 아이는 반사적으로 몸을 웅크렸다.

챙, 하는 소리와 함께 주발은 지담의 칼날에 부딪혀 바닥을 뒹굴었다. 소란스러웠던 공간은 일순 물을 뿌린 듯 고요해졌고, 칼을 내린 지담은 남아 있던 술을 한 모금 축이며 자리에서 일어섰다. 흑단을 만나기 위해 꼬박 이틀 밤을 지새운 뒤였다.

"술 서른일곱 병, 지짐이 마흔 장, 국밥이 열일곱 그릇이요, 안줏거리가 총 스무 개. 먹었으면 응당 값을 치르고 가야겠지. 안 그런가?"

"지금 저놈이 뭐라 하는 거냐? 저놈이 낮술 먹고 취했나?"

사내들은 황당하다는 눈길을 했고, 삿갓을 쓴 채 다가가 아이를 일으켜 세운 지담은 주모를 바라보았다.

"주모, 다 하면 얼마인가?"

"예? 아…… 값은 되었고……."

제발 데리고 나가 주십시오……. 주모는 눈길로 호소하며 후다닥 아이에게 달려가 아이를 치맛자락으로 품었다. 아이는 놀라 삼켰던 눈물을 다시 터트렸다.

"야, 너."

열받은 사내들이 자리에서 하나둘 일어나, 목을 풀며 팔을 돌리는 위협적인 자세로 지담을 향해 걸어왔다. 은연중 팔목에 새긴 흑단의 징표를 보여 주니, 지담은 주모를 향해 손을 흔들었다.

"아이에게 험한 꼴 보이지 말고 데리고 들어가시오."

"예? 아, 예! 예예!"

주모는 황급히 아이를 데리고 들어갔고, 사내들은 걸쭉한 웃음을 터트렸다. 술에 취한 몇몇은 몸도 제대로 가누지 못한 채 휘청거렸다.

"형님, 저 새끼를 잡아다가 술로 담그는 것이 어떻겠소?"

"그래! 좋은 생각이다! 껍질을 벗겨 술을 빚어 마셔야겠다!"

사내들은 걸걸하게 웃으며 지담에게 점점 다가섰고, 지담은 삿
갓 아래로 해맑은 시선을 내보였다. 싸울 기미가 전혀 없어 김빠
지게 하는 눈빛이었다.

"거기 너."

하지만 눈빛과는 다른 날카로운 칼날이 쭉 뻗었다. 지담이 칼을
겨누며 지목하자, 거리를 좁히던 사내들은 놀라 뒷걸음을 걸었다.
제 발에 제가 꼬여 한 사내가 넘어지니 우르르 서너 명이 함께 넘
어진다. 참으로 한심하기 그지없는 작태였다.

"네가 무리의 으뜸이냐?"

"그래! 내가 제일 형님이다! 끅!"

동궁께 홍시를 무사히 찾았다는 연락은 받은 지담은 흑단이 간
간이 찾는다는 주막을 찾았다. 세력의 우두머리를 찾아 신기형의
날개를 하나하나 꺾어 나갈 심산이었다.

지담은 취해 스스로 죽길 청하는 사내를 바라보다 에효, 짧은
한숨을 내쉬었다.

"내가 살다 살다 별 놈을 다 베는군."

더는 기다리기 힘들다는 것처럼 지담은 무리 속으로 뛰어들었
다. 고독단신, 검 하나를 쥐고서.

"나는 이미 그 아이의 신분을 알았으니 네 수고로움이 안타까울 뿐이다."

"아닙니다. 말씀 거두어 주십시오."

서임 대군의 사가로 완을 찾아온 월호는 무릎을 꿇은 채 동궁과 마주 앉았다. 어디서부터 어떻게 이야기를 꺼내야 하나 망설였는데, 이미 동궁께선 지난밤 중궁을 통하여 모든 사실을 알게 되셨다. 어쩌면 다행인지도 몰랐다.

"성심이 어지러우십니까."

평소처럼 자근자근 말을 이어 나가지 않는 동궁을 향해 월호는 어렵게 입을 떼었다. 그러자 날 사이 잠을 청하지 못한 흔적이 역력한 동궁의 얼굴 위로 희미한 미소가 피고 진다. 환궁한 중궁께서 상감을 뵙고 자초지종을 모두 아뢰었는지도 아직은 알 길이 없었고, 용희의 미래는 짐작이 가자 않아 더욱 초조했다.

"명국의 상인에게 장부를 가져오라 명했다. 일단 그것부터 처리해야겠다."

하지만 한시도 벗어날 수 없는 동궁의 신세에 연애만 생각할 수는 없는 노릇. 완은 침착하게 해야 할 일과 월호가 맡아야 할 일에 대하여 설명해 나가기 시작했다.

오랜 대화 끝에 완은 월호에게 이만 나가 보라며 손짓했다. 장거리를 쉼 없이 오고 간 월호의 피로가 눈에 훤히 보이는 것만 같았다.

"이만 쉬어라. 먼 길 수고가 많았다."

"그럼 가까이 있겠습니다."

월호는 자리에서 일어섰고, 인사 끝에 사라졌다. 이내 붓을 들고 기록에 열중하던 완은 손을 내리며 고개를 들었다.

"하, 보고 싶다……."

굳이 노력하지 않아도 그리움이 담긴 말은 수시로 터져 흘렀다. 인내하는 것, 참아 내는 것. 그녀를 위한 길이라면 얼마든지 감내해야겠지만 구멍 난 마음까지 메꿔지지는 않았다.

잠시 넋을 놓았던 동궁께서는 시선을 갈무리하며 다시금 붓을 들었다. 너를 위해서라도, 이 나라의 바른 다음을 위해서라도, 반드시 모든 것을 제자리로 돌려놓고 말겠다는 다짐이 경건했다.

어느덧 밤이 깊으니 완은 평소보다 일찍 자리에 누웠다. 눈을 뜨고 있다고 달리 시름을 덜 만한 일들은 많지 않았으므로.

"정말 이곳에 선생이 있소?"

늦은 밤. 약조대로 탕약을 거듭 잘 넘기고 누워 시간을 죽이던 용희가 드디어 륜명과 밖을 나섰다. 그러곤 대군의 사가에 도착했다.

"글쎄다. 있겠다 했으니 있겠지."

"너무 늦은 시각인데, 잘못 온 것 같소."

들어갈 자신이 없는 까닭에 용희는 고개를 가로저었다.

"그럼 돌아갈까? 다시 윤월각으로 가겠느냐?"

"아니, 그건 아니지만."

용희는 쓰고 있던 장옷을 어깨로 내리며 시선을 올렸다. 그래, 선생을 보기 위함이라면 야반에 담을 넘으래도 넘겠다.

"이게 무엇이오?"

"선생에게 도착할 수 있는 징표다. 이것을 보여 주면 아랫것들이 알아서 널 안내할 것이다."

륜명은 세자께서 맡겨 두고 간 물건을 용희에게 건네주었다. 언제든 어느 시각이든 찾아와도 된다는 징표였다.

"함께 가는 건 아니오?"

"재회는 두 사람의 몫인데 내가 가서 무엇 할 것이냐?"

어서 가라며 륜명은 손을 흔들었다. 가지 말라 끌고 싶다가도 가 보라며 등을 떠밀게 되었다. 이율배반적인 마음을 붙잡기란 여간 힘든 일이 아니었다.

"그럼 잘 가거라. 나를 따라 명으로 가지 않은 것을 나중에 후회하며 울고불고 난리를 쳐도 소용없다."

귀한 분의 사랑을 홀로 받고, 입술로 노래하거라. 그대는 마땅히 그래도 될 여인. 반드시 그래야만 하는 여인.

"그래도 혹, 혹 미련이 남거든 언제든 나를 찾아와라. 언제라도 명으로 데려가 줄 테니 말이다."

그리고 미안하다. 네가 가지고 있던 물건이 내 아버지의 치부라, 그것을 감추고 모른 척하며 뒤돌아선 나를 후에라도 원망해라.

"저, 륜명."

"어서 가라니까."

이리 오너라! 륜명은 크게 외쳤고, 용희는 장옷을 올려 쓰며 대문을 바라보았다. 잠시 후 문이 열리며 문지기가 고개를 내밀었다. 마지막을 고할 사이도 없이 륜명은 돌아섰고, 그곳엔 용희만 남았다.

"이 밤에 뉘시오?"

용희는 륜명에게 받은 패를 사내에게 보여 주었다. 이게 정말 효력이 있는 것인지, 선생이 이곳에 있는 게 사실인지 여러모로 텁텁했으나 당장은 별도리가 없었다.

"그게, 이것을 보여 주면 될 거라 했는데."

"이게 뭡니까?"

설마하니 전혀 모르는 것은 아니겠지? 오밤중에 대문을 두드리고 엄한 패를 보여 주며, 들어가겠다고 떼를 부리는 정신병자로 보이는 건 아닐지 모르겠다. 하지만 다행이지. 잠이 덜 깬 눈빛으로 인상을 쓰며 패를 바라보던 사내는 두 눈을 크게 뜨며 문을 활짝 열었다.

　"어서 오십시오. 어서, 어서 안으로 드십시오."

　용희는 안도의 숨을 내뱉으며 대문을 넘어섰다. 구부리다 못해 땅에 이마가 닿을 것 같은 사내는 분주한 몸짓으로 용희를 반겼다.

　"안내해 드리겠습니다. 이쪽으로, 이쪽으로 오십시오."

　"그럼 실례하겠네."

　"예예. 어두우니 조심히 오십시오. 송구합니다."

　"송구할 것 없네. 괜찮네."

　그녀가 올 것을 예상했는지 사내는 너무나도 쉽게 길을 텄다. 세자의 임시 패였다.

◎

　"후."

　잠을 청해 보려 해도 쉽지 않아 완은 이리저리 뒤척이다가 깊은 한숨을 내쉬었다. 부지중에 내쉬는 한숨이 벌써 몇 번째인지 알 수 없으나, 그렇게라도 하지 않으면 가슴속 뜨거운 열기가 사라질 것 같지 않아 멈출 수도 없었다.

삼복의 더위는 아니어도 낮에 한껏 달궈진 땅의 뜨거움이 기승을 부리는 때, 부대끼는 몸과 마음을 안은 채 완은 좀처럼 잠을 이루지 못했다.

고개만 돌리면 짙고 긴 속눈썹을 내린 채 잠을 청하던 네가 있던 밤. 손만 뻗으면 네 희고 보드라운 얼굴을 만질 수 있어 눈을 감기도 아까웠던 밤. 그 밤도 오늘처럼 길었던가. 해가 뜨지 않을 것만 같아 망연자실했던가. 내뱉는 숨이 벅차고 들이마시는 숨이 이토록 버거웠나. 알 수가 없다.

"휴."

도저히 잠이 오지 않아 완은 다시 눈을 떴다. 얄팍한 달빛을 받은 그림자가 처소 밖에서 희미하게 아른대니, 그 모습을 물끄러미 바라보다가 상체를 일으켜 앉았다. 골이 흔들리는 기운에 잠시 이마를 짚던 완이 입술을 열었다.

"밖에 누구냐."

불러도 아무런 답이 없다. 완은 고개를 문 쪽으로 조금 더 돌리며 주변을 살폈다.

"월호더냐?"

역시나 돌아오는 답이 없다. 좀처럼 사라질 기미를 보이지 않는 두통에 관자놀이를 지그시 누르다가 천천히 미간을 폈다. 동궁의 허락 없이, 감히 정체를 밝히지도 않은 채 문을 열고 누군가 들어선 것이다.

따라 들어온 달빛은 밤의 기운을 머금고 있었다. 마치 여인의 살결처럼 희고 여려, 곧 품으로 스러질 것 같았다. 고스란히 제게 안길 것만 같은 빛은 비단 월광만의 이야기는 아니었다.

완은 할 말을 잃어 시선만 내주었고, 무례하게 들어선 여인은 할 일을 잃어 자리만 지켰다. 숨만 쉬며 지탱하기도 벅차 서로는 전부를 지워 냈다. 탄식이 흐르지도 않았고, 눈물이 나오지도 않았으며, 떨리는 두 다리가 주저앉지도 않았다.

완은 그녀를 응시했다. 환몽인가. 이제는 꿈과 생시도 구분하지 못하는 천치가 된 것인가. 그리다 잠들지 못하는 내가 가여워 넋이라도 날 찾아와 준 것인가. 완은 다시 눈을 감았다. 그러곤 다시 용기 내어 눈을 떠 보았다. 조금의 움직임도 없어 실재감은 느껴지지 않았으나, 눈앞의 그녀는 없어지지 않고 그 모습 그대로 있어 주었다.

아주 긴 시간 동안 그를 바라보며, 용희는 삶의 무상함을 몸소 실감하였다. 인생이란 육신의 생사가 아닌 심신의 생사였음을. 사랑 하나 이루지 못해 혼백의 빛을 꺼트린 채, 식어 차디차게 변한 영혼을 끌어안고, 우리 그리 살아 무엇 하리오. 그렇게 살아 무엇을 이루며 기뻐하리오. 알려 주소서. 그대도 그러합니까. 혼백의 생(生)을, 그대도 원하십니까.

"나, 왔소."

용희가 작게 입술을 열며 인사를 건네자 완의 눈빛에 변화가 깃들었다. 미세한 변화였으나 그녀만이 알아볼 수 있는, 그립다 못해 한이 될 것만 같던 선생의 눈빛이었다.

"계속 세워 둘 거요?"

돌아오는 대꾸가 없자 민망한 마음에 그녀는 미소를 지으며 투정했다. 완은 지그시 눈을 감았다가 뜨며 고개를 반쯤 꺾은 채 그녀의 말을 귀담았다. 목이 멜 것만 같아, 섣불리 어떤 말을 꺼내기도 힘이 들었다. 그 모진 풍파를 겪어 내고도 저토록 어엿한 모습이라니, 그것이 새삼스러워 울컥하니 뜨거움이 솟구쳤다.

"잤구나. 선생 자는데 내가 깨워서 화가 난 모양이오. 안 반가우면 내일 아침에 다시 오……."

"그럴 리가."

완은 간신히 말 한마디를 뱉어 냈다. 잠기고 갈린 음성이었으나 흔연한 마음이 담뿍 담긴 말에 그녀는 미소를 지었다. 완은 천천히 두 팔을 뻗었다. 무작정 이리 오라는 말은 하고 싶지 않았다. 멋대로 휘두르며 함부로 대하고픈 여인은 절대 아니었다.

"와 주겠는가?"

"그게 지금 팔만 뻗으면서 할 소리요? 본인은 가만히 앉아서?"

그래, 네가 맞는다. 정녕 네가 맞는구나. 홍시다운 대답이 돌아오자 완은 미간을 살짝 좁혔다. 터지는 감정을 억누르다 보니 어쩔 수 없는 표정이었다.

용희는 마음에 담기지 않았던 대꾸를 끝으로 걸음을 옮겼다. 서두르는 법이 없어 더욱 애가 탈 만한 자태로, 그녀는 다음 한 발을 디디며 간격을 좁혔다. 한 발엔 나무에서 떨어져 선생을 처음 만났던 날이 스쳤고, 두 발엔 거래를 시작하며 주고받았던 계약서가 스쳤다. 세 발엔 도적떼를 만나 자결할 뻔했던 날이 떠올랐고, 마지막엔 선생과 입을 맞췄던 푸르고 맑은 날이 떠올랐다.

이윽고 결 좋은 치맛자락이 선생의 침구 가까이에 멈췄다. 용희가 몸을 수그리며 제 몸을 안겨 주기도 전에 선생의 다급한 팔이 그녀를 끌어당겼다. 빨려들 듯 순순히 따라오니 제 품에 그녀를 꼭 안고 완은 두 눈을 세차게 감았다. 할 수 있다면 제 가슴속으로 그녀를 밀어 넣고 싶을 만큼, 숨통도 트지 못할 정도로 억세게 품어 보고 싶을 만큼 간절했다.

"선생……."

"그냥 가만히, 지금은 그저…… 가만히……."

지금 이 순간 동궁께서는, 천자의 힘을 빌릴 수 있다면 다른 것 필요 없이 지금의 시간을 붙잡고 싶었다. 그럴 수만 있다면 무엇을 바라도 전부 내줄 수 있었다. 그녀를 품은 손끝이 그러했고, 한 마디도 떼지 못하는 입술이 그러했다.

서로는 이 순간 무엇을 생각하였나. 단지 이렇게 피고 지려고 세상에 나왔던가. 그저 품에 안으니 살아지고, 향기에 취하니 살아 볼 만하였을까.

용희는 선생의 청에 따라 말을 아낀 채 그의 품에서 흐르는 시간을 느꼈고, 완은 울대가 찢기는 것 같은 격심한 서글픔을 삼키며 한참이나 감은 눈을 뜨지 못했다.

세상의 어느 누가 어느 틈에 묻는 대도 감히 장담할 수 있었다. 네게 눈이 멀었으니 궐의 담 따위 두려울 리 없다고. 너는, 오직 내 것이라고.

조선연애실록 2

2023년 6월 8일 초판 1쇄 발행

지은이 로즈빈
펴낸이 박시형, 최세현

책임편집 김명래 **디자인** 정아연 **교정교열** 전해림
마케팅 권금숙, 양근모, 양봉호, 이주형 **온라인마케팅** 신하은, 현나래
디지털콘텐츠 김명래, 최은정, 김혜정, 서유정 **해외기획** 우정민, 배혜림
경영지원 홍성택, 김현우, 강신우 **제작** 이진영
펴낸곳 팩토리나인 **출판신고** 2006년 9월 25일 제406-2006-000210호
주소 서울시 마포구 월드컵북로 396 누리꿈스퀘어 비즈니스타워 18층
전화 02-6712-9800 **팩스** 02-6712-9810 **이메일** info@smpk.kr

ⓒ 로즈빈 (저작권자와 맺은 특약에 따라 검인을 생략합니다)
ISBN 979-11-6534-754-3 (03810)

쌤앤파커스(Sam&Parkers)는 독자 여러분의 책에 관한 아이디어와 원고 투고를 설레는 마음으로 기다리고 있습니다. 책으로 엮기를 원하는 아이디어가 있으신 분은 이메일 book@smpk.kr로 간단한 개요와 취지, 연락처 등을 보내주세요. 머뭇거리지 말고 문을 두드리세요. 길이 열립니다.